Johanna lebt im Glücksweg Nr. 3. Richtig glücklich ist sie allerdings nicht. Als alleinerziehende Mutter von zwei Mädchen kommt sie gerade so über die Runden, während ihr Exmann Kalle ihr einfach den Rücken zugedreht hat und ein komplett neues Leben in Stockholm begonnen hat.

Kalle hat Karriere gemacht und lebt mit der hübschen, smarten Fanny zusammen. Aber egal, wie sehr er es versucht, er will einfach nicht ganz zu Fanny und ihrem Freundeskreis passen.

Fanny muss ihren neuen Partner dauernd vor ihren Freunden verteidigen. Sie glauben, dass Kalle und sie nicht zusammenpassen. Fanny wird zunehmend unsicher. Kalle wirkt immer so verschlossen und geheimnisvoll. Vielleicht haben die anderen Recht, und sie sollte ihn verlassen. Oder sind sie einfach nur eifersüchtig auf ihr Glück?

Als Johanna plötzlich durch einen Riesenzufall im Lotto gewinnt, wird das Leben der drei völlig auf den Kopf gestellt. Ganz spontan zieht Johanna mit den Kindern nach Stockholm, ganz in die Nähe von Kalle und Fanny. Eine Zerreißprobe für die Patchworkfamilie: Sie alle müssen sich jetzt der Frage stellen, was Glück in ihrem Leben wirklich bedeutet.

Anna Fredriksson arbeitete viele Jahre als Drehbuchautorin für Film- und TV-Produktionen in Schweden, u. a. für die Wallander-Filme. Außerdem war sie als Lektorin und Verlegerin tätig. Sie lebt mit ihrem Mann und drei Söhnen in Stockholm.

Anna Fredriksson im Berlin Verlag:

Das Ferienhaus (978-3-8333-0885-7)

Anna Fredriksson

GLÜCKSWEG

Aus dem Schwedischen
von Wibke Kuhn

Berlin Verlag Taschenbuch

April 2014
Die Originalausgabe erschien 2012 unter dem Titel
Lyckostigen bei Forum, Stockholm

Umschlaggestaltung: ZERO Werbeagentur, München,
unter Verwendung eines Bildes von © plainpicture/Etsa
Druck und Bindung: C. H. Beck, Nördlingen
Printed in Germany
ISBN 978-3-8333-0938-0

www.berlinverlag.de

Johanna

Die beiden schlafen immer noch. Wie zwei unförmige Bündel liegen sie unter ihren Decken.

»Hallo, Mädels«, sagt Johanna. »Aufwachen, Papa ist gleich hier.«

Langsam beginnen sie sich zu rühren, wenn auch sichtlich widerwillig.

Sie schaut sich um. Kleidungsstücke liegen überall auf dem Boden verstreut, auf Stühlen und Bettpfosten. Haarbürsten und Kosmetika und Schulbücher. Die Koffer sind noch offen, anscheinend sind sie nur halb fertig gepackt. Am Boden neben Saras Bett liegt ein aufgeschlagenes Comicheft.

»Nicht wieder einschlafen, ihr müsst noch fertig packen. Na los, steht auf.«

Sie streicht den beiden über die Haare.

»Mm. Gleich.«

Wie immer antwortet nur Agnes. Sara sagt überhaupt nichts. Hoffentlich hat sie sich jetzt nicht in den Kopf gesetzt, dass sie sich weigern will mitzufahren. Das kommt ab und zu vor, und dann muss man sie erst wieder überreden.

Johanna klaubt ein paar Kleidungsstücke aus einem Haufen und versucht herauszufinden, ob sie sauber sind oder in die Wäsche gehören. Sie findet eine Jeans, ein T-Shirt und eine Bluse, die sie gerade erst gebügelt hat, die aber schon wieder zerknittert ist.

Sie nimmt weitere Kleidungsstücke von dem Haufen, aber nicht so richtig zielstrebig. Es sieht aus, als wäre es unmöglich, in dieses Chaos wieder Ordnung zu bringen. Sie greift nach einem gestrickten Baumwollpulli, der zerknüllt ganz unten liegt. Er ist feucht. Sie zieht ihn hervor und stellt fest, dass er unangenehm riecht.

»Sara?«

Keine Antwort.

»Sara.«

»M-hm?«

Sara schlägt die Augen auf, und Johanna hält ihr den Pulli unter die Nase.

»Was ist das denn?«

»Was?«

»Der Pulli. Der ist nass und stinken tut er auch. Was hast du damit gemacht?«

Sara dreht sich zur Wand und macht die Augen wieder zu.

»Hast du was verschüttet? Warum hast du ihn denn nicht in die Wäsche getan?«

»Das ist nix.«

»Ach, nein? Hey, kannst du mich wohl mal anschauen?«

Sara dreht sich halb um. Johanna zeigt ihr den Pullover.

»Was riecht denn da so?«

»Milch.«

Kurze Pause.

»Warum?«

Sara schweigt. Dann setzt sie sich im Bett auf und reibt sich die Augen.

»Das waren welche aus meiner Klasse. Aber war bloß Spaß.«

»Die haben dir Milch auf den Pulli gekippt?«, fragt Johanna. »Aus Spaß?«

Agnes hat den Kopf vom Kissen gehoben und schaut von ihrem Bett herüber.

»Mein Gott, Mama! Du hast doch gehört, was sie gesagt hat.«

Sie hat einen ganz bestimmten Ausdruck in den Augen, der schon von einer gewissen Reife spricht, der nicht mehr bloße Revolte ist, sondern tatsächlich Respekt verlangt. Die fünfzehnjährige Agnes ist wesentlich erwachsener und vernünftiger als die dreizehnjährige Sara. Was zwei Jahre so ausmachen können.

»Schon gut«, sagt Johanna. »Aber jetzt steht auf und zieht euch an.«

Sie nimmt den Pullover mit und lässt ihn in den Wäschekorb fallen, als sie an ihrem eigenen Schlafzimmer vorbeikommt. Dabei wirft sie einen Blick auf die Uhr. Halb elf schon. Sie hört, wie ihre Töchter aufstehen und sich fertig machen. Immerhin, keine Verweigerung heute.

Vom Küchenfenster aus sieht man den Parkplatz in seiner ganzen grauen Schwere. Geschlossene Wolkendecke, der Oktoberhimmel hat eine undefinierbare Nicht-Farbe. Es schüttet. Der Wind reißt an den kahlen, knorrigen Ästen der Bäume, die die Rabatte säumen. Sie späht zum Außenthermometer, aber es funktioniert natürlich immer noch nicht. Das war schon letzten Winter kaputt, aber irgendwie hat sie es nie geschafft, ein neues zu kaufen. Nicht, dass sie unbedingt eines bräuchte, aber trotzdem.

Jetzt sieht sie das schwarze, glänzende Auto an den Dreifamilienhäusern vorbeirollen. Kalle würde nie mit einem dreckigen Auto herumfahren. Er biegt auf seinen gewohnten Platz neben dem Sandkasten ab, in dem der Sand schon voller Unkraut ist. Die Bank daneben, auf der sie immer mit ihm saß und Kaffee aus der Thermoskanne trank, während sie den Kindern beim Spielen zusahen, sieht nach all den Jahren ganz schön schäbig aus. Die grüne Farbe ist fast ganz abgeblättert, und in der Rückenlehne fehlen mehrere Bretter. Aber es hat sich nie jemand darum gekümmert.

Durch die nasse Fensterscheibe sieht sie ihn aussteigen, das Auto absperren und auf die Haustür zugehen. Wie er sich anstrengt, ganz entspannt und natürlich zu wirken. Als hätte er nicht die geringsten Sorgen im Leben.

Sie sieht, dass er gerade erst beim Friseur war, die Haare sind kürzer als sonst. Vielleicht will er damit vertuschen, dass er schon ganz schöne Geheimratsecken kriegt. Neben seiner Neuen, dieser Fanny, muss er wohl zusehen, dass er so jung wie möglich wirkt.

Johanna weiß immer noch nicht, wie Fanny aussieht. Sie stellt sich immer eine blonde, schlanke Frau vor. Seltsam gesichtslos.

Die Kinder haben Kalles neue Freundin auch noch nicht richtig kennengelernt, nur immer mal kurz gesehen. Jedes dritte Wochenende, also dann, wenn die Kinder bei ihm sind, übernachtet sie woanders. Vielleicht fand Kalle, dass das für den Anfang eine gute Lösung ist, bis sie sich ihrer Beziehung sicher sind. Aber dann ist es wohl einfach dabei geblieben. Johanna hat nie gefragt, was das für Gründe hat, sie weiß, dass sie sowieso keine Antwort bekommen würde. Kalle mag es nicht, wenn sie sich einmischt.

Als sie gerade die Tür aufmachen will, sieht es aus, als würde er zum Fenster hinaufblicken, und sie hebt aus reinem Reflex die Hand, um ihm zu winken. Kalle winkt nicht zurück, und sie weiß nicht recht, ob er sie gesehen hat oder nicht. Vielleicht macht der Regen sie unsichtbar hinter der Fensterscheibe. Vielleicht ist sie genauso durchsichtig wie das Glas.

Unten fällt die Haustür ins Schloss. Hallende Schritte im Treppenhaus. Er scheint jetzt ein ganz anderes Gewicht in den Schuhsohlen zu haben als damals, als er zum ersten Mal die Treppe hochrannte.

Sie weiß noch, wie sie eingezogen sind. Sechzehn Jahre ist das inzwischen her. Beide fanden sie die Wohnung und die Lage völlig perfekt. Glücksweg Nummer drei. Wie zum Zeichen dafür, dass sie irgendwann zu dritt sein würden. Dann waren sie irgendwann sogar zu viert. Aber jetzt sind sie wieder zu dritt.

Es klingelt an der Wohnungstür. Sie kapiert nicht, warum er immer klingeln muss. Er weiß doch ganz genau, dass hier keiner seine Tür absperrt.

Sie macht ihm auf, und da steht er. Wie ein weitgereister Besucher, dessen Stress und Ungeduld aus jeder Bewegung spricht.

»Sind die beiden fertig?«

Nicht mal ein Hallo. Von Frieden und neutraler Freundschaft scheinen sie immer noch weit entfernt zu sein. Auch noch neun Jahre danach. Sie atmet tief und ruhig durch und beherrscht sich.

Er kommt in den Flur und bleibt auf der Fußmatte stehen. Auf den Schultern seiner Freizeitjacke sieht man dunkle Punkte von den Regentropfen. Die Jacke ist von irgendeiner teuren Marke, wie seine gesamte Kleidung. Er trägt weiße Turnschuhe und eine Jeans, die genau so abgetragen ist, dass es noch gut aussieht. Immer so tadellos, so frisch gewaschen und fleckenfrei.

Damals im Gymnasium war er eine Klasse über ihr. Nächstes Jahr wird er vierzig. Aber soweit sie es erkennen kann, hat er immer noch kein einziges graues Haar auf dem Kopf. Seine Haare sind immer noch so dunkelbraun wie damals, als sie sich kennenlernten.

Agnes und Sara haben beide Kalles Haarfarbe geerbt, darüber ist sie auch froh. Ihre Haare sind eher aschblond. Die Kinder haben aber unterschiedliche Augenfarben: Bei Agnes sind sie schiefergrau, wie Kalles, bei Sara sind sie blau, womit sie in der Familie ganz allein dasteht.

»Möchtest du einen Kaffee?«, fragt Johanna.

Reiner Reflex, so was sitzt einfach im Rückenmark. Bevor er antworten kann, geht sie schon in die Küche und macht den Schrank auf, um eine Tasse herauszunehmen.

»Nein, danke.«

Sie macht die Tür wieder zu. Dabei fällt ihr ein, dass der Kaffee sowieso alle ist und sie vergessen hat, neuen zu besorgen. Auch egal.

»Sind sie fertig?«, fragt er noch einmal.

Sie zieht die Küchentür zu und sucht seinen Blick.

»Hast du kurz Zeit?«

»Worum geht's denn?«

Sie senkt die Stimme.

»Um Sara.«

»Was ist denn mit ihr?«

»Ich mach mir Sorgen.«

»Ja?«

Er wippt rastlos auf den Fersen vor und zurück.

»Ich hab einen Pulli in ihrem Zimmer gefunden«, sagt sie. »Er war total nass, weil ihr jemand im Speisesaal in der Schule Milch drübergegossen hat.«

Kalle setzt sich auf einen Küchenstuhl und greift zur Lokalzeitung, die er hastig und mit unverhohlener Verachtung durchblättert. Er schlägt sie wieder zu und wirft sie auf den Tisch. Dann steht er auf.

»Was sagt sie selbst denn dazu?«

»Nicht so viel. Eigentlich gar nichts.«

»Das muss doch nichts Ernstes sein.«

»Aber sie hat schon seit der Fünften keine richtige Freundin mehr gehabt.«

Er zuckt mit den Schultern.

»Du weißt doch, wie Mädchen in dem Alter sind«, meint er. »Das geht immer eine Weile gut, dann sind sie eine Weile beste Freundinnen, und danach kommt eine andere. Und schon gibt's Intrigen.«

»Ja. Aber trotzdem. Da gab's schon mehr Sachen in der Art.«

»Bist du sicher, dass du das nicht aufbauschst?«

»Ich weiß nicht. Ich hab mir bloß Gedanken drüber gemacht.«

»Jetzt machen wir da kein großes Ding draus. Abwarten und Tee trinken.«

Er geht aus der Küche in den Flur, bleibt aber vor der Tür stehen.

»Ich wollte dir noch was sagen. In Zukunft müssen die beiden mit dem Zug zu mir kommen und wieder zurückfahren. Die sind jetzt groß genug.«

»Mit dem Zug? Hm. Na ja, gut ... das geht bestimmt.«

Er steht halb von ihr abgewandt im schwachen Licht. Einen Moment treffen sich ihre Augen, dann sieht er schnell wieder weg. Sie kennt seine Art, Blicken auszuweichen, vorbeizuschauen an der Person, die vor ihm steht. Das hat er früher oft gemacht.

»Und dann hab ich auch noch mal über die Zulage zum Unterhalt nachgedacht«, fährt er fort. »Die gibt es ab jetzt auch nicht mehr.«

Johanna rührt sich nicht.

»Ich bezahl jetzt schon seit vier Jahren mehr, als ich müsste. Langsam reicht es. In Zukunft bezahle ich nur noch den normalen Unterhalt.«

Die Worte sickern langsam in ihren Kopf. Dann überkommt sie plötzlich ein Frösteln, und sie umfasst ihre Oberarme. Sie hat das Gefühl, dass es von irgendwoher kalt zieht.

»Soll heißen, das gilt ab sofort?«

Sie bemüht sich, ihrer Stimme Festigkeit zu verleihen.

»Ja. Wir müssen unser eigenes Leben leben, so ist das einfach. Fanny und ich machen Ernst, wir sind zusammengezogen und so. Es geht einfach nicht mehr, dass du wirtschaftlich von mir abhängig bist. Das verstehst du doch, oder? Das konnte doch nicht ewig so weitergehen.«

Er geht ins Treppenhaus.

»Sieh zu, dass sich die beiden beeilen«, sagt er. »Ich warte im Auto.«

Er zieht die Tür hinter sich zu. Sie steht im Flur und versucht zu begreifen, was gerade passiert ist.

Sie sitzt am Küchentisch und vor ihr liegen die ganzen Rechnungen. Sie hat sie auf der Wachstuchtischdecke ausgebreitet und tippt die Zahlen immer wieder in den Taschenrechner ein. Nicht, dass das nötig wäre, sie weiß sowieso schon, dass sie diesen Monat ins Minus gerutscht ist. Ihr fehlen dreitausend Kronen.

Die dreitausend, die sie sonst jeden Monat von Kalle zusätzlich zum Unterhalt bekommen hat. Die Zulage, die er ihr gezahlt hat, seit er die Hochschule abgeschlossen und in dieser Zahnarztpraxis angefangen hat. Mit diesem Geld kann sie jetzt nicht mehr rechnen.

Eine neue Inkassoforderung liegt zwischen den anderen Zetteln. Johanna starrt auf die Zahlungsfrist, ein Datum, das mit rasendem Tempo näher rückt.

Neben ihr steht der Laptop auf dem Tisch, damit sie die Formel-1-Ergebnisse der letzten Woche checken und sich aufs nächste Wochenende vorbereiten kann. Sie hatte sich vorgenommen, erst nachzuschauen, wenn sie alle Rechnungen durchgesehen hat, aber ihre Augen werden unwiderstehlich vom Monitor angezogen. Schließlich lässt sie ihren Vorsatz fahren und scrollt die Liste mit den Punkten durch. Nächstes Wochenende ist die Suzuka-Bahn in Japan dran. Obwohl Sebastian Vettel die WM im Prinzip schon klar gewonnen hat, steht viel auf dem Spiel. Im Kampf um den zweiten Platz liegen der Zweit-, Dritt- und Viertplatzierte nur drei Punkte auseinander.

Sie wendet sich noch einmal ihren Rechnungen zu, aber plötzlich wird ihr alles viel zu viel. Sie steht auf und geht durch ihre kleine Dreizimmerwohnung. Nirgends irgendwelche Wertsachen, die man verkaufen könnte. Wird sie es sich leisten können, diese Wohnung zu halten? Oder müssen sie sich bald zu dritt in eine Zweizimmerwohnung quetschen? Natürlich würde das gehen, dann müssten sich die Kinder eben ein Zimmer teilen, so wie jetzt auch, und sie selbst könnte im Wohnzimmer schlafen. Aber das hier ist doch ihr Zuhause.

Sie bleibt auf der Schwelle zum Schlafzimmer stehen, das fast ganz ausgefüllt wird von dem großen Bettgestell, das Kalle und sie damals bei IKEA gekauft haben. Richard hat seine Federkernmatratze mitgenommen, als er ging. Jetzt steht nur noch das Bettgestell da, und die eine Hälfte klafft leer wie eine Zahnlücke.

Sie weiß noch, wie Richard immer aussah, wenn er schlief, den kleinen teigigen Körper in die Decke gewickelt, leicht schnarchend.

Sie kann die Toilettenspülung und das Herabplumpsen des Toilettensitzes geradezu hören. Morgens, wenn sie mit den Kindern in der Küche frühstückte. Wenn Richard aufwachte und aus dem Bett stieg, ohne auch nur Guten Morgen zu sagen. Wie sie die Toilettentür aufgehen hörte, wenn er fertig war, und wie er sich dann sofort an den Computer setzte.

Was hat sie an dem Kerl eigentlich gefunden? Nach Kalle?

Johanna macht sich eine Tasse Tee und nimmt sie mit ins Zimmer ihrer Töchter, zusammen mit den zwei Tüten Salzlakritz. Soll sie für die beiden aufräumen, bevor sie heimkommen? Agnes und Sara haben viel Zeug, und es wird nicht weniger werden, wenn sie am Sonntagabend zurückkommen und die übliche Ladung neuer Markenklamotten aus Stockholm mitbringen, die Kalle ihnen aufgeschwatzt hat. Die Shirts und Strickjacken und Jeans und Kleider und Schuhe. Aber es sieht so aus, als hätten die beiden wenig Lust, diese Sachen zu tragen, denn die Tüten verschwinden irgendwo im Kleiderschrank und werden nicht mehr angeschaut. Macht auch nichts. Johanna wird bloß ganz schwach bei dem Gedanken, was das alles gekostet haben muss.

Sie sammelt wahllos ein paar Sachen auf und versucht, irgendwo in diesem Chaos einen Anfang zu finden. Ihr fällt ein, dass Kalle und Fanny eine Reinigungsfirma bezahlen, die jeden Freitag kommt und putzt. Für zwei gesunde Erwachsene in einer Vierzimmerwohnung.

Saras Schultasche liegt achtlos hingeworfen in einer Ecke. Johanna hebt sie auf, stellt sie auf den Schreibtischstuhl und muss daran denken, was die Kinder ihr noch erzählt haben: Fanny hat eine ganzes Regal im Flur voll mit Handtaschen, deren Wert Agnes gegoogelt hat und Johanna gar nicht richtig fassen kann. Und im Schrank, der eigentlich eher ein kleines Zimmer mit Kleidern und Schuhen vom Boden bis zur Decke ist, hat Kalle reihenweise Hemden und Jacken hängen und Fanny ein Meer aus Designerkleidern.

Johanna hat oft versucht, sich Kalles Leben dort in Stockholm vorzustellen, aber sie weiß, dass sie es sich in ihrer Fantasie nie wird ausmalen können. Jedes Mal, wenn sie irgendetwas aufschnappt, was Agnes oder Sara erzählen, ist es etwas, worauf sie niemals gekommen wäre.

Sie legt die eine Tüte Lakritz unter Agnes' Kopfkissen und die andere unter Saras aufgeschlagenes Comicheft. Sie bemüht sich immer, neue Verstecke zu finden, aber früher war sie einfallsreicher. Als die Kinder klein waren, wurde jedes Mal eine Schatzsuche veranstaltet, wenn sie von ihrem Papa zurückkamen, aber inzwischen ist es eher eine Art nettes Willkommensgeschenk.

Im Durcheinander auf Saras Schreibtisch liegen Comics und Bücher. Auch Zeichenblock und Stifte sowie die ganzen halb fertigen Zeichnungen und Comics, die Sara selbst gemalt hat. Johanna mustert sie eingehend. Unzählige mikroskopisch kleine Details, völlig exakt wiedergegeben. Sara hat wahrhaftig eine Wahnsinnsgeduld. Sie kann stundenlang dasitzen und zeichnen, während sie Musik hört. Das liebt sie.

Doch je länger Johanna die Zeichnungen betrachtet, umso mehr Sorgen macht sie sich. In ihrer Klasse beschäftigt sich sonst niemand mit Comics, hat Sara erzählt. Und niemand malt oder liest. Fast alle spielen Fußball, Mädchen wie Jungs. Und Sara hat sich noch nie im Geringsten für Sport interessiert.

Die Neue heißt Helga. Sie hat ein breites Lächeln und blondes, schulterlanges Haar. Sie sieht nett aus.

»Willkommen«, sagt Johanna und schüttelt ihr die Hand. »Ich bin auch Sozialarbeiterin, ich bin seit elf Jahren hier.«

Helgas Händedruck ist warm und hat etwas Selbstverständliches, als würden sie sich schon kennen.

»Ich habe früher im Gesundheitswesen gejobbt«, sagt Helga. »Neben dem Studium.«

Sie sieht auf eine natürliche Art gesund und frisch aus, voller Energie. Sie ist genauso alt wie Johanna, irgendwas zwischen fünfunddreißig und vierzig.

Sie gehen den Flur entlang, von der Umkleide, vorbei am Pausenzimmer fürs Personal, bis zum Speisesaal und Fernsehzimmer der Bewohner. Helga ist gesprächig und erzählt, dass sie vor kurzem hierhergezogen ist, zusammen mit ihrem Freund und ihren drei Kindern, zweien im Vorschulalter und einer dreizehnjährigen Tochter. Ihr Freund hat eine Stelle etwas außerhalb und pendelt, aber das klappt prima. Sie selbst hatte ursprünglich eine Ausbildung zur Ökotrophologin angefangen, musste sie aber abbrechen, als sie umzogen. Wenn die Kinder größer sind, will sie ein Reformhaus aufmachen.

»Mann, das ist ja toll«, sagt Helga und sieht sich um. »Hat hier jeder sein eigenes Zimmer?«

»Ja«, sagt Johanna, »aber die Bewohner haben eine Gemeinschaftsküche.«

»Wie lange bleiben sie hier?«

»Die meisten sind hier zur Beobachtung, das dauert im Durchschnitt zwei, drei Monate.«

Helga bleibt vor der Tafel im Flur stehen, auf der die Bewohner aufschreiben, was für motivierende Aktivitäten sie geplant haben. Ihr Blick fällt auf die Liste, auf der steht, wer in den nächsten Wochen Essen kochen muss und wer für die Einkäufe verantwortlich ist.

»Kriegen die das denn alles hin?«, fragt sie.

»Doch, die meisten schon.«

»Dann sind sie doch schon in einem relativ guten Zustand. Wie ist es denn mit Rückfällen, habt ihr so was oft?«

»Ziemlich oft sogar. Sosehr sie sich auch wünschen, mit den Drogen aufzuhören, wenn sie dann in den Alltag zurückkehren, ist es schon schwer.«

Sie werfen einen Blick ins Nähzimmer, wo Kicki und Dolores sitzen. Kicki mit ihrem schmalen, blassen Gesicht und den aufgesprungenen Händen. Dolores mit ihren schwarzen Locken und dem Hippieschmuck.

»Das ist Helga«, stellt Johanna ihre neue Kollegin vor. »Sie fängt heute hier an.«

Kicki und Dolores nicken ihnen zu, beide sind ein bisschen schüchtern. Tove, die heute die Aufsicht führt, löst gerade ein Kreuzworträtsel und schaut lächelnd auf.

»Ich hoffe, dir gefällt's bei uns«, sagt sie. »Wir sehen uns dann nachher im Pausenzimmer.«

Johanna und Helga gehen weiter.

»Es muss immer einer vom Personal dabei sein, wenn sie sich im Nähzimmer aufhalten«, erklärt Johanna. »Wir achten sehr auf Sicherheit.«

»Dürfen sie sich denn frei bewegen?«, will Helga wissen.

»Das ist von Fall zu Fall verschieden. Die meisten können mit einer Begleitperson ihren geplanten Aktivitäten nachgehen, das heißt, es kommt einer von uns mit zum Bowling, zum Einkaufen, ins Schwimmbad und so weiter.«

»Aber wenn sie dann einfach weglaufen?«

»Dagegen können wir nichts machen«, sagt Johanna.

Sie wird traurig, wenn sie daran denkt, denn die Plätze in diesem Heim sind sauteuer. Wenn einer ausreißt, wird es schwierig, noch einmal einen Platz zu kriegen. Und Abhängige über vierzig haben keine Chance.

»Alkohol oder Drogen bekommt man hier gar nicht, oder?«, fragt Helga.

»Nein. Da müssen wir beinhart sein.«

Auf den Sofas im Fernsehzimmer sitzen drei Bewohner: Lina, Egil und Mahmud. Johanna grüßt sie im Vorübergehen. Sie spielen Karten mit Basse und wirken ganz konzentriert. Basse, der schweigsame Sozialarbeiter, der grundsätzlich nur Fischerhemden trägt, nickt Helga freundlich zu.

»Du«, sagt Helga, als sie zurück zum Pausenraum gehen, »diese kleine Kirche am Marktplatz, ist die von innen genauso schön wie von außen?«

»Ja, würde ich schon sagen«, meint Johanna. »Vielleicht sogar noch schöner.«

»Mensch, das ist ja super«, sagt Helga. »Mein Freund und ich wollen im Sommer nämlich heiraten.«

Sie strahlt richtig, und Johanna gelingt es, ihre Gesichtszüge zu beherrschen.

»Das ist ja schön«, erwidert sie. »Wunderbar.«

Das letzte Stück bis zum Pausenraum legen sie schweigend zurück.

Mit jedem Atemzug meldet sich Johannas Besorgnis wieder. Die Milch auf Saras Pulli. Das ist kein normaler Spaß unter Klassenkameraden. So was macht man einfach nicht.

Mika sitzt auf dem Sofa im Pausenraum und liest einen Krimi, während sie an einem Stück Schokoladenkuchen kaut. Ihr rotes Haar fällt ihr in einem unfrisierten Wust über die Schultern und auf den Rücken. Meistens trägt sie Second-Hand-Klamotten. Heute ist es ein geblümtes Kleid im Sechzigerjahre-Stil.

Mika blickt von ihrem Buch auf und ihre Miene hellt sich auf, als sie Johanna sieht.

»Da bist du ja, Josen«, sagt sie. »Ich dachte schon, dass du krank bist. Du kommst doch fast nie zu spät.«

»Nein, ich hab bloß Helga begrüßt und rumgeführt«, sagt Johanna.

Mika lächelt Helga an. Auf ihrem Hals zeigen sich schwachrosa Flecken, wie immer, wenn ihr etwas ein bisschen peinlich ist.

»Ach, ist heute Ihr erster Tag?« Sie hält Helga die Hand hin. »Hallo. Ich bin Mika. Ich bin auch Sozialarbeiterin hier.«

Helga stellt sich ebenfalls vor.

»Setzt euch doch«, sagt Mika und macht Platz auf dem Sofa, wo noch ein weiterer abgegriffener Krimi von ihr herumliegt.

Johanna und Helga nehmen sich Kaffee und setzen sich zu Mika an den Tisch. Johanna kennt keinen Menschen, der so viel Krimis liest wie Mika. Immer mindestens zwei gleichzeitig. Sie weiß alles über Polizeiarbeit, kriminaltechnische Untersuchungen, Vernehmungstechniken und Verdachtsstufen. Was manchmal zu interessanten Gesprächen mit den Bewohnern führt.

Tove kommt aus dem Nähzimmer dazu. Sie hat ihre kirschroten Kopfhörer in den Ohren, summt mit und macht leichte Tanzbewegungen dazu. Sie nickt den anderen kurz von der Seite zu und wackelt im Takt mit den Hüften. Helga lächelt leicht.

Johanna beobachtet Tove. Ihre Tochter Julia geht mit Sara in die Klasse, vielleicht hat die ja irgendetwas gesehen oder gehört und es Tove erzählt? Bei der nächsten Gelegenheit will Johanna ihre Kollegin mal fragen.

Tove gießt sich Kaffee in einen Becher, nimmt die Kopfhörer ab und setzt sich mit an den Tisch.

»Echt super, dass die zusätzliche Stelle bewilligt wurde«, sagt sie zu Helga. »Wir gehen hier nämlich schon seit einer Weile auf dem Zahnfleisch. Wir haben uns schon sehr auf dich gefreut.«

»Und ich freu mich, dass ich endlich mal wieder ein bisschen unter die Leute komme«, erwidert Helga. »Ich war mit den Kindern zu Hause, bis sie in die Vorschule gekommen sind, und hier in der Gegend kenne ich keinen Menschen, das war schon ein bisschen einsam. Meine älteste Tochter hat in der Schule schon Freunde gefunden, das ist echt gut. Und mein Mann arbeitet.«

Sie lacht.

»Beziehungsweise mein zukünftiger Mann. Wir heiraten nämlich bald.«

»Glückwunsch«, sagt Tove. »Ich bin schon fünfzehn Jahre mit demselben Typen zusammen. Ich schaff's einfach nicht, mir einen neuen zuzulegen. Mit dem nächsten wär's ja sowieso wieder dasselbe, also kann man es auch gleich lassen.«

Sie sieht aber ganz zufrieden aus, natürlich hat sie das nicht so gemeint. Tove scheint es wirklich gut getroffen zu haben mit ihrem Peter, mit dem sie schon seit der neunten Klasse zusammen ist. Sie haben vier Kinder nebst Haus, Auto und Hund.

Mika lächelt angestrengt und schweigt. Helga nimmt eine halb fertige Strickarbeit aus ihrer Tasche und beginnt flott und rhythmisch zu arbeiten. Es sieht aus, als sollte es ein Pullover werden. Johanna hat das Gefühl, als würde Helga schon immer so dort sitzen.

»Schaut mal her!«

Tove hält die Doppelseite in der Mitte der Lokalzeitung hoch. Die lokale Mädchenfußballmannschaft. Die ganze Teenagerclique umarmt sich und lacht in die Kamera.

»Unglaublich, haben die am Wochenende tatsächlich gewonnen! Und dann auch noch haushoch!«

Tove zeigt aufs Bild.

»Das ist meine Tochter. Julia. Linke Außenstürmerin.«

»Wie alt ist sie?«, erkundigt sich Helga.

»Dreizehn.«

»Meine Tochter auch!«

»Dann muss sie ja in dieselbe Klasse gehen wie Julia«, stellt Tove fest. »Und Sara, Johannas jüngste Tochter.«

»Mensch, das ist ja schön«, sagt Helga.

»Vielleicht will sie ja auch in der Mannschaft mitspielen? Reservespielerinnen können die immer brauchen.«

»Da bin ich ganz sicher, Elsa ist total neugierig auf alles.«

»Die haben so einen Riesenspaß in der Mannschaft«, sagt Tove und macht eine ausladende Geste mit den Armen. »Abends und am Wochenende treffen wir uns alle auf dem Sportplatz, mehrere Generationen. Manchmal wird das am Ende das reinste Volksfest, mit Picknickkörben und allem Drum und Dran.«

»Das klingt ja super«, meint Helga.

Sie trinken ihren Kaffee, und Mika bietet ihren Schokoladenkuchen an, während Helga strickt und Tove vorsichtig die Mittelseite aus der Zeitung löst, zusammenlegt und in die Tasche steckt.

»Na, und du bist superglücklich, oder?«, meint Tove und sieht Helga an. »Ich meine, jetzt, wo du heiraten willst?«

Helga nickt und lächelt strahlend.

Mika blickt von ihrem Krimi auf.

»Ich hab in einer Zeitschrift so eine Liste gelesen: die Top-Dinge, von denen die Leute glauben, dass sie sie glücklich machen.«

»Und?«, fragt Johanna. »Klingt ja irgendwie ein bisschen albern.«

»Das war alles Mögliche. Sich tätowieren lassen. Sich einen Hund anschaffen. Eine Weltreise machen. Sich im Regen küssen. Lauter so Unfug.«

Mika verstummt, und auf ihrem Hals erscheinen leicht rötliche Flecken. Sie hat weder Freund noch Kinder. Sie sagt immer, hier könne man mit keinem zusammen sein, weil man alle schon seit Kindertagen kennt. Und dass man nach Stockholm ziehen müsste. Aber Mika ist immer noch hier, worüber Johanna sehr froh ist.

»Sich im Regen küssen«, wiederholt Helga. »Ich finde, das klingt schön.«

Mika isst den letzten Bissen von ihrem Schokokuchen. Dann knüllt sie das Papier zusammen und wirft den Ball durchs halbe Zimmer, Richtung Kochnische. Wundersamerweise trifft sie tatsächlich in den Abfalleimer mit der schwarzen Tüte. Sie schaut zu Johanna.

»Wie geht's dir so, Josen?«

»Geht so. Kalle hat mir heute Morgen mitgeteilt, dass er die Zahlung der Zulage jetzt einstellt. Das hatte echt noch gefehlt.«

Vielleicht war es dumm, etwas so Privates zu sagen, wo Helga gerade dabeisitzt. Die Neue, die sie mal eben eine Viertelstunde kennt.

»Im Ernst? Oh verdammt.«

Mika sieht ganz verzweifelt aus.

»Wie kriegst du das denn jetzt alles hin?«

»Keine Ahnung. Aber es muss gehen. Irgendwie.«

Mika seufzt. Helga hat einen fragenden Blick aufgesetzt.

»Was für ein Blödmann«, bemerkt Tove. »Du kannst auf jeden Fall froh sein, dass du den los bist.«

»Dein Ex?«, erkundigt sich Helga.

»Ja.«

Jetzt muss sie es erzählen. Wenn sie es nicht selbst macht, wird Helga es ja doch erfahren. In einer Kleinstadt wie dieser erfährt man das meiste.

»Wir haben uns vor neun Jahren scheiden lassen«, erzählt Johanna. »Ein paar Jahre danach ist er nach Stockholm gezogen und Zahnarzt geworden. Ihm ging es finanziell ganz gut, deswegen hat er mir jeden Monat noch einen Zuschuss zum Unterhalt gegeben. Aber das will er jetzt nicht mehr. Er hat eine neue Freundin, das wird's wohl sein.«

Sie verstummt. Helga strickt weiter.

»Wie macht ihr das mit den Kindern?«, fragt sie.

»Er sieht sie jedes dritte Wochenende. Er kommt her und holt sie ab, und dann sind sie übers Wochenende bei ihm in Stockholm.«

Johanna hört selbst, wie unschön sich das alles anhört. Es gefällt ihr gar nicht, so einen ersten Eindruck zu machen. Als hätte sie ihr Leben überhaupt nicht im Griff.

»Aber dann verbringen sie wirklich das ganze Wochenende miteinander«, fügt sie hinzu. »Das ist mehr, als viele andere Väter machen.«

»Ach komm, das ist einfach ein Riesenarsch«, sagt Tove. »Das ist doch total scheiße, dass er dir die Zulage nicht mehr geben will. Für den müssen das doch Peanuts sein.«

Johanna dreht langsam die Kaffeetasse in der Hand.

»Er hat es immerhin vier Jahre lang bezahlt«, sagt sie. »Dazu wäre er nicht verpflichtet gewesen.«

Helga strickt und strickt. Sie hat die Liebe ihres Lebens offenbar gefunden, dieses Projekt ist ihr gelungen. Sie hat das unüberwindliche Hindernis bezwungen, jemanden zu finden, mit dem man zusammenleben möchte, jemanden, der dieses Gefühl teilt, der weder vorbestraft noch beim Gerichtsvollzieher bekannt ist. Der nicht lügt, betrügt oder unter ernsthaften psychischen Störungen leidet. Und geografisch gesehen nicht ganz weitab vom Schuss wohnt, sondern am besten gleich in derselben Provinz. Jemand, der nett ist und mit dem man lachen kann.

»Apropos Geld«, sagt Mika. »Die nächste Ziehung der Lottozahlen gucken wir uns bei mir an. Ich koch Bœuf bourguignon für euch.«

Johanna verzieht leicht das Gesicht. Mika ist in puncto Kochen der ehrgeizigste Mensch, den sie kennt, aber sonderlich gut schmeckt es dann doch nie. Wenn das Essen nicht zu fad ist, ist es zu salzig, oder sie hat irgendeine wichtige Zutat vergessen. Aber sie ist ungeheuer gastfreundlich und großzügig.

Mika wendet sich an Helga.

»Komm du doch auch. Wir spielen jeden Samstag Lotto, wenn wir nicht arbeiten. Und am Abend gucken wir uns dann zusammen die Ziehung der Lottozahlen an.«

Helga lacht und lässt ihre Strickarbeit einen Moment sinken.

»Okay. Normalerweise spiele ich zwar nicht, aber dann muss ich wohl damit anfangen. Fahrt ihr alle zusammen?«

»Nein, jede allein«, sagt Tove. »Ist besser so.«

Auf dem Korridor hört man Schritte und Lena erscheint an der Tür. Sie sieht gehetzt und verschwitzt aus. Sie zieht ihre Lederjacke aus, so dass man ihr enges, weißes Top aus gerippter Baumwolle sieht, das sie immer zu ihrer zerrissenen Jeans trägt. Und dazu grobe Stiefel, auch im Sommer. Ihre Frisur ist eine Mischung aus Punker und omahaftem Kurzhaarschnitt. Da sie auf die fünfzig zugeht, neigt die Optik langsam eher zu Letzterem.

»Hallo«, sagt sie zu Helga. »Wie ich sehe, kümmern sich deine Kolleginnen schon um dich.«

»Jaja«, sagt Helga.

»Herzlich willkommen bei uns. Sag einfach Bescheid, wenn du Fragen hast. Ich muss jetzt leider gleich weiter.«

Lena legt sich die Jacke über den Arm und eilt davon. Manchmal sieht es so aus, als wäre sie mit ihren Aufgaben als Chefin so beschäftigt, dass sie kaum zum Luftholen kommt.

Johanna wirft einen Blick auf die Uhr. Höchste Zeit, sich an die Arbeit zu machen. Alle stehen auf, stellen die Kaffeetassen in die Spüle und verlassen den Pausenraum.

»Dann solltet ihr wohl mal hingehen und euch die Kirche von innen angucken«, sagt Johanna zu Helga. »Dein Freund und du.«

»Ja, ganz bestimmt. So bald wie möglich. Ach, ich freu mich so auf die Hochzeit, das wird super!«

Helga macht ein paar glückliche kleine Schritte, fast Hopser.

»Das mit dieser Liste von Dingen, die einen glücklich machen, ist ja total interessant«, sagt sie dann und schaut wieder

Johanna an. »Was wünschst du dir? Wenn du irgendeinen beliebigen Wunsch aussprechen dürftest?«

Johanna überlegt. Soll sie aufrichtig antworten? Helga erwartet wahrscheinlich irgendwas Lustig-Leichtes. Das war keine ernsthafte Frage. Trotzdem entscheidet sie sich für die aufrichtige Antwort.

»Dass meine Kinder ihren Vater ein bisschen öfter sehen könnten«, sagt sie.

»Wie meinst du das?«

Helga bleibt stehen.

»Dass sie ihn wirklich in ihrem Leben haben. Also … mehr als jetzt, meine ich.«

Im dem Augenblick, wo sie es ausspricht, merkt sie, dass das wahr ist. Sie wünscht sich nichts anderes.

»Verstehe«, sagt Helga.

Sie betrachtet Johanna mit ihren hellen Augen.

»Du bist also nicht mehr in ihn verliebt?«, fragt sie.

Johanna bricht in Gelächter aus und schüttelt den Kopf.

»Und willst ihn nicht mehr im Regen küssen?«, fügt Tove hinzu.

Johanna versetzt der kichernden Tove einen freundschaftlichen Knuff und legt den Arm um sie. Sie gehen weiter über den Flur, die vier müssen in den Speisesaal, um ihn für den Abend zu dekorieren.

Johanna wirft einen verstohlenen Blick zu Helga. Vielleicht ist Helgas Tochter, die gerade neu in Saras Klasse dazugekommen ist, anders als die anderen. Am Ende könnten Sara und sie sogar Freundinnen werden?

Johanna hofft es, sehr sogar. Sie geht auch den Flur hinunter, und als sie im Speisesaal sind, leuchtet die Herbstsonne wie Gold durch die Fenster. Dieses Licht gibt ihr das Gefühl, dass es tatsächlich wahr werden könnte.

Ein paar Bewohner haben ein Abendessen gekocht, einen vegetarischen Eintopf, der nach Curry duftet. Der Speisesaal ist mit bunten Girlanden geschmückt. An den Fenstern und auf den Regalen an der einen Wand stehen Teelichter auf Tellern. Und oberhalb des Türrahmens haben sie mit dickem Filzstift auf ein großes, weißes Transparent VIEL GLÜCK, KRISTER geschrieben und rundherum lauter Blümchen und Herzchen gemalt.

An dem gedeckten langen Esstisch haben sämtliche Bewohner und Mitarbeiter Platz genommen. Johanna mustert sie, die Truppe, die sie so gerne mag. Sie sind fast wie eine große, kunterbunte Familie.

Krister, der kürzlich zweiundvierzig geworden ist und eine Frisur trägt, die eher an die frühen Neunziger erinnert, steht am Kopfende des Tisches. Heute hat er extra gebadet, sich rasiert und ein frisch gebügeltes Hemd angezogen.

»Ich möchte mich bedanken … bei allen«, sagt er. »Bei meinen Dealern natürlich nicht. Aber die sind ja auch nicht hier.«

Allgemeines Gelächter am Tisch. Freundliche, wohlwollende Blicke.

»Aber euch allen, die ihr hier am Tisch sitzt, will ich danken«, sagt Krister. »Für eure Wärme, eure Kraft und eure Unterstützung. Ohne euch wäre ich nicht hier geblieben. Ihr habt mir das Leben gerettet.«

Seine Stimme gerät ganz leicht ins Zittern.

»Ihr seid Engel, alle miteinander.«

Irgendjemand lacht, um dem Moment die salbungsvolle Feierlichkeit zu nehmen, es wird fast ein bisschen viel. Krister sieht Johanna an.

»Aber du bist ein ganz besonderer Engel, Johanna«, fährt er fort. »Du bist die absolute Perle auf diesen Korridoren hier.«

Sie geniert sich ein wenig und muss sich die Träne abtupfen, die ihr über die Wange läuft. Sie hatte gar nicht gemerkt, wie sie kam.

»Ich hab noch nie einen Menschen kennengelernt, der stolzer auf seine Arbeit wäre«, sagt Krister. »Und auch niemand, der mehr Grund dazu hätte.«

Er geht um den Tisch und umarmt sie fest. Er riecht gut, er hat das neue Rasierwasser aufgelegt, das er gestern in der Stadt gekauft hat. Vielleicht hat er ein bisschen zu viel erwischt, aber das macht nichts. Es sagt etwas darüber aus, was für ein Mensch er geworden ist, oder was für einer er werden will.

»Danke«, sagt Johanna. »Und dir wünsch ich jetzt viel Glück.«

Sie löst sich aus seiner Umarmung und sieht ihn warm an. Dann sagt sie leise:

»Was ist das Erste, was du jetzt machen willst?«

Er wird ganz ernst und schaut auf seine Hände.

»Ich werde meine kleine Tochter besuchen«, antwortet er. »Frida.«

Sein Gesicht zittert ganz leicht und er muss den Blick abwenden.

»Wir haben uns sehr lange nicht gesehen.«

»Wie alt ist sie denn jetzt?«, fragt Johanna.

»Sie ist Heiligabend geboren, vor fast genau acht Jahren.«

Krister kramt in der Brusttasche seines Hemdes und zieht ein zerknittertes Foto mit Eselsohren heraus. Er hält ihr das Bild hin, so dass sie das Foto eines kleinen Mädchens sehen kann, vielleicht sechs, sieben Jahre alt, mit dunklem Haar und zahnlosem Lächeln.

»Ihre Pflegemutter hat es mir geschickt«, sagt er. »Ich trage es immer an meinem Herzen.«

Er lächelt. Sie kann den Impuls nicht unterdrücken, die Hand zu heben und ihm über die raue Wange zu streichen, wo sie auch noch etwas Nasses spürt.

»Das Essen wird kalt«, stellt Tove fest.

Johanna blickt auf und merkt, dass alle sie ansehen. Tove hebt ihr Glas.

»Prost! Auf unseren Krister!«

Alle heben das Glas mit der alkoholfreien Bowle. Krister kehrt an seinen Platz am Kopfende zurück. Er sieht ein klein wenig nervös aus, aber doch glücklich.

Nach dem Essen, während alle anderen noch am Tisch sitzen bleiben, geht Johanna ins Büro, wo ein Computer steht. Nachdem sie die abendliche Ziehung der Lottozahlen im Fernsehen verpasst hat, muss sie die Gewinnzahl stattdessen auf der Homepage nachsehen, man kann ja nie wissen. Sie wirft einen Blick auf ihre Quittung und stellt rasch fest, dass nur eine einzige lumpige Ziffer mit der Gewinnnummer übereinstimmt. Vielleicht hatte eine von den anderen ja mehr Glück.

Auf dem Weg zurück hört sie Pfeifen aus Kristers Zimmer. Als sie hineinschaut, sieht sie, dass er schon dabei ist, Kleidung, Bücher und andere Sachen in einen zerbeulten Koffer zu packen, während er falsch vor sich hin pfeift. Offenbar hat er sich heute Abend schon zeitig zurückgezogen.

»Du ziehst doch nicht vor Montag aus, oder?«, sagt Johanna.

»Nein. Aber ist doch am besten, wenn man rechtzeitig mit den Vorbereitungen anfängt.«

Er pfeift weiter, ohne die Töne richtig zu treffen. Er steckt mehrere säuberlich zusammengelegte Kleidungsstücke in eine Sporttasche, die neben dem Koffer steht. Ihr fällt auf, wie licht es auf seinem Gesicht geworden ist, ganz anders als damals, als sie ihn zum ersten Mal gesehen hat. Jetzt ist er ein völlig anderer Mensch. Von Kopf bis Fuß auf morgen eingestellt, auf die Fortsetzung seines Lebens. Er ist auf dem Weg in eine bessere Zukunft.

Sie könnte fast neidisch werden.

»Wie fühlt es sich an?«, fragt sie.

»Komisch«, sagt er. »Und ziemlich unheimlich.«

»Versteh ich. Du wirst mir fehlen.«

»Du mir auch.«

Krister sieht sie eindringlich an.

»Was ist los?«, fragt er. »Du wirkst so traurig.«

Johanna versucht ihn anzulächeln. Ganz die Starke.

»Nein, ich find es toll. Wirklich total toll.«

»Ich meinte nicht, dass du traurig bist, weil ich gehe. Da ist doch irgendwas anderes, oder?«

»Nichts, worüber du dir Gedanken machen müsstest«, erwidert sie.

Er macht einen Schritt auf sie zu.

»Wenn ich es aber will? Es ist mir nämlich nicht egal.«

Anscheinend will er nicht nachgeben.

»Danke«, sagt sie, »es ist schon okay.«

»Nein, ist es nicht. Erzähl.«

Johanna sieht Krister an. Er ist jetzt clean und wird ausziehen. Ein erwachsener Mensch, der alleine zurechtkommt. Sie hat Lust, dieses Gespräch mit ihm zu führen, vielleicht das letzte hier im Sjöviksheim. Von Mensch zu Mensch.

»Es ist nur, weil …«

Sie zögert. Aber er sieht sie ganz intensiv an und hört wirklich zu.

»Ich bin im Moment finanziell ein bisschen am Rudern. Diese ganzen Rechnungen, die man bezahlen muss. Die Miete und das Essen und Sachen für die Kinder und das alles, du weißt schon. Manchmal kann das ganz schön schwierig werden.«

Dabei lässt sie es bewenden. Von Sara erzählt sie nichts.

»Aber vergiss es einfach«, sagt sie. »Ich wünsch dir alles Gute für dein zukünftiges Leben.«

Krister kommt noch einen Schritt näher. Er steht jetzt ziemlich dicht vor ihr. In seiner Kindheit hat er die Regeln der sozialen Normen und Grenzen nicht so richtig gelernt. Er musste ganz von Anfang anfangen, musste versuchen zu lernen, was andere ganz automatisch können. Wie man sich in verschiedenen Situationen benimmt, und dass man anderen manchmal zu nahe treten kann. Aber das ist alles gar nicht so leicht.

»Vielleicht findet sich ja eine Lösung?«, meint er.

»Ja. Es wird sich bestimmt alles finden.«

Da streichelt er ihr die Wange, unerwartet und hastig. Sie weicht ein Stück zurück. Beim Essen hat er ihr zwar auch die Wange gestreichelt, aber das hier ist plötzlich etwas ganz anderes.

»Ich wünschte, ich könnte dir helfen.«

»Ach, vergiss es einfach.«

Zeit zu gehen. Sie geht zur Tür, aber Krister überholt sie und verstellt ihr den Weg.

»Johanna? Ich will nicht, dass du traurig bist. Du sollst fröhlich sein. So habe ich dich immer gesehen.«

Sie lächelt ihn an.

»Kein Problem. Bald bin ich wieder fröhlich.«

Er packt nicht mehr weiter. Er steht einfach da und lässt die Arme hängen.

»Wenn du gehst, wird es hier ganz schön leer«, sagt sie.

Gerade will sie ihn zum Abschied noch einmal so richtig herzlich drücken, da legt er ihr die Hände auf die Schultern. Sein Blick nagelt sie fest.

»Weißt du was, Johanna? Ich glaube, ich hab mich in dich verliebt.«

Er sieht völlig ernst aus. Sie möchte gerne glauben, dass er einen Scherz macht, aber dann wird ihr klar, dass es keiner ist.

»Nein, nein.«

Sie lacht verlegen und versucht, seinem Blick auszuweichen.

»Du bist so schön«, sagt er. »Deine Augen. Du hast so grüne

Augen. Ruhig und beruhigend irgendwie. Und dein Lächeln, davon wird einem innerlich ganz warm. Und wenn du dir das Haar so zu einem Knoten hochsteckst, dann bist du die schönste Frau der Welt.«

Sie weiß überhaupt nicht, wie sie reagieren soll.

»Danke«, sagt sie schließlich.

»Du bist alleinstehend«, sagt er. »Das weiß ich. Mit zwei Kindern, Agnes und Sara.«

Sie würde gerne einen amüsierten Blick aufsetzen, aber es gelingt ihr nicht.

»Ganz ehrlich, Krister – nein.«

»Ich mag Kinder«, fährt er fort. »Auch wenn ich meine eigene Tochter mehrere Jahre nicht gesehen habe. Aber ich kann gut mit Kindern umgehen, wirklich.«

Er fasst sie am Arm, fast schon grob.

»Verdammt, ich liebe dich«, sagt er. »Verstehst du? Ganz im Ernst. Ich wollte es dir schon lange sagen. Wir können eine Familie werden.«

Johanna reißt sich los und geht einen großen Schritt zurück.

»Bin ich dir nicht gut genug?«

Sein pockennarbiges Gesicht sieht aus, als hätte er gerade einen heftigen Schlag bekommen.

»Das ist es nicht, Krister. Natürlich bist du gut genug. Du bist ein richtig guter Mensch.«

»Was ist es dann?«

»Ich empfinde nicht so für dich«, sagt sie. »Nicht so wie du.«

»Nein?«

In seinen Augen funkelt es, sein Blick hat etwas Scharfes, Hartes. Sie weiß, wie es ist. Wenn man einen Hintergrund hat wie Krister, hinterlässt das seine Spuren. Vor allem in den Augen.

»Du bist ein prima Kerl. Und ich mag dich auch, das weißt du.«

Krister schweigt. Richtig gut. Prima Kerl. Sie hört selbst, wie das klingt.

»Ich bin ganz sicher, dass du irgendwann ein Mädchen kennenlernen wirst«, fährt sie fort. »Jetzt, wo du ein neues Leben anfängst.«

Auf einmal verwandelt er sich in eine Person, die sie vorher noch nicht zu sehen bekommen hat, er braust richtig auf.

»Für dich bin ich doch bloß ein Scheißjunkie! Ein mieser Fixer!«

Dann sieht er sie wieder mit diesem Blick an.

»In deinen Augen bin ich doch bloß Dreck.«

»Hör auf damit«, sagt sie. Ihr Ton ist schärfer als beabsichtigt.

»Warum sprichst du nicht aus, wie es ist? Warum kann kein Mensch mal ehrlich sein?«

Er vergräbt sein Gesicht in den Händen. Und dann fängt er an zu weinen, ein schreckliches, leises Schluchzen.

Johanna geht zu ihm und will ihn am Arm berühren, doch er zieht ihn rasch weg, bevor sie auch nur die Hand ausstrecken kann.

»Fass mich nicht an!«

Wütend marschiert er davon. Sie kann sich nicht durchringen, ihm etwas hinterherzurufen, sie bleibt einfach resigniert stehen und sieht Krister Richtung Speisesaal verschwinden, aus dem das aufgekratzte Gelächter der anderen dringt.

Johanna holt ihr Rad aus dem klapprigen Ständer im Hof und trocknet erst einmal den Sattel ab. Es hat die ganze Nacht geregnet, aber jetzt leuchten schon ein paar morgendliche Sonnenstrahlen durch die Wolken. Das Wochenende ist ihr ungewöhnlich lang vorgekommen durch den ganzen Trubel, jetzt möchte sie sich erst mal ausruhen und das Hühnerfilet kaufen, das es gerade im Sonderangebot gibt. Mika will am Abend zum Essen vorbeikommen.

Während sie auf die Straße fährt, denkt sie an Krister. Sie hat gestern versucht, ihn zu erreichen, um ihn zu fragen, wie es ihm in seiner Wohnung geht, die ihm das Sozialamt vorerst gestellt hat. Aber er ist weder ans Telefon gegangen noch hat er zurückgerufen. Anscheinend will er nichts mehr mit ihr zu tun haben.

Hätte sie etwas anders machen können? Hat sie in der Situation nicht richtig reagiert? Hätte sie Lena davon erzählen müssen? Sie weiß es nicht. Bis jetzt hat sie zu niemandem ein Wort gesagt. Nicht mal zu Mika.

Jetzt sind auf jeden Fall die Kinder aus Stockholm zurück, und alles ist wieder, wie es sein soll. Ihr kleiner Clan ist wieder versammelt, jetzt ist sie wieder stark.

Langsam und gemütlich fährt sie durch die Straße. Sie nickt Josef im Tabakgeschäft zu, wo sie immer ihre Lottozettel abgeben. Wie von selbst wandern ihre Gedanken zu Kalle. In seiner neuen Welt gibt es kein Lotto und kein Spiel, keine albernen Hoffnungen. In seinem Leben sind die Träume Wirklichkeit oder auf dem Weg zur Verwirklichung.

Aber sie macht es auf ihre eigene Art. Ihre kleine Clique trifft sich und schaut die Ziehung der Lottozahlen im Fernsehen an und das bedeutet mehr als bloß ein Spiel. Eine kocht das Essen, eine andere macht ein Dessert, und dann setzen sie sich alle aufs Sofa und holen ihre Lottozettel raus.

Sie biegt um die Ecke beim Sportgeschäft und grüßt Anna-Karin, die in der Reinigung gegenüber steht. Vor ein paar Jahren waren sie Kolleginnen im Heim, bis Anna-Karin kündigte und sich selbstständig machte.

Dann winkt sie Carlos und Janne zu, den Polizisten, die an Stickans Würstchenbude stehen und sich ihren üblichen Imbiss bestellen. Es will ihr nicht in den Kopf, wie die beiden immer so früh schon mittagessen können.

Als sie zur Schule kommt, fährt sie langsamer. Der Schulhof ist voller Jugendlicher, wahrscheinlich ist gerade Pause. Sie springt vom Rad und schiebt es ein Stück, während sie durch den hohen Metallzaun späht und im Gewimmel nach Sara Ausschau hält. Doch ihre Tochter ist nirgends zu sehen.

Sie stellt ihr Rad am Straßenrand ab und geht langsam näher an den Zaun, um besser sehen zu können. Sara ist doch wohl nicht drinnen geblieben bei dem schönen Wetter?

Auf dem Schulhof, auf der anderen Seite des Zauns, wird wie immer Fußball gespielt. Mädchen und Jungs gemischt, das scheint niemand zu stören. Sie rennen hin und her, greifen an und verteidigen, passen, schießen, reißen die Arme hoch und stoßen Jubelschreie aus, umarmen sich. Sie wirbeln Staub aus dem Kies auf.

Dann entdeckt sie Sara. Sie steht ganz am Rand, wo das Hauptgebäude und der Flügel zusammentreffen. Ganz alleine steht sie da. In der Ecke, wo lauter Müll und Kippen liegen und die Papierkörbe überquellen. Dort treffen sich manchmal vereinzelte Jugendliche zum Rauchen, die, die nicht mehr Fußball spielen, sondern abends an der Würstchenbude abhängen. Aber die sind jetzt nicht hier.

Sara raucht nicht. Sie steht einfach nur da, leicht vorgebeugt, blickt auf den Boden und hat die Hände gefaltet. Ganz unbeweglich. Ein ganz anderes Mädchen als das, das Johanna von zu Hause kennt. Nicht die Sara, die rumrennt und witzelt und blödelt und einfach nicht aufhören kann zu plappern, wenn Agnes und sie schlafen sollen. Und auch nicht die Sara, die so übereifrig von allen möglichen Comicserien und Comiczeichnern erzählt, dass Johanna den Überblick verliert. Oder die Sara, die so gerne Popcorn isst und bis spätabends Spielfilme mit Johanna und Agnes guckt.

Auf dem Fußballplatz wird wieder lautstark gejubelt. Julia, Toves Tochter, hat gerade ein Tor geschossen. Johanna sieht, wie mehrere andere Mädchen und sogar ein paar Jungs zu ihr rennen und sie umarmen und dabei wie wild schreien. Da sind Simone und Amanda und Natalie. Julia lacht, als ein großer Junge sie um die Taille fasst und hochhebt und sie herumwirbelt.

»Neiiin! Lass das!«, heult Julia, aber es ist nicht zu übersehen, dass es ihr gefällt.

Ein neues Mädchen ist auch da, das muss Helgas Tochter Elsa sein. Sie hat dasselbe glatte blonde Haar. Elsa wirft sich ebenfalls in das Knäuel aus Mädchen und Jungen und schreit und lacht wie sie.

Johannas Blick geht wieder zu Sara. Sie steht immer noch an derselben Stelle wie vorher. Bis sie den Kopf hebt und zur Straße schaut. Schnell huscht Johanna zu ihrem Rad zurück, wo sie sich erst mal hinter einen Zaun duckt. Dann fährt sie hastig davon, auf einem anderen Weg als geplant. Das dauert ein paar Minuten länger, aber sie hat ja genug Zeit.

»Was willst du unternehmen?«, fragt Mika.

»Ich weiß nicht so recht.«

Johanna seufzt. Mika schneidet die Hühnerfilets in schräge Streifen, wie sie es bei irgendeinem Fernsehkoch gesehen hat, und gießt Sauce darüber. Sicherheitshalber hat Johanna die

Sauce selbst gemacht. Jetzt steht sie neben Mika und macht den Salat an. Diskret behält sie alles im Blick und sorgt dafür, dass nichts schiefgeht. Mika findet das bescheuert.

»Wie – ›weiß nicht so recht‹? Du musst Rabatz machen, verstehst du? Bei der Schulleitung Krach schlagen. Das ist der einzige Weg.«

»Aber ich will nicht, dass das Ganze am Ende auf Sara zurückfällt. Weißt du nicht mehr, was passiert ist, als ich wegen der Gruppenarbeit protestiert habe?«

»Doch.«

Mika rührt in den Kartoffelecken. Ihr ist nicht ganz wohl bei dem Gedanken, wie Johanna letztes Jahr reagierte, als Sara bei einer Projektarbeit zur Wikingerzeit von ihrer Gruppe außen vor gelassen wurde. Sara bekam kaum etwas zu tun, und das bisschen, was man ihr überließ, war langweilig und viel zu simpel. Die anderen teilten den Rest unter sich auf, und Sara traute sich nicht zu protestieren.

Als Johanna davon Wind bekam, ging sie auf direktem Wege zum Lehrer und beschwerte sich, was dazu führte, dass die Direktorin am nächsten Tag in den Unterricht platzte und der Klasse erklärte, dass sie nett zu Sara sein sollten. Hinterher schimpfte Sara mit Johanna und meinte, das sei das Schlimmste gewesen, was sie in ihrem ganzen Leben erlebt hatte.

»Du musst trotzdem was sagen«, verlangt Mika. »Wenn du willst, kann ich das machen. Als Extra-Elternteil, oder wie soll ich sagen … als Freundin der Eltern.«

Johanna streichelt Mika den Arm. Es fühlt sich ungeschickt an, denn es drückt überhaupt nicht aus, was sie ihr sagen will. Dass sie Mika dankbar für ihre Unterstützung ist. Und dass es sich wirklich so anfühlt, als wären sie zwei Elternteile.

»Danke«, sagt sie, »aber das mach ich schon selbst. Ich möchte nur, dass Sara mir noch ein bisschen mehr erzählt. Denn ich bin sicher, da ist noch mehr im Busch.«

Mika stellt das Hühnchen und die Kartoffelwedges auf den Tisch. Sie faltet vier Servietten und legt eine auf jeden Teller.

»Das nehmen wir nicht so genau«, sagt Johanna.

»Doch. So macht man das in Kernfamilien, weißt du.«

Mika betrachtet ihr Werk. Johanna muss lachen.

»Gut. Wenn du das sagst.«

Nach dem Essen ist Mika wieder nach Hause gefahren. Sara sitzt mit ihrer Mathehausaufgabe am Tisch, während Agnes im Wohnzimmer fernsieht. Johanna wäscht übergründlich die Bratpfanne ab, und als sie auch noch die allerletzte Spur Spülmittel abgewaschen und die Pfanne umgedreht zum Abtropfen hingelegt hat, muss sie einfach etwas sagen. Sie dreht sich um und sieht Sara an.

»Wie geht es dir eigentlich so in der Schule?«

Sara blickt auf, den Bleistift in der Hand.

»Wie meinst du das?«

»Hast du Freunde dort?«

»Warum fragst du?«

Immerhin klingt sie nicht abweisend, wie Johanna schon befürchtet hatte. Eher gleichgültig.

»Es ruft nie jemand an. Du besuchst niemanden und dich kommt auch niemand besuchen.«

Sara schlägt die Augen nieder.

»Nö. Aber das ist bloß, weil alle Fußball spielen.«

»Und das magst du nicht? Immer noch nicht?«

Sara schüttelt den Kopf. Johanna geht um den Tisch und setzt sich auf den Stuhl gegenüber von ihrer Tochter.

»Spielen denn wirklich *alle* Fußball?«

Sara nickt. Und Johanna ist sicher, dass es stimmt.

»Mir gefällt überhaupt kein Sport«, sagt Sara. »Das weißt du doch.«

»Ja, das weiß ich.«

Sara schweigt und malt Kringel in die untere Ecke ihres Mathebuchs. Kringel um Kringel um Kringel, mal eher rund, mal eher oval, und sie drückt richtig fest auf mit dem Bleistift. Johanna will sie schon ermahnen, dass sie das Buch nicht kaputtmachen soll, aber sie hält sich zurück. Und dann fängt Sara an, die Kringel mit kleinen Gesichtern auszumalen, jedes ganz detailliert und mit seinem eigenen Ausdruck.

Ihre Miene hellt sich etwas auf.

»Aber Reiten könnte ganz cool sein, glaub ich.«

»Meinst du?«

Irgendwo in ihrem Innersten glimmt ein kleines Licht auf.

»Ja. Wenn ich mal groß bin, möchte ich ein Pferd haben.«

Johanna lächelt. Ein Pferd? So was hört sie ja zum ersten Mal. Aber sie will das vorherige Thema noch nicht fallen lassen.

»Und wie läuft das dann im Sportunterricht?«

»Wie es da läuft? Wir spielen Fußball oder Hockey. Weil die anderen das so wollen.«

»Da bist du dann aber dabei, oder?«

Es werden immer mehr Kringelgesichter. Verschiedene Frisuren. Bärte, Schnäuzer, Brillen, Schmuck, Hüte, gemusterte Schals.

»Ja. Muss man ja.«

»Kannst du den Lehrer nicht fragen, ob ihr mal was anderes machen könntet?«

Sara schüttelt den Kopf und malt lange Wimpern an ein Auge.

»Nein. Die anderen wollen ja alle Fußball oder Hockey spielen. Und wenn man da nicht mitspielen will, sagen sie, dass man bloß keine Lust hat, weil man zu schlecht ist.«

»Wer sagt das?«

Achselzucken.

»Alle. Ich werd auch immer als Letzte in die Mannschaft gewählt.«

»Wie – ›gewählt‹? Jetzt sag bloß nicht, dass die Mannschaften im Sportunterricht immer noch gewählt werden?«

»Doch. Julia und Simone wählen immer die Mädchenmannschaften, weil sie die Besten sind. Elsa, die Neue, wählt manchmal auch. Die ist auch gut. Oder sie wird als Erste gewählt.«

Johanna bleibt ganz ruhig sitzen und versucht sich zu beherrschen. Wenn sie jetzt ihre Wut zeigt, kann sie alles verderben.

»Dass das mit dem Wählen immer noch gemacht wird, das versteh ich nicht, das ist doch total überholt«, sagt sie. »Ich muss mal mit dem Lehrer reden. Ich dachte, das wäre schon längst Geschichte.«

Sara hört auf zu zeichnen und blickt auf.

»Nein, mach das nicht. Sprich mit niemandem.«

Johanna sieht Sara an, sieht ihr in die Augen, die manchmal an tiefblaue Seen erinnern. Sie seufzt.

»Okay. Aber kannst du das dann nicht tun? Einfach mal fragen, ob man die Mannschaften nicht anders wählen könnte? Dann wird es zumindest ein bisschen besser.«

Sara schaut wieder in ihr Mathebuch. Sie malt einen Mund aus, bis die Lippen fast schwarz sind.

»Ja. Ich werd's versuchen.«

Noch drei Wochen bis zur nächsten Gehaltszahlung. Wie viel kann sie pro Tag ausgeben? Johanna versucht es im Kopf auszurechnen, während sie auf Mika wartet, die eigentlich nur kurz Margarine besorgen wollte. Ihren Wocheneinkauf im großen Supermarkt erledigen sie immer gemeinsam, weil Johanna kein Auto hat. Außerdem ist es ein Vorteil, wenn man in der Schlange für die andere einen Platz mitbesetzen kann. Gerade steht sie in einer Schlange, die ihr unendlich lang vorkommt.

Johanna starrt in ihren Wagen. Sie schaut auf ihre ausgeschnittenen Rabattmarken. Braucht sie wirklich eine Dreierpackung Kekse?

Ihr Handy vibriert in der Tasche. Sara. Sie hört sofort, dass irgendetwas Gutes passiert sein muss. Ihre Stimme klingt ganz hell und irgendwie schwebend. Johanna fällt auf, wie lange es schon her ist, dass sie Sara so gehört hat.

»Mama, ich war zwar erst nicht auf die Party eingeladen, aber jetzt darf ich doch kommen! Zu Hause bei Simone. Alle gehen hin, Julia auch, und Elsa auch. Morgen!«

»Morgen? An einem Freitag?«

»Ja, warum?«

»Sind ihre Eltern denn zu Hause?«

»Natürlich nicht. Komm, jetzt werd doch nicht lächerlich.«

»Ich frag ja nur.«

Johanna schaut auf ein Regal mit verschiedenen Kaugummisorten, ohne sie richtig wahrzunehmen.

Elsa, Helgas Tochter. Die schon nach ein paar Wochen in der Schule die beste Freundin von Toves ältester Tochter Julia zu sein scheint. Die wiederum immer zu Simone aufgeblickt hat, dem tonangebenden Mädchen in der Klasse. Um nicht zu sagen, dominierend. Simone setzt sich manchmal auf die Mauer zur Straße, lässt die Beine baumeln und gibt Kommentare über die Passanten ab. Unschuldige Bemerkungen im Grunde, aber trotzdem.

Als Johanna einmal zur Sprechstunde in die Schule kam, sah sie Simone dort auch so sitzen, auf den Spinden im Korridor, mit baumelnden Beinen. Sie war nie allein, immer waren mindestens zwei andere Mädchen bei ihr, haargenau so gekleidet wie sie, mit denselben blondierten Haaren. Immer in erhöhter Position, mit perfektem Blick auf alle Vorübergehenden. Dreizehn Jahre alt und fest davon überzeugt, dass ihnen die ganze Welt gehört.

»Darf ich hingehen?«, fragt Sara. »Es ist nicht weit weg.«

»Selbstverständlich darfst du hin.«

Im Grunde ist das überhaupt nicht so selbstverständlich, aber jetzt muss es eben sein.

Die Schlange rückt ein Stück vorwärts. Johanna horcht auf diesen ganz neuen Klang, den Klang von Saras unsäglich glücklicher Stimme. Es klingt wie ein spröder Gesang, wie Musik. Johanna selbst ist auch glücklich. Dann hat sie sich wohl getäuscht. Ihre Ängste haben sich allzu lange aufgestaut, bis sie sich immer höher auftürmten. Sie hat die Dinge aufgebauscht, genau wie Kalle gesagt hat. Sie hat das Ganze unnötig dramatisiert.

»Wie schön«, sagt sie.

»Ja, aber jetzt kann ich nicht mehr reden, ich muss überlegen, was ich heute Abend anziehe!«

Sie beenden das Gespräch, und Johanna atmet tief durch. Dieses Glück. Es fühlt sich an, als müsste sie gleich in Stücke zerspringen oder zur Decke des Supermarkts schweben, um ein paar Runden zwischen den Neonröhren und Reklametafeln zu drehen. Sie muss die wildfremde Frau hinter sich in der Schlange einfach anlächeln. Und dann legt sie das Dreierpack Kekse wieder in den Einkaufswagen. Sie müssen sich ja auch mal was gönnen.

Erst als Johanna bezahlt hat, mit den zwei schweren Tüten zu Mikas Auto gegangen ist und wartet, während ihre Freundin den Kofferraum aufmacht, fällt ihr plötzlich wieder ein, was Sara noch gesagt hat: Erst war ich nicht eingeladen, aber jetzt darf ich doch kommen.

Als Johanna im Badezimmer die Wäsche aufhängt, schaut sie quer über den Flur zu Sara. Die Kleiderschranktüren stehen weit offen, aus dem Computer kommt Musik, immer und immer wieder derselbe Hit, den sie wohl auf Repeat gestellt hat.

Agnes geht in der Wohnung auf und ab. Sie wirkt ruhelos und schaut mit finsterer Miene zu Sara, die vorm Spiegel steht.

Sara summt das Lied mit. Den ganzen Freitagnachmittag hat sie jetzt schon Outfits durchprobiert, die sie alle von Papa in Stockholm bekommen hat. Alle möglichen Kombinationen, und jetzt liegt das meiste auf dem Bett oder hängt auf Bügeln überall im Zimmer verteilt. Am Ende entschließt sie sich für ein ganz normales Shirt und eine Jeans, mit dem Argument, dass es am besten ist, wenn man nicht übertreibt oder zu sehr heraussticht.

Agnes stellt sich an die Badezimmertür. Sie kaut Kaugummi und hat ihre kleine Sorgenfalte zwischen den Brauen.

»Lass sie nicht hingehen«, sagt sie zu ihrer Mutter.

»Warum nicht?«

Agnes lehnt den Kopf an den Türstock.

»Weil sie nicht nett zu ihr sein werden.«

»Ja, das befürchte ich auch. Aber was, wenn wir uns irren?«

Johanna hängt das letzte nasse Shirt auf einen Bügel und geht an Agnes vorbei aus dem Bad. Sie wirft einen Blick zu Sara, die ihr Oberteil noch einmal gewechselt hat. Nur um sicherzugehen, dass das andere doch das beste ist.

Johanna zieht Agnes zu sich.

»Manchmal muss man eben eine Gelegenheit ergreifen«, sagt sie leise. »Wenn sich eine bietet.«

Agnes kaut weiter auf ihrem Kaugummi. Sie sagt nichts, sondern zieht den Kaugummi nur mit den Fingern lang und steckt ihn dann wieder in Mund.

Sara ist jetzt fertig. Sie hat sich ein klein wenig geschminkt und präsentiert sich im Flur. Johanna hat immer noch ein wenig Sorge im Herzen, aber bestätigt ihrer Tochter trotzdem, dass sie gut aussieht. Superhübsch sogar! Agnes schweigt.

»Na, dann wünsch ich dir heute richtig viel Spaß«, sagt Johanna und versucht Sara zu umarmen.

Doch Sara taucht unter ihrer Umarmung weg und greift sich ihre Handtasche, die sie in Stockholm bekommen hat und nach deren Preis Johanna sie gar nicht fragen wollte. Ein ganz gediegenes Stück aus schokoladenbraunem, weichem Leder mit Messingschnallen und kleinen Fransen am Ende. Das Logo ist auf dem Leder aufgeprägt.

Das Telefon klingelt. Johanna meldet sich und will Sara gerade zum Abschied zuwinken, da fragt eine gespielt fröhliche Mädchenstimme, ob Sara da ist. Johanna sagt Ja.

»Ja, also, ich wollte bloß sagen … dass die Party leider doch nicht stattfindet.«

Man hört, wie das Mädchen sich anstrengen muss, ihr Lachen zu unterdrücken. Im Hintergrund hört man unterdrücktes Kichern von anderen, sowohl Mädchen als auch Jungen. Irgendjemand, der gerade in den Stimmbruch gekommen ist, lacht laut los und lässt dann einen kapitalen Rülpser los, bevor die Verbindung unterbrochen wird.

»Wer war das?«

Sara sieht Johanna fragend an, während sie in ihre Lederjacke schlüpft. Sie nimmt ihre Tasche und hängt sie sich so cool über die Schulter, wie es die anderen Mädchen auch immer machen.

Johanna hat immer noch den Telefonhörer in der Hand.

»Wer war das?«, wiederholt Sara.

Die Jeans und das Shirt liegen zusammengeknüllt im Abfalleimer im Hof. Johanna konnte sie nicht davon abhalten und hatte im Grunde auch gar keine Lust. Obwohl sie hinterher runterschleichen und alles wieder rausholen will.

Sara liegt auf dem Bett. Sie hat die Zimmertür zugemacht und will nicht mal mit Agnes sprechen.

Johanna und Agnes haben vorerst den Versuch aufgegeben, sie trösten zu wollen. Jetzt sitzen sie zu zweit am Küchentisch. Johanna hat Tee gemacht, aber keiner trinkt davon.

»Dir muss doch klar sein, dass sich die Mädels aus ihrer Klasse bloß über sie lustig gemacht hätten«, sagt Agnes. »Wenn der Nerd, der immer in den hässlichsten Klamotten rumgelaufen ist, plötzlich mit solchen Jeans daherkommt, was meinst du, was da passiert? Ich hab's ihr schon gesagt, aber sie hat nicht auf mich gehört.«

»Der Nerd? Meinst du damit Sara?«

»Na, ich bin doch nicht die, die sie so nennt. Du hörst mir überhaupt nicht zu.«

»Doch, tu ich schon.«

Aber Agnes hat Recht, sie hört nicht besonders gut zu. Denn sie kann den verbotenen Gedanken nicht unterdrücken, der sie auf einmal beherrscht. Der Wunsch, dass Sara ihretwegen auch in schlechter Gesellschaft sein dürfte, damit sie wenigstens nicht allein sein muss. Dann müsste sie abends und am Wochenende nicht immer einsam in ihrem Zimmer hocken. Dann würde sie in der Stadt vergnügt mit diesen Typen abhängen, die die Schule vernachlässigen und sich stattdessen mit Mopeds und Autos beschäftigen, rauchen und trinken. Dann hätte Sara das Gefühl, zu einer Clique zu gehören. Und das wäre auf jeden Fall tausendmal besser als der jetzige Zustand.

Plötzlich steigt Gereiztheit in ihr hoch. Warum muss ausgerechnet ihre Tochter so verdammt zaghaft sein, dass sie sich von anderen so schlecht behandeln lässt?

Johanna hebt die Tasse und flüchtet sich in ihren heißen Tee. Sie pustet mit gesenktem Blick auf die Oberfläche, damit Agnes nicht sieht, wie sie versucht, zum einen mit der aufwallenden Wut fertigzuwerden und zum andern mit der Scham über ihre furchtbar ungerechte Reaktion.

Wenn sie doch bloß einen anderen Erwachsenen an ihrer Seite hätte. Mika ist natürlich immer für sie da, und das auch vierundzwanzig Stunden am Tag, wenn's sein muss, aber die hat eben keine eigenen Kinder. Sosehr die vier auch an eine Familie erinnern, wenn sie gemeinsam beim Abendessen sitzen, sie sind eben doch keine.

Mit Kalle wäre es anders gewesen. Vielleicht hätte man mit ihm gar nicht darüber reden können, aber es hätte ihr schon gereicht, wenn er einfach nur in der Nähe gewesen wäre, wenn er in derselben Welt wie sie gelebt hätte. Denn eines weiß sie ganz bestimmt: Er liebt seine Kinder auf jeden Fall genauso wie sie. Auch wenn er es mittlerweile nicht mehr so oft zeigt.

Es geht auf ein Uhr nachts zu. Johanna sitzt auf dem Sofa vorm Fernseher, wo sie sich seit einer geraumen Weile eine Sendung nach der anderen angesehen hat, ohne müde zu werden.

Diese hartnäckigen Gedanken. Sie versucht sie zurückzudrängen, indem sie sich vor Augen hält, wie interessant es doch ist, dass Ferrari das Rennen übermorgen auf der Suzuka-Bahn in Japan wahrscheinlich wirklich gewinnen wird. Sie können Red Bull schlagen, denn Red Bull hatte in den letzten Rennen echte Probleme. Das wäre wirklich ein Hammer, bei dem zähen Start, den Ferrari diese Saison hingelegt hat.

Vom Fenster kommt kalte Zugluft, und Johanna zieht die Wolldecke noch ein Stückchen weiter hoch. Morgen muss sie den Vermieter anrufen und ihn darauf hinweisen, dass die Fenster unbedingt rechtzeitig vor Wintereinbruch abgedichtet werden müssen. Letztes Jahr hat sie es auch schon versucht, aber da ist gar nichts passiert. Dieses Jahr will sie ihn nicht davonkommen lassen. Schließlich bezahlt sie jeden Monat ihre Miete, da hat sie auch das Recht, es warm zu haben.

Hinter ihr steht jemand. Sie dreht sich um. Es ist Sara in ihrem Schlafshirt. Ihr Kopfkissen und die Decke hat sie zusammengeknüllt auf dem Arm.

»Mama?«

Auf ihren Wangen sieht man noch Reste von verlaufener Wimperntusche.

»Darf ich heut Nacht bei dir schlafen?«

Johanna nickt.

»Ich kann meine Matratze auf den Boden legen, das geht ganz einfach«, meint Sara.

»Klar. Ich helf dir.«

Zusammen holen sie Saras Matratze aus ihrem Zimmer und legen sie auf den Boden, vor den leeren Bettrahmen neben Johannas Bett. Sie ziehen halbherzig die Laken ein wenig glatt, dann schlüpft Sara in ihr provisorisches Bett, und keine fünf Minuten später ist sie auch schon eingeschlafen. Ihr braunes Haar ist über das ganze Kissen verteilt.

Eigentlich sollte Johanna auch ins Bett gehen, immerhin muss sie morgen ja auch aufstehen und zur Arbeit gehen, aber sie findet einfach keine Ruhe. Also geht sie wieder ins Wohnzimmer.

Draußen hört man schrille Mädchenstimmen aus der Parallelstraße hinter dem kleinen birkenbewachsenen Wiesenstück. Sie fallen sich gegenseitig ins Wort, kichern wild los, und die eine stößt einen grellen Schrei aus, vielleicht eine Reaktion auf etwas, was eine andere gesagt hat.

Johanna tritt an die Balkontür. Sie späht auf die Straße hinunter und sieht drei Mädchen vorübergehen. Es ist schwer zu sagen, wer es ist, sie sind alle gleich gekleidet. Enge Jeans und hohe Absätze, mit denen sie kaum laufen können, sie stolpern und stützen sich gegenseitig. Alle mit denselben langen Haaren. Im Schein einer Straßenlaterne sieht Johanna, dass sie sich die Augen stark geschminkt haben; auf die Entfernung wirken sie wie schwarze Löcher.

Sie hört ihr gekünsteltes, gellendes Lachen. Sie lachen über alles und nichts. Kohlensäuregelächter, wie es nur aus Dreizehnjährigen hochblubbern kann, die meinen, dass sie dem Rest der Welt überlegen sind.

In Johanna wallt der Zorn auf, er steigt aus dem Bauch hoch und breitet sich so giftig und massiv im Kopf aus, dass es hinter den Augen wehtut. Sie denkt gar nicht mehr darüber nach, ob das jetzt eine gute Idee ist oder nicht, sie reißt einfach nur die Balkontür auf und ruft ihnen so laut sie kann hinterher:

»Hej, ihr da unten!«

Die drei bleiben stehen und drehen sich um. Sie entdecken Johanna, die dort oben auf ihrem kleinen Balkon steht. Sie zittert am ganzen Körper. Jetzt sieht sie auch, wer es ist. Simone und ihre ergebene Freundin Natalie, und dann noch ein drittes Mädchen, Amanda, die sonst nie dabei ist, aber heute Abend anscheinend mitdurfte.

»Ihr kommt von der Party, stimmt's?«

Die drei tauschen verstohlene Blicke, erst verunsichert, aber dann schon wieder kurz vorm Loskichern. Zwei weitere Gestalten kommen angeschlendert, die Nachzüglerinnen Julia und Elsa. Beide genauso geschminkt und mit genauso hohen Absätzen. Sie bleiben ein paar Meter hinter dem Führertrio stehen und beobachten die Szene gespannt.

»Warum habt ihr Sara angelogen?«

Die fünf sehen sie an.

»Wieso?«, sagt Simone. »Es gab wirklich keine Party. Jedenfalls nicht direkt.«

Johanna, der sich die Kehle zuschnürt, lehnt sich über die Brüstung.

»Könnt ihr nicht mal zugeben, was ihr gemacht habt?«, sagt sie. »Verdammt, ihr müsstet euch wirklich bei ihr entschuldigen.«

Die fünf dort unten sehen sich an, und jetzt können sie sich nicht mehr zurückhalten, obwohl sie es versuchen. Amanda guckt weg, Simone hält sich eine Hand vor den Mund, und Natalie beugt sich nach vorne. Sie müssen ganz schrecklich lachen, und Julia und Elsa kichern am Rande mit.

Johanna wendet ihnen den Rücken zu und geht wieder hinein. Leise und ruhig macht sie die Balkontür zu, einen Moment kämpft sie mit der Klinke.

Sie muss mit der Schule sprechen, bevor es noch schlimmer wird. Und mit Tove und Helga. Diese Sache müssen sie gemeinsam angehen.

Johanna und Helga räumen das Geschirr in die Spülmaschine, während Tove abdeckt. Helga erzählt, wie so oft, von verschiedenen Gesundheitspräparaten. Tipps zu Selen und Ginseng und Zink und Leinöl und weiß Gott was nicht alles. Johanna interessiert sich nicht sonderlich dafür. Aber Tove hört ihr zu und nimmt die Informationen offensichtlich auch wirklich auf, denn sie stellt jede Menge Fragen dazu.

Seit Kristers Auszug ist eine knappe Woche vergangen. Er hat sich immer noch nicht bei ihr gemeldet. Johanna redet sich ein, dass er ihr wohl einfach beweisen will, wie gut er allein zurechtkommt. Verständlich.

Im Moment hat sie auch Wichtigeres im Kopf. Die Ereignisse vom Freitag haben ihr das ganze Wochenende kaputtgemacht. Als sie Sara und Agnes am Samstagmorgen erzählte, was passiert war, wurde sie von beiden angegriffen. Sie nannten sie peinlich und einen Trampel und ganz allgemein eine Katastrophe von Mutter, weil Sara jetzt auf ewig blamiert war.

Johanna war schon ein wenig erschüttert, aber im Grunde wusste sie durchaus, dass sie keine schlechte Mutter war. Vielleicht reagierte sie manchmal ein bisschen zu impulsiv, aber auf der anderen Seite hatten diese Mädchen eine echte Standpauke verdient. Sie hat nichts falsch gemacht. Im Prinzip.

Aus dem Lottoabend bei Mika wurde nichts, weil Johanna zu Hause bleiben musste, um stundenlange Diskussionen mit Agnes und Sara zu führen. Am Sonntagmorgen sah sie die Lottozahlen im Internet nach und wünschte, sie hätte zumindest da mal Glück, aber natürlich hatte sie überhaupt nichts gewonnen. Vielleicht wird es einfach mal Zeit, mit dem Lottospielen aufzuhören.

Jetzt regt sich wieder die Sorge in ihr, denn Sara ist heute nicht zur Schule gegangen, weil sie Bauchschmerzen hat. Hätte sie sie trotzdem hinschicken sollen? Aber das hätte sowieso nicht funktioniert.

Mit halbem Ohr hört sie, wie Helga Tove von einem Yogafestival mit Gesundheitsmesse und Workshops erzählt, das sie besucht hat.

»Man konnte fortgeschrittene Tiefenmeditation ausprobieren«, sagt sie. »Das heißt, dass man mehrere Chakren weit nach unten geht. Mann, das war echt heftig.«

Johanna kann ganz ihren eigenen Gedanken nachhängen, während sie das Geschirr einräumt. Sie muss eine Gelegenheit abpassen, um mit Tove und Helga über die Ereignisse von Freitagabend zu sprechen. Sie muss es für Sara tun. Diesem Gemobbe muss Einhalt geboten werden, bevor es aus dem Ruder läuft. Den Jugendlichen ist wahrscheinlich nicht mal richtig bewusst, was sie da eigentlich treiben.

Sie stellt die letzten Gläser in die Spülmaschine und legt ein Tab ein, schließt die Tür und drückt auf Start.

Tove hat angefangen, die Arbeitsplatte abzutrocknen und Mülltüten zusammenzuknoten, während Helga von ihren Hochzeitsvorbereitungen erzählt. Sie wird einen langen Spitzenschleier tragen und erwägt Maiglöckchen für ihren Brautstrauß. Johanna wird klar, dass die richtige Gelegenheit, auf die sie gewartet hat, nicht kommen wird.

»Haben Elsa und Julia was von Freitag erzählt?«, fragt sie.

Helga und Tove sehen sie erstaunt an.

»Nein, wieso?«, fragt Helga.

»Da ist nämlich was vorgefallen. Ich dachte, sie hätten euch vielleicht davon erzählt.«

Tove stellt eine Mülltüte neben der Tür ab.

»Ja, ich hab tatsächlich was von Julia gehört«, sagt sie. »Aber das hörte sich nicht so an, als wäre das wirklich was Ernstes gewesen, oder? Sie fand, dass du dich seltsam benommen hast. Angeblich hast du rumgeschrien und dich aufgeregt. Aber ich weiß nicht, die Mädchen übertreiben eben manchmal.«

»Ja, ich bin wütend geworden«, sagt Johanna. »Sie waren gemein zu Sara.«

»Wirklich?«, sagt Helga. »Dann werde ich mit Elsa reden. Ich möchte nicht, dass sie da bei irgendwelchen Gemeinheiten mitmacht. Was ist denn passiert?«

»Sie haben Sara angerufen und auf ihre Party eingeladen, und am Ende durfte sie dann doch nicht kommen.«

Tove und Helga sehen sich an.

»Wenn ich das richtig verstanden habe, wurde die Party abgesagt«, sagt Tove. »Julia hat gesagt, dass sie sich bloß mit ein paar Mädchen bei einer Freundin getroffen haben. Einen Film angeguckt oder so.«

»Aha. Na, dann war das wohl ein Missverständnis«, meint Helga. »Vielleicht hat Sara da was in den falschen Hals gekriegt. So was kommt vor.«

Sie fängt wieder an, aufzuräumen, Tove ebenfalls.

Johanna bekommt Herzklopfen. Soll sie verlangen, dass die beiden mit ihren Töchtern sprechen? Oder wirkt das jetzt überzogen?

Umständlich nimmt sie die Haare im Nacken zusammen und steckt sie zu einem Knoten fest. Das dauert eine Weile, und dann richtet sie kurz noch einmal ihre kleinen Silberohrringe, obwohl das gar nicht nötig wäre.

Die Schule ist auf jeden Fall wichtiger.

»Ich muss noch mal kurz wo anrufen«, sagt sie.

Es klingelt ein paarmal, dann meldet sich eine helle Frauenstimme mit breitem Dialekt. Es ist die neue, junge Sekretärin, die Johanna noch nicht kennt.

»Mein Name ist Johanna Andersson, ich bin die Mutter einer

Schülerin Ihrer Schule. Ich würde gerne mit Louise Carlén sprechen.«

Sie steht neben der Personaltoilette ganz hinten im Flur, wo niemand zuhören kann. Sie umklammert ihr Handy ganz fest, während sie das Textilkunstwerk aus Stoffflicken betrachtet, das die ganze Wand einnimmt.

»Worum geht es denn?«, fragt die Sekretärin.

»Meiner Tochter geht es nicht gut, und ich weiß, dass ein paar Klassenkameraden sich ihr gegenüber sehr gemein verhalten. Deswegen würde ich gerne einen Termin bei der Direktorin vereinbaren.«

»Ach so. Ja, das geht sicher in Ordnung, aber ich muss Sie bitten, später noch einmal anzurufen. Louise ist gerade in einer Besprechung.«

»Kann sie mich vielleicht zurückrufen?«

»Es wäre besser, wenn Sie sich noch mal melden. Sie ist sehr beschäftigt.«

»Könnte Sie ihr einfach ausrichten, dass die Situation …«

Sie kann den Satz nicht zu Ende führen, denn jetzt hört sie den Lärm und das Geschrei. Es kommt vom Eingang. Irgendjemand brüllt herum, Flüche und Schimpfwörter, Ausrufe, die nicht wirklich zusammenhängen oder einen Sinn ergeben, sondern einfach nur Wut ausdrücken.

»Tut mir leid, ich muss leider auflegen«, sagt sie in den Hörer.

»Wie gesagt, Sie können ja später noch mal anrufen.«

Johanna drückt sie weg, während sie durch den Flur zum Fernsehraum läuft. Dort steht Krister mitten im Zimmer, wild und aufgebracht, mit starrem Blick und seiner Sporttasche in der Hand. Der Koffer ist nirgends zu sehen. Er ist umringt von Tove, Mika und Helga, die gespannt sind wie die Stahlfedern.

»Mein Zimmer, ihr Scheißtussen! Ich will mein Scheißzimmer zurückhaben, verdammt noch mal!«

Johanna geht auf ihn zu.

»Krister, beruhig dich doch erst mal.«

»Hau doch ab.«

Er schwankt und muss sich an einem Stuhl abstützen.

»Du kriegst dein Zimmer«, sagt sie. »Beruhige dich.«

»Scheißfotze!«

Johanna kann ihm nicht in die Augen sehen. Stattdessen fasst sie ihn am Arm und führt ihn hinaus. Er sträubt sich.

»Hau ab!«, zischt er.

Aber er hat schon nachgegeben, das weiß sie, und er weiß, dass sie es weiß. Sie hat gesiegt, und er geht mit ihr mit, tapsig wie ein gehorsamer, wenn auch widerstrebender Bär. Er stinkt, er bräuchte eine Dusche. Das Hemd hängt ihm aus der Hose. Es ist nicht mehr gebügelt und ganz bestimmt auch nicht mehr sauber.

Auf dem Bett in seinem alten Zimmer sackt Krister in sich zusammen. Es ist kalt und frisch gesäubert, bereit, um den neuen Bewohner aufzunehmen, der in den nächsten Tagen kommen wird. Er starrt vor sich hin und zupft an seinen wunden Händen herum. Seine Wut ist verpufft, jetzt ist er fast wieder wie immer, nur trauriger.

»Ich bin eine absolute Null. Oh Mann, ich bin so ein Trottel.«

Johanna schiebt die Sporttasche beiseite, die er aufs Bett gestellt hat, und setzt sich neben ihn.

»Ich bin eine absolute Null«, wiederholt er.

Seine Stimme ist ganz rau, es ist lange her, dass sie ihn so gehört hat.

»Jetzt ist alles beim Teufel.«

»Ja, ich weiß auch nicht, wie es jetzt weitergeht«, sagt sie. »Wir müssen wohl mit deinem Betreuerteam sprechen.«

Er hat die Hände auf den Knien liegen und schnieft. Er starrt auf einen Fleck vor seinen Füßen.

»Ich hab alles kaputtgemacht. Verdammt, was hab ich bloß angerichtet!«

Er kramt eine Flasche aus seiner Jackentasche, schraubt den

Deckel ab und nimmt ein paar tiefe Schlucke. Dann steht er mühsam auf, trottet zum Waschbecken und pinkelt hinein.

Betrunken und high. Sie sagt nichts dazu, und sie protestiert auch nicht, als er sich hinlegt und ihr den Kopf auf den Schoß legt. Behutsam streichelt sie ihm den Kopf.

»Leute wie mich dürfte es gar nicht geben«, sagt er, und sie hört, dass er jedes Wort so meint, wie er es sagt.

»Doch«, widerspricht sie sanft. »Oh doch.«

Krister macht einen angestrengten Versuch, den Kopf wieder anzuheben, aber er beruhigt sich, als sie ihm die Hand auf die Schulter legt.

»Wir können später reden«, sagt sie. »Jetzt bist du zu müde.«

Er ist schon im Halbdämmer versunken und murmelt nur noch leise vor sich hin.

»Johanna? Geh nicht weg.«

»Ich bin hier«, sagt sie. »Ich gehe nirgendwohin.«

»Ich liebe dich, Johanna. Liebe dich.«

Immer noch geschlossene Augen. Die Stimme brüchig und kraftlos.

»Mein Engel.«

Sie antwortet nicht. Gleich wird er eingeschlafen sein.

Da schlägt er die Augen wieder auf und sieht sie an.

»Ich hab was für dich«, sagt er.

»Ja? Was denn?«

Seine Lider fallen wieder zu. Im Mundwinkel sitzt ihm irgendein weißlicher Schleim. Mit einem Zipfel des Bettlakens wischt sie ihn ab.

»Ein Geschenk.«

Sie lächelt leicht.

»Danke schön.«

»Für dich, mein Engel. Du kriegst es später.«

Seine Stimme klingt immer schläfriger.

»Schlaf jetzt«, sagt sie.

Da fängt er wieder an zu weinen. Lautlos. Sie streichelt ihm das Haar und singt leise einen alten Schlager aus den Siebzigern, in dem ein sommerheller Himmel über bunten Sommerwiesen leuchtet.

Krister atmet jetzt ganz ruhig und gleichmäßig, und zu guter Letzt schläft er doch ein.

Sie betrachtet ihn. Irgendwann einmal war auch er das Kind von irgendwem.

Die Kaffeemaschine in der kleinen Küche hat fertig geblubbert. Johanna gießt sich eine Tasse ein. Sie hat schlecht geschlafen letzte Nacht, drei Stunden am Stück, wenn es hoch kommt. Immer wieder hat sie im Geiste die Sätze umformuliert, die sie zur Direktorin sagen will, zu Saras Lehrerin, zu ihren Mitschülern und deren Eltern. Die ganze Zeit gingen ihr die verschiedenen Formulierungen durch den Kopf, und als sie irgendwann doch einnickte, fuhr sie wenig später schweißgebadet wieder hoch und fühlte sich, als säße sie auf dem Grund eines Brunnens und käme nicht mehr an die Oberfläche.

Irgendwann kam die Morgendämmerung, und dann gelang es ihr endlich, sich zu sammeln, ihre Energie zusammenzunehmen und klar zu denken. Aber Sara geht immer noch nicht wieder in den Unterricht, sie weigert sich standhaft und behauptet, dass ihr Magen noch nicht wieder in Ordnung ist. Johanna weiß nicht, wie viel Druck sie ausüben soll. Am Ende hat sie sämtliche Prinzipien über Bord geworfen, in der Schule angerufen und Sara noch einen Tag krankgemeldet.

Sie lässt sich mit einer Kaffeetasse auf das Sofa im Pausenraum sinken. Der Fernseher ist an, es laufen die Morgennachrichten, die aber keinen interessieren. Helga strickt irgendwas Neues, nicht mehr den Pulli, der ist anscheinend fertig, jetzt ist es irgendein längliches, schalartiges Dings. Mika ist ganz in einen Krimi vertieft, während Tove mit ihren rosaroten Kopfhörern Musik hört und Kreuzworträtsel löst. Manchmal sieht es so aus, als hätte sie einen Soundtrack zur Wirklichkeit. Vielleicht ist der ja ganz schön.

Warum sagt eigentlich keiner was zu der Sache mit Sara? Haben Tove und Helga mit ihren Kindern geredet? Und wenn ja, was haben sie gesagt?

Aber alle am Tisch sind still. Wahrscheinlich sollte sie das Thema fallen lassen, so wie die anderen offenbar auch.

Sie zwingt sich, an das Formel-1-Rennen am Wochenende zu denken. Sowohl am Samstag- als auch am Sonntagmorgen ist sie ganz früh aufgestanden, um die Qualifikation anzusehen, und dann das Rennen selbst, das in Japan stattfand. Button gewann für McLaren, was bedeutet, dass ihn nur acht Punkte vom Dritten trennen, Alonso für Ferrari, und sechzehn vom Vierten, Webber für Red Bull. In einer Woche sind sie in Korea, und wer bei dieser WM Zweiter werden wird, ist immer noch völlig offen.

»Johanna?«

Helga hat ihr Strickzeug sinken lassen und sieht Johanna mit einem fast schon ehrfürchtigen Blick an.

»Wie du da gestern Krister beruhigt hast, also … Mann, das war wirklich toll.«

Mika blickt von ihrem Buch auf und lächelt Helga so strahlend an, dass es Johanna fast schon peinlich ist.

»Ja, so eine wie Josen gibt es so schnell nicht noch mal«, sagt Mika.

Tove stimmt zu: »Sie kriegt immer alles in den Griff.«

Johanna lächelt sie an, aber alles hat sie nun weiß Gott nicht in den Griff gekriegt. Nicht für Krister.

»Ich hoffe bloß, dass er jetzt auch bleiben darf.«

Lokalnachrichten. Über den Bildschirm flackern Bilder von Polizeiautos vor einer Bank. Johanna erkennt, wo das ist, der Platz im Zentrum des Nachbarstädtchens. Mika und sie fahren oft dorthin und stöbern durch die Geschäfte, dort haben sie eine größere Auswahl als hier.

Der Nachrichtensprecher redet weiter.

»Ein großes Polizeiaufgebot jagt immer noch den Täter, der

gestern Nachmittag einen Überfall auf die Handelsbank verübt hat.«

Mika blickt auf und hat ihr Buch wirklich vorübergehend vergessen. Das rhythmische Geräusch von Helgas Stricknadeln verstummt.

»Die Täter sind immer noch auf freiem Fuß, der Polizei fehlt bis jetzt jede Spur. Die Beute soll sich auf einen Rekordbetrag belaufen.«

Mika wirkt gleichzeitig erschrocken und aufgeregt.

»Was meint ihr? Könnte er das gewesen sein?«

Tove lacht.

»Was? Krister meinst du? Der soll da mitgemacht haben?«

Doch Mika lacht nicht. Sie findet es absolut realistisch, dass Krister an diesem Bankraub beteiligt gewesen sein könnte.

Johanna schüttelt den Kopf.

»Hört doch auf«, sagt sie.

Mika legt ihr Buch aufs Sofa und richtet ihre ganze Aufmerksamkeit auf den Bildschirm. Wie es aussieht, steigert sie sich richtig in die Sache hinein. Es ist nicht das erste Mal.

»Jetzt mal ganz im Ernst«, beharrt sie. »Glaubt ihr, dass er da mitgemacht hat?«

»Natürlich nicht«, antwortet Johanna.

»Warum denn nicht? Kennst du seinen Hintergrund denn so genau? Ich weiß, dass er früher so was gemacht hat. Und auch verurteilt worden ist. Er könnte entkommen sein und die Beute irgendwo versteckt haben.«

Tove wirkt amüsiert. Helga lächelt in sich hinein und strickt wieder weiter. Ihre Hände arbeiten ganz automatisch, sie muss gar nicht hinschauen.

Die Lokalnachrichten gehen zum Sport über, und auf dem Bildschirm sieht man jubelnde Mädchen in Fußballtrikots, die herumspringen und sich gegenseitig umarmen. Elsas und Julias Mannschaft hat wieder gewonnen, mittlerweile sind sie wirklich der Stolz der ganzen Region. Sowohl Helga als auch Tove kleben förmlich am Bildschirm, sie sitzen da wie in Trance, mit glänzenden Augen und entrücktem Lächeln.

»Elsa war den ganzen Abend überglücklich«, berichtet Helga. »Sie scheint sich richtig gut in die Mannschaft hineingefunden zu haben.«

»Allerdings«, bestätigt Tove. »Julia sagt, dass sie super spielt.«

Draußen auf dem Flur hört man laute Schritte, und im nächsten Augenblick erscheint Lenas Kopf in der Türöffnung. Alle sehen sie an, auch Tove und Helga. Lena hat ganz feuchte Augen und fährt sich mehrmals mit der Hand durch die widerspenstigen Haare.

»Es tut mir leid, aber Krister bekommt hier keinen Platz mehr«, sagt sie. »Ich habe alles versucht, aber wir sind voll belegt. Und ihr wisst ja, wie es um unsere Ressourcen bestellt ist.«

»Aber wir können ihn doch nicht einfach so wieder gehen lassen«, sagt Johanna.

»Er ist schon gegangen.«

Ein kalter Schauer läuft ihr über den Rücken.

»Wohin? Doch nicht etwa wieder nach Stockholm?«

Lena hebt ratlos die Arme.

»Keine Ahnung. Er ist einfach verschwunden, ohne dass jemand was gemerkt hat. Ohne einen Ton.«

Sie setzt eine bedauernde Miene auf.

»Na ja, was können wir machen? Er hat seine Chance gehabt. Mehr als eine sogar.«

Johanna sieht sich im Zimmer um. Keine Spur von Krister. Nach seiner außerplanmäßigen Übernachtung hat er sorgfältig aufgeräumt. Auf dem Bett liegt eine nackte Matratze ohne Laken. Die Decke ist säuberlich zusammengelegt worden, obendrauf liegt das Kissen. Der Schreibtisch am Fenster ist leer, ebenso das Regal an der Wand und die Kleiderhaken.

Ihr Blick bleibt an etwas hängen, was hinter der Gardine hervorschaut. Ein zugeklebtes Kuvert.

Sie geht näher heran und sieht schon aus der Ferne, was in ungelenker Handschrift auf dem Umschlag steht: FÜR MEINEN ENGEL.

Das Kuvert ist dünn, glatt und sorgfältig zugeklebt. Sie dreht es um, aber hinten steht nichts mehr drauf. Draußen hört man Stimmen. Rasch schiebt sie den Umschlag in ihre Strickjacke.

Tove und Helga gehen auf dem Flur vorbei. Die Tür ist nur angelehnt, und Johanna kann deutlich hören, worüber sie sich unterhalten.

»Ich fand es einfach ein bisschen komisch. Herrgott noch mal, die können doch einladen, wen sie wollen.«

Und Tove antwortet:

»Ja, manchmal wird es ganz schön albern.«

»Elsa findet Sara irgendwie komisch«, sagt Helga. »Sie macht nie bei irgendwas mit. Sie versucht es nicht mal.«

»Ich weiß. Sara ist ein bisschen speziell, wie man so schön sagt.«

»Man kann doch auch mal einen Versuch machen. Schließlich kann keiner verlangen, dass die anderen ankommen und einen bitten. Man muss selbst schon auch aktiv werden.«

»Ja. Elsa scheint sich in der Hinsicht ja total geschickt anzustellen«, meint Tove. »Daran sieht man doch auch, wie leicht man in diese Gemeinschaft aufgenommen werden kann.«

Jetzt stehen sie direkt vor der Tür. Johanna drückt sich an die Wand.

»Elsa ist total offen«, sagt Helga. »Und sie fühlt sich superwohl in der Klasse.«

»Das freut mich. Die Kinder halten total zusammen, sagen die Lehrer. Der Fußball bedeutet ihnen viel.«

Die Schritte verhallen, die Stimmen verschwinden. Johanna steht da mit ihrem Kuvert in der Jacke und spürt, wie eine Ecke sie leicht in den Bauch piekt.

Heute muss Sara wirklich wieder in die Schule gehen. So kann das nicht weitergehen. Die meiste Zeit liegt sie eingeigelt auf ihrem Bett, als wollte sie sich so klein wie möglich machen oder am liebsten gleich ganz verschwinden. Jedes Mal, wenn Johanna einen Blick ins Zimmer wirft, sieht es aus, als hätte Sara sich seit dem letzten Mal nicht bewegt. Als wäre es schon ein unüberwindliches Hindernis, überhaupt nur aufzustehen.

Johanna hat sich bei ihr entschuldigt, und natürlich tut es ihr auch leid im Nachhinein. Ihre unüberlegte Reaktion auf dem Balkon war wirklich unnötig. Aber gleichzeitig versucht sie Sara auch beizubringen, dass sie ein tieferliegendes Problem hat und die Verantwortung bei der Schule liegt. Mobbing darf einfach nicht akzeptiert werden.

Seit Montag hat Johanna mehrfach im Direktorat angerufen und versucht, mit Louise Carlén zu sprechen, um einen Termin zu vereinbaren. Und jedes Mal teilte man ihr mit, sie befinde sich in einer Konferenz. Immerhin hat der Konrektor ihre Nachricht bekommen und versprochen, Johannas Anliegen weiterzuleiten. Bis jetzt ist allerdings noch nichts passiert.

Das Ei kocht so heftig, dass kleine Tröpfchen zischend auf die Herdplatte spritzen. Johanna nimmt rasch den Topf herunter und gießt das Wasser aus. Sie schreckt die zwei Eier unter dem Wasserhahn ab und weiß, dass sie haargenau richtig gekocht sind, mit perfekt cremigem Eigelb in der Mitte. Eierkochen, ohne auf die Uhr zu gucken, ist ihre Spezialität.

Sie gießt sich ein großes Glas Wasser ein und trinkt langsam, um den morgendlichen Hunger noch etwas zu unterdrücken. Für sie gibt es heute kein Frühstück, der Kühlschrank ist so gut wie leer, aber sie kommt schon klar damit. Bei der Arbeit kann sie sich im Pausenraum ja Kaffee und einen Zwieback nehmen.

Die Spüle ist abgetrocknet. Sie weiß noch, wie sich früher immer das dreckige Geschirr darin stapelte, wenn Richard versprochen hatte, dass er nach dem Abendessen die Küche sauber machen würde. Dann setzte er sich vor seinen PC und blieb davor hängen, und wenn sie später nachfragte, wann er vorhabe, sich um die Küche zu kümmern, wurde er stinkwütend. Er behauptete, wenn er mit dem Küchendienst dran sei, dann dürfe er das auf *seine* Art machen, und sie habe sich nicht einzumischen, wann und wie er es mache.

Während sie mit dem Frühstück beschäftigt ist, fällt ihr auch wieder ein, wie er sie anfauchte, wenn sie Pläne fürs Wochenende machen wollte. Gereizt erklärte er, sie sei so was von stressig mit ihrem ganzen Geplane, und dann sagte sie einfach gar nichts mehr, weil sie die Streiterei nicht mehr ertragen konnte. Aber gleichzeitig wusste sie, worauf sein Nicht-Planen hinauslief, dass er nämlich bis spät in den Vormittag in Unterhose und T-Shirt vor seinem Internetpokerspiel hockte. Richard meinte, das könne genauso viel einbringen wie Arbeit, wenn nicht mehr. Und sie solle sich nicht in Dinge einmischen, von denen sie nichts verstand. Ob sie schon mal Poker gespielt hätte? Nein? Eben.

Dann sagte sie auch nichts mehr. Stattdessen setzte sie sich einfach neben ihn, kuschelte sich an ihn und legte ihren Kopf an seine Brust.

»Ja, ja«, meinte sie. »Vielleicht findet sich irgendeine Lösung.«

Dann nahm er sie in den Arm. Dieser Arm um die Schultern konnte ihr jetzt manchmal schon fehlen. Aber der Rest nicht.

Ein Ei in jeden Eierbecher. Brot, Butter, Aufschnitt. Zwei Teetassen. Johanna nimmt ein Streichholz aus der Schachtel und zündet eine Kerze an. Es wird langsam Zeit, Agnes und Sara zum zweiten Mal zu wecken. Sie wirft einen Blick auf die Küchenuhr.

Samstags ist im Heim immer Personalversammlung, und Lena nimmt es sehr genau mit der Pünktlichkeit.

Im Flur zieht sie die Jacke über und greift sich ihre Handtasche. Dann macht sie die Kinderzimmertür auf und sieht Agnes dastehen, gerade aufgestanden und halb angezogen. Sie steht vorm Spiegel und bürstet sich die Haare. Sie sieht müde aus. Und schnieft auch ein bisschen, als wäre sie erkältet.

Sara liegt immer noch im Bett, eingeigelt unter ihrer Decke, mit dem Gesicht zur Wand.

»Sie weigert sich aufzustehen«, erklärt Agnes. »Heute auch wieder.«

Johanna stellt sich an Saras Bett und stupst sie leicht an. Keine Reaktion.

»Das ist deine Schuld«, sagt Agnes. »Mann, wie konntest du bloß so was machen? Sie vom Balkon aus anschreien, wie blöd geht's denn bitte?«

Sie haben es ihr immer noch nicht verziehen. Hätte sie es ihnen vielleicht einfach verschweigen sollen? Aber sie weiß, dass sie es dann im Handumdrehen von jemand anders erfahren hätten. Sie will offen zu ihren Töchtern sein. Und außerdem gibt es nichts, wofür sie sich schämen müsste.

»Wie gesagt, ich finde, dass es richtig war«, erwidert sie. »Absolut.«

Agnes seufzt. Man kann die leichte Falte zwischen ihren Augenbrauen erahnen. Johanna deutet mit einem Nicken zur Küche.

»Frühstück ist fertig«, sagt sie. »Iss du wenigstens was.«

Zähneknirschend geht Agnes in die Küche. Johanna setzt sich auf Saras Bettrand und stellt sich die Handtasche auf den Schoß.

»Hej, Schatz. Wie geht's deinem Bauch heute?«

»Geht so.«

Kaum hörbares Gemurmel. Was soll man da sagen?

»Wie ging es denn in der letzten Sportstunde? Konntest du mit dem Lehrer reden wie besprochen?«

Sara starrt weiter auf die Wand.

»Ja«, sagt sie leise. »Am Tag danach.«

»Und, wie lief's? Werden die Mannschaften jetzt nicht mehr gewählt?«

»Nein.«

Johanna lächelt und streicht über die Decke.

»Wie schön! Das ist ja schon mal ein Fortschritt.«

Sara schüttelt den Kopf. Sie dreht sich langsam um. Ihre Augen sind so rot und verschwollen, dass sie wie entzündet aussehen.

»Das ist doch total egal. Simone und Natalie haben trotzdem JAA geschrien, wenn ihrer Mannschaft jemand Gutes zugeteilt wurde, und NEEEIN, wenn sie jemand Schlechtes bekommen haben. Jemand wie mich.«

»Das haben die echt gemacht?«

»Ja. Und so wird das auch bleiben. Und wenn sie eine zu schlechte Mannschaft kriegen, setzen sie sich auf die Bank und schmollen und wollen nicht mehr mitspielen.«

Sara dreht sich zur Wand und nimmt wieder ihre zusammengerollte Position ein.

»Ich weiß, dass ich selbst dran schuld bin«, sagt sie. »Ich bin einfach zu seltsam.«

»Bist du überhaupt nicht!«

»Doch. Und sie finden mich eklig. Wenn sie mich zufällig streifen, waschen sie sich die Hände.«

Das geht Johanna durch Mark und Bein. Aber sie muss jetzt die Ruhe bewahren. Sie fummelt an ihrer Handtasche herum und blickt zur Küche. Sie sieht den gedeckten Frühstückstisch, die flackernde Kerze. Agnes sitzt auf ihrem Platz und guckt in ein aufgeschlagenes Buch, während sie frühstückt.

Ihre eigene kleine Welt.

»Mama.«

Ein schwaches Flüstern, den Blick immer noch auf die Wand geheftet.

»Ja?«

»Ich will ihn Cayenne nennen. Das Pferd, das ich irgendwann mal haben werde. Das ist doch ein schöner Name, oder?«

Johanna betrachtet Saras Rücken. Sie muss den Namen irgendwo gelesen haben, aber Johanna hat keine Ahnung, wo.

»Super«, sagt sie. »Wirklich schön.«

Mit fester Hand streicht sie Sara über den Oberarm.

»Ich melde dich heute auch noch mal krank«, sagt sie. »Aber nur noch heute.«

Sie fasst nach Saras Hand, aber ihre Tochter zieht sie weg. Nicht energisch, sondern einfach nur schlaff und ausweichend.

Am Abend sitzt sie wieder mit ihren Rechnungen am Küchentisch. Aber sie ist nicht richtig bei der Sache, ihre Gedanken schweifen die ganze Zeit zu Sara. Die Lösung, nach der sie sucht, will sich einfach nicht finden. Mit jeder denkbaren Alternative könnte sie Saras Lage weiter verschlimmern. Johanna ist nicht sicher, ob sie wirklich komplett im Bilde ist, aber sie will auch nicht zu sehr in ihre Tochter dringen und mehr Informationen verlangen.

Sie schaut wieder auf den Taschenrechner. Da steht eine so überwältigende Zahl, dass ihr ganz schwach zumute wird.

Kristers Kuvert liegt auch dort, ein Stückchen neben den Rechnungen.

FÜR MEINEN ENGEL.

Sie nimmt das Kuvert, dreht und wendet es in der Hand. Säuberlich zugeklebt. Dann legt sie es wieder hin. Schiebt es beiseite.

Später, als ihre Töchter schlafen und es fast schon Nacht ist, steht sie wieder an der Spüle und hält sich das Handy ans Ohr. Sie spricht so leise wie möglich, um niemanden zu wecken.

»Nur bis nächsten Monat«, sagt sie. »Ich verspreche dir, ich zahle dir jede Krone zurück. Sobald ich kann.«

Nein. Das geht natürlich nicht. Kalle unterstreicht noch einmal, dass sie sich an die vereinbarten Regeln halten müssen. Er klingt müde und gleichgültig. Nicht wie der alte Kalle, der vor langer Zeit einmal hier mit in der Wohnung lebte. Von ihm ist nichts mehr zu spüren, nichts von seinem hintergründigen Humor, nichts von seiner Intelligenz. Das gehört alles nicht mehr ihr, das gehört jetzt jemand anders. Der loyale, hilfsbereite, gutwillige Kalle. Denn diese Seiten muss er ja immer noch haben irgendwo. Die können ja nicht einfach so verschwinden.

»Weißt du eigentlich, wie spät es ist?«, fragt er. »Du rufst viel zu spät an.«

»Aber …«

Er schneidet ihr das Wort ab.

»Du musst mich in Ruhe lassen. Wir sind geschieden. Wann begreifst du das endlich?«

»Aber wenn wir aus der Wohnung geschmissen werden?«, beharrt sie. »Ich geh nicht aufs Sozialamt. Niemals.«

Wieder unterbricht er sie und macht ihr Vorhaltungen. Sie müsse eben mit der Bank reden. Schlimmstenfalls könne sie sich doch von irgendeinem Bekannten etwas leihen.

Als ob sie auch nur eine Menschenseele kennen würde, die Geld erübrigen könnte.

Ihr Ohr wird langsam warm, sie merkt, dass sie das Handy fester dagegendrückt als nötig.

Ja. Sie war schon bei der Bank. Mehrmals. Nein. Sie kauft keine unnötigen Sachen.

Seine Stimme wird immer angespannter, man hört ihm die unterdrückte Gereiztheit an. Vielleicht ist jemand in der Nähe, jemand, dem er den Inhalt dieses Gesprächs lieber verheimlichen möchte. Diese Fanny.

»Ich bitte dich darum«, sagt sie. »Mach eine Ausnahme von

den Regeln, nur dieses eine Mal. Für Sara und Agnes. Unsere gemeinsamen Kinder.«

Kalle schweigt, als müsste er ihre Worte erst nach und nach aufnehmen. Dann hat er seine Stimme wiedergefunden, genauso fest und unerschütterlich wie vorher.

»Ich muss jetzt aufhören«, sagt er. »Und im Übrigen hast du mich ganz schön erschreckt. Um so eine Uhrzeit anzurufen – ich dachte schon, es wäre was passiert.«

Mehr nicht.

Sie schaltet das Handy aus, reibt sich das heiße Ohr und steht auf. Sie hat sich beim Telefonieren die ganze Zeit so vorgebeugt, dass ihr das Kreuz davon wehtut.

Hinter der geschlossenen Tür setzt sie sich auf den Badewannenrand, nimmt sich ein Handtuch und drückt es sich aufs Gesicht, auf den Mund. Sie tut, was sie kann, damit die Kinder von ihrem Weinen nicht aufwachen. Ihre Tränen gehören nur ihr, sie will mit ihren Tränen alleine sein und in Ruhe gelassen werden.

FÜR MEINEN ENGEL. Johanna reißt das Kuvert auf. Sie faltet einen Brief auseinander, der auf ein Blatt aus einem DIN-A4-Block geschrieben wurde. Sie liest die kurzen Zeilen, die Krister in seiner unleserlichen Handschrift draufgekritzelt hat. Die Buchstaben sind nur notdürftig verbunden und bilden einen zerklüfteten Gebirgskamm.

Geliebte Johanna. Ich werde dich nie vergessen. Du bist einer von den Engeln auf Erden. Ich werde auch versuchen, einer zu sein, wenn ich kann.

Pause. Sie muss die Tränen zurückkämpfen, die ihr in der Kehle hochsteigen. Wo ist er jetzt?

Sie liest weiter.

Unter meinem Bett liegt ein Geschenk. Das ist für dich. Nimm es an, tu es für mich. Mach damit, was du willst.

Sie liest den Brief noch einmal. Und dann noch einmal.

Wieder ist ein Tag voll besorgter Grübeleien vergangen. Johanna, die sich in ihre Sofadecke gewickelt und auf den Balkon gestellt hat, blickt hinunter auf die Straße. Die Nachtluft ist frisch, es fühlt sich so an, als wäre der Winter bereits im Anmarsch. Der Tee in ihrer Tasse ist schon kalt geworden.

Das Pferd Cayenne. Es steht in seiner Box, ruhig und gelassen. Es schnaubt und wiehert freundlich, wenn Sara in den Stall kommt. Die Hufe scharren auf dem Steinboden mit der Stroheinstreu. Johanna spürt es, hört es, sieht es. Alles. Die Wärme im Stall, das gleichmäßige Mahlen von Zähnen auf Haferkörnern. Sara, die dem Pferd das weiche Maul streichelt und ihm mit den Fingern durch die Mähne fährt.

Wie groß war die Beute eigentlich bei diesem Bankraub neulich? Und wie viel kostet ein Pferd? Ein starkes, schönes, lebendiges Pferd, das Cayenne heißen soll.

Aber etwas von Krister anzunehmen, ist auch keine Alternative. Das geht einfach nicht.

Sie nimmt ein paar kleine Schlucke von ihrem Tee und merkt kaum, dass er schon kalt ist. Kann sie wohl annehmen, was er ihr da schenken will? Wie groß ist das Risiko, dass es entdeckt wird? Wenn keiner davon erfährt, wäre die Geschichte dann überhaupt so wichtig? Wird jemand dadurch geschädigt?

Oder hat sie einfach ein Geschenk verdient, wie Krister sagte, als er sie seinen Engel nannte? Ist sie jetzt mal an der Reihe? Bekommt sie jetzt auch mal etwas geschenkt?

Der Himmel über ihr verweigert ihr jeden Fingerzeig. Er ist einfach bloß da und wartet schweigend, während sie die ganzen namenlosen Sterne einatmet.

Im Licht des frühen Morgens tapst sie über den Flur zur Küche. Da sieht sie, dass auf der Türmatte ein dickes, weiches Paket liegt. Ein wattierter Umschlag. ENTSCHULDIGE, SARA steht darauf, mit säuberlichen Großbuchstaben in blauem Filzstift. Mehr nicht. Keine Adresse, keine Briefmarke. Was wohl heißt, dass jemand es durch den Briefschlitz gezwängt hat.

Das Paket ist sauber zugeklebt, kein bisschen verknittert. Johanna nimmt das Paket, drückt vorsichtig drauf und schnuppert daran. Nichts. Sie schüttelt es. Kein Geräusch.

Sie geht in die Küche, nimmt eine Schere und schneidet das Paket auf. Durch den Schnitt sieht sie ein Stückchen durchsichtige Plastikfolie. Als sie sie zu greifen bekommt und daran zieht, holt sie eine Tüte hervor, die aufgeht und sofort einen süßlichen, verfaulten Gestank verbreitet. Jetzt sieht sie es: Es ist beziehungsweise *war* irgendein Obst, aber man kann nicht mehr erkennen, was für eines. Das Ding ist in die Tüte eingewickelt worden und von schwarzgrünem Schimmel bedeckt.

Sie ist so überrascht, dass sie im ersten Moment alles auf den Küchentisch plumpsen lässt. Einen Moment kämpft sie gegen einen Brechreiz, dann packt sie die Tüte und stopft sie in den Abfalleimer. Knotet mit sachlichen Bewegungen die Mülltüte zusammen, geht in den Hof und wirft das Ganze in die Tonne.

Die Direktorin Louise Carlén und Saras Klassenlehrerin sitzen auf ihren Sesseln, Johanna auf dem großgeblümten Sofa auf der anderen Seite des niedrigen Tisches. Sie hat lange geredet, über die Gründe dafür, dass Sara die ganze Woche nicht in der Schule gewesen ist. Über Bauchweh und Tränen und Saras verzweifelte Bitten, dass niemand etwas davon erfahren soll, keine Menschenseele. Und wie sie nach langen Überredungsversuchen schließlich zugestimmt hat. Denn dieser Sache muss ein Ende gesetzt werden, bevor alles noch schlimmer wird.

Johanna beugt sich über den Sofatisch und macht Anstalten,

einen Schluck von dem Kaffee zu trinken, den sie bis jetzt noch nicht anrühren konnte, aber dann lässt sie es doch. Sie hätte lieber Tee gehabt, der ist beruhigender.

»Tja, wir verstehen, dass die Situation sehr ungut für sie ist«, sagt die Direktorin. »In vielfacher Hinsicht. Deswegen werden wir sofort reagieren und noch heute eine Besprechung ansetzen. Ich musste etwas anderes absagen.«

Sie verzieht ihr Gesicht zu einem Lächeln und blinzelt dabei. Dann schlägt sie ein nylonbestrumpftes Bein übers andere und wippt mit den Zehen in ihren roten, flachen Schuhen. Ihr Gesicht ist breit, sie hat ausgeprägte Wangenknochen. Sie gilt als eine der schönsten Frauen im Ort. Verheiratet ist sie mit dem Präsidenten des Fußballklubs, in dem auch ihre beiden Söhne seit vielen Jahren spielen. Sie selbst organisiert die jährlichen Feste im Vereinsheim mit Disco und Tombola.

Die Klassenlehrerin sitzt schweigend daneben. Sie ist mager, fast spindeldürr, hat dünnes, trockenes Haar und gerötete, schuppende Haut. Karierte Hose, blaue Jacke und ein kleines Tuch um den Hals.

»Wie gesagt«, fährt Johanna fort, »ich glaube, dass das alles schon eine ganze Weile so geht, ohne dass ich etwas davon erfahren habe. Aber in den letzten Wochen ist es schlimmer geworden. Unter anderem hat man Sara im Speisesaal Milch über den Pulli gegossen, und da ich glaubte, dass bestimmte Mädchen aus ihrer Klasse sie am Freitag übel schikaniert hatten, habe ich die Betreffenden scharf zurechtgewiesen. Und dann kommt heute Morgen dieses Paket. Was wollen Sie unternehmen?«

Die Direktorin wirft einen raschen Blick zur Klassenlehrerin und schaut dann wieder zu Johanna.

»Also, Sie wissen ja, dass wir hier an der Schule aktiv gegen Mobbing vorgehen, zum Beispiel mit dem Friends-Programm«, erklärt sie. »Da kann man vielleicht doch nicht alles auf die Schule und die Klassenkameraden schieben. Vielleicht muss man auch einmal das große Ganze betrachten. Wie es in der Umgebung des Schülers aussieht. Zum Beispiel in der Familie.«

Johanna schweigt und wartet auf die Fortsetzung. Sie versucht, ihren rasenden Puls unter Kontrolle zu bekommen. Wenn sie jetzt die Kontrolle verliert, wird sich nichts verbessern.

Die Lehrerin ergreift das Wort.

»Saras Vater ist ja ziemlich viel abwesend, wenn wir das richtig verstanden haben. Und sich als alleinerziehende Mutter um zwei Teenager zu kümmern, ist nicht ganz leicht. Dafür haben wir vollstes Verständnis.«

Die Direktorin nickt.

»Abwesend?«, wiederholt Johanna. Jetzt bekommt sie richtiges Herzklopfen. »Nein, das kann man nicht behaupten. Meine Kinder sind jedes dritte Wochenende bei ihrem Vater in Stockholm. Sie haben ein gutes Verhältnis.«

Die Lehrerin sieht sich im Zimmer um, als wüsste sie nicht recht, wohin sie ihre Blicke wenden soll. Die Direktorin schenkt Johanna wieder ein blinzelndes Lächeln.

»Sicherlich. Aber in ihrem Alltag ist er eben nicht anwesend. Oder? Sie sind doch geschieden?«

Johanna hebt nun doch die Stimme, sie kann einfach nicht anders.

»Ich verstehe nicht, was unsere Scheidung mit dieser Geschichte zu tun hat. Es geht darum, dass Sara von den Mädchen in ihrer Klasse gemobbt wird! Darüber wollten wir reden. Deswegen bin ich hierhergekommen.«

Die Direktorin nickt. Sie wirkt ganz ruhig.

»Mobbing ist ein starkes Wort. Und wie gesagt, wir haben hier an der Schule ja auch das Friends-Programm. Wir arbeiten vorbeugend.«

»Aber die betreffenden Schülerinnen haben sich absolut falsch verhalten«, sagt die Lehrerin. »Daran kann es keinen

Zweifel geben. Und wir werden ein ernsthaftes Gespräch mit ihnen führen.«

Die Direktorin stellt ihre Füße in den Pumps auf den Boden, als wollte sie aufstehen, aber sie bleibt sitzen und glättet die Falten an ihrem Rock. Sie sieht erst die Lehrerin an, dann Johanna.

»Über die Sache mit Agnes haben wir noch gar nicht gesprochen«, sagt sie. »Aber jetzt wird die Zeit langsam knapp, ich habe gleich im Anschluss noch eine andere Besprechung.«

»Agnes? Was ist denn mit ihr?«

»Ich habe Ihnen eine Mail geschrieben«, sagt die Direktorin. »Weil Agnes in einen Ladendiebstahl verwickelt war. Wussten Sie das nicht?«

Ein eiskalter Schauer läuft ihr über den Rücken.

»Ladendiebstahl? Wovon reden Sie? Ich habe keine Mail bekommen.«

Wäre es möglich, dass Agnes am PC war und die Mail gelöscht hat? Nein, das kann Johanna einfach nicht glauben. Nicht Agnes. Worum geht es überhaupt? Was versuchen die hier? Wie können sie so etwas behaupten?

»Es wäre natürlich denkbar, dass Agnes die Mail gelöscht hat«, meint die Direktorin.

Der Anflug eines Lächelns im hageren Gesicht der Klassenlehrerin.

»Wie dem auch sei«, fährt die Rektorin fort, »sie war auf jeden Fall mit einer Clique unterwegs, die in den Pausen in den Läden in der Fußgängerzone klauen ging. Manchmal haben sie sogar die Schule geschwänzt. Sie wussten also nichts davon?«

Die beiden Frauen tauschen einen Blick. Johanna sieht, was sie denken, aber sie hat keine Worte mehr, um sich zu verteidigen. Irgendetwas in ihr zerreißt und geht in Stücke.

Sie kann nur noch aufstehen und gehen.

Agnes sitzt an ihrem Platz am Küchentisch und schaut aus dem Fenster, als würde sie kein Wort von dem hören, was Johanna sagt. Als würde es sie überhaupt nichts angehen.

»Wozu brauchtest du denn die Klamotten?«, fragt Johanna. »Du hast doch Unmengen von Zeugs! Die ganzen Sachen, die du von Papa bekommen hast. Agnes, bitte, kannst du mich nicht mal anschauen?«

Agnes schweigt. Sie hat tatsächlich Freunde, einen Freundeskreis, den Johanna sich für Sara auch gewünscht hätte, wenn sie sonst schon niemand findet. Weil es immer noch besser wäre als allein zu sein. Aber jetzt ist sie sich da nicht mehr so sicher.

Sara sitzt mit ausdrucksloser Miene daneben und reißt ein Stück Küchenkrepp in winzige Streifen.

Schließlich wendet Agnes den Kopf. Johanna sieht ihr in die Augen, die schiefergrauen Augen von Kalle.

»Ich musste«, sagt sie. »Wenn die wüssten, was für Klamotten ich schon habe, hätten die mich wahrscheinlich gekillt. Und ich brauche eben auch ein paar Freunde.«

»Aber wenn du das Gefühl hattest, dass du dazu gezwungen wirst, warum hast du mir dann nichts gesagt?«

»Damit …«

Agnes verstummt. Als ob sie sich den Satz erst einmal überlegen müsste, bevor sie fortfahren kann. Dann nimmt sie einen erneuten Anlauf.

»Weil du schon genug um die Ohren hattest. Und dann auch noch die Sache mit Sara. Du bist doch ganz allein.«

»Aber du musst doch nicht für mich Verantwortung übernehmen«, meint Johanna. »Das weißt du doch, oder?«

Agnes stiert in die Luft und pult an einem Fingernagel.

»Du kapierst echt gar nichts«, erwidert sie.

»Was kapiere ich denn nicht, bitte?«

»Du hast nicht gesehen, was die im Internet über Sara schreiben. Über uns.«

Im Internet? Johanna schüttelt den Kopf und versucht, das alles zu verstehen. Sie sieht Sara an, die mit der Hand die Augen verdeckt.

»Sie sagen, dass wir Loser sind, weil wir Papa nicht halten konnten. Und dass wir schuld sind, dass er nach Stockholm abgehauen ist«, sagt Agnes. »Und dass du dich jetzt ganz allein um alles kümmern musst, weil er auf uns scheißt. Dass wir arm sind und kaum was zu essen haben.«

»Wie bitte?«

»Das hab nicht *ich* behauptet, das schreiben die halt. Aber es ist ja auch wahr.«

Johanna wird die Luft knapp. Aber sie versucht, ganz ruhig und sachlich zu bleiben, um die Situation zu analysieren und stark zu sein. Kompetent.

Sara zerreißt weiter ihre Küchenkreppstreifen, die langsam Fusselgröße erreicht haben. Johanna legt eine Hand auf die Hand von Agnes.

»Ich bringe das in Ordnung«, sagt sie. »Ich versprech's dir.«

Agnes schaut auf. Ihr Blick unter der scharfen Stirnfalte ist der eines Erwachsenen.

»Nein, Mama, das wirst du nicht in Ordnung bringen«, sagt sie. »Das hier nicht. Es tut mir leid, aber du kannst Sara nicht helfen, sosehr du auch willst. Und mir auch nicht.«

Johanna steht auf und geht um den Tisch. Ihre Kinder, ihre Töchter, in ihr ist kein Raum mehr für andere Gedanken. Sie beugt sich zu ihnen herunter, drückt sie an sich und atmet ihren Geruch ein. Ist einfach da.

Und schließlich lässt Agnes die Tränen auf den Tisch tropfen, während sie mit belegter Stimme erzählt, wie sie versucht hat, Sara zu helfen, aber nichts ausrichten konnte. Und wie sie es am Ende aufgeben musste, um darüber nicht ihre eigenen Freunde zu verlieren.

Johanna lockert ihre Umarmung, trocknet Agnes die Tränen

von den Wangen, während sie spricht, und gibt ihr ein Stück Küchenpapier. Sie hört die ganze Zeit zu, während sie von der Spüle zum Kühlschrank zum Küchenfenster und wieder zur Spüle geht. Sie unterbricht sie nicht, hört einfach nur zu, während Agnes gesteht, dass sie sich in Johannas Computer eingeloggt und die Mail der Direktorin gelöscht hat. Weil sie nicht wollte, dass alles noch schlimmer wird. Aber das ist es jetzt vielleicht doch.

»Also. Du darfst nichts mehr klauen, egal, was passiert«, verlangt Johanna. »Das macht es für Sara nicht leichter. Und für mich auch nicht. Verstehst du?«

Anges nickt. Sie hat schon begriffen, das merkt man.

»Wir müssen jetzt versuchen, gemeinsam alles in Ordnung zu bringen«, sagt Johanna. »Wir werden zusammenhalten, und wir werden alles tun, was wir nur können, damit wir diese Dinge stoppen können. Und Sara, du sollst dich auch nicht mehr so mies fühlen wie jetzt, versprochen.«

Die beiden schauen sie fragend an und scheinen zu überlegen, was ihre Mutter jetzt für eine Lösung aus dem Hut zaubern könnte. Sie wünschte, sie könnte wirklich ein Wunder bewerkstelligen.

Johanna wendet sich zu Sara.

»Ich muss die Eltern anrufen.«

»Nein«, protestiert Sara, »das kannst du nicht machen.«

»Doch, das muss ich sogar. Es ist die einzige Möglichkeit. Die Eltern müssen den Ernst der Lage begreifen und ihren Kindern erklären, dass man sich einfach nicht so verhalten darf.«

»Aber kapierst du denn gar nichts?«, sagt Anges. »Dann wird doch alles nur noch schlimmer. Die Eltern sind doch die, die geklatscht haben. Die zerreißen sich doch die Mäuler und geben alles an ihre Kinder weiter. Und an die Lehrer.«

Johanna steht reglos an der Spüle und schaut ihre Töchter an und hört zu, während sie spürt, wie ihr das Herz immer heftiger klopft. Und am Ende muss sie nachgeben und den beiden versprechen, dass sie niemanden anrufen wird.

Kristers Zimmer. Jetzt nur noch ein leerer, staubiger Abstellraum, der bereit ist, den nächsten kaputten Menschen auf seiner Durchreise aufzunehmen. Johanna bückt sich und schaut unters Bett. Der schwarze Müllsack liegt ganz hinten an der Wand. Trotz vieler Mahnungen ist es mit dem Putzen hier immer so eine Sache. Keiner von den Bewohnern leistet wirklich gründliche Arbeit, wenn er mit dem Reinigungsdienst dran ist, Listen hin, Putzplan her. Wofür Johanna heute wirklich mal dankbar ist.

Der Sack ist fest zusammengeknotet und schwerer, als sie gedacht hätte.

Ich musste. Agnes' Worte gestern. Worte von einem fünfzehnjährigen Mädchen, das keinen anderen Ausweg mehr gesehen hat. Das glaubte, sich nicht aus diesen Zwängen befreien zu können.

Und so musste sie klauen, stehlen, eine kriminelle Handlung begehen.

Diese Worte dürfen niemals für sie gelten, für Johanna Andersson. Niemals. Wie konnte sie nur jemals auf so eine Idee kommen? Sie ist die Mutter ihrer Kinder, sie ist klug und vernünftig. Eine erwachsene Frau, die das Richtige tut, nicht das Falsche. Egal, was passiert.

Aber worin besteht Kristers Geschenk denn nun eigentlich?

Mit zitternden Fingern löst sie den Knoten, reißt den Sack auf und blickt hinein.

Heute hat Janne Dienst, der Polizist hier im Viertel. Das ist schon mal gut. Johanna kennt ihn ziemlich gut. Er hat den Inhalt des Müllsacks auf einem Tisch ausgebreitet. Viel ist es nicht.

Ein paar stark angelaufene Silberleuchter, ein paar Ringe und Armreifen, die so aussehen, als wären sie aus Gold, ein Wirrwarr aus Perlenketten und Goldkettchen. Und drei Handys, uralte Modelle.

Janne dreht die Gegenstände hin und her.

»Die habe ich von einem Bewohner aus dem Sjöviksheim gekriegt.«

Sie schiebt ihm Kristers Brief hin.

»Jetzt ist er allerdings verschwunden. Irgendwohin, ich weiß auch nicht wohin. Aber bitte, suchen Sie ihn nicht. Ich hoffe, dass er von selbst zurückkommt.«

Janne kratzt sich am Hals, wo er einen kleinen roten Ausschlag hat. Er sieht müde aus.

»Diebesgut«, stellt er fest. »Von Einbrüchen. Und Sie wissen nicht, woher das kommt?«

»Nein.«

»Tja, also, wir kümmern uns natürlich drum. Nicht, dass ich glaube, dass wir die Eigentümer finden werden, aber trotzdem. Und der Dieb … na ja, das Personal ist knapp.«

Er sieht sie an und nickt. Er erwartet, dass sie jetzt geht.

»Finderlohn gibt es nicht, oder?«

Sie versucht, positiv zu wirken. Janne schüttelt den Kopf und kratzt sich wieder am Hals.

»Nein, ich glaube, da können Sie sich nichts erwarten. Leider.«

Der Samstagabend ist angebrochen und im Mietshaus gegenüber ist fast jedes Fenster erleuchtet. Heute Abend hätten sie sich treffen sollen, Johanna und Mika, Helga und Tove. Sie weiß, dass die anderen sich bereits bei Tove eingefunden haben, alle, bis auf sie. Zum zweiten Mal in Folge hat sie gesagt, dass sie nicht kommen kann. Jetzt sitzen sie wahrscheinlich gerade beim Abendessen, gekocht von Tove, und dann schauen sie sich die Ziehung der Lottozahlen an. Und hinterher sitzen sie noch zusammen und unterhalten sich bis spät in die Nacht.

Johanna steht in ihrer eigenen Küche und ist nicht dabei. Sie hat Mika angerufen und ihr erklärt, warum sie auch diesen Samstag zu Hause bei Sara bleiben will, warum sie kein gutes Gefühl dabei hätte, sie jetzt allein zu lassen. Und Mika verstand das.

Johanna hat immer noch ein bisschen Schuldgefühle. Denn Sara war nur zum Teil der Grund. Ein anderer Grund ist das Gespräch, das Helga und Tove im Korridor über Sara geführt haben. Sie kann einfach nicht anders, sie empfindet es als Verrat. Natürlich, so redet man manchmal einfach, wenn man findet, dass jemand ein bisschen seltsam ist, oder wenn man seine eigenen Kinder in Schutz nehmen will. Und nachdem Toves und Helgas Töchter beste Freundinnen geworden sind, ist es wahrscheinlich ganz normal.

Aber Johanna hat trotzdem keine Lust, sie zu treffen und sich zu amüsieren und zu tun, als wäre nichts. Nicht so kurz danach. Vielleicht, wenn mit Sara alles wieder gut ist.

»Was meinst du, soll ich stattdessen zu euch rüberkommen?«, schlägt Mika vor. »Ich kann Eis oder Süßigkeiten mitbringen. Tove und Helga kommen auch gut alleine klar.«

Johanna versicherte, dass das unnötig sei. Sara brauche jetzt einen gemütlichen Abend zu zweit mit ihrer Mama, erklärte sie. Und das verstand Mika selbstverständlich auch.

»Ruf an, wenn du's dir anders überlegst«, sagte sie.

Jetzt will Johanna also versuchen, Sara auf andere Gedanken zu bringen, ihr einen gemütlichen, schönen Abend zu machen. Und wenn Sara ihr etwas anvertrauen will, dann soll sie das auch machen können. Während Johanna gekocht hat, saß Sara in ihrem Zimmer vorm PC, aber ihre Mutter will sie gleich zum Essen rufen.

Im Supermarkt hatten sie Schweinefilets im Sonderangebot,

es gibt also Schmortopf, den liebt Sara. Und zum Nachtisch einen saftigen Schokoladenkuchen und Sahne. Im Küchenschrank hat Johanna auch noch eine Tüte Popcorn gefunden, vielleicht schauen sie sich später ja auch noch einen Film an.

Agnes ist wie üblich unterwegs mit ihren Freunden. Auch wenn Johanna dabei nicht ganz wohl ist, redet sie sich ein, dass sie ihrer Tochter vertrauen muss.

Sie rührt im Topf, schmeckt ab, gibt noch ein wenig Salz dazu. Dann schaut sie, wie weit der Reis ist. Auch gleich fertig.

»Was machst du?«

Sara steht auf der Schwelle zur Küche. Sie schaut auf den Küchentisch, wo Johanna schön gedeckt hat. Die Kerzen brennen auch schon, und Johanna stellt den Topf auf einen Untersetzer.

»Gut, dass du kommst. Ist gerade fertig geworden. Zwei Minuten.«

»Ich hab keinen Hunger.«

»Aber Schatz, du hast doch seit dem Mittagessen nichts mehr gehabt. Es gibt Schweinefilet.«

Sara mustert das Essen mit sichtlichem Widerwillen.

»Kann ich mir nicht später was davon nehmen? Ich mach's mir dann in der Mikrowelle warm.«

»Doch, natürlich. Kein Problem.«

Und dann dreht sich Sara um, um wieder in ihrem Zimmer zu verschwinden, zurück an den Computer.

»Sara, bitte. Kannst du dich nicht zu mir setzen? Es ist so traurig, dass du die ganze Zeit nur in deinem Zimmer sitzt. Findest du nicht? Wir können doch ein bisschen reden.«

Sara bleibt stehen und schaut sie an.

»Reden?«

»Ja.«

»Du immer mit deinem Reden. Du meinst auch, es hilft, wenn man redet. Aber es hilft nichts, das hast du doch mittlerweile auch gemerkt.«

»Wir müssen aber trotzdem versuchen …«

»Du sollst überhaupt nichts versuchen, Mann! Raffst du das endlich mal?«

Sie starren sich an. Sara zittert fast.

»Du machst alles nur schlimmer! Kannst du mich nicht in Ruhe lassen? Beschäftige dich lieber mit deinen Junkies bei der Arbeit, die brauchen deine Hilfe. Aber kannst du bitte aufhören, mir auf die Nerven zu gehen?!«

Dann geht sie, bevor Johanna antworten kann. Die Kinderzimmertür wird zugeschlagen.

Johanna sieht Sara nach und weiß nicht, ob sie ihr nachgehen oder sie einfach in Ruhe lassen soll. Ihre Kehle tut weh. Was ist jetzt das Richtige?

Am Ende beschließt sie, dass sie wohl ein andermal reden müssen. Aus dem Wohnzimmer hört sie den Fernseher, die Sendung hat anscheinend schon angefangen.

Rasch bläst sie die Kerzen aus. Sieht die dünnen Rauchkringel davontanzen, bis sie sich im Halbdunkel auflösen.

Ihr Lottoschein liegt auf dem Sofatisch und erinnert sie daran, dass die anderen jetzt zusammen bei Tove sitzen. Sprechen sie wohl von ihr? Von Sara? Allein der Gedanke tut weh, trotzdem kann sie ihn nicht loslassen. Sie sieht es förmlich vor ihrem inneren Auge, wie Tove und Helga diskutieren, die Dinge gründlichst durchhecheln und dabei ohne Punkt und Komma reden, wie immer. Mika sagt vielleicht nicht so viel dazu, aber sie sitzt trotzdem dabei. Schließlich sind sie alle eine Clique.

Johanna blickt auf Saras Tür. Eigentlich sollte sie hingehen und klopfen, versuchen, einen neuen Weg zu finden, um sich ihrer Tochter anzunähern. Alle Kräfte zusammennehmen und ein bisschen was von ihrem Humor aus sich rauskitzeln, dem Sara regelmäßig erlegen ist.

Stattdessen bleibt Johanna auf dem Sofa sitzen und schaut auf den Bildschirm und den Lottozettel. Sosehr sie ihr Inneres auch durchforstet, sie findet kein Körnchen Humor, keinen Schimmer von Komik oder Witz. Nicht im Moment.

Ein blondes Mädchen moderiert die Ziehung der Lottozahlen. Ihrem breiten Lächeln nach zu urteilen, scheint sie ihren Job unheimlich zu genießen. Ein bunter Ball nach dem anderen purzelt herunter. Mit übertrieben deutlicher Aussprache liest sie die Ziffern der ersten Ziehung vor. Ihre Lippen glänzen rot, ihre Zähne sind gleichmäßig und weiß, ihre Stimme ein bisschen schrill.

Alle Zahlen falsch. Kein Gewinn.

Dann kommt Lotto 2. Genauso unmöglich wie die erste Serie.

Dann kommt Joker, das Zusatzspiel, auf das Johanna 20 Kronen gesetzt hat.

Eine Zahl nach der anderen wird von der lächelnden jungen Frau ausgesprochen, glasklar und überartikuliert. Zur Sicherheit wiederholt sie jede Zahl noch einmal, damit es ja keine Missverständnisse oder Verhörer gibt.

Johanna starrt auf den Zettel in ihrer Hand. Auf den Bildschirm. Auf den Zettel.

Das kann doch nicht stimmen.

Die Zahlen aus dem roten Mund. Die Perlenkette aus Bällen und perfekt artikulierten Wörtern.

Ihr ganzer Körper beginnt zu zittern, ihr ist so schwindlig, dass ihr fast schlecht wird. Das kann wirklich nicht stimmen. Aber sosehr sie auch hinstarrt und vergleicht, sie sieht nur eines: dass es eben doch stimmt.

Sie hat sieben Richtige beim Joker. Sieben Richtige. Bei einem Einsatz von zwanzig Kronen bedeutet das eine Gewinnsumme von zwanzig Millionen Kronen.

Das lächelnde Mädchen wirft ihr Blondhaar ein wenig hin und her und schaut direkt in die Kamera, als sie verkündet, dass man jetzt zurückschaltet ins Studio zu ein bisschen flotter Musik.

Die Musik geht los, irgendwie keck, aber auch monoton, sie bohrt sich einem direkt ins Hirn. Die wenigen Töne des Refrains werden immer und immer wieder wiederholt. Die Dur-Melodie soll wahrscheinlich zum Mitträllern verführen, vielleicht auch zum Pfeifen und Fußwippen, falls jemand wirklich derartig gute Laune haben sollte.

Aber.

Es pulsiert vom Herzen durch den ganzen Körper, bis hoch in die Schläfen.

Das kann doch nicht wahr sein. Kann es einfach nicht. Irgendwas kann da doch nicht stimmen.

Genau in diesem Moment klingelt in einem anderen Zimmer das Handy, und automatisch steht Johanna auf, um ranzugehen. Aber in ihrem Kopf ist es völlig leer.

Das Handy klingelt noch einmal, bis sie es schließlich auf dem Fensterbrett in der Küche findet. Sie meldet sich und guckt dabei auf den Parkplatz. Der Mond ist am Abendhimmel aufgegangen wie eine blauweiße, fast durchsichtige Scheibe aus Eis.

»Krister ist tot«, sagt Lena. »Er wurde irgendwo in Stockholm gefunden. In der U-Bahn, glaube ich.«

Johanna fährt mit dem Fahrrad durch die Morgendämmerung und den verlassenen Ort und sieht die Häuser mit ihren schwarzen Fenstern rechts und links vorbeiziehen. Im Licht der Straßenlaternen stehen die Autos auf den Garagenauffahrten wie schlafende Tiere. In ein paar vereinzelten Häusern sieht man Licht brennen, hinter den Gardinen bewegen sich Gestalten im Zimmer, hantieren mit Geschirr auf Arbeitsplatten.

Ihre Hände schmerzen in der Kälte, vor allem ihre Finger, die die Lenkstange umklammern. Die Ohren tun ihr weh vom Gegenwind. Aber sie fährt weiter und kümmert sich nicht darum.

Es ist seltsam still, als sie durch die Glastür tritt. Niemand zu sehen, weder im Eingangsbereich noch auf dem Flur. Nur Lena schaut aus ihrem Zimmer, und als sie Johanna sieht, geht sie ihr entgegen. Die metallbeschlagenen Absätze ihrer Boots klackern auf dem Linoleumbelag.

Johanna nimmt langsam ihren Schal ab. Lena bleibt direkt vor ihr stehen.

»Überdosis«, sagt sie. »Anscheinend hat man ihn ziemlich schnell gefunden, und der Notarzt kam auch gleich. Aber sie konnten nichts mehr für ihn tun.«

Sie zieht an ihren kurzen Strähnen, der altjüngferlich angehauchte Punkerschnitt will heute wohl nicht so recht sitzen. Er sieht kein bisschen rebellisch aus, sondern einfach nur brüchig und schwach.

»Wir treffen uns gleich alle im Personalraum«, fährt sie fort. »Die anderen sind schon unterwegs. In erster Linie müssen wir besprechen, wie wir den Heimbewohnern beibringen, was passiert ist. Angehörige hatte er keine.«

»Doch, eine Tochter«, sagt Johanna. »Sie lebt bei Pflegeeltern.«

»Ach so? Na, da muss ich dann noch mal nachgucken.«

Lena geht wieder.

Die Versammlung fällt kurz aus, es gibt ja auch nicht viel zu sagen. Auf einem Tisch hat Lena eine Kerze neben ein Porträtfoto von Krister gestellt, das aufgenommen wurde, als er vor anderthalb Jahren hierherkam. Jemand hat versucht, ihm eine Art Scheitel zu ziehen, aber sein Haar war zu widerspenstig. Unsicheres Lächeln, unreine Haut über dem Kragen seines Jeanshemds.

Sie halten eine ewig lange Schweigeminute.

Dann verlassen Johanna, Tove, Mika und Helga gemeinsam den Personalraum. Sie gehen durch die Tür auf der Rückseite des Gebäudes. Von der Seite schielt Johanna zu Tove und Helga hinüber. Sie ist nicht mehr enttäuscht von ihnen, alle Gefühle in dieser Richtung sind verschwunden. Weil sie nicht mehr wichtig sind.

Lena kommt ihnen nach. Sie trocknet sich die Nase mit dem Handrücken. Ihre Nägel sind ganz abgekaut.

»Er hätte diese Übergangswohnung nie kriegen dürfen«, sagt sie. »Wenn er die nicht gekriegt hätte, hätte er auch keinen Rückfall erlitten. Und dann wäre er jetzt noch am Leben.«

Sie sieht Johanna an.

»Wenn du die Lage richtig eingeschätzt hättest, hättest du das verhindern können.«

»Ich?«

Wie angewurzelt bleibt Johanna stehen.

»Ja. Du kanntest ihn schließlich am besten«, sagt Lena. »Es muss doch Anzeichen gegeben haben. Er war noch nicht bereit für die Entlassung. Ganz offensichtlich.«

»Meinst du das jetzt ernst?«

Johanna holt tief Luft und will Lena gerade sagen, was sie von diesen ungerechten Vorwürfen hält, da tritt Mika vor. Ihr Hals ist ganz übersät mit roten Flecken.

»Also, jetzt redest du aber wirklich Blödsinn daher. Das war überhaupt nicht Johannas Schuld!«, sagt sie. »Du bist schließlich die Chefin hier, und damit hast du auch die übergreifende Verantwortung.«

Tove und Helga nicken zustimmend.

Ein scharfer Blick von Lena.

»Darüber werde ich jetzt nicht mit euch streiten«, erwidert sie. »Das ist unter meiner Würde.«

Johanna will noch etwas sagen, das Richtige für diese Situation, aber so schnell kann sie sich das gar nicht überlegen. Lena geht rasch zu ihrem Auto, setzt sich ans Steuer und fährt davon.

Die vier bleiben zurück und sind noch ganz verdattert über das, was gerade passiert ist. Mika fährt sich mit den Händen über die Herbstmütze aus dem Second-Hand-Laden. Sie schaut auf den Boden und zieht mit den Schuhspitzen den Rand einer Pfütze nach. Helgas Hand zittert, als sie sich eine Zigarette ansteckt und einen Zug nach dem anderen nimmt. Johanna hat sie noch nie rauchen sehen.

So bleiben sie ganz nah zusammen in der kalten Dunkelheit stehen. Wie ein Rudel wilder Hunde versuchen sie, sich gegenseitig zu wärmen.

Sieben Richtige beim Joker. Ein Zwanziger Einsatz.

Das hier sind ihre besten Freundinnen, aber sie kann es ihnen trotzdem nicht erzählen.

Ihre Kehle ist wie zugeschnürt. Sie hat keine Worte mehr.

In diesem Moment kann sie nicht ausscheren, sie braucht diese Clique viel zu sehr. Wer kein Rudel hat, ist schnell tot.

Als sie wieder zu Hause ist, verkriecht sie sich mit einer Wolldecke aufs Sofa. Wenn bloß ein anderer Mensch hier wäre, der sie in den Arm nehmen könnte, der einfach da wäre, jemand, der ihr näher steht als ihre Freundinnen.

Aber Richard vermisst sie immer noch nicht.

Der saß immer mit der Fernbedienung in der Hand neben ihr und zappte durch die Kanäle. Meistens blieb er bei irgendeinem grottenschlechten Actionfilm oder einer Komödie hängen. Ab und zu lachte er auf, begeistert wie ein Kind. Sobald er fernsah, nahm ihn die Handlung von der ersten Sekunde an völlig gefangen, ganz egal, was da über den Bildschirm flimmerte. Das konnte auch *Tom und Jerry* sein, dann guckte er wie gebannt auf den Fernseher und blieb mit einem leichten Grinsen mitten im Zimmer stehen. Manchmal auch direkt nach einem Riesenstreit.

Sie kann sich noch an den Abend erinnern, an dem Richard ungewöhnlich spät nach Hause kam, strahlend und mit geröteten Wangen. Er roch nach Bier, aber sie beschloss, so zu tun, als merkte sie es nicht. Sein Kumpel und er hatten eine Idee für ein Unternehmen, sie wollten jetzt eine eigene Firma gründen. Warum groß zögern? Wenn man an etwas glaubt, muss man es einfach machen. Und Richard war felsenfest von der Idee überzeugt.

»Wer nicht wagt, der nicht gewinnt.«

Er gab Johanna einen Kuss auf die Wange, ziemlich nass und überhaupt nicht angenehm.

»Risiken eingehen können, das ist das Wichtigste, wenn man Erfolg haben will, das ist dir doch klar, oder?«

Und dann erzählte er von der geplanten Firma, die sich mit der Pflege und Instandhaltung von Gebäuden befassen und Naturprodukte für behutsame Renovierungen vertreiben sollte.

Ob Johanna wohl die Buchhaltung übernehmen könnte oder so? Angebote schreiben und Rechnungen schicken, sich um den Papierkram kümmern? So was konnte sie doch gut. Sie würde auch ein Büro mit Regalen für die Ordner kriegen.

»Natürlich«, sagte sie. »Wenn du das wirklich möchtest.«

»Dann können wir bei unserer Hochzeit noch was drauflegen, weil wir mehr Geld reinkriegen.«

Er strahlte und war ganz erfüllt von seiner Idee. Eingehend

beschrieb er ihr, wie das Logo aussehen sollte, das auf der Homepage und den Visitenkarten und allen Rechnungen abgebildet sein sollte.

»Und wovon sollen wir in der Zwischenzeit leben?«, erkundigte sie sich.

Richard lachte nur, umarmte sie und meinte, das würden sie gemeinsam schon hinkriegen. Sie kriegten doch alles immer gelöst, oder? Noch ein nasser Kuss, diesmal auf die Stirn.

Aber sie hatten kein Erspartes, das wusste sie. Nicht seit Richard diesen Flachbildschirm gekauft hatte, der absolut nötig gewesen war, wie er behauptete. Und der war noch nicht mal ausgepackt. Genauso wenig wie das neue Handy.

»Und wie wollen wir das lösen?«, hakte sie nach. »Erzähl doch mal, ich möchte das nämlich wirklich gerne wissen. Schon im Hinblick auf die Kinder.«

Die Wärme verflog von seinem Gesicht. Jetzt sah er sie voller Abscheu an. Er antwortete nicht, stand einfach auf und setzte sich wortlos vor den Computer.

Johanna macht den Kleiderschrank auf. Darin hängt der hellrosa Kleiderbügel, wattiert und mit Seide überzogen und mit einer rosaroten Rose am Haken verziert. Der Bügel ist das Einzige, was ihr von ihrem Brautkleid geblieben ist. Das lange, ärmellose Kleid aus glänzendem Stoff, das sie zwei Wochen nach Richards Auszug über *Gesucht-Gefunden* verkaufte.

Die Heizung in der Küche knackt, ein Geräusch, das man nur hört, wenn es ansonsten ganz still in der Wohnung ist. Johanna macht den Kleiderschrank wieder zu. Lässt den Bügel allein in der Dunkelheit hängen.

Noch ein Knacken, als wollte die Heizung sie daran erinnern, dass bald Winter ist. Dass es jetzt mit jedem Tag kälter wird.

Draußen der gleiche Nieselregen, der gleiche Nebel über der Wohnsiedlung wie fast jeden Tag in diesem Herbst. Aber ansonsten ist dieser Montag wie kein anderer, den Johanna je erlebt hat. Denn jetzt, am frühen Vormittag, während Agnes und Sara schon in der Schule sind, steht sie im Morgenrock auf dem Flur, hält sich den Telefonhörer ans Ohr und lauscht dem Mann mit der munteren Stimme, der sie gerade angerufen und sich als Gewinnbotschafter der Schwedischen Lotterie vorgestellt hat.

»Spreche ich da mit Johanna Andersson?«, fragt er.

»Ja.«

»Ich gehe richtig in der Annahme, dass Sie am Samstag Lotto gespielt haben, nicht wahr?«

»Ja.«

Sie zupft ihren Morgenmantel zurecht und zieht am Gürtel in dem reflexhaften Versuch, sich notdürftig ein wenig zurechtzumachen. Als ob er sie sehen könnte.

»Dann möchte ich Ihnen hiermit meine herzlichsten Glückwünsche aussprechen«, sagt er. »Mit Ihren sieben Richtigen haben Sie zwanzig Millionen Kronen gewonnen. Steuerfrei.«

Eine kurze Schweigepause.

»Danke«, hört sie sich selbst sagen, aber sie versteht überhaupt nichts.

»Ich würde Sie gerne nach Visby einladen, damit Sie Ihr Geld abholen und den Gewinn mit uns feiern können«, sagt er. »Wir von der Schwedischen Lotterie spendieren Ihnen die Fahrt und ein nettes Mittagessen. Ihre Familie können Sie natürlich mitnehmen.«

Erst kommt es ihr vor, als wäre ihre Stimme eingerostet. Dann fragt sie, ob es sich umgehen lässt, dass man in der Zeitung steht. Das will sie nämlich nicht.

»Sie würden also lieber anonym bleiben?«

Sie sagt Ja. Wiederholt es mehrmals.

»Kein Problem«, sagt er. »Aber Sie müssen trotzdem nach Visby kommen, denn dort unterschreiben Sie Ihren Scheck. Und dort bekommen Sie auch finanzielle Beratung, ein Gespräch mit der Bank und mit unserem Team für die Hauptgewinner. Die unterliegen alle der Schweigepflicht, Sie müssen sich also keine Sorgen machen. Man wird sich bestmöglich um Sie kümmern.«

Er klingt nett. Sie bleibt stumm und betrachtet die Gardinen der Nachbarn gegenüber.

»Die Medien haben eben ein gewisses Interesse, wenn jemand einen Gewinn in dieser Höhe macht«, erklärt er. »Aber wir geben nur bekannt, wo das Los verkauft wurde. Und wir schicken eine kurze Pressemitteilung raus, mit einem Interview, das wir mit Ihnen gemacht haben, aber das bleibt selbstverständlich ebenfalls anonym. Nur ein paar Fragen, wo, wann und wie es passiert ist. Ob Sie irgendwelche Pläne für die Zukunft haben. Mehr nicht.«

Wenig später ist das Gespräch beendet und Johanna legt auf, nachdem sie ihm mitgeteilt hat, dass sie gleich diesen Samstag kommen wird, weil die Kinder da bei ihrem Vater sind.

Anschließend bleibt sie eine Weile so stehen. Dann geht sie in die Küche, räumt den Kühlschrank komplett aus und reinigt sämtliche Ablagen und Schubladen und Türfächer. Sie benutzt richtig viel Putzmittel und einen Scheuerschwamm. Das musste wirklich schon lange mal wieder sauber gemacht werden.

Samstagmorgen. Johanna macht die Tür zum Kinderzimmer einen Spaltbreit auf. Der Zug nach Stockholm geht um Dreiviertel, und sie will, dass die beiden einen Happen frühstücken, bevor sie losmüssen.

Wider Erwarten liegen weder Sara noch Agnes noch im Bett. Beide sind fertig angezogen, Agnes macht gerade ihr Bett, und Sara kämmt sich die Haare. Offensichtlich sind sie rechtzeitig aufgestanden. Die Koffer sind auch schon gepackt.

»Super«, sagt Johanna, »also müssen wir ja jetzt nur noch frühstücken, dann können wir los.«

Sie tut so, als würde sie nicht merken, dass die beiden wenig begeistert dreinschauen und sich langsam bewegen. Dass sie sich bei Kalle nicht besonders wohlfühlen, weiß sie, aber da kann sie nichts machen, sie müssen da hin.

Nachdem sie rasch eine Schale Joghurt gegessen haben, begleitet sie ihre Töchter zum Bahnhof. Das Gepäck transportiert sie auf ihrem Fahrrad, das sie nebenher schiebt: einen Koffer auf dem Gepäckträger, einen auf dem Lenkrad. Sie sorgt dafür, dass die zwei ihren Platz finden, und winkt ihnen zum Abschied. Dann fährt sie nach Hause und versucht den Gedanken an ihre traurigen Gesichter hinter dem Zugfenster zu verdrängen. Kalle hat auf jeden Fall Recht, Agnes und Sara können genauso gut jedes dritte Wochenende in den Zug steigen. Das wird schon funktionieren.

Eine Stunde später kommt Johannas eigenes Taxi. Sie hat schon eine ganze Weile fertig an der Tür gestanden, spürte, wie sie vor Aufregung feuchte Hände bekam, und hoffte, dass ihr keine Nachbarn begegneten. Es war zwar niemand zu sehen, aber sie nimmt an, dass einige sie durch die Gardinen erspäht haben. Aber das muss sie jetzt einfach ignorieren.

Während der Taxifahrt zum Flughafen beruhigt sie sich etwas. Felder und Äcker fliegen am Fenster vorbei, und ihr ist nicht mehr so zittrig zumute, sie hat nur so ein komisch hohles Gefühl im Magen. Weil sie auf dem Weg nach Gotland ist, wo sie noch nie war. Und dann auch noch mit dem Flugzeug. Wo sie doch auch noch nie geflogen ist.

Die Flugreise hat etwas Unwirkliches, ein kurzes, schwindelerregendes Erlebnis. In Visby wird sie von Gewinnbotschafter John am Flughafen abgeholt. Er ist groß, hat einen blonden Stoppelschnitt und redet ununterbrochen, hat aber eine ganz sanfte Ausstrahlung. Sie mag ihn.

»Zuerst machen wir eine kleine Rundfahrt«, verkündet er. »Vom Flugplatz fahren wir raus zum Strand von Snäck, dann am Meer entlang und dann einmal rund um die Stadtmauer von Visby.«

Sie sitzt auf dem Beifahrersitz und kommt sich nutzlos vor, weiß am Anfang gar nicht, wo sie mit ihren Händen hinsoll. Sie ist es nicht gewöhnt, so viel zu sitzen wie heute.

Aber dann wird sie doch abgelenkt. Es kommt ihr vor, als hätten die Landschaft und das Meer von Gotland die ganze Zeit nur auf sie gewartet, und jetzt breitet sich alles vor ihr aus. Sie bildet sich ein, dass die Bäume am Strand sich zu einem Willkommensgruß neigen, und die Schreie der Sturmmöwen klingen wie Freudengesang.

Und plötzlich hat sie ein starkes Bedürfnis zu atmen. Richtige Luft, nicht die im Auto. Wo die Sturmmöwen über dem Wasser kreisen und sich hoch in den weißgestreiften Himmel schwingen. Sie legt den Kopf in den Nacken, um den ganzen Himmel zu sehen, aber der wird durch das Autodach verdeckt.

»Können wir wohl mal anhalten?«, bittet sie. »Ich war noch nie auf Gotland.«

»Aber natürlich.«

John lacht ein wenig, bremst und lässt sie aussteigen, während er selbst im Auto sitzen bleibt.

Da steht sie nun und blickt aufs Meer. Der Wind ist kühl, aber er hat behutsame Hände, die ihr sanft durchs Haar fahren. Sie geht näher ans Wasser, und genau in dem Moment kommt eine riesige Welle, die über eine Klippe direkt neben Johanna schwappt, und die Wassermassen zersplittern zu einer glitzernden Kaskade, die viel weiter reicht, als sie erwartet hat. Ihre Brille bekommt lauter salzige Tröpfchen ab, sie muss sie abnehmen und mit einer Ecke von ihrem Pulli putzen.

Und während sie da am Rand des gewaltigen Meeres steht und ihre Brille putzt, kommt es ihr vor, als würde sie mit ihren Fingerbewegungen jetzt und hier ihre neue Wirklichkeit formen, ihr Konturen und Schärfe verleihen.

Denn es ist Wirklichkeit. Sie befindet sich tatsächlich hier, in dieser verwunschenen Märchenlandschaft, in die sie mit einem geflügelten Wesen aus Stahl geflogen ist. Es ist geschehen. Es geschieht jetzt.

Nach der Rundfahrt chauffiert John sie zum Büro der Schwedischen Lotterie, wo das Gewinnerteam schon auf sie wartet. Außer John gibt es noch Vertreter für Sicherheit, Finanzen und Recht. Alle gleich freundlich und entgegenkommend. Sie kann sich keinen einzigen Namen merken.

Als der Scheck unterschrieben ist, wird sie zu einem Mittagessen eingeladen, bei dem so feine Sachen serviert werden, dass sie endgültig verstummt. Kaum, dass sie bejahen kann, als man sie fragt, ob es ihr schmeckt. Sie nickt, während sie ein Stückchen von einer zarten Topinambur abschneidet, starrt auf ihren Teller und ist sich überdeutlich des schabenden Geräuschs von Besteck auf Porzellan bewusst. Als sie fertig ist, legt sie Messer und Gabel parallel auf den Teller und wartet.

Wartet darauf, dass das Leben wieder anfängt.

»Haben Sie denn jetzt Umzugspläne?«, fragt der Bankfachmann lächelnd. »Das machen viele: erst mal umziehen.«

Sie versteht nicht. Umziehen? Nein. Überhaupt nicht.

»Nein?«, wundert sich der Bankexperte. »Na, vielleicht ist es auch einfach noch zu früh für diese Frage. Aber Sie werden sicher darüber nachdenken, wenn Sie Gelegenheit haben.«

Johanna betrachtet die anderen am Tisch, deren Namen sie alle vergessen hat. Sie nicken und scheinen dem Banker zuzustimmen. Und sie sehnt sich jetzt schon nach Hause.

Irgendwann sitzt sie dann wieder angeschnallt auf ihrem Sitz im Flieger und trinkt Tee aus einer Plastiktasse und schaut aus dem kleinen Fenster, mustert das silbrige Meer und die Haufenwolken von oben. Es ist dieselbe Prozedur wie auf der Hinreise, mit dem Taxi bis vor die Haustür auf dem Glücksweg. Als sie endlich ihre Wohnungstür aufschließt, kommt es ihr vor, als wäre sie gerade einem Traum entstiegen.

Johanna liegt unter ihrer Decke und starrt ins Dunkel. Gerade hat sie einen Blick auf den Wecker neben dem Bett geworfen. Viertel nach drei. Sie sollte jetzt wirklich schlafen, weiß aber nicht, wie sie das bewerkstelligen soll. Ihr Körper weigert sich einfach.

Sie holt den Kontoauszug hervor, den sie unter ein paar Büchern in der Schublade ihres Nachtkästchens versteckt hat. Schaut ihn an. Sie sieht, dass das Geld schon auf ihrem Konto eingegangen ist. Da stehen sie, diese ganzen unbegreiflichen Ziffern. Kleine schwarze Formen auf weißem Papier.

Aber sie kann einfach noch nicht begreifen, dass sie etwas mit ihr zu tun haben sollen.

In den letzten Tagen hat sie dasselbe Essen gekauft und gekocht wie immer. Grütze, Pfannkuchen, Hackbraten, Kartoffelpuffer, Ratatouille, Kartoffelsuppe. Sie ist über ihren Rechnungen gesessen und kam immer wieder auf dieselbe Summe. Nur, dass sie jetzt alles bezahlen kann.

Johanna dreht sich auf den Bauch, umarmt das Kissen und unternimmt noch einen Versuch, ihre Gedanken auf das Formel-1-Rennen zu konzentrieren, das dieses Wochenende in Neu-Delhi stattfand. Aber sie kann einfach nicht den gewohnten Enthusiasmus aufbringen. Vettel hatte vom Start bis zum Ziel die Führung, das Rennen war ungewöhnlich langweilig und ereignislos, abgesehen von der Tatsache, dass Massa und Hamilton wieder kollidiert sind, wie es ihnen diese Saison schon mehrfach passiert ist.

Sieben Richtige beim Joker, ein Zwanziger Einsatz.

Sie hat noch mit keinem über die Ereignisse gesprochen. Nicht mit Agnes und Sara, nicht mit Tove oder Helga, nicht mal mit Mika. Nur mit John, mit dem sie mehrmals telefoniert hat. Davon abgesehen war sie völlig allein in ihrer Galaxie.

Agnes hat mehrfach nachgefragt, wie es ihr geht, und schien Angst vor der Antwort zu haben. Johanna versuchte einfach, ruhig und beherrscht zu wirken. Versuchte, ihr übliches Ich zu sein, oder vielleicht eher, eine neue Rolle zu spielen, nämlich die der fröhlichen Mama. Damit sie sich keine Sorgen machen und nicht sehen, wie sehr ihr großes Geheimnis sie innerlich belastet.

Sara hat in den letzten Tagen nicht sonderlich viel gesprochen. Sie ist zur Schule gegangen und wieder heimgekommen, wo sie sich in ihr Zimmer gesetzt hat. Aber sie hat auch Frühstück und Mittag gegessen, ein bisschen aufgeräumt und ihre Hausaufgaben gemacht. Also ist es vielleicht doch ein bisschen besser geworden mit ihren Klassenkameraden. Johanna hat versucht, sie zu fragen, hat aber nur kurz angebundene Antworten erhalten. Und Agnes sagt auch nichts.

Sie greift erneut nach dem Kontoauszug und schaut ihn noch einmal an. Draußen heult der Wind in der Nacht. Die Angst fließt ungehindert durch ihre Nervenbahnen. Schwillt und breitet sich aus, bis sie am Ende so stark ist, dass Johanna die Beine über die Bettkante schwingen und ein paarmal tief durchatmen muss.

Nach einer Weile steht sie auf und nimmt den Morgenrock vom Wandhaken. Geht zum Computer, den Richard dagelassen hat. Der war zu alt, meinte er. Diesen antiken Schrott wollte er ganz bestimmt nicht mehr mitnehmen, den konnte sie gern behalten, er selbst wollte sich bei nächster Gelegenheit einen neuen zulegen.

Aber der antike Schrott funktioniert ganz ausgezeichnet.

Umziehen. Wie der Bankexperte gemeint hatte. Wohin denn überhaupt?

Sie loggt sich auf einer Immobilienseite ein und will gerade ihren Wohnort in die Suchmaske eintragen, als sie innehält.

Die Kinder sollten ihren Vater öfter sehen können. Das war ihre Antwort, als Helga sie fragte, was sie sich am allermeisten wünschte. Die Worte kamen einfach so aus ihr heraus, aber sowie sie sie ausgesprochen hatte, wusste sie, wie sehr dieser Satz zutraf. Wenn man beim Heranwachsen nicht beide Elternteile in der Nähe hat, muss sich das so anfühlen, als würde einem ständig ein Stück von einem selbst fehlen. Als müsste man das entbehren, was das Leben ganz macht statt halb.

Und da steigt der Gedanke in ihr hoch, zögernd und vorsichtig.

Die gruselige Stadt Stockholm. Sie war noch nie in der Hauptstadt, hatte auch noch nie Lust hinzufahren. Diese Riesenmaschine, die Menschen schluckt und wieder ausspuckt. Zerkaut, wie Krister, oder einfach nur bis zur Unkenntlichkeit verändert, wie Kalle. Oder Calle, wie er jetzt heißen wollte, mit C.

Aber mitten in all diesem unwirklichen Geschehen, in ihrem großen Geheimnis, schleicht sich dieser Gedanke ein. Und fordert immer mehr Raum.

Sie schaut auf die Suchmaske.

Wohnungen in der Stockholmer Innenstadt. Fremde Namen von Vierteln, die ihr überhaupt nichts sagen. Katarina, Sofia. Kungsholmen. Maria, Gamla Stan, Högalid. Vasastan, Normalm.

Östermalm. Unmenge von Treffern. Sie scrollt nach unten und klickt hie und da ein Objekt an. Mustert Bilder von Einrichtungen, alle hell und weiß und rein. Blitzblanke Küchen, vollverkachelte Badezimmer mit zwei Waschbecken, Waschmaschine und Trockner. Sitzgruppen voller Kissen. Geschliffenes Parkett, offene Kamine und Kachelöfen, Balkone mit Laternen und kleinen Bäumchen in Blumentöpfen.

Dann erstarrt sie. Sie hat soeben eine Bilderserie von einer Dachwohnung mit Luxusausstattung in Vasastan durchgeblättert, und als sie die Beschreibung gerade schließen und zum nächsten Angebot weitergehen will, fällt ihr Blick auf die Adresse. Es ist Kalles Adresse, wo er mit seiner Freundin Fanny wohnt, mit der er vor einem guten Jahr zusammengezogen ist. Die Dachwohnung liegt also in ihrem Haus.

Johanna schaut auf den Startpreis. Über neun Millionen. Eine abartige Summe.

Da packt sie die Lust, alles abzureißen und zu zerschlagen. Ihre ganze elegante Wohnung dem Erdboden gleichzumachen, die Wohnungsbaugesellschaft mit ihrer soliden Finanzlage, die sie in einem langen, wortreichen Abschnitt in der Objektbeschreibung noch mal gründlich auskotzen.

Rasch schließt sie die Seite wieder. Kalle soll ihr jetzt keine Energien rauben, die braucht sie für andere Dinge.

Dann geht sie wieder ins Bett. Legt sich auf die Seite und zieht die Beine an. Sie liegt da, starrt auf die Tapete und weiß es einfach. Man ist zu zweit, wenn man Eltern wird, also sollte man auch zu zweit sein, wenn man sich um die gemeinsamen Kinder kümmert.

Die Trauerfeier ist ganz schlicht. Aber es ist ein gutes Gefühl, dass die Gemeinde dem Wunsch des Toten entsprochen hat, ihn hier zu begraben und nicht in Stockholm, seinem eigentlichen Wohnort.

Ein junger Pfarrer mit glänzendem Teint hält die Rede, er ist neu und wirkt nervös. Er hat Krister niemals kennengelernt, gibt sich aber alle Mühe, überzeugend zu sprechen. Lena hat ihm die nötigen Informationen zur Verfügung gestellt.

Es sind nur wenige Leute in der Kirche am Marktplatz zusammengekommen. Keine Angehörigen. Ein paar wenige Angestellte aus dem Heim sind zur Verstärkung gekommen, diejenigen, die sich freimachen konnten, und fast alle Bewohner. Kerzen brennen, alles ist sanft, still und schön.

Mika schnäuzt sich. Ihr widerspenstiges rotes Haar fällt ihr in Locken auf das schwarze Kleid. Sie fasst Johannas Hand und drückt sie, hält sie fest mit ihrem verschwitzten Griff.

Helga sitzt bleich und still neben ihnen. Sie beugt sich zu Johanna, ganz dicht an ihr Ohr.

»Du hattest Recht. Es ist wirklich total schön hier drin«, flüstert sie so leise, dass man sie kaum hört. »Aber ich wollte hier nicht traurig sein. Ich wollte glücklich sein.«

Sie richtet sich wieder auf. Ab und zu fangen ihre Augen an zu glänzen, dann betupft sie sie rundum vorsichtig mit einem Taschentuch. Sie hat das glatte blonde Haar zu einem Pferdeschwanz zusammengefasst. Tove sitzt mit gesenktem Kopf neben ihr. Lena, die zu ihren Boots eine schwarze Jacke und schwarze Jeans trägt, hat sich ganz ans Ende der Bank gesetzt, ein bisschen abseits von den anderen.

»Krister war der starke, fröhliche Kerl im Sjöviksheim«, sagt der Pfarrer. »Er machte Späße mit allen, sang und pfiff.«

Er legt eine Kunstpause ein, die ein paar Sekunden zu lange dauert und deswegen etwas unangenehm wirkt. Seine Stirn glänzt.

»Aber oft haben selbst die strahlendsten Menschen eine dunkle Seite«, fährt er fort, »und die hat bei Krister die Oberhand gewonnen. Er konnte nicht weiter dagegen ankämpfen.«

Johanna schaut auf ihren Schoß. Die Wut steigt in ihr hoch. Verdammter Krister. Verdammt. Er hatte vom Sozialamt eine Übergangswohnung gestellt bekommen. Wie viele kriegen so was schon?

Wenig später tritt die ganze Abteilung geschlossen an den Sarg. Johanna berührt ihn ganz leicht.

Krister Wallin.

Als sie das weiße Etikett des Bestattungsunternehmens mit Kristers Namen darauf sieht, hört sie innerlich noch einmal seine Abschiedsrede. Wie er sie genannt hat.

Mein Engel.

Jetzt ist er weg. Und ein Engel ist sie auch nicht.

Vielleicht ist Krister das ja jetzt. Krister Wallin aus Stockholm, der am selben Tag starb, als sie sein geheimes Geschenk bekam.

»Ciao«, flüsterte sie. »Und danke.«

Im Zimmer ist es schwül, obwohl das Fenster gekippt ist. Draußen hört man die Schüler in der großen Pause. Jungs im Stimmbruch grölen und brüllen, wie immer wird Fußball gespielt. Man hört den Ball gegen Pfosten und Hauswände prallen, der Kies knirscht unter den Schuhen der rennenden Spieler.

Johanna und Sara sitzen nebeneinander auf dem großgeblümten Sofa, Simones Mutter auf einem der Sessel mit ihrer Tochter auf der Armlehne. Die Direktorin Louise Carlén auf dem zweiten Sessel und die Lehrerin auf dem dritten. Natalie und ihre Mutter haben jeweils einen einfacheren Stuhl, ebenso Amanda und ihr Vater.

Alle sind ganz still, während Sara mit klarer, fester Stimme, fast roboterhaft, erzählt, was am Vortag passiert ist. Während Johanna auf der Beerdigung war.

Sie berichtet, wie sie nach dem Sportunterricht daran gehindert wurde, zurück in die Umkleide zu gehen. Wie Natalie, Amanda und Simone sich dicht nebeneinanderstellten und die Tür der Sporthalle blockierten, als der Lehrer schon in sein Büro gegangen war. Wie sie Sara lachend und gackernd in den Geräteraum schleppten. Sie zwangen sie, in eine zusammengerollte, hochkant abgestellte Turnmatte zu steigen, und verließen dann die Halle. Verschwanden in der Umkleide, während Sara zusammengequetscht mit dem Kopf nach unten in der stinkenden Matte lag, ohne sich befreien zu können. Sie lag einfach da und versuchte verzweifelt, sich umzudrehen, weil ihr langsam der Sauerstoff ausging. Die ganze Zeit war sie überzeugt davon, dass sie sterben würde. Sie *wusste*, dass sie sterben würde.

Bis es ihr schließlich – wie, weiß sie selbst nicht mehr – unter Schmerzen gelang, ihren Körper so zu verrenken, dass sie einen Fuß nach unten schieben konnte und sich langsam aber sicher in der Matte hocharbeiten konnte. Nach oben kam und endlich wieder Luft kriegte.

Sara hält inne und muss sich kurz sammeln. Johanna hört, wie ihre Tochter tief einatmet. Wie sie es gestern fast schon nicht mehr konnte. Dann fährt Sara fort, wie sie danach, als sie allein in der Umkleide stand, entdeckte, dass ihre Unterwäsche verschwunden war. Sie musste sie weglassen, als sie sich anzog. Vor dem Eingang fand sie ihre Unterhose in einem Gebüsch, pitschnass und zerrissen.

Schweigen legt sich über den Raum. Das Einzige, was man hört, ist das Gebrüll von dem Fußballspiel, das vor dem Fenster tobt.

Die Lehrerin geht zum Fenster und zieht es zu. Die Geräusche werden gedämpfter.

»Habt ihr etwas dazu zu sagen?«, fragt die Direktorin und sieht Simone, Amanda und Natalie an.

Rascher Blickwechsel zwischen den dreien. Keine antwortet.

»Das war doch bloß Spaß«, sagt Simone schließlich. »Wir haben das nicht ernst gemeint.«

Über ihr gepudertes Puppengesicht huscht ein fast unmerkliches Lächeln.

»Wir dachten, dass du da ganz leicht von selbst wieder rauskommst«, fährt sie fort.

Amanda und Natalie nicken, wenden aber den Blick ab und schauen zum geschlossenen Fenster. Sara sieht sie nicht an, sie starrt nur auf den Boden.

Johanna gräbt die Finger in die Sofalehne.

»Wir haben versucht, die soziale Situation in der Klasse aufmerksamer zu beobachten«, sagt die Lehrerin. »Und ich finde, dass das auch gut funktioniert hat. Zumindest, soweit ich das beurteilen konnte. Aber bei den Sportstunden bin ich natürlich nicht dabei.«

Es wird still. Ihre Worte schweben im Nichts, lösen sich auf. Keiner fängt sie auf, um sie näher zu betrachten. Es bleiben einfach nur Worte.

»Darf ich etwas sagen?«, fragt Simones Mutter.

Sie klingt sehr angespannt und fummelt an ihrer Brille herum.

»Ja?«

Die Direktorin lehnt sich zurück und sieht zuerst die Lehrerin an, dann die Mutter, die sich räuspert.

»Die Mädchen haben sich absolut falsch verhalten«, sagt sie. »Aber wir müssen auch die andere Perspektive sehen. Denn es geht hier ja um einen Konflikt zwischen zwei Seiten. Die einen unterschiedlichen Blick auf die Dinge haben. Genau wie in der Welt der Erwachsenen.«

Johanna richtet sich kerzengerade auf. Sie könnte die ganze Sitzgruppe umschmeißen vor Wut, stattdessen schaut sie den anderen nur direkt ins Gesicht.

»Es geht auch darum, wie man sich benimmt«, fährt Simones Mutter fort. »Sara liest ja sehr viel, sie zeichnet und drückt sich auf eine sehr erwachsene Art aus ... Daran ist im Prinzip nichts Verkehrtes, aber es sendet auch Signale an die anderen in der Klasse. Dass sie ihnen überlegen ist, sozusagen.«

Mehrere im Raum nicken zustimmend. Natalies Mutter fügt hinzu:

»Also, man muss schon Verantwortung übernehmen für sein eigenes Verhalten. Sara ist ja auch gerne für sich. Sie macht nie irgendwo mit, weder beim Fußball noch sonst wo. So sieht es nun mal aus.«

»Wir sind nicht hierhergekommen, um über Sara zu reden«, sagt Johanna, »sondern über die, die sie schikanieren. Allen voran Natalie, Amanda und Simone.«

»Können Sie mich bitte noch ausreden lassen?«

Natalies Mutter starrt sie an und sieht aus, als würde sie Johanna am liebsten mit irgendetwas bewerfen.

»Ja, warten Sie bitte kurz ab, Johanna.«

Die Direktorin lächelt bedauernd und blinzelt dazu. Johanna sitzt ganz steif da, Sara schaut immer noch auf den Boden.

»Wir müssen hier ganz offen reden können«, sagt Simones Mutter. »Sonst hat das ja wohl wenig Zweck, dass wir hier alle zusammengekommen sind, oder?«

Sie sieht sich um. Die anderen nicken.

Die Direktorin sieht Johanna an.

»Wir in der Schule können natürlich gewisse Maßnahmen ergreifen, den wir verfolgen eine Politik der Zusammenarbeit«, erklärt sie. »Sara kann zum Vertrauenslehrer gehen, und wenn

Sie glauben, dass es nötig ist, könnten wir vielleicht sogar anbieten, dass in der nächsten Zeit in den Pausen jemand bei ihr bleibt. Wenn sie sich dann besser fühlt.«

»Aber es geht doch hier um die Mobber! Gegen die müssen Sie doch etwas unternehmen!«

Die Tränen steigen von ganz tief unten aus der Brust, und stechen ihr in den Augen.

»Wir haben mit allen in der Klasse mehrere Gespräche geführt«, sagt die Direktorin. »Viel mehr können wir momentan tatsächlich nicht machen. Und wie gesagt, Sara scheint Signale auszusenden, die auf manche eben provozierend wirken. Das höre ich nicht zum ersten Mal.«

»Glauben Sie ihr denn nicht? Glauben Sie nicht, was sie erzählt hat? Glauben Sie, dass sie lügt?«

»Nein, aber das ist ja tatsächlich nur die Version der einen Seite. Es gibt auch eine andere Sichtweise. Es wäre falsch von mir als Schulleiterin, nicht alle Beteiligten anzuhören.«

Die Direktorin sieht Natalie, Amanda und Simone an. Und dann Sara.

»Eigentlich solltet ihr euch jetzt die Hand geben«, meint sie. »Beide Parteien.«

In dem Moment reicht es Johanna. Sie steht auf und sieht sie an.

»Sara braucht keiner von ihnen die Hand zu geben. Das können Sie sich abschminken.«

Alle sitzen, Johanna ist die Einzige, die steht. Alle Gesichter sind ihr zugewandt. Die Geräusche aus dem Pausenhof dringen in die Stille.

»Ich glaube nicht, dass wir noch wesentlich weiterkommen«, sagt die Direktorin. »Zumindest heute nicht.«

Johanna lässt den Blick über das Zimmer wandern und betrachtet sie alle. Sie mustern sie ebenfalls aufmerksam. Aber sie wendet sich zuerst zu Sara und legt ihr den Arm um die Schultern.

»Es ist vorbei, du musst dir keine Sorgen mehr machen. Weder du noch Agnes. Es ist vorbei.«

Sara versteht überhaupt nichts mehr. Ihre Augen sind voller Angst.

Johanna blickt über ihr Publikum, und innerlich wird ihr auf einmal ganz leicht und frisch zumute. Sie fliegt ganz weit über ihnen. Während sie unten auf ihren Plätzen hocken und sich nicht von der Stelle rühren.

»Sie können hier weiter rumlügen und Ausreden erfinden«, sagt sie. »Und sich gegenseitig in Schutz nehmen und sich so widerlich aufführen, wie Sie wollen. Uns ist das nämlich egal. Wir scheißen auf Sie.«

Sie sieht, wie die Münder aufgehen, aber keine bekommt einen Ton heraus.

»Von mir aus können Sie zur Hölle fahren, alle miteinander«, sagt sie. »Wir werden nämlich von hier wegziehen.«

Calle

Hemd und Sakko, Jeans, aber keine Krawatte. Gut angezogen, aber ohne zu formell auszusehen. Calle legt seine Sachen auf den Samtüberwurf des Doppelbetts und wirft einen Blick auf den Wecker. Bei der Arbeit ist es heute unerwartet spät geworden, es haben so viele Patienten angerufen, die unbedingt noch vor dem Wochenende kommen mussten.

Er fährt sich mit der Hand durchs Haar. Es ist immer noch nass von der Dusche und wird zu einer perfekt legeren Frisur trocknen.

Fanny legt den Kopf auf die Seite, während sie einen Ohrring befestigt. Sie dreht sich zu ihm um.

»Schau mal, das hab ich mir neu gekauft. Was meinst du?«

Das Kleid ist schmal und schwarz und aus geschmeidigem Stoff, betont ihre Taille, hat einen Ausschnitt, der nicht zu tief und nicht zu hochgeschlossen ist, und endet kurz über dem Knie. Mit anderen Worten: Für seine Augen sieht es genauso aus wie eine Menge anderer Kleider in ihrem Schrank. Aber er weiß, dass sie für sie alle verschieden aussehen.

»Hammer«, sagt er. »Hast du eigentlich ein Geschenk besorgt?«

»Sie haben schon alles. Wir nehmen eine Flasche Wein mit.«

Sie lächelt mit ihren vielen weißen Zähnen, die auffallend gleichmäßig sind. Gut möglich, dass er sich bei ihr als Erstes in die Zähne verguckt hat.

»Du darfst mich heute Abend nicht allein lassen«, sagt sie.

»Natürlich nicht.«

Er geht zu ihr und küsst sie auf die Schläfe.

»Gut. Du setzt dich also nicht mit den Jungs in die Bibliothek und unterhältst dich ausschließlich mit ihnen? Während die Mädels alle in der Küche landen?«

»Nein, sag ich doch.«

Aber Fanny hat Recht, Mattias kümmert sich um gar nichts, was mit dem Haushalt zu tun hat, und am Ende läuft es grundsätzlich darauf hinaus, dass Fanny und die anderen weiblichen Gäste Vendela beim Abräumen helfen.

Calle hat darauf überhaupt keinen Einfluss. Mattias steht drauf, die Jungs um sich zu scharen und sich nach dem Essen zurückzuziehen. Zu Männergesprächen sozusagen. Albern, aber was kann Calle da schon machen? Gleichzeitig mag er sowohl Mattias als auch Jens, obwohl es ein bisschen ermüdend sein kann, dass sie ständig vergleichen, wie viele Punkte sie schon mit ihrem Vielfliegerprogramm gesammelt haben und wie sie sich Tipps zu guten Hotels in verschiedensten Weltstädten geben.

Ein Telefonklingeln reißt ihn aus seinen Gedanken. Als er das Handy vom Nachttisch nimmt, sieht er Johannas Namen auf dem Display. Jetzt? An einem Freitag?

Fanny verschwindet im Bad. Calle schaut auf sein Handy. Es muss irgendwas Ernstes passiert sein. Er hat Agnes und Sara erst nächstes Wochenende wieder, es kann also nichts sein, was damit zu tun hat. Er sammelt sich und nimmt das Gespräch an.

»Ich hoffe, ich störe nicht?«, sagt Johanna.

Sie klingt anders als sonst. Auf eine gehetzte Art glücklich, irgendwie atemlos. Im Hintergrund hört man einen Popsong, der in einem anderen Zimmer spielt, und er hört gedämpft, dass Agnes den Refrain mitsingt. Auf jeden Fall ist also schon mal keine Katastrophe passiert. Er atmet aus.

»Was willst du denn?«, fragt er kurz. »Sag jetzt bitte nicht, dass du dir wieder Geld leihen willst.«

Sie lacht. Er begreift nicht, was daran so komisch ist. Letztes Mal klang sie total zerschmettert.

»Nein, nein«, sagt sie. »Ich wollte bloß wissen, ob du übers Wochenende zu Hause bist.«

»Ja. Wieso?«

Er hat nicht vor, irgendwelche Ausnahmen vom vereinbarten Plan zu machen, wenn sie das meint. Morgen Abend wollen Fanny und er so richtig schön essen und sich dann einen gemütlichen Abend machen. Es ist schon länger her, dass sie das gemacht haben. Außerdem wird der Zeitplan seit neun Jahren felsenfest eingehalten, es gibt also keinen Grund, warum man jetzt mit irgendwelchen Änderungen anfangen sollte.

»Geht es um Agnes und Sara?«, fragt er.

»Gewissermaßen ja.«

»Inwiefern? Ich kann sie dieses Wochenende nicht hier haben, wenn du das meinst. Wir halten uns an den Zeitplan.«

»Kann aber auch sein, dass wir ein paar Änderungen einführen werden.«

»Ach?«

Was will sie ihm damit sagen? Es juckt ihn förmlich vor Gereiztheit, aber er hat jetzt keine Zeit, sich mit Johanna am Telefon herumzustreiten. Er muss sich fertig machen.

»Ich muss dir was erzählen«, sagt sie.

»Ich kann jetzt nicht mehr reden, wir müssen einen anderen Tag telefonieren. Und du solltest wirklich aufhören, mich zu so seltsamen Zeiten anzurufen.«

»Aber …«

»Hast du nicht gehört, was ich gesagt habe? Du kannst nicht am Freitagabend anrufen und erwarten, dass ich zur Verfügung stehe. Ich bin beschäftigt. Okay?«

Sie schweigt ein Weilchen. Er sieht auf den Wecker und wird immer gereizter.

»Okay«, sagt sie schließlich.

Nachdem er aufgelegt hat, geht er ans Fenster, um sich kurz zu beruhigen. Er lässt den Blick auf der einsamen Straßenlaterne da draußen ruhen, die immer zu brennen scheint; jedenfalls kommt es ihm so vor.

Sara und Agnes sind das letzte Mal mit dem Zug gekommen und selbstverständlich hat alles gut geklappt. Er versteht nicht, warum er so lange bei dem Arrangement geblieben ist, sie mit dem Auto abzuholen, damit hat er wirklich viel Zeit verloren. Am Steuer sitzen und sich bemühen, Kilometer um Kilometer ein stockendes Gespräch am Laufen zu halten.

Es ist immer mühselig. Er weiß nicht, ob es damit zu tun hat, dass die beiden eben Mädchen sind, vielleicht würde er zu einem Sohn leichter Zugang finden. Er hat keine Ahnung, was Agnes und Sara mögen oder was sie für Interessen haben. Er hat versucht, sich zu erinnern, was er mochte, als er in ihrem Alter war, aber er hat alles vergessen. Wenn seine Töchter bei ihm waren, ist es bis jetzt immer auf einen routinemäßigen Kinobesuch hinausgelaufen, gefolgt von einem Abendessen im Restaurant. Manchmal hat er sie ins Museum mitgenommen, die restliche Zeit saßen sie vorm Fernseher oder an den Computern, die er ihnen gekauft hat. Oder die beiden haben sich einfach unterhalten, ohne ihn in ihr Gespräch mit einzubeziehen.

Um der Wahrheit die Ehre zu geben, bestand das Ziel meistens darin, die Zeit von Samstagvormittag bis Sonntagnachmittag totzuschlagen.

Über den Alltag seiner Töchter weiß er tatsächlich gar nichts. Wie geht es ihnen eigentlich in der Schule? Ein paar Freunde von ihm bezahlen ein Unternehmen, das einmal die Woche Hausbesuche junger Pädagogen anbietet, Studenten der Wirtschaftsuniversität oder der Königlichen Technischen Hochschule, um den Teenagern bei den Hausaufgaben zu helfen, damit sie ihre Noten verbessern können. Er weiß nicht, wie Sara und Agnes klarkommen. Andererseits kann er da ja auch nicht viel tun, wozu also darüber nachgrübeln? Er schaut lieber in die Zukunft, wie er es immer gemacht hat.

Johanna klang am Telefon so bemerkenswert gut gelaunt, das war irgendwie eine andere Energie als früher. Sie klang schelmisch, auf eine fast glückliche Art. Fast so wie früher. Calle kann sich nicht erinnern, sie irgendwann in den letzten Jahren überhaupt noch einmal so erlebt zu haben. Kann es sein, dass sie einen neuen Mann kennengelernt hat?

Scheißegal. Es interessiert ihn nicht. Er hofft nur, dass es einer ist, der sich mit den Mädchen besser versteht als der vorige Idiot. Dieser Richard.

Er betrachtet die Straßenlaterne, bis seine Gedanken sich beruhigt haben. Dann späht er zum Hausdach auf der gegenüberliegenden Straßenseite. Dort oben liegen die Dachwohnungen, einige von ihnen mit großen Atelierfenstern. Es leuchtet warm von drinnen, man kann einen riesigen Kronleuchter ausmachen. Die Zimmer müssen gigantisch groß sein.

Heute hat er eine Entscheidung getroffen. Die freie Dachwohnung in diesem Haus werden Fanny und er beziehen. Sie ist bereits annonciert, der Startpreis liegt bei 9,3 Millionen, er wagt sich gar nicht auszudenken, wo er am Ende landen könnte. Er fühlt seine Nerven geradezu vibrieren. Der Eigentümer ist nach Spanien gezogen, die Dachwohnung steht leer, und er weiß, dass man sofort einziehen kann. Dann müssten sie nur drei Stockwerke nach oben ziehen, supereinfach. Morgen wird er den Makler anrufen.

Draußen hört man die Geräusche der Großstadt, die er niemals satthat. Besonders gern hört er den Stimmen der Passanten zu, egal ob sie lautstark diskutieren, fröhlich lachen oder betrunken herumgrölen. Er genießt die Sirenen der Feuerwehrautos, die ab und zu alles übertönen. Nichts davon ist Lärm für ihn. Vielleicht weil er seine Dosis Stille schon gehabt hat.

»Bist du fertig?«

Er dreht sich um. Fanny steht in der Tür und ist ausgehfertig: Schmuck, Schuhe, Tasche, Schal.

Mit ein paar Schritten ist er bei ihr, fasst sie vorsichtig an den frisch geschminkten Wangen und küsst sie. Sanft, aber bestimmt. Er weiß, dass sie da einfach nicht widerstehen kann.

»Jetzt gehen wir aber«, lächelt sie. »Wir dürfen nicht zu spät kommen.«

»Ich weiß.«

Er küsst sie noch einmal, und sie lacht ihm in den Mund.

»Wir müssen pünktlich dort sein.«

»Oh ja. Definitiv.«

Er wirft sie aufs Bett, ein bisschen grob, aber nicht zu sehr, und sie lacht noch mehr, und ihr Lachen geht in dieses ganz spezielle Gekicher über. Er wünschte, sie könnten genau jetzt das Kind machen, nach dem er sich so sehnt. Fast hätte er ihr das ins Ohr geflüstert, aber dann lässt er es doch lieber, denn er will nicht riskieren, dass die Stimmung kippt.

Fanny hat die Tüte mit der Weinflasche in der einen Hand und tippt mit der anderen den Türcode ein. Als Calle die Tür aus geschnitztem Eichenholz aufmacht, fällt der Blick als Erstes auf den langen, orientalisch gemusterten Teppich, der vom Eingang zum Fahrstuhl führt. In ihrem eigenen Haus haben sie nur gemietete Teppiche aus irgendeinem Kunststoffmaterial, wie man es auch in Cafés verwendet. Wirkt ein bisschen billig. Er müsste mal mit der Hausverwaltung reden.

Langsam und rasselnd arbeitet sich der Fahrstuhl nach oben, Stockwerk für Stockwerk. Die Sitzbank ist aus altem, braunem Leder, das schon etwas Patina aufweist, aber das hat durchaus seinen Charme. Die beiden stehen jedoch, denn es ist zu eng zum Sitzen, und sie müssen ja auch noch Wein und Blumenstrauß halten. Calle mustert Fannys Profil im Spiegel. Sie trägt ihr glänzendes blondes Haar offen, so dass es ihr über die Schultern fließt, auf den Pelzkragen ihres Mantels. Jetzt wendet sie sich zu ihm und lächelt ihn mit glänzenden, dunkelroten Lippen an. Als sie sich zu ihm beugt, riecht er ihr dezentes Parfüm.

Der Fahrstuhl ist im obersten Geschoss angekommen, und Calle zieht das Gitter auf. Der Geruch von Knoblauch und Kräutern ist schon auf den Korridor gezogen, außerdem hört man Kinderstimmen und gedämpftes Rumsen von kleinen Fersen. Sie treten durch die Tür gleich auf der linken Seite, die schwere, alte Eisentür steht offen, und dann gehen sie die Steintreppe nach oben, hinauf zu Mattias und Vendelas erst kürzlich erworbener Dachgeschosswohnung.

Vor der Tür richtet Fanny sich noch einmal kurz das Haar und schaut ihn anschließend fragend an, aber Calle sieht keinen

Unterschied und nickt nur. Er hält den Blumenstrauß vor sich und klingelt.

»Hej, halloooo!«

Vendela lächelt sie an. Ihre Zähne sind klein und weiß, mit ausgeprägten Eckzähnen. Der Essensduft strömt aus der Wohnung, während sie Fanny und Calle umarmt. Sie nimmt die Blumen und die Weinflasche entgegen und bricht in kleine Begeisterungsrufe aus, als sie sieht, was für eine Sorte es ist und wie der Strauß aussieht; alles folgt dem vorgeschriebenen Ritual. Ihr Bauch sieht unter dem engen Kleid einfach riesig aus.

»Kommt rein!«

Vendela lacht quietschvergnügt. Ihr Mienenspiel fasziniert Calle immer wieder, es umfasst das gesamte Gefühlsregister, sie kann innerhalb weniger Sekunden zwischen Weinen, Wut, Lachen und Staunen wechseln. Fanny behauptet, dass Vendela schon in der Schule so war. Sie sind im gleichen Viertel in der Stockholmer Innenstadt aufgewachsen und waren Klassenkameradinnen. Seit Vendela und Mattias vor ein paar Jahren ein Paar geworden sind, sind sie sich noch nähergekommen.

Vendela und Mattias sind gleichermaßen ehrgeizig. Vendela hat irgendeine hohe Position in ihrer Werbeagentur, Calle hat schon wieder vergessen, was sie genau macht; jedenfalls wird sie ihr neues Projekt noch während der Elternzeit in Angriff nehmen.

Während Calle seine Jacke auszieht und auf die Flurgarderobe hängt, späht er in die Wohnung. Scannt die anderen Gäste. Anscheinend bloß Ninna und Jens, Katarina und Susanne. Schön, wenn sie nicht so viele sind, wird es viel entspannter.

Mattias steht in der offenen Küche und gießt Champagner in sieben hohe Gläser und alkoholfreien Cider ins achte, das für Vendela bestimmt ist. Calle sieht, dass er sich seit ihrer letzten Begegnung einen hippen, ironischen kleinen Schnäuzer hat stehen lassen. Mattias hat wesentlich dunklere Haare als Fanny, aber ansonsten ähneln sich die Geschwister schon sehr.

Die Kinder rennen lärmend herum und spielen. Calle hat aufgegeben, sich ihr Alter zu merken, er weiß mit Mühe und Not, wer die Eltern sind. Zwei von ihnen stammen aus Mattias' erster Ehe. Dann ist da noch ein Kind, ein kleiner Unfall aus der Zeit, als Mattias und Vendela gerade eine Beziehungspause hatten und er eine Nacht mit einer lebensbejahenden Frau verbrachte, die er in der Kneipe aufgerissen hatte. Sie ist inzwischen wie eine Art entfernte Verwandte, die zu Weihnachten und an den Geburtstagen auch dabei ist. Und jetzt erwartet Vendela Mattias' viertes Kind.

Ninna und Jens haben drei, von denen die Älteste aus Ninnas erster Ehe stammt. Manchmal springen sie als Babysitter ein für die zwei Kinder, die ihr Exmann mit seiner neuen Frau hat, ein Paar, das Jens und Ninna zu ihren besten Freunden rechnen. Susanne und Katarina haben zwei Kinder, sie sind die biologischen Mütter von jeweils einem. Die schwulen Väter haben sich inzwischen getrennt und leben jeweils mit einem neuen Mann zusammen. Die Kinder haben also insgesamt sechs Elternpaare, und wie es aussieht, scheint es allen ganz prima damit zu gehen.

Chaotisch ist noch geprahlt. Aber Calle wird immer ganz warm ums Herz, wenn er über diese seltsamen Familienkonstellationen in seiner Umgebung nachdenkt. Dann fühlt er sich so richtig als echter, vorurteilsfreier Großstadtbewohner.

Die Dachgeschosswohnung ist wirklich fantastisch. Er lässt den Blick über den unendlichen Parkettboden wandern, bis zu der einladenden Sitzgruppe ganz hinten, über die Balken an der hohen Decke, die gedämpfte Beleuchtung, die der ganzen Wohnung eine weiche, zauberische, fast traumgleiche Atmosphäre verleiht.

Die Kücheninsel und der ganze offene Wohn- und Essbereich wirken zwar schon etwas überholt, doch die Luftigkeit und Geräumigkeit einer Dachgeschosswohnung sind nie verkehrt. Und dieses Gefühl von Frieden, das man hat, wenn man ganz oben wohnt, als wäre man allein, obwohl man mitten in der Großstadt lebt – das ist natürlich schon ein exklusives Erlebnis. Ganz zu schweigen davon, dass man hier den Himmel, die Dächer und die Vögel als Nachbarn hat.

»Was für eine Wohnung, die ist ja wirklich unglaublich«, schwärmt Fanny.

Calle nickt.

»So könnten wir auch wohnen«, erwidert er.

Er weiß natürlich, dass die Dachgeschosswohnung in ihrem eigenen Haus dieser hier nicht das Wasser reichen kann, auf Östermalm ist eben alles noch größer und prächtiger. Aber das macht nichts, in Vasastad fühlt er sich trotzdem wohler. Ein bisschen durchmischter und entspannter, freilich ohne verwahrlost zu sein.

»Wollen wir nicht ein Gebot abgeben?«, fragt er. »Noch heute Abend? Oder morgen früh?«

Fanny lächelt und schüttelt den Kopf, dass die Perlenohrringe baumeln.

»Jetzt komm, du Scherzkeks«, sagt sie.

Und dann schlüpft sie in ihre festlichen Schuhe, silberne mit sehr hohen Absätzen – aber auch nicht zu hoch, denn sie ist nie vulgär –, nimmt ihre Handtasche und tritt ein.

»Hallo, Schwesterherz!«, ruft Mattias. Die Akustik lässt eher an eine Kirche denken als an ein Zuhause.

Er umarmt sie leicht und drückt ihr ein Glas in die Hand. Sie gibt ihm einen Kuss auf die Wange.

Calle wirft einen Blick zu Ninna, Jens, Susanne und Katarina, die champagnertrinkend an der Kücheninsel stehen und sich angeregt unterhalten. Jens hat selbstverständlich ein Sakko an, natürlich, das hier ist ein Abend, an dem man ein Sakko tragen muss. Gott sei Dank hat Calle auch eines angezogen, um ein Haar hätte er sich für einen ganz normalen Pullover entschieden.

Hastig zupft er seine Sachen vor dem Flurspiegel zurecht und vergewissert sich, dass die Haare richtig sitzen, dann gesellt er sich zu den anderen.

Er sagt es sich immer wieder innerlich vor. Dass die Menschen verschieden sind und dass auch sein Lebensentwurf gut ist, da gibt es gar nichts zu sagen, er hat es weiter gebracht als die meisten anderen. Doch das Monster verschlingt ihn mal wieder, er kann einfach nicht aus seiner Haut, wenn Mattias die geschickt unter der Dachschräge eingebaute Sauna zeigt, mit dem runden Fenster und Ausblick auf halb Stockholm. Da draußen breitet sich diese ganze gewaltige Stadt aus, Myriaden von Lichtern, und die ungleichmäßige, blauschwarze Silhouette der Dachfirste.

Das maßgeschreinerte Bücherregal mit extra bestellter Leiter in Kirsche – oder vielleicht ist es auch Eiche – ist wahrscheinlich das Imposanteste. Auf dieser Leiter kann man so weit hochsteigen, dass einem schwindlig wird. Und dann natürlich noch die eingewachsene Terrasse mit einer Sitzgruppe aus Kunststoff mit dicken, puffigen Kissen und Decken. Dort stehen gemütliche Körbe und Laternen und am einen Ende ein Grill von beträchtlichen Ausmaßen und ein paar Liegestühle mit dicken, frotteebezogenen gestreiften Auflagen.

Calle sieht jetzt schon vor seinem inneren Auge, wie Fanny und er ihre eigene Dachgeschosswohnung und Dachterrasse einrichten würden. Nämlich ungefähr so.

Er hat ihr noch nichts von dem Gespräch mit der Bank erzählt, das er gestern nach der Arbeit hatte. Er will sie damit überraschen, dass der Kredit bereits genehmigt ist. Die Bankangestellte war so nett und positiv. Sie fand es ganz richtig, dass sie zuschlagen wollten, wo sie doch schon die optimale Lage gefunden hatten und sich in diesem Haus so wohlfühlten. Und nicht zuletzt auch mit den Nachbarn gut klarkamen, so etwas kann man ja auch nie im Voraus wissen. Wirklich ein Bonus.

Natürlich ist es ein bisschen ungemütlich, so einen hohen Kredit aufzunehmen, da hat Fanny durchaus Recht. Doch andererseits kann man gar keine bessere Investition machen, das hat die Dame in der Bank auch noch einmal unterstrichen. Diese Art von Objekt unterliegt keinen Konjunkturschwankungen. Deswegen macht sich Calle keine Sorgen. Nicht im Geringsten.

Die Kinder haben schon gegessen und sind anschließend ins Fernsehzimmer verfrachtet worden, wo sie sich auf dem Sofa zusammengeschart haben wie eine Affenhorde. Sie schauen einen Film an und bedienen sich dazu aus einer riesigen Schüssel mit Süßigkeiten. Calle wirft einen Blick ins Zimmer und kriegt fast Lust, sich dazuzusetzen.

Aber jetzt müssen sich die Erwachsenen alle schön zum Dinner an den Tisch setzen, und er zieht seiner Tischdame Ninna höflich den Stuhl zurecht. Sie lächelt und setzt sich. Ein originelles Detail in ihrem Erscheinungsbild ist die auffallende Lücke zwischen ihren oberen Schneidezähnen. Das sieht richtig süß aus und gibt ihrem Aussehen etwas Besonderes.

Sie fangen an zu essen und sich zuzuprosten, und zwischen den Gängen erzählt Ninna von ihrem letzten Aufenthalt in einem Retreat, irgendwo im allertiefsten Wald, im dünn besiedelten Norden. Die ganze Angelegenheit klingt hundert Prozent verrückt, um nicht zu sagen geradezu schädlich für die kaputten Menschen, die sich dort hinbegeben, aber Calle macht gute Miene zum bösen Spiel, nickt und behauptet, dass das alles sehr interessant und bereichernd klingt.

»Also so ein Erlebnis, das man niemals vergisst«, fügt er hinzu, ohne sich näher dazu zu äußern, ob er das positiv oder negativ meint.

Ninna wird noch enthusiastischer und erzählt immer weiter. Er mustert ihren leise klirrenden Schmuck, während er mit halbem Ohr weiter zuhört. Er weiß, dass sie sogar an Geister glaubt, das hat Fanny ihm verraten.

»Vielleicht solltest du auch mal hinfahren«, schlägt Ninna vor. »Um ein bisschen positive Energie zu tanken. Deine Arbeit scheint ja ziemlich deprimierend zu sein.«

Er lacht.

»Meinst du?«

»Ja. Versteh mich nicht falsch, aber ich verstehe nicht, wie du das aushältst. Den ganzen Tag mit Leuten zu tun haben, denen es total widerstrebt, zu dir zu kommen, die dich unangenehm finden oder Todesangst haben. Gibt es denn überhaupt jemanden, der gern zum Zahnarzt geht?«

Er spürt den kleinen Stich von Freude, den er immer hat, wenn er an seine Arbeit denkt.

»Vielleicht nicht«, antwortet er. »Aber du ahnst ja gar nicht, wie froh die Leute hinterher sein können. Wenn sie keine Schmerzen mehr haben oder wieder unter die Leute gehen können. Vielleicht zum ersten Mal seit langer Zeit mal wieder lächeln. Die haben das Gefühl, einen ganz neuen Wert als Mensch zu haben.«

Ninna schweigt. Sie scheint nachzudenken.

»Und mit am besten gefällt mir, dass alle Arten von Menschen zu mir kommen«, fährt er fort. »Dieser Tage kam zum Beispiel ein Gefängniswärter mit seinen Schützlingen, um ihnen die Zähne richten zu lassen. Es kommen aber auch Busfahrer, Politiker, Künstler, Millionäre, Bettler … na ja, einfach alle eben. Und da steckt eine Menge Psychologie drin. Das ist eine richtige Herausforderung.«

Ninna nickt, und er merkt, dass sie ihn verstanden hat.

»Das klingt an und für sich schon interessant«, gibt sie zu.

Vendela beugt sich vor, um sich noch Salat nachzunehmen, und ihre Kette baumelt hin und her. Calle erkennt sie, die ist von

Georg Jensen. Das Silber auf ihrem Schlüsselbein sieht schön aus. Sie redet und lacht mit Jens und Mattias, Susanne und Katarina. Fanny beteiligt sich auch an ihrem Gespräch, sie gestikuliert und lächelt mit ihrer perfekten Zahnreihe, die ihm fast den Atem raubt.

Er sieht sich diskret um. Die Freunde sind so entspannt, warm und rücksichtsvoll. Sie sind ansprechende Persönlichkeiten, erfolgreich, es geht ihnen in jeder Hinsicht gut, sie scheinen sich in ihrem Leben äußerst wohlzufühlen. Mit dem Lebenslauf, der in den kleinen, begrenzten Bereich des Daseins passt, das sie für sich auserkoren haben.

Nur Calle gehört hier nicht richtig her. Zwar hat noch nie jemand etwas gesagt, aber Mattias und Jens wissen es natürlich, auch wenn die Art, wie er sich von ihnen unterscheidet, äußerlich nicht sichtbar ist. Er hat keine Millionen auf der Bank wie sie, er kann nicht jederzeit überall hinreisen, er kann nicht alles kaufen, was ihm gerade in den Sinn kommt. Er kann nicht in der Weise über sein Leben verfügen, wie sie es tun.

Allgemeines Gelächter am Tisch. Irgendetwas hat er gerade verpasst.

Calle richtet sich auf dem schönen Esszimmerstuhl mit den Armlehnen auf. Er muss aufhören mit solchen blöden Gedanken, so was ist nur destruktiv. Er gehört sehr wohl zu dieser Clique, er ist auf dem besten Wege dazu, Teilhaber der Zahnarztpraxis zu werden. Auf lange Sicht kann er wahrscheinlich die ganze Praxis allein übernehmen, das liegt definitiv im Bereich des Möglichen. Und dann ist er selbst Unternehmer.

»Hübsches Sakko übrigens«, bemerkt Ninna.

Sie lächelt ein halbes Lächeln, und er ist nicht sicher, ob sie ihn aufziehen oder nett sein will.

»Danke.«

Er ist angespannt bis in die letzte Faser, fühlt sich beobachtet und beurteilt.

»Gut geschnitten, wie immer. Nicht ganz billig, oder?«

»Gute Qualität gefällt doch jedem, oder?« Er lächelt zurück und versucht, seine Gereiztheit zu verbergen.

Sie lacht, und er spürt, wie seine Achselhöhlen leicht feucht werden. Er weiß nicht, ob er jetzt irgendetwas Entwaffnendes sagen und die ganze Sache scherzhaft vom Tisch wischen sollte. Vielleicht wäre das aber auch ganz falsch. Doch Ninna lacht weiter, offen und fröhlich, so dass man die Lücke zwischen ihren Schneidezähnen sieht.

Was hatte sie eigentlich gemeint? Vielleicht überhaupt nichts Besonderes. Er muss aufhören, alles immer auf seine eigene Person zu beziehen.

Calle nimmt einen Schluck Rotwein, lässt ihn im Mund kreisen und schlürft leicht die Luft ein. Schluckt. Spürt den tiefen, schweren Nachgeschmack, und seine Ruhe ist wieder da. Alles ist in Ordnung.

Nach dem Dessert nimmt Mattias Calle und Jens mit in die Bibliothek und lädt sie auf einen Whisky ein. Calle kann nichts tun, obwohl er Fannys giftigen Blick sehr wohl bemerkt, als sie mit den schmutzigen Tellern in der Hand in die Küche verschwindet, gefolgt von Vendela, die Gläser und Besteck trägt.

Er setzt sich auf einen der breiten Sessel aus Leder und Stahlrohr. Und dann kommt es. Mattias macht den Vorschlag, dass sie im Mai doch nach Monaco fahren sollen, um sich dort das Formel-1-Rennen anzusehen, alle fünf: Mattias selbst, dann Jens und Calle, und schließlich noch Fredrik und Axel, zwei alte Kumpels von Mattias.

Calle hat sich wirklich gut mit ihnen angefreundet, seit sich herausgestellt hat, dass er bedeutend mehr von Formel 1 versteht als sie. Als die Clique merkte, wie viel er über die Geschichte dieses Sports wusste, spürte er, wie sehr ihnen das imponierte.

Jens wird ganz eifrig und will am liebsten gleich anfangen, die

Reise zu planen, und Mattias kann sich auch kaum mehr bremsen. Calle sitzt noch eine Weile dabei, sagt aber nicht viel dazu. Er heuchelt Interesse für ein großes, unhandliches Buch, das auf dem Tisch liegt, ein ladenneues Prachtstück für eingefleischte Formel-1-Nerds, voll beeindruckender Bilder, die sich über ganze Doppelseiten ziehen. Er blättert, betrachtet verschiedene Fotodetails im Gegenlicht, Hochglanzmotoren und Nahaufnahmen von Reifenprofilen. Nebenbei hört er zu, wie die anderen die Reise besprechen.

Dann verlässt er das Zimmer, um auf die Toilette zu gehen. Er entschuldigt sich und murmelt, dass er noch ein berufliches Telefonat zu führen habe.

Calle wäscht sich die Hände mit einer sandelholzduftenden Flüssigseife und trocknet sie dann mit einem dicken, weichen Handtuch ab. So eine Reise würde absurd viel kosten. In den besten Hotels in Monte Carlo gilt die Auflage, dass man während der Zeit der Rennen mindestens fünf Nächte bleiben muss, von Mittwoch bis Sonntag, und die Zimmer kosten mindestens fünftausend Kronen pro Nacht, wahrscheinlich sogar noch mehr. Es sei denn, dass Mattias und den anderen einfällt, dass man gleich auf einer Yacht wohnen sollte, denn dann würde der Preis gleich noch mal in die Höhe schießen. Dazu kommt das VIP-Paket im Paddock Club für Samstag und Sonntag, mit den Eintrittskarten fürs Rennen sowie zwei Mittagessen. Mindestens vierzigtausend kostet das, wie er gehört hat.

Dann noch jeden Abend essen gehen, und Calle weiß, dass die Freunde dabei abwechselnd die Rechnung für den ganzen Tisch übernehmen. Als er das Ganze rasch im Kopf überschlägt, weiß er, dass man da leicht auf zehntausend pro Kopf kommen kann, und hinterher geht es noch in den Nachtclub Jimmy's, für den allein der Eintritt einen Tausender kostet.

Der Stress pocht ihm durch den Körper. Keine Chance, dass er da mitfährt.

Glücklicherweise hat bis jetzt noch keiner in der Clique die Pläne ernst genommen und dafür gesorgt, dass das Projekt verwirklicht wird, und wie es aussieht, wird das auch diesmal nicht passieren. Als er wieder in die Bibliothek zurückkommt, haben sie das Gesprächsthema gewechselt, und nach einer Weile kommen die Mädels dazu und teilen mit, dass der Kaffee schon am Kamin wartet.

Calle steht auf und nimmt sein Whiskyglas mit. Der ständige Konkurrenzkampf darf mal wieder einen Augenblick Pause machen.

Spätabends stehen alle auf dem Flur, um sich zu verabschieden. Jens und Ninna wohnen ganz in der Nähe, sie müssen nur zu Fuß ein paar Straßen weitergehen. Susanne und Katarina spazieren bis zum Mariatorget, Calle und Fanny haben sich ein Taxi gerufen. Sie ziehen ihre Jacken an, sagen Tschüs zu Mattias und Vendela, umarmen sie und beteuern, dass es unglaublich schön war. Und lecker! Nächstes Mal lädt jemand anders ein, aber man will es nicht wieder so lang dauern lassen.

Mattias und Vendela bedanken sich für die Geschenke, sie freuen sich total, abends mal den Wein zu entkorken, und bei der nächsten Gelegenheit wird dann auch dieses feine Olivenöl gekostet. Calle kennt die Phrasen fast schon auswendig. Aber er mag diese ganze Zeremonie, die liebevolle Höflichkeit und den Respekt, den sie einander entgegenbringen. Sie sind Freunde, sie gehören zusammen und wünschen sich nur das Beste füreinander.

Fanny und er steigen als Erste in den Fahrstuhl. Als sie im Erdgeschoss aussteigen, schwankt er ein wenig, der Orientteppich gibt ganz leicht unter seinen Sohlen nach. Er bemerkt, wie elegant er befestigt ist, mit Messingbeschlägen an jeder Stufe. Alles ganz gediegen, keine Schlampereien.

Leicht schwankend geht er die Treppe hinunter. Durch die Glasscheibe in der Haustür sieht er schon das Taxi warten. Der Motor läuft. Der Chauffeur hat die kleine Deckenlampe angemacht und blättert im *Expressen*.

»Schön, dass wir's hinter uns haben«, flüstert Fanny, als sie ihm die Tür aufhält.

Er wird nicht schlau aus ihr. Er weiß, dass sie ihren großen

Bruder furchtbar gern hat, die beiden stehen sich sehr nahe. Trotzdem muss sie immer wieder einen gewissen Abstand betonen.

Er selbst begreift nicht so richtig, wo eigentlich das Problem liegt. Wenn man allein durch das Vermögen seiner Eltern schon ausgesorgt hat, kann man doch sein Leben lang innerlich ganz ruhig sein. Aber Fanny sieht das anders. Sie muss immer ihre Meinung kundtun, wie oberflächlich Mattias ist und dass er nur ans Geld denkt.

Er steigt ein und setzt sich umständlich neben sie auf den Rücksitz. Sie fährt fort, wie sehr Mattias und Vendela ihr manchmal auf die Nerven gehen, aber er hört nicht so genau hin. Er denkt an die Dachgeschosswohnung in ihrem Haus und wie sie vor fünf Monaten schon einmal zum Verkauf angeboten wurde. Er konnte es sich einfach nicht verkneifen, zur Wohnungsbesichtigung zu gehen, und natürlich war alles genauso toll, wie er es sich vorgestellt hatte. Er verliebte sich sofort, fühlte sich nach zehn Sekunden schon wie zu Hause. Aber damals hatten sie keine Chance, auch ein Gebot abzugeben, der Preis ging ganz schnell in die Höhe, und die Wohnung wurde viel zu teuer. Doch jetzt ist der Plan festgezurrt, er muss nur noch zum Hörer greifen und sein Okay geben.

Wie viel sind sie bereit hinzulegen? Er muss die richtige Taktik spielen, damit sie den Kampf auf jeden Fall gewinnen. Die Frage ist nur, bis zu welcher Summe man gehen soll. Wenn sie richtig Pech haben, kann es auch zu teuer werden.

Fanny gähnt und legt ihren Kopf auf seine Schulter. Calle legt den Arm um sie und drückt ihr leicht die Lippen auf die Stirn.

»Morgen rufe ich den Makler an«, sagt er. »Wegen der Dachgeschosswohnung.«

Sie blickt fragend zu ihm auf. Er antwortet mit einem Lächeln und drückt einmal kurz ihre Schulter. Und dann lässt er die Katze aus dem Sack.

»Mit der Bank ist schon alles geregelt«, sagt er. »Ich hab gestern mit ihnen geredet. Sie haben Ja gesagt, wir bekommen den Kredit.«

Fanny sieht nicht so glücklich aus, wie er gehofft hatte. Und jetzt fällt ihm ein, dass sie sich eigentlich nie so sehr für einen Umzug interessiert hat. Sie sagt immer, dass sie sich in der jetzigen Wohnung sehr wohlfühlt und mit ihren ganz normalen vier Zimmern zufrieden ist. Sie mag die Küche, die ist nicht so furchtbar groß, dass man sich verloren darin vorkommen könnte, meint sie, und außerdem sagt ihr der Fin-de-Siècle-Stil zu. Dieses ganze Chichi mit Dachschrägen und komischen Nischen und Mauervorsprüngen hat sie gar nicht so gern.

Aber er war immer überzeugt, dass Fanny das in erster Linie sagte, weil sie es für unmöglich hielt, einen entsprechenden Kredit zu bekommen. So was kommt ja durchaus vor, da kann man sich selbst und auch seiner Umgebung erfolgreich weismachen, dass man zufrieden ist, obwohl man es in Wirklichkeit gar nicht ist. Aber insgeheim wartet man darauf, dass der Traum doch noch irgendwann möglich wird.

»Warum hast du mit der Bank gesprochen, ohne mich zu fragen?«, will sie wissen.

Er kommt sich blöd vor. Seine schöne Überraschung ist zusammengeschnurrt und plötzlich ein plumper Fettnapf, ein Verstoß gegen ihre Absprache, immer vertrauensvoll und offen miteinander umzugehen.

»Ich dachte, du freust dich«, sagt er.

Sie seufzt, wie man es macht, wenn man es mit einem Kind zu tun hat, das es zwar immer gut meint, aber trotzdem lästig ist.

»Unsere Hypothek ist doch schon so hoch«, sagt sie. »Stell dir vor, wenn jetzt plötzlich mit der Praxis irgendwas wäre, wenn die Zahl der Patienten zurückgehen würde oder so.«

Er küsst sie noch einmal und setzt die souveräne Große-Bruder-Miene auf, die er sich von Mattias abgeguckt hat.

»Da brauchst du dir überhaupt keine Sorgen zu machen. Das hab ich schon im Griff. Und wenn es eine Krise geben sollte, mein Gott, dann verkaufen wir eben einfach und kaufen etwas anderes.«

»Aber wenn die Immobilienpreise fallen?«

»Das ist bei einem solchen Objekt ganz egal, das kannst du mir glauben.«

»Willst du nicht Mattias um Rat fragen und dir ein paar Finanztipps geben lassen?«

Jetzt kommt ihr der große Bruder also wieder zupass.

»Nein, nein. Ich hab das absolut im Griff.«

Fanny scheint immer noch nicht überzeugt. Aber er merkt, dass sie schon nachgibt.

»Okay, dann ruf den Makler an«, sagt sie. »Wir werden schon sehen, ob der Preis dann zu weit hochgeht.«

Er legt ihr den Arm noch fester um die Schulter.

»Wir haben so viel vor uns. Wenn wir diese Dachgeschosswohnung haben, können wir unser gemeinsames Leben so richtig anfangen.«

Ein neuerlicher misstrauischer Blick von ihr.

»Wie meinst du das?«

»Na, dass wir eben mehr Platz haben«, antwortet er, »wenn wir dann Kinder kriegen und eine Familie werden.«

Da löst sie sich aus seinem Arm. Das bekannte aschgraue Gefühl gleitet zwischen ihnen durch, ganz flüchtig, aber unverkennbar. Der schwache Dunst von Hoffnungslosigkeit, von ungangbaren Wegen. Stoppschild. Schlagbaum.

»Du weißt, wie ich darüber denke«, sagt sie. »Ich will. Aber nur, wenn … na, du weißt schon.«

»Was denn?«

Wenn er so tut, als würde er nicht verstehen, kann er vielleicht vermeiden, dass das Thema angeschnitten wird. Aber das geht natürlich nicht mehr, denn jetzt ist sie in Fahrt.

»Du musst offener werden, Calle, du musst mehr von dir selbst erzählen, sonst wird unsere Beziehung niemals funktionieren, verstehst du?«

Calle wirft einen Blick auf den breiten, lederjackenbewehrten Rücken auf dem Fahrersitz. Ein Fremder hört mit, was hier gesprochen wird, das macht ihn befangen. Fanny denkt nicht an so etwas. Glücklicherweise gehört der Fahrer zur schweigsamen Sorte, wenn sie anfangen, sich einzumischen, ist es noch schlimmer.

»Ich bin eben, wie ich bin«, erwidert Calle. »Muss man denn immer sein Innerstes nach außen kehren? Es sind eben nicht alle Menschen so.«

»Nein, aber es geht mir dabei um Nähe. Um Lebensqualität. Nach ein paar Jahren möchte man eine Beziehung eben vertiefen.«

»Ich liebe dich, reicht dir das denn nicht? Du bist doch in Therapie gewesen, du weißt, dass man andere Menschen nicht verändern kann, sondern nur sich selbst.«

»Aber ich weiß überhaupt nichts von dir, verdammt! Du kommst aus irgendeinem kleinen Nest auf dem Land, ja. Und weiter?«

Nervös blickt er auf den Nacken des Fahrers.

»So viel mehr gibt es da eben nicht zu sagen. Ohne dass es zu schmerzhaft wird. Wenn du dasselbe erlebt hättest wie ich, würdest du dich bestimmt genauso benehmen.«

So, das hat gesessen. Der Tod ist so schweres Geschütz, dagegen kommt auch Fanny mit ihren Argumenten nicht an.

»Ja, ja«, sagt sie. »Aber trotzdem. Kinder kriegen … ich weiß nicht recht. Wir müssen abwarten.«

Der graue, gespenstische Nebel. Die Leichenstarre. Wie immer, wenn sie sich auf diesem Terrain bewegen. Er versucht wieder, an die Wohnungseinweihungsfeier zu denken. Fanny wird alles super organisieren, das heißt, vielleicht beauftragen sie ja auch einen Caterer, ja, natürlich Catering, damit sie sich selbst ganz entspannt unter die Gäste mischen können. Ist natürlich teuer, aber das ist die Sache schließlich wert.

Die beiden schweigen und starren aus dem Fenster in die Großstadtnacht. Das Taxi gleitet in einem Strom aus Autos mit roten Rücklichtern über die Birger Jarlsgatan, vorbei am Trendlokal Riche, vor dem eine lange Schlange steht. Nebendran steht ein Grüppchen Raucher. Er bekommt Lust, das Taxi anzuhalten und hineinzugehen, im Gedränge unterzutauchen, sich unter lauter fremden Gesichtern zu verlieren. Doch das Taxi fährt weiter, und Calle sagt sich in Gedanken noch einmal, dass alles in Ordnung kommen wird, alles. Wenn sie nur die Dachgeschosswohnung kriegen.

Sowie sie durch die Wohnungstür getreten sind, schleudert er die Schuhe von den Füßen und geht ins Arbeitszimmer. Er setzt sich auf den Schreibtischstuhl, zieht nicht mal die Jacke aus, er muss einfach nachsehen, jetzt wo er sich endlich entschieden hat. Er geht auf die Immobilienseite und sucht die Annonce. Es dauert ein paar Sekunden, bis er begreift, was er sieht, diesen schwarzen Text, der in Großbuchstaben quer über das Startbild gedruckt ist, das Foto des weitläufigen Wohnzimmers.

VERKAUFT.

Er sitzt immer noch in derselben Position, als Fanny hereinkommt.

»Ich wollte jetzt schlafen gehen«, sagt sie. »Kommst du auch?«

Sie klingt immer noch etwas reserviert nach dem Gespräch im Taxi. Er weiß, dass er ihre Laune ganz schnell wieder heben könnte, indem er vorschlägt, dass sie eine von den neuen DVDs einlegen, die er neulich gekauft hat, und noch ein bisschen relaxen. Aber er hat keine Kraft, er bringt nicht mal eine Antwort heraus. Er sitzt einfach reglos da, während sie sich vorbeugt und selbst auf den Bildschirm blickt.

Das Telefonat mit dem Makler am nächsten Morgen beschränkt sich nur noch auf eine kurze Information. Calle hört an der Stimme des jungen Maklers, dass ihn dieser Anruf aus dem Bett geholt hat, er sich aber trotzdem bemüht, ganz professionell zu klingen.

»Die Dachgeschosswohnung?«, sagt er. »Die wurde gestern Mittag ohne vorherige Besichtigung verkauft. Auf Wunsch des Verkäufers.«

»Wie ist denn so was möglich?«

Calle hält sich ein Ohr zu, um nicht vom Lärm aus der Küche gestört zu werden. Fanny war heute Morgen schon früh auf, und nun hantiert sie geräuschvoll mit diesem und jenem, es klingt fast, als sollte man ruhig hören, dass sie nach dem Streit gestern Nacht im Taxi immer noch ein bisschen sauer ist. Aber vielleicht bildet er sich das auch nur ein.

»Es war dem Käufer sehr wichtig, dass die Wohnung sofort bezugsfertig war«, sagt der Makler in unnötig formellem Ton.

In der Küche werden Schubladen zugeknallt. Calle muss sich anstrengen, um den Makler zu hören.

»Ja? Aber wir wollten heute auch ein Gebot abgeben.«

»Tut mir leid. Der Verkäufer hatte beim gestrigen Angebot das Gefühl, dass er unmöglich ablehnen konnte. Vor allem, weil der Käufer die Summe auch noch komplett auf einmal überweisen konnte.«

Calle ballt die Faust, dass sich die Nägel in die Handfläche bohren, während er dem Leiern des Maklers weiter zuhört.

»Dem Käufer wie auch dem Verkäufer war sehr an einem

schnellen Abschluss des Geschäftes gelegen. Also hat der Verkäufer zugeschlagen und das Angebot beendet.«

»Aber wir haben auch kein Problem mit einem schnellen Abschluss«, sagt Calle, »ganz im Gegenteil.«

»Ich bedaure, aber die Sache ist bereits abgeschlossen. Der Käufer ist von der Hausverwaltung schon vorläufig genehmigt worden, die restlichen Formalitäten werden dann bei der Übergabe geregelt.«

Es ist vorbei. Gelaufen. Endgültig. Er streicht sich mit der Hand über die Oberlippe, wo er einen Schweißtropfen spürt. Er befeuchtet sich die trockenen Lippen.

»Für wie viel wurde die Wohnung verkauft?«, erkundigt er sich.

»Für den Startpreis«, sagt der Makler. »Auf die Krone genau.«

Calle sagt nichts. Das ist doch alles völlig verrückt.

»Unter der Voraussetzung, dass keine weiteren Gebote mehr abgewartet werden, und das hat der Verkäufer auch ohne Weiteres akzeptiert. Sie wissen ja, er hat seinen festen Wohnsitz jetzt in Spanien, der wollte die Sache einfach über die Bühne kriegen.«

Calle versucht, einen kleinen verächtlichen Witz anzubringen, dass es auf dem Immobilienmarkt heutzutage ja offensichtlich zugeht wie im Wilden Westen, und da kann ihm der Makler nur beipflichten. So sieht es mittlerweile eben aus, so läuft das, und das gar nicht selten. Besichtigungen und solche zeitraubenden Prozeduren fallen im Großen und Ganzen weg.

Es bleibt ihm nichts anderes mehr übrig, als das Gespräch zu beenden. Calle steht auf und schluckt den Tränenkloß herunter, der ihm in der Kehle steckt. Er geht auf und ab und atmet tief durch.

Wer ist der Käufer? Natürlich ein steinreicher Arsch. Irgendein aufgeblasener Trottel, der dank seiner pekuniären Muskeln jede Stimme in der Hausverwaltung kaufen kann, bildlich wie buchstäblich gesprochen.

Er kennt die Sorte. Ihn schaudert bei dem Gedanken an dieses Schwein, das auf alle anderen herunterblicken wird. Vielleicht war es eine Person des öffentlichen Lebens, die erwartet, dass sich ihm alle unterordnen? Gut möglich.

Calle sucht auf seinem Handy die Nummer von Danne. Dass es Samstagmorgen ist und noch dazu erst kurz nach acht, ist ihm jetzt egal. Danne Roos, der Vorsitzende der Eigentümergemeinschaft, muss ihm sagen, wer der Käufer ist. Danne ist nett, vielleicht der netteste von allen Nachbarn. Er ist Single, knapp fünfundvierzig Jahre alt und erfolgreicher IT-Unternehmer, einer von denen, die es geschafft haben. Er wohnt in der anderen Dachgeschosswohnung der Anlage, direkt gegenüber von der gerade verkauften.

Calle horcht auf das Tuten. Natürlich keine Antwort. Warum sollte Danne um diese Zeit auch wach sein. Als ihm die Stimme auf der Mailbox erklärt, dass er eine Nachricht nach dem Piepston hinterlassen kann, weiß er nicht so recht, was er sagen soll. Er bittet Danne einfach, ihn bei Gelegenheit zurückzurufen, nichts Wichtiges, nur eine kurze Frage. Also, wie gesagt, er würde sich freuen, wenn Danne zurückruft, vielleicht sogar recht bald.

Der halbe Vormittag ist vorbei, und Danne hat sich immer noch nicht gemeldet. Vielleicht ist er verreist, wahrscheinlich in New York, wo er sich gerade ein kleines Apartment zum Übernachten gekauft hat. Calle sieht seine Hemden und Sakkos im Schlafzimmerschrank durch, stellt sich vor den großen Spiegel und zieht sich an. Er inspiziert seine Frisur, die sieht immer noch gut aus. Aber er findet, dass er irgendwie fertig aussieht, blass und mit Augenringen. Er beschließt, öfter Sport zu treiben und mehr zu schlafen.

Dann mustert er seine perfekt gebügelten Kleidungsstücke, eines nach dem anderen. Früher, als er seine Kinder noch abholte und wieder nach Hause brachte, passte er immer gut auf, was er anzog, um falsche Signale zu vermeiden. Aber jetzt, wo Agnes und Sara allein in den Zug steigen, muss er sich darüber keine Gedanken mehr machen. Das kann gerne so weitergehen. Sehr gut.

Er findet einen Pullover, den er oft anhatte, wenn er seine Kinder in der Kleinstadt abholte. Jetzt stellt er allerdings fest, dass der Pulli nicht mal mehr genug hermacht, um in der Freizeit getragen zu werden. Er wirft ihn aufs Bett, den kriegt die Bürgerhilfe. Dann greift er sich ein Hemd und hängt es mit dem Bügel an den Griff der Schranktür. Sachen, die er noch nie mochte, kann er jetzt einfach aussortieren.

Eigentlich ganz schön bescheuert, dass er sich jedes dritte Wochenende absichtlich schlechter anzog. Jedes Mal, wenn er Johanna traf, merkte er, wie ihr Blick ihn von oben bis unten abscannte. Wortlos starrte sie auf jedes Detail an seinem Äußeren, wie bei einem Bewerbungsgespräch. Dabei hatte er alles Recht der Welt, der zu sein, der er ist, und der zu werden, der er werden will. Eine Selbstverständlichkeit, die er manchmal immer noch vergisst. Manches sitzt eben tief, auch wenn es eigentlich schon seit Jahren überspielt sein sollte.

Und dann noch diese Absurdität, dass er Johanna bis vor wenigen Wochen noch dreitausend Kronen auf ihren Unterhalt drauflegte. Ihm wird ganz heiß, so peinlich ist ihm seine Ängstlichkeit. So lange hat er sich Johanna gegenüber benommen wie ein unterwürfiger Welpe. Dabei hätte er schon lange ein neues Kapitel aufschlagen sollen, hätte jede Verbindung zu ihr kappen müssen, die nicht unmittelbar mit den Kindern zu tun hatte. Wenn schon nicht für sich selbst, dann zumindest für Fanny.

Er merkte durchaus, wie schwer es Johanna nahm, als er ihr eröffnete, dass er ihr das Geld nicht mehr zahlen würde. Aber auch wenn es ihr nicht in den Kopf will, irgendwann muss sie anfangen, alleine klarzukommen. Ihr eigenes Leben zu leben und ihn seines leben zu lassen. Er weiß, dass sie sehr wenig Geld hat, aber er erweist ihr einen Bärendienst, wenn er ihr Jahr für Jahr weiter unter die Arme greift.

Jetzt gibt es nur noch Fanny und ihn. Er darf jetzt schon seit zwei Jahren mit ihr zusammen sein, und die Leidenschaft der ersten Zeit ist zweifellos dabei, in etwas anderes, Tieferes überzugehen. Genau, wie sie es gestern auch gesagt hat. Und genau, wie die Experten immer sagen. Aber wenn es funktionieren soll, muss man auch daran arbeiten. Die Flitterwochen sind vorbei, jetzt geht es darum, dass sie sich wirklich füreinander entscheiden. Er muss ihr klarmachen, dass er sie genauso sehr lieben kann, wenn er ihr nicht alles über seine Vergangenheit erzählt. Dass es um die Gegenwart und die Zukunft geht.

Fanny ist so geduldig, sie macht es ihm wirklich leicht. Sie verschwindet an den Wochenenden, an denen Calle die Kinder hat, um entweder bei ihren Eltern zu übernachten oder mit ihren Freundinnen aufs Land zu fahren. Das hat sich so eingebürgert. Anfangs war der Hintergedanke der, dass er Gelegenheit haben sollte, sich richtig um seine Kinder zu kümmern, ohne dass sie sich durch seine neue Freundin bedroht fühlten. Inzwischen ist es eher eine praktische Lösung. Die wenigen Male, die Fanny seine Töchter getroffen hat, gestaltete sich die Begegnung ziemlich mühselig. Weder Fanny noch er wussten so recht, wie sie sich verhalten sollten.

Er wirft noch einen Pullover aufs Bett, der ausgedient hat. Das war der, den er das letzte Mal anhatte.

»Gehst du raus?«

Fanny steht im Jogginganzug auf dem Flur, mit einer Wasserflasche und ihrer Sporttasche in der Hand, offensichtlich geht sie runter ins Fitnessstudio. Er sieht ihr an, dass sie nicht mehr böse ist. Sie will sich versöhnen, sehnt sich danach, dass alles wieder so ist wie immer.

»Kannst du nicht ein einziges Mal freimachen?«, fragt sie. »Und mich ins Fitnessstudio begleiten?«

»Nein, geht nicht, ich hab noch einen Patienten.«

»Vom Sozialamt?«

»Ja.«

Die Leute, die ihm das Sozialamt vorbeischickt, kommen meistens am Samstag. Die meisten von ihnen sind Obdachlose und Junkies. Sie haben ein Recht auf kostenfreie Basis-Zahnbehandlung, und Calle hat seine Chefin Magdalena überredet, dass sie sich für den guten Zweck zur Verfügung stellen.

Fanny zieht ihn an sich und gibt ihm ein Küsschen.

»Du bist großartig, weißt du das? Du leistest der Gesellschaft wirklich einen Dienst.«

Sie drückt sich an ihn.

»Es tut mir schrecklich leid, aber du kannst jetzt noch nicht gehen«, murmelt sie dicht neben seinem Ohr, während ihre Hand sich nach unten tastet. »Dein Patient muss ein bisschen warten.«

Er muss loslachen und wirft sie sanft aufs Bett.

»Möchtest du vielleicht, dass ich dich untersuche?«

Sie kichert und fängt an, ihm das Hemd aufzuknöpfen.

»Ja, bitte, Herr Doktor. Es ist wirklich ein Notfall.«

Sie treffen sich zu einem weiteren Kuss, und er überlegt, was ihm noch für ein dummer Arztwitz einfällt, denn die alten sind schon ziemlich abgedroschen. Aber er will, dass sie laut loslacht, denn nie sind sie sich näher als in solchen Momenten.

Calle geht mit raschen Schritten zur Praxis auf Östermalm. Er kickt einen Stein über den Bürgersteig. Im Gegensatz zu sonst würdigt er die Fassaden der Häuser am Karlavägen keines Blickes, denn er möchte nicht an die Dachwohnung erinnert werden. Andererseits kann er nicht leugnen, dass es eine gewisse Erleichterung bedeutet, den Extrakredit nun doch nicht aufnehmen zu müssen. Zweifellos.

Am Humlegården, dem Park auf Östermalm, bleibt er kurz stehen. Manchmal geht es ihm einfach so, da umfängt ihn Stockholm mit all seinen Geräuschen und Farben. Dann will er innehalten und eine Weile so stehen bleiben, in dem Wissen, dass er hierhergehört.

Er geht einen kleinen Umweg über die Kieswege des Humlegården. Im Park sind hie und da schon Leute unterwegs. Frauen und Männer in Daunenjacken, die ihre Hunde spazierenführen, alte Leute, die langsam über den Kies dahinstolpern, Eltern, die Kinderwagen vor sich herschieben, und ein paar Gestalten mit ungesund gelblicher Gesichtsfarbe, die sich an einer Bank versammelt haben.

Der ganze Park, dieser kleine Garten mit seinem gezähmten Stück Natur, durch das ständig zivilisierte Geschöpfe laufen, übt eine friedliche Wirkung auf ihn aus. Das ist etwas ganz anderes als die endlosen, unüberschaubaren Wälder auf dem Land.

Im Park konzentriert sich das ganze Versprechen der Großstadt, eine sichere Gemeinschaft zu bieten. Ein Versprechen, das für ein paar Sekunden in einem Blick oder einem Lächeln zwischen Fremden aufblitzt, deren Hunde sich beschnuppern oder deren Kinder im Sandkasten miteinander spielen.

Die flammenden Bäume recken sich stolz im Herbstlicht, knallgelb und feurig orange und leuchtend rot. Die Luft ist glasklar. Es nieselt noch, aber nur ganz leicht. Hier in der Großstadt ist der Herbst schön, ganz anders als im Wald, wo er einfach nur alles aufweicht und verrotten lässt, was am Boden liegen geblieben und gestorben ist.

Er betrachtet die Hunde, die auf ihrer Wiese herumrennen und außer sich vor Freude sind, Artgenossen zu treffen. Muss das schön sein, Hund zu sein. Da muss man nichts leisten, es reicht einfach, dass man existiert. Egal, was man macht, man kriegt Leckerli und wird freundlich gestreichelt. Und Kredite muss man auch keine aufnehmen.

Eine abgerissene Gestalt steht unten am Abhang neben der baufälligen Hütte, die ein paar Kinder zu bauen versucht haben und die wahrscheinlich demnächst von der städtischen Parkreinigung entfernt werden wird. Mit der einen Hand hält sich der Mann seine kurze Lederjacke in der Mitte zusammen. Mit den Füßen stampft er nervös auf den halb gefrorenen Lehmboden. Die dünnen Regentropfen werden vom Wind umhergewirbelt und legen sich auf sein Haar. Der Mann sieht aus, als wäre er ungefähr Mitte dreißig. Er hat sehr unreine Haut und pockennarbige Wangen, und auf einer Seite des Gesichts hat er ein längliches, blauschwarzes Muttermal. Calle erkennt ihn gleich wieder. Es ist ein Patient, den er vor ein paar Jahren mal behandelt hat. Marko heißt er, genannt Mackan. Er sollte noch einmal zur Nachbehandlung kommen, tauchte dann aber nie wieder auf. Calle war darauf gefasst, denn so läuft es oft, die Obdachlosen führen ein unstetes Leben und verpassen solche Dinge meistens, aber Calle war damals sehr unwohl dabei. Er weiß, dass bei Mackan diverse Maßnahmen nötig wären: Man müsste ihm mehrere Zähne ziehen, am besten eine Parodontosebehandlung durchführen und zumindest eine Teilprothese anpassen. Außerdem sahen die Laborergebnisse von der Gewebeprobe seiner Geschwüre gar nicht gut aus.

Mackan kommt auf ihn zu und bleibt vor ihm stehen.

»Haste mal Feuer?«, fragt er.

Offenbar erkennt er seinen Zahnarzt gar nicht wieder. Seine Augen sind stahlgrau und hart wie Marmor. Zwischen seinen Fingern steckt eine erloschene Kippe. Unter jedem Nagel ein Trauerrand. In der Kälte verströmt er zwar keinen Körpergeruch, aber als er den Mund aufmacht, hält Calle reflexartig den Atem an. Mehrere Zähne fehlen, der Rest ist in üblem Zustand. Schlimmer als beim letzten Besuch.

»Haste mal Feuer?«, wiederholt Mackan.

»Nein.«

Er will gerade hinzufügen, dass er nicht raucht, hält dann aber inne. Gewisse Dinge können so jemanden provozieren, man weiß es nie.

Doch Mackan sagt gar nichts. Er will gerade weitergehen, als Calle die Hand ausstreckt und ihn am Jackenärmel berührt.

»Warten Sie mal«, sagt er.

Der Mann bleibt stehen, wendet den Kopf und sieht Calle wieder in die Augen.

»Ich bin Zahnarzt und habe Sie schon mal behandelt, falls Sie sich erinnern«, erklärt Calle. »Sie hätten eigentlich noch mal zur Weiterbehandlung kommen sollen.«

Keine Antwort. Mackan macht nur eine müde Geste und schaut weg. Ein paar Leute nähern sich durch die Bäume. Zwei Frauen, eine ungefähr in Fannys Alter, die andere ein bisschen jünger. Rosa geschwollene Gesichter mit scharfen Linien um den Mund. Die in Fannys Alter trägt einen struppigen Fuchspelz, unter dem zwei magere Beine herausgucken, die in zu kurzen schwarzen Leggins stecken. Wo sie aufhören, sieht man die Haut der Waden weiß leuchten, und an den Füßen sitzen schmutzige Sportschuhe, die früher einmal hellblau gewesen sein müssen.

Die zwei Frauen freuen sich sichtlich, als sie Mackan sehen. Er geht ihnen mit ausgebreiteten Armen entgegen.

»Hallo? Mackan?«, ruft Calle ihm hinterher.

Mackan dreht sich abrupt um. Calle macht einen Schritt auf ihn zu und versucht Autorität, Kraft und Ruhe auszustrahlen.

»Sie sollten einen neuen Termin bei mir ausmachen. Zu Ihrem eigenen Besten.«

Mackan macht eine drohende Geste.

»Kümmer dich um deinen eigenen Scheiß und lass mich in Ruhe, klar? Fahr zur Hölle.«

Er wendet sich wieder zu den Frauen und öffnet die Jacke, die er die ganze Zeit so sorgfältig zugehalten hat. Aus dem Inneren holt er einen Gegenstand. Von seinem Platz aus kann Calle nur schwer sehen, worum es sich handelt.

Mackan reicht es den Frauen. Es glänzt, wie Metall – vielleicht eine Art Waffe? Die Frauen unterhalten sich lebhaft mit heiseren Stimmen. Die Ältere nimmt den glänzenden Gegenstand entgegen, und jetzt sieht Calle auch, was es ist. Ein vakuumverpackter, warm geräucherter Lachs.

Neben der Sprechanlage ist ein Messingschild angebracht: *Zahnärzte Dr. med. Magdalena Dahlin. Dr. med. Calle Andersson.* Er wünschte, er hätte einen etwas interessanteren Nachnamen. Vielleicht hätte er ihn irgendwann wechseln sollen, bevor er nach Stockholm kam. Jetzt hat das keinen Zweck mehr.

Der erste Patient heißt Håkan und ist siebenundvierzig Jahre alt. Calle zeigt ihm, wo er seine Jacke aufhängen kann, aber Håkan möchte sie lieber anbehalten. Stumm mustert er die weichen Sessel, die schweren Samtgardinen, die Kunst an den Wänden, die Stapel von Hochglanzmagazinen voller Luxusyachten und Innenaufnahmen von Hotels.

Inka begrüßt ihn. Die Arzthelferin sitzt an der Anmeldung und schreibt und notiert, dass die Armreifen an ihrem schmalen Handgelenk nur so klirren.

Ihre blonden Locken hat sie sich am Hinterkopf zu zwei kugelförmigen Gebilden hochgesteckt. Inka hat ständig neue Frisuren, das muss ganz schön lange dauern, sich die morgens immer zusammenzustecken. Aber vielleicht hat sie ja sonst nichts zu tun.

Sie ist zweiunddreißig und wurde vor fünf Jahren von Magdalena eingestellt. Sie arbeitet unauffällig und ist einfach äußerst zuverlässig. Calle weiß nicht viel über ihr Privatleben, Inka hat immer den Eindruck erweckt, dass sie übergangslos den Schritt vom Teenager zur alten Jungfer getan hat, und manchmal fragt er sich, ob sie sich nicht doch noch ein spannenderes Leben zulegen sollte.

Er führt Håkan ins Behandlungszimmer und zeigt auf den Zahnarztstuhl.

»Bitte, nehmen Sie Platz.«

Håkan gehorcht. Calle stellt ihm zunächst ein paar Fragen, nur das Notwendigste, und erfährt, dass der letzte Zahnarztbesuch seines Patienten mindestens zehn Jahre zurückliegt. Er hat keine Zahnbürste.

Calle erklärt ihm, dass er hier nur zahnärztliche Notversorgung leistet, das heißt, dass er die bestehenden Zähne saniert und zukünftigen Infektionen und Entzündungen vorbeugt. Håkan antwortet nicht, er lehnt nur den Kopf zurück und sperrt den Mund auf.

Calle hält hinter seinem Mundschutz den Atem an, um dem Geruch zu entgehen, aber der dringt schon nach wenigen Minuten durch. Der typische Gestank bei Patienten, die Parodontose in fortgeschrittenem Stadium haben, und auch bei viel Zahnstein. Er mustert die braunen Stummel, von denen viele so abgewetzt sind, als wären sie mit einer Feile abgeraspelt worden. Er mustert die Geschwüre und Verletzungen.

Inka kommt herein und bereitet die Instrumente vor, während Calle seinen Mundschutz gegen ein Visier aus Plastik tauscht. Das schützt ihn gegen Spritzer, wenn er bohrt, und auch vor dem Gestank, der jetzt langsam richtig übel wird. Konzentriert macht er sich an die Arbeit, assistiert von Inka. Sie haben ihre perfekt eingeschliffene Routine.

Bald kann Calle feststellen, dass Håkan insgesamt acht Zähne fehlen, er hat große Probleme mit dem Zahnhalteapparat, mehrere Zahnfleischtaschen, die tiefer als vier Millimeter sind, dazu Zahnstein und wackelnde Zähne und Molaren mit einem Furkationsgrad von eins bis drei. Außerdem Karies, Zahnbeläge und Zahnfleischbluten sowie Geschwürbildung, die ein Vorstadium zu Krebs darstellen könnte.

Die Behandlung zieht sich hin, und es ist fast zwölf, bis sie vorläufig fertig sind, inklusive Füllungen und der Entnahme der Gewebeproben.

»Ich möchte, dass Sie in einer Woche wiederkommen«, sagt Calle. »Samstagmorgen um die gleiche Zeit, acht Uhr.«

Håkan antwortet nicht. Inka gibt ihm einen Zettel, auf dem sie deutlich das Datum notiert hat. Sie hat noch einmal unterstrichen, dass es gleich der nächste Samstag ist, und dann bekommt er noch eine halbe Quiche mit Hühnchen, die Calle im Kühlschrank gefunden hat, eine ungeöffnete Packung Saft und ein Baguette mit Schinken, das von gestern übrig ist.

»Vergessen Sie bitte den nächsten Termin nicht«, sagt Calle. »Versprechen Sie mir, dass Sie kommen.«

Håkan nickt schweigend und verschwindet mit den Lebensmitteln unterm Arm. Inka ordnet die Instrumente und bereitet alles für den nächsten Patienten vor, während Calle das Fenster weit aufmacht. Nach einem solchen Besuch muss man ordentlich lüften, weil sich der Geruch im ganzen Zimmer festgesetzt hat.

Er empfängt noch zwei Patienten, einen Jungen und ein Mädchen, und das Mädchen tut ihm wirklich leid. Sie ist erst sechsundzwanzig, aber ihre vorderen Schneidezähne wackeln ausnahmslos. Sie bestreitet, rauschgiftsüchtig zu sein, aber er sieht es ganz deutlich an ihren Pupillen. Er nimmt einen Abdruck, um vom Zahntechniker eine herausnehmbare Prothese anfertigen zu lassen, und tut ansonsten, was er kann, um zu verhindern, dass sie bis zum nächsten Termin Schmerzen hat. Nächstes Mal wird er alle gelockerten Zähne ziehen und die Prothese an den paar Zähnen befestigen, die noch einigermaßen fest sitzen. Sie wird sofort wieder gut aussehen, wenn sie die Praxis verlässt. Besser als seit langer Zeit.

Um Viertel nach vier sind sie fertig. Inka will mit ihrer Schwester ins Theater und eilt den Stureplan hinunter. Calle stellt die Alarmanlage an, knipst das Licht aus, verschließt die Tür und das Gittertor.

Auf dem Heimweg kommt er an einem Blumengeschäft vorbei, das samstags geöffnet hat, und kauft einen Strauß aus dunkelroten Rosen, die Fanny am besten gefallen, wie er weiß.

Wie in den meisten Fällen nimmt er den Heimweg, auf dem er aus der Ferne schon auf die Fassade seines Wohnhauses blickt. Es fühlt sich immer so großartig an, wenn er dort draufschaut und weiß, dass er tatsächlich in diesem goldgelben Fin-de-Siècle-Bau wohnt, der so typisch für die Stockholmer Innenstadt ist, mit seinen hohen, verzierten Fenstern und dem eleganten Holztor.

Die Balkone, die zur Straße zeigen, verleihen dem Haus ein schlossartiges Flair, findet er. Er ist im Laufe des Jahres viele Male hier vorbeigegangen. Besonders hübsch ist es zu Weihnachten, wenn alle ihre Balkone mit den gleichen Lichterketten schmücken. Letztes Jahr war es geradezu magisch, wenn man in der abendlichen Dunkelheit auf das Haus zuging. Als würde einen ein freundliches Riesenwesen herzlich willkommen heißen.

Doch auch jetzt im Herbst sieht es richtig hübsch aus, wenn es abends dämmert und die Fenster im ersten Stock erleuchtet sind. Welcher glückliche Mensch dort wohl wohnen darf?, denkt er, und dann stellt er mit stiller Heiterkeit fest, dass es tatsächlich er selbst ist. Dieses Gedankenspiel wird ihm nie langweilig.

Jetzt ist er nahe genug, um zu sehen, dass ein Umzugswagen vorm Haus parkt. Das muss der Käufer der Dachgeschosswohnung sein, der schon heute einzieht. Der Käufer, dem an einem schnellen Abschluss gelegen war, der die Kaufsumme komplett überweisen konnte und sofort einziehen wollte.

Calle richtet sich ein wenig auf und streicht sich die Kleidung glatt.

Irgendwie sackt Calles Stimmung in den Keller, als er auf das Haus zugeht. Schon aus der Ferne glaubt er, die wenigen Möbel wiederzuerkennen, die da hineingetragen werden. Sie unterscheiden sich auch ganz markant von den Möbeln, die er bei den anderen Nachbarn gesehen hat. Was er hier sieht, ist dürftig, schlicht, kleinstbürgerlich. Und als sein Blick auf den Sessel mit dem verschlissenen Bezug fällt, mit dem geblümten Stoff in den grellen Farben, kommt es ihm vor, als würde die Welt kurz ins Wanken geraten. Das ist der Sessel. Aber das kann doch nicht sein. Es muss ein anderer sein, der haargenauso aussieht.

Aber prompt folgt dem Sessel ein Vitrinenschrank, der genauso aussieht wie der, den er selbst vor elf, zwölf Jahren gekauft hat.

Dann beobachtet Calle, wie die drei aus dem kleineren Auto steigen, das gerade am Bordstein geparkt hat. Es ist ein Leihwagen, ein kleiner Aufkleber auf der Heckscheibe verrät, dass er in einer mittelgroßen Stadt in einer ländlichen Gegend Schwedens angemietet wurde. Er muss nur den Namen dieser Stadt lesen, schon hat er das Gefühl, dass sein Blutkreislauf zum Erliegen kommt.

Er geht näher heran und versucht zu begreifen, was er da sieht. Dort stehen Johanna, Agnes und Sara. Sie sehen glücklich aus. Sie schwatzen eifrig mit den Umzugshelfern, lachen, versetzen sich kumpelhafte Rippenstöße und umarmen sich.

Und jetzt entdecken sie ihn, alle drei gleichzeitig. Johanna winkt und geht ihm entgegen, und als sie bei ihm ist, bleibt sie direkt vor ihm stehen, so dass Calle notgedrungen auch stehen bleiben muss. Ein Gedanke huscht ihm noch schnell durch den Kopf: Hoffentlich sieht ihn jetzt keiner von den Nachbarn, wie er hier steht und mit dieser Frau redet, die so gut wie ungeschminkt ist, eine hässliche Brille trägt und die sich die aschblonden Haare nicht färbt und nicht tönt und nicht frisiert, wodurch die ganze Person irgendwie aschig aussieht. Er sieht auch, dass sie eine Jeans von einer unbekannten Marke trägt, dass ihre Kleidung billig und verwaschen ist und überhaupt alles aussieht wie hastig übergeschmissen.

An ihrem Arm dieselbe Uhr wie damals, als sie sich kennengelernt haben. Das Armband ist schon ganz ausgefranst und löst sich langsam auf.

»Hallo Kalle«, sagt Johanna. »Ich hab mir hier eine Wohnung gekauft.«

Kalle mit K. Er hört es ganz deutlich.

Ein euphorisches, offenes Lächeln, ein Blick direkt in seine Augen. Johanna sollte beim Zähnebürsten nicht so fest aufdrücken, sonst zieht sich das Zahnfleisch leicht zurück, auch wenn man es jetzt noch nicht so sieht. Doch in ein paar Jahren werden die Zahnhälse langsam freigelegt sein.

»Und heute ziehen wir hier ein! Wie du siehst.«

Er antwortet nicht, er bleibt einfach da stehen mit seinem in Papier eingeschlagenen Rosenstrauß, der zum Boden zeigt. Er lässt ihre Worte und Sätze auf sich wirken, bis sie sich zu einer logischen Aussage ordnen.

»Ich hatte dich gestern angerufen, um es dir zu erzählen«, fährt sie fort. »Aber du warst so gestresst. Also dachte ich, wir können uns ja ebenso gut heute sehen.«

Er sieht, wie hinter Johanna Küchentisch, Stühle, Regale, Schränke, Betten und Teppiche aus dem Umzugslaster durch die Haustür getragen werden. Alles wohlbekannt und vertraut. Bei den meisten Sachen war er dabei, als sie mal gekauft wurden, hauptsächlich bei IKEA. Das meiste hat er zusammengebaut, einige hat er später repariert, als sie kaputtgingen. Mühselig hat er die Teile wieder zusammengeklebt und geschraubt, teils mit

Hilfe einer Schraubzwinge, denn im Grunde war alles Plunder, der nicht dazu gedacht war, sonderlich lange zu halten.

»Ich habe Agnes und Sara in einer guten Schule hier in der Nähe untergebracht«, sagt Johanna. »Beide haben einen Platz bekommen. Eigentlich unglaublich, es hat nur ein paar Tage gedauert, aber ich hab ihnen die Situation erklärt, und sie haben verstanden, dass es gewichtige Gründe gab.«

Sie schiebt die Brille, die ihr wie immer ein Stückchen heruntergerutscht ist, wieder die Nase hoch. Calle kennt die Geste, er hat sie bestimmt eine Million Mal gesehen. Aber nicht hier. Niemals hier.

»Ja, ich dachte mir, dass die Kinder jetzt jede zweite Woche bei dir wohnen können«, sagt sie.

Verständnislos sieht er Agnes und Sara an. Beide lächeln. Schüchtern, aber glücklich.

»Die Mädchen sind wahnsinnig froh über den Umzug«, sagt Johanna. »Aber ich glaube, sie haben es noch nicht so ganz begriffen. Ich ja eigentlich auch nicht.«

Ihre Augen glänzen, und einen Moment lang befürchtet er, dass sie gleich in Tränen ausbrechen wird. Er kennt diese Miene so gut, wenn sie kurz davor ist, loszuheulen, diesen bittenden Opferblick, der immer etwas von ihm will. Geld, Engagement, Zeit. Aber dann sieht er, dass sie überhaupt nicht traurig ist. Nein, diesmal kommt der Glanz in ihren Augen daher, dass sie glücklich ist.

»Ich hab mit der Zusatzzahl gewonnen«, verkündet sie. »Sieben Richtige hatte ich. Und zwanzig Kronen hatte ich eingesetzt. Kannst du dir so was vorstellen? Einen Zwanni!«

Er steht da wie betäubt. Zusatzzahl? Was soll das denn sein?

Johanna fasst ihn am Ärmel und zieht ihn ein Stückchen beiseite. Er macht sich sofort wieder los.

»Warte mal. Was zum Teufel soll das alles bedeuten?«

Sie sieht ihn ruhig an. Es sieht aus, als wäre sie durchaus auf diese Reaktion gefasst gewesen.

»Ich hatte das ganze Geschufte so satt«, sagt sie leise. »Und dann diese Geschichte mit Sara, weißt du, dieser Mobbingterror. Wir sind ganz einfach abgehauen.«

Er starrt sie an. Völlige Mattscheibe. Und irgendwo das unangenehme Gefühl, dass er in einem wild galoppierenden Albtraum feststeckt.

»Jetzt können wir die Verantwortung gerecht unter uns aufteilen«, sagt sie. »Ich glaube, das wird gut laufen. Du wirst dich dran gewöhnen.«

Ein noch breiteres Lächeln macht sich auf ihrem Gesicht breit, aber Calle steht immer noch regungslos da und starrt sie an. Johanna. Die für all das steht, was er eigentlich hinter sich gelassen hatte.

Fanny hat die roten Rosen in eine Vase gestellt. Sie war total hingerissen von den Blumen und küsste ihn, aber Calle merkt jetzt, wie hilflos der Strauß aussieht in seiner klischeebeladenen Lächerlichkeit. Er hätte eine andere Sorte nehmen sollen, etwas Persönlicheres und Außergewöhnlicheres.

Als ob das irgendetwas geändert hätte.

Fanny und er sitzen sich gegenüber, um wie geplant ihr gemütliches samstägliches Abendessen einzunehmen. Aber hier ist nichts wie geplant, denn drei Stockwerke über ihnen richtet sich gerade Johanna in ihrer Dachwohnung ein, die frischgebackene Multimillionärin.

Zwanzig Millionen. Hauptgewinn. So was, was man sonst bloß in der Zeitung liest.

Der Betrag an sich ist nichts, was ihn schockieren würde, er hat von Leuten gelesen, die sechsunddreißig und zweiundachtzig Millionen gewonnen haben, und er kennt mehrere, die noch bedeutend reicher sind. Einer seiner Bekannten hat ein Vermögen, das sich aufs Zehnfache beläuft.

Aber Johanna … er kann es immer noch nicht fassen.

Fanny schiebt ihm die Servierplatte hin, auf der Steaks und Ofenkartoffeln mit Rüben liegen, außerdem hat sie einen grünen Salat mit Calles Lieblingsdressing gemacht, mit in Butter gebratenen Champignons. Aber jetzt schaut er nur das Abendessen an, das sie gekocht hat, und kann sich nicht überwinden, das Essen oder auch nur den Rotwein anzurühren, den sie ihm eingegossen hat.

»Du siehst etwas mitgenommen aus.«

Fanny sieht ihn an, während sie sich auffüllt. Er hält diesen

Blick nicht aus, also nimmt er sich auch eine Portion und legt sie sich auf den Teller, um zumindest den Schein von Appetit zu erwecken.

»Das ist doch nicht verwunderlich, oder?«, fragt er zurück.

»Nein, absolut nicht.«

Sie fängt an zu essen. Er selbst sitzt mit zusammengebissenen Zähnen da und versucht, die Gedanken zu ordnen, die ihm durchs Hirn schießen.

Zum Beispiel die Erinnerung, wie er beim letzten Besuch im Glücksweg vor einem knappen Monat durch die Tür ging und sich bewusst war, dass Johanna wahrscheinlich am Küchenfenster stand und ihn kommen sah. Er fuhr seinen neuen schwarzen Audi A5 Sportback, den er immer nahm, wenn er die Kinder abholte. Fanny hatte ihn darauf hingewiesen, dass der BMW wohl ein bisschen zu spießig war, womit sie sicherlich Recht hatte.

Und jetzt ist Johanna hier, reich genug, um sich einen Rolls Royce Phantom zu kaufen, wenn sie Lust hätte. Das übersteigt seine Vorstellungskraft.

»Hallo?!«

Fannys Blick, den sie quer über den Esstisch schickt, hat etwas Energisches.

»Willst du nichts sagen?«

»Was soll ich denn sagen?«

So eine typische bescheuerte Antwort, die keinen der Beteiligten glücklicher macht. Aber sein Kopf ist völlig leer.

»Ich meine – wie sollen wir damit umgehen?«

Er nimmt sich noch einen Nachschlag, um Zeit zu gewinnen. Zeit zum Nachdenken.

»Ich kann da nicht viel machen. Sie kann sich niederlassen, wo sie will, das ist nichts, worauf wir irgendwie Einfluss nehmen könnten.«

»Nein, das ist mir auch klar. Aber wir müssen trotzdem irgendwie kommunizieren, nachdem sich diese Situation nun mal ergeben hat. Du kannst nicht einfach nur schweigen.«

Ein tiefer, hoffnungsloser Seufzer. Irgendwo ahnt er auch eine versteckte Anklage, als wäre er an diesem ganzen Schlamassel irgendwie beteiligt. Obwohl sie intelligent genug ist, solche Dummheiten nicht auszusprechen.

»Ich muss mich wohl mit dieser Situation anfreunden«, meint sie. »Wir haben keine andere Wahl. Und bis jetzt habe ich jedenfalls nichts gegen deine Exfrau. Wir sind uns noch nie begegnet, wie sollte ich also was gegen sie haben?«

Sie nimmt einen Schluck Wein und lächelt leise.

»Das Einzige, was ich weiß, ist, dass sie sich irgendwann mal in denselben Mann verliebt hat wie ich. Es muss also eine Frau mit Geschmack sein.«

Calle antwortet nicht. Er ist wirklich nicht in der Stimmung für diese Art Witze. Und auch für keine anderen. Er schiebt sein Essen von der einen Seite des Tellers auf die andere. Es wird schon langsam kalt, und er bildet sich ein, dass das Rindfleisch streng schmeckt, wie Wildschwein. Er isst nie Wild, wenn er es vermeiden kann, es erinnert ihn zu sehr an den Wald.

»Deswegen können wir genauso gut gleich versuchen, das Beste aus der Situation zu machen«, fährt sie fort. »Wir müssen wohl hochgehen, Hallo sagen und sie im Haus willkommen heißen.«

Die Gabel fällt ihm aus der Hand und landet klirrend auf seinem Porzellanteller. Fanny sieht ihn an.

»Tu das *nicht*«, sagt er.

»Ich will sie auf jeden Fall kennenlernen«, protestiert sie. »Und deine Kinder auch. Das musst du doch verstehen. Wir müssen das als etwas Spannendes betrachten. Dass wir ab jetzt Nachbarn sind und eine Patchworkfamilie. Es wird eine Herausforderung sein, das so zu gestalten, dass es funktioniert.«

Herausforderung. Ein Wort, dass er immer gern verwendet

hat, aber jetzt nimmt es sich in seinen Ohren ganz grässlich aus.

»Jetzt mach mal halblang«, sagt er.

Fanny legt das Besteck aus der Hand.

»Du kannst doch wohl nicht im Ernst meinen, dass wir im selben Haus wohnen und uns aus dem Weg gehen sollen?«, fragt sie. »Das wäre doch vollkommen lächerlich.«

Er hat keine Antwort, denn sie hat Recht. Aber dann wird alles lächerlich. Nichts in seinem zweiten Leben wird dann noch unlächerlich sein. Seine Freunde werden bei den nächsten Dinnerpartys jede Menge zu kommentieren haben, zu diskutieren und vielleicht auch zu lachen. Dass er vorher verheiratet war und zwei Kinder hat, ist an sich natürlich nicht weiter bemerkenswert, aber eine Exfrau, die etwas so Spektakuläres macht, wie es Johanna eingefallen ist – das wird definitiv Interesse wecken, und auch Fragen zu seiner Vergangenheit. Und dann wird es ganz furchtbar.

Er überlegt angestrengt, und auf einmal weiß er, wie der Ausweg aussieht. Es gibt nur eine Lösung für diese Situation.

»Ich überlege, ob wir nicht vielleicht doch hier ausziehen sollten«, sagt er. »Wir waren ja immerhin schon dabei, die Wohnung zu wechseln.«

Fanny hatte sich schon wieder ihrem Essen zugewandt, doch nun hält sie inne.

»Wir?«, sagt sie. »Nein, *wir* waren nicht dabei, die Wohnung zu wechseln. *Du* warst das. Ich fühle mich hier sehr wohl.«

»Ja, weiß ich doch.«

Mit einem Lächeln versucht er, sie auf seine Seite zu ziehen. Sie dürfen sich jetzt nicht streiten. Immerhin haben sie ein gemeinsames Problem.

»Aber wenn wir einfach versuchen, uns ein bisschen zu öffnen«, fährt er fort. »Wenn wir in ganz neuen Bahnen denken, ein bisschen Fantasie haben, uns einfach mal geistig ganz frei machen?«

Er versucht, Worte zu finden, die sich toll anhören. Doch Fanny ist nicht der Typ, der sich von leeren Phrasen verführen lässt, das weiß er selbst.

»Was meinst du?«, fragt sie.

Er rührt mit seiner Gabel in der Sauce und wagt sie kaum anzusehen, weil er Angst hat, mit seinem Vorschlag schlecht bei ihr anzukommen.

»Ich habe tatsächlich an ein Haus gedacht«, sagt er.

»Ein Haus?«

Calle nickt. Und auf einmal weiß er, dass ein Haus das einzig Richtige ist, in der richtigen Größe, in einem der schönen Vororte, in denen sich viele Wohlhabende tummeln. Es darf auch gerne Meerblick haben, wie Fredriks und Claras Haus. Wenn er sich's recht überlegt, ist ihm die Lust auf Dachgeschosswohnungen komplett vergangen. Die sind schon schön, aber man fühlt sich doch irgendwie so eingesperrt darin.

Fredrik und Clara wohnen in einem großartigen Schlösschen mit Ausblick übers Wasser. Clara arbeitet als Innenarchitektin, und ihr ganzes Heim ist völlig durchdacht, eine Art Bohème-Shabby-Chic-Stil mit industriell-sachlichen Einschlägen. Außerdem haben sie noch einen großen Garten voller Rosen und Obstbäume und Gemüsebeete.

Calle nimmt einen großen Bissen vom Essen und lehnt sich zurück. Er versucht so auszusehen, als würde er sich eigentlich gar nicht so sehr um die Kernfrage scheren.

»Ich hatte tatsächlich schon länger mal über ein Haus nachgedacht«, meint er. »Auch wegen der ganzen Abgase in der Stadt.«

Fanny sieht ihn misstrauisch an, und er merkt, dass er sie überhaupt nicht überzeugt. Sie weiß sehr gut, wie gut es ihm gefällt, mitten in der Stadt zu wohnen.

»Wenn wir Kinder kriegen, wäre es auch besser.«

In der nächsten Sekunde wird ihm klar, wie dumm es von ihm

war, das jetzt aufs Tapet zu bringen, denn nun ist sie noch weniger begeistert als vorher. Fanny selbst ist in der Upplandsgatan aufgewachsen, fast um die Ecke. Sie hatte noch nie Lust, in einen Vorort zu ziehen, nicht mal in einen von den eleganteren.

»Man kann auch in der Stadt Kinder haben«, sagt sie. »Ich glaube sogar, dass es ihnen hier besser geht. Man hat mehr Zeit für sie, wenn man nicht zum Arbeitsplatz pendeln muss. Und mir gefällt es, dass die Bib so nah ist.«

Er schweigt. Früher hat er selbst immer den Vorteil herausgestrichen, dass sie so nah bei der Königlichen Bibliothek wohnen, wo Fanny einen Großteil ihrer Zeit verbringt.

»Und dann noch der Kredit«, fügt sie hinzu. »Ich brauche nicht unbedingt noch höhere Raten.«

Sie beugt sich vor und legt ihm die Hand auf den Arm.

»Ich verstehe, dass sich das Ganze seltsam für dich anfühlt. Und schwierig. Aber eine Patchworkfamilie muss vielleicht gar kein großes Problem sein. Schau dir doch Mattias und Vendela an. Du bist so ein Kontrollmensch, du bist es gewohnt, dass du alles immer auf Verstandesbasis lösen kannst. Aber das Leben ist eben so, manchmal muss man sich auch dem Zufall öffnen. Sich einfach mal mittreiben lassen.«

Jetzt klingt sie fast genauso verquast wie Ninna, und er muss die Zähne zusammenbeißen, um keine gemeine Bemerkung zu machen. Fanny mustert ihn.

»Ich kenn dich ja kaum wieder. Du bist doch sonst so tatkräftig und findest für alles Lösungen. Jetzt siehst du total resigniert aus.«

Er richtet sich wieder etwas auf, greift zu Messer und Gabel und beginnt, sich ein Stück von dem rosa gebratenen Fleisch abzuschneiden. Es ist schon längst nicht mehr warm.

»Aber ich *habe* doch einen konkreten Vorschlag«, erwidert er. »Wir könnten uns doch zumindest mal ein paar Häuser anschauen, oder? Mal ausprobieren, wie sich das anfühlt.«

Der Eifer packt ihn. Einfach die Zelte abbrechen und weggehen.

»Du kennst doch Fredrik aus unserer Formel-1-Clique? Du solltest mal sein Haus sehen, das ist absolut großartig, liegt direkt am Wasser. So was würde dir bestimmt gefallen. Und mir auch.«

Fanny sieht ihn durchdringend an.

»Hör mal zu: Ich will nicht aus der Stadt wegziehen. Und ich will dieses Haus nicht verlassen. Willst du mich dazu zwingen?«

»Nein, aber …«

Er verstummt. Es hat keinen Zweck, weiter zu argumentieren. Ihm bleibt nur noch eins: Er muss einen Plan ausarbeiten.

Direkt nach dem Abendessen beschließt er, noch einmal die Immobilienseite im Internet zu besuchen. Es kann nicht schaden, sich zumindest eine Vorstellung vom Häusermarkt zu machen und mal zu sondieren, ob es nicht irgendein unwiderstehliches Objekt gibt, das Fanny umstimmen könnte.

Fanny mit ihrem bunt zusammengewürfelten Freundeskreis, lauter Leuten, die sie aus der Kindheit, von der Uni oder von einer der seltsamen Partys kennt, auf die sie immer eingeladen wird. Sie hat sich schon immer mit solchen seltsamen Menschen umgeben, die auf verschiedenste Art zusammenleben. Nachdem sich der erste Schreck mal gelegt hat, ist es für sie vielleicht gar nicht so merkwürdig, wenn die Exfrau des Mannes drei Stockwerke über ihr wohnt. Sie scheint es ja eher als Chance auf ein interessantes Abenteuer zu betrachten.

Calle hat da deutlich engere Grenzen, das steht schon mal fest, ganz egal, was für ein supermoderner Stadtmensch er ansonsten so ist.

Er hat sich gerade an den PC gesetzt, da kommt Fanny ins Arbeitszimmer. Rasch wechselt er zu Facebook und tut, als würde er da etwas Interessantes lesen.

»Hast du noch ein bisschen drüber nachgedacht, wie wir uns dazu stellen wollen, dass Johanna und die Kinder jetzt hier eingezogen sind?«, fragt sie.

Er dreht seinen Stuhl herum und stellt die Füße auf einen Hocker.

»Ja. Wenn du mich fragst, ist es ein Ding der Unmöglichkeit, so nah bei meiner Exfrau zu wohnen«, antwortet er. »Das wird nicht funktionieren. Und du wirst das auch merken.«

»Meinst du? Inwiefern?«

Es schadet nichts, wenn er ein bisschen übertreibt. Nicht direkt lügen, aber ein etwas diffuser Umgang mit der Wahrheit ist schon erlaubt.

»Johanna hat so gewisse Seiten an sich. Sie kann extrem anstrengend sein«, behauptet er. »Und da ich euch beide kenne, kann ich dir jetzt schon sagen, dass du es niemals mit ihr unter einem Dach aushalten wirst. Niemals. Und ich versuche es wirklich objektiv zu betrachten, ohne meine eigenen Gefühle hineinspielen zu lassen.«

Er hat seine Energie zurück und auch seine Redegewandtheit, aber genau in dem Moment klingelt es. Er verstummt.

Ein paar Sekunden vergehen, ohne dass einer von beiden sich rührt. Neuerliches Klingeln.

»Willst du nicht aufmachen?«, fragt Fanny.

Voll düsterer Vorahnungen geht Calle in den Flur und linst durch den Türspion. Natürlich steht dort Johanna und schiebt sich ihre Brille die Nase hoch.

Während er aufmacht, setzt er eine verärgerte Miene auf. Sie muss kapieren, dass sie nicht so einfach ankommen und bei ihm klingeln kann, als wäre er ein x-beliebiger Nachbar.

Johanna hat die Jeans vom Nachmittag gegen eine alte Jogginghose getauscht. Wahrscheinlich ist sie gerade dabei, die Kartons auszupacken, und möchte bei der Arbeit bequem gekleidet sein. Die Haare hat sie sich zu einem schlampigen Dutt hochgesteckt, so dass sie sich bauschen und einzelne Strähnen ins Gesicht hängen. Anscheinend hat sie überhaupt nicht vor, sich ein bisschen zurechtzumachen, nicht mal am ersten Tag.

»Ich dachte, wir könnten vielleicht besprechen, wie wir das mit den Kindern machen und wo sie wohnen und so«, sagt sie, ohne sich auch nur für die Störung zu entschuldigen.

Als wäre das eine rein praktische Formalität.

Er bekommt keine Antwort heraus, und sie fährt fort:

»Für die beiden geht es klar, wochenweise die Wohnung zu wechseln. Dann einigen wir uns wohl auf diese Lösung, oder?«

Calle spürt, wie die Wut in ihm hochkocht, und verspürt ganz kurz den Impuls, ihr einfach die Tür vor der Nase zuzuschlagen. Aber dann hört er, wie hinter ihm leise das Wohnzimmerparkett knackt, und bevor er reagieren kann, steht Fanny im Flur. Sie schiebt ihn sanft beiseite, lächelt Johanna an und streckt ihr die Hand hin.

»Du bist also Johanna? Ich bin Fanny. Aber das weißt du sicher schon.«

»Ja.«

Johanna wirkt angespannt und abwartend. Aber sie gibt Fanny auf jeden Fall die Hand.

»Komm doch rein«, sagt Fanny. »Ihr braucht hier doch nicht zwischen Tür und Angel zu reden.«

Fanny tritt zur Seite, und Johanna kommt herein. Calle hatte überhaupt nicht vor, sie in sein Heim zu bitten, aber jetzt kann er nichts mehr dagegen tun.

Mit einem unbehaglichen Gefühl beobachtet er, wie Johanna den Blick durch den Flur schweifen lässt, über den Gang zwischen Küche und Esszimmer und ins Wohnzimmer.

»Ja, also, wie wollen wir es denn nun machen?«, nimmt sie den Faden wieder auf.

Anscheinend muss die Frage nach dem Wohnort der Kinder sofort gelöst werden. Ohne Aufschub. Johanna dreht seiner Wohnung den Rücken zu und fährt fort:

»Also, ich wollte dir vorschlagen, dass wir immer sonntags wechseln. Wäre das okay für dich? Wir können aber auch jeden anderen Tag nehmen, ich bin da flexibel.«

»Sonntag ist doch gut, oder?« Fanny sieht Calle an. »Oder was meinst du?«

»Ja. Doch.«

Er begreift überhaupt nicht, was hier passiert. Außer, dass hier zwei völlig unterschiedliche Frauen plötzlich Entscheidungen treffen, die ihn zum Gegenstand haben.

»Ich freue mich schon darauf, Agnes und Sara kennenzulernen«, sagt Fanny und schenkt Johanna ihr gewinnendstes Lächeln. »Ich hoffe, dass wir uns gut verstehen.«

Johanna gibt ihr keine Antwort und schaut nur wieder zu Calle.

»Ich nehme die erste Woche, dann können wir in Ruhe auspacken und Ordnung schaffen«, sagt sie. »Nächsten Sonntag ziehen sie dann bei dir ein und wohnen eine Woche hier. Und so weiter.«

Dann rasselt sie herunter, was er ihrer Meinung nach wissen muss. Schule, Klassen, Namen der Klassenlehrer und diverse Tipps zu bestimmten Lebensmitteln, die Calle einkaufen sollte, weil die Mädchen morgens auf jeden Fall frühstücken sollen. Und dann wäre es noch gut, wenn er auch ein paar Kosmetikartikel hierhätte, damit sie nicht ständig die Treppe rauf- und runterlaufen müssen, um sich Shampoo oder Monatsbinden zu holen. Er merkt, wie er rot wird. Zu guter Letzt reicht sie ihm einen Zettel, sie hat ihm nämlich schon eine Liste gemacht.

Er wünschte, er könnte mit einem Fingerschnippen die alten Machtverhältnisse wiederherstellen, aber er sieht ein, dass er im Moment nichts ausrichten kann. Es muss so laufen, wie Johanna sagt.

»Ich habe das getan, weil es für die Kinder das Beste ist«, sagt sie und sieht ihn intensiv an. »Das verstehst du doch, oder? Ich habe ihnen ihren Vater zurückgegeben, so sehe ich das.«

Schweigen lastet auf dem Flur. Das ist die Art Gespräch, auf die er sich überhaupt nicht einlassen will, vor allem nicht, wenn Fanny dabeisteht.

»Und außerdem gehen wir auf die Art dem Mobbing aus dem Weg«, fügt Johanna hinzu.

Calle bemerkt, wie Fannys Blick an Johanna hängen bleibt.

Sie nimmt jedes Wort in sich auf. Aber jetzt muss er wirklich protestieren. Johanna weiß ja gar nicht, wovon sie redet.

»Wie willst du da so sicher sein?«, fragt er. »Stell dir vor, wenn sie hier in Stockholm noch schlimmer gemobbt werden. Sie kommen aus einer Kleinstadt auf dem Land, ist dir klar, was da passieren kann? Hier herrscht ein wesentlich raueres Klima. Kann sein, dass man ihnen das Leben hier zur Hölle macht.«

Kaum hörbare Schritte im Treppenhaus, vorsichtige Schritte. Er verstummt sofort. Agnes und Sara kommen die Marmortreppe herunter und stellen sich hinter Johanna auf die Schwelle.

Fanny lächelt sie freundlich an und streckt wieder die Hand aus.

»Hallo«, sagt sie. »Schön, euch zu sehen. Ist ja schon eine Weile her.«

»Hallo«, sagt Agnes.

Sara nickt nur kurz. Sie ergreift Fannys Hand, zieht sich dann aber einen Schritt zurück. Ihre Schüchternheit war Calle schon immer ein Dorn im Auge. Nur fällt ihm plötzlich auf, dass sie genau darin dem Kind gleicht, das er einmal gewesen ist.

»Das wäre dann wohl erst mal alles«, meint Johanna. »Hübsches Treppenhaus ist das übrigens.«

Als die drei weg sind, wendet sich Fanny zu ihm. Sie sieht glücklich aus.

»Ich finde, sie macht einen total normalen Eindruck. Ein bisschen neutral und distanziert eben, aber wir haben uns ja jetzt zum ersten Mal getroffen. Sie denkt an eure Kinder, das ist doch verständlich. Und wenn die beiden auch noch gemobbt wurden und all so was, du lieber Gott.«

»Nach ein paar Minuten kannst du dir ja wohl kaum eine Meinung bilden, das ist dir doch selbst klar.«

Er versucht bis zuletzt zu kämpfen, aber wenn er Fanny so sieht, ist ihm klar, dass es vergeblich ist. Man merkt, dass sie die

Tatsachen einfach akzeptiert. Und das sogar mit einer positiven Einstellung.

»Dann haben wir ja ein paar Tage, um Agnes und Sara jeweils ein Zimmer einzurichten«, sagt sie.

»Jeweils ein Zimmer? Hier bei uns? Das geht nicht.«

Er schüttelt den Kopf. Aber sie deutet mit der Hand in die Wohnung und hat bereits ihre praktische Problemlöser-Miene aufgesetzt.

»Wir müssen eben das Arbeitszimmer und den Abstellraum ausräumen. Das geht schon alles.«

Wie kann sie bloß so naiv sein? Begreift sie denn nicht, dass ihr Leben gerade auf den Kopf gestellt wird? Offensichtlich muss er die Sache selbst in die Hand nehmen und wieder das Kommando übernehmen, sonst wird er hier das Opfer von Umständen, die er noch gar nicht richtig erfasst hat.

Und er will nie wieder Opfer sein.

Fanny legt ihm die Handflächen auf die Brust, als wollte sie ihm Ruhe und Geborgenheit einflößen. Sie sind warm.

»Es kann doch wirklich gut gehen«, sagt sie. »Wenn wir uns gegenseitig helfen und unser Bestes geben.«

Rasch blättert Calle die Morgenzeitungen durch, wirft einen Blick in den Wirtschaftsteil und liest einen Artikel über die fallenden Immobilienpreise. Er schwitzt leicht im Kreuz und schlägt die Zeitungen wieder zu. Morgen sind es sicher wieder neue Zahlen, auf solches Geschreibsel sollte man nicht zu viel geben.

Gestern hat er Johanna und die Kinder den ganzen Tag nicht gesehen. Wahrscheinlich hatten sie alle Hände voll damit zu tun, ihre Kartons auszupacken und sich einzurichten. Er versucht, bei dem Gedanken gleichgültig zu bleiben.

In seinem geblümten Becher dampft der frisch aufgebrühte Tee. Calle zündet die Kerze an, die er auf das Tablett gestellt hat, zusammen mit dem Leinsamenbrot mit Käse, einer halben Grapefruit und einem Glas frisch gepresstem Saft. Das Geschenk ist klein und quadratisch, das Geschenkpapier mattschwarz. Auf dem pfirsichfarbenen Geschenkband, das zu einer eleganten Rosette geknotet ist, ist dezent *Georg Jensen* aufgeprägt. Sehr geschmackvoll.

Es hätte alles so schön sein können. Wenn jemand anders die Dachgeschosswohnung gekauft hätte.

Aber es ist nun mal Johanna. Jetzt wohnt sie in seinem Haus.

Er blickt auf die Straßenlaterne vor dem Fenster, die um diese Zeit, wenn die Dunkelheit gerade einem bläulichen Tag weicht, einen blassen Schein verströmt.

Die Bilder aus dem Traum, der ihn geweckt hat, kommen wieder. Er versucht sie abzuwehren, aber es geht nicht. Die verkohlten Reste, die geschwärzten und verbrannten Reste, die einsamen Eckstreben, die in verschiedenen dunkelgrauen Nuancen schimmerten und senkrecht aus der Zerstörung aufragten. Das flatternde Absperrungsband der Polizei. Der erstickende Rauchgeruch.

Als er mit dem Tablett ins Schlafzimmer kommt, sieht Fanny so aus, als würde sie tief schlafen. Er weiß nicht, ob sie wirklich schläft oder nur so tut. Doch als sie sich zerstrubbelt und verschlafen im Bett aufsetzt, hübsch wie immer, ist er glücklich. Ja, sie hat wirklich geschlafen.

»Was ist das denn?«, gähnt sie. »Ich hab doch gar nicht Geburtstag.«

Er stellt das Tablett auf die Decke, beugt sich vor und gibt ihr einen Kuss auf die Stirn. Vorsichtig löst sie das pfirsichfarbene Band von ihrem Geschenk, und während sie das Papier aufmacht, setzt er sich auf die Bettkante und schaut sie einfach nur an. Alles ist ruhig und schön, so wie es sein soll, als wären sie friedlich abgeschirmt unter einer Glocke.

Sie nimmt das kleine schwarze Kästchen heraus, klappt es auf und entnimmt ihm die Silberkette mit dem Anhänger.

»Oh, danke. So eine Kette, wie Vendela sie auch hat?«

Verdammt noch mal. Er hätte Fanny nicht exakt die gleiche kaufen sollen. Vielleicht etwas Ähnliches, aber nicht exakt die gleiche.

»Ist das die gleiche? Die kann man aber umtauschen.«

»Nein, nein. Die ist wunderschön. Wirklich.«

Sie umarmt ihn fest, gibt ihm mehrere Küsschen auf die Wangen und die Augenlider und einen auf den Mund. Wie es ihrem Ritual entspricht.

»Ich liebe dich«, sagt sie.

»Ich auch. Ich meine, ich dich auch.«

Sie lacht mit all ihren schönen Zähnen, und er lässt sich ins Bett plumpsen und umarmt sie mit dem ganzen Körper, mit Armen und Beinen, eine Komplettumarmung sozusagen. Und sie lacht noch mehr, weil die Komplettumarmung rein ästhetisch gesehen nicht unbedingt der Volltreffer ist, sondern ein bisschen ungeschickt aussieht, aber dafür ist sie umso liebevoller.

Dann gleitet er neben ihr ins Bett, und als sie so nebeneinanderliegen – Fanny mit dem Kopf an seiner Brust und den Armen über seinem Bauch –, erzählt er von dem Haus, das er gestern Abend im Internet gefunden hat. Es liegt in Lidingö, nur eine Viertelstunde mit dem Auto in die Stadt. Eine gute Lage mit herrlich grüner Umgebung, in der man ausgedehnte Spaziergänge unternehmen kann.

Vielleicht wäre es an der Zeit, den Lebensstil zu wechseln? Sollten sie nicht ein bisschen mehr an der frischen Luft sein, im Winter mit Langlaufski und Schlittschuhfahren anfangen? Das Haus liegt in Wassernähe, nur einen kurzen Fußweg vom Strand entfernt.

»Gestern war eine Besichtigung«, sagt er. »Die haben wir verpasst, aber heute Abend ist noch eine. Wir könnten doch hinfahren, wenn ich von der Arbeit komme.«

Fanny stützt sich auf den Ellenbogen, schaut ihn an und fährt ihm mit dem Zeigefinger über die Stirn.

»Na gut«, sagt sie. »Dann schauen wir uns das eben mal an.«

Calle nimmt seinen üblichen Weg zur Praxis. Die Odengatan hinunter bis zur Roslagsgatan, wo er rechts abbiegt und auf die Birger Jarlsgatan kommt, um dann zum Karlavägen weiterzugehen. Heute ist die Temperatur gefallen, die Luft ist schneidend kalt und der Boden eisig. Überall rundum sind Menschen auf dem Weg irgendwohin, und er mag ihre Eile. Bei so viel Energie und Aktivität fühlt er sich immer so urban. Jeder bewegt sich dorthin, wo er hinwill, tut genau, was er will, ohne sich im Mindesten überwacht oder beurteilt vorzukommen. Sie sind alle frei, sie respektieren einander und mischen sich nicht in das Leben anderer.

Fanny hat Recht, wenn sie ihn tatkräftig nennt. Er findet immer einen Ausweg aus seinen Problemen, und auch diesmal ist es ihm wieder gelungen. Heute Abend werden sie sich das Haus ansehen.

Auf dem Weg durch den Humlegården bleibt er wie immer kurz stehen. Es ist ganz ruhig, wie eine eigene Welt. Hier im Park steht die Zeit irgendwie still, alles ist einfach nur ein einziges unkompliziertes Hier und Jetzt. Fragen wie Abendessen, Kitaplätze, Tipps zur Ausstattung für Kinder und Hunde sind die einzigen Gesprächsthemen, die er aufschnappt, als er an den fröstelnden Grüppchen von Eltern und Hundebesitzern vorbeikommt.

Er schaut zum Spielplatz und tut so, als würde er in seiner Aktentasche kramen, während er eine Mutter in Jeans und roter Jacke beobachtet. Er hat sie schon mal gesehen, sie kommt immer mit ihrem Sohn hierher. Jetzt beaufsichtigt sie den kleinen Jungen, der herumtapst und in seinem dicken Overall aussieht wie ein puffiger, bunter Kokon.

Die Mutter hat ihr dunkles Haar zu einem nachlässigen Knoten aufgesteckt und sich einen Schal mehrfach um den Hals geschlungen. Sie sieht ein bisschen aus wie Fanny, nur in dunkel. So könnte Fanny aussehen, wenn sie eines Tages mit einem Kind hier im Park steht.

Die Frau nimmt ihren Sohn auf den Arm, aber er zappelt und möchte wieder auf den Boden gelassen werden. Er verliert fast einen Gummistiefel, und sie bugsiert den Schuh wieder zurück auf den kleinen Fuß. Dann kramt sie in ihrer Jackentasche, holt ein Papiertaschentuch heraus und wischt ihm die Nase ab, bevor er wieder zur Sandkiste zurücktapert.

Calle betrachtet den gesenkten Kopf des Kleinen, als er mit unglaublicher Konzentration im kalten Sand zu graben versucht.

An diese Zeit erinnert er sich noch sehr gut. Als man einfach von allem fasziniert war, als man manchmal schier hätte platzen können vor Zärtlichkeit, weil einfach alles dran war, vom kleinsten Zehennagel bis zu den seidenweichen Wimpern. Wenn man die ganze Zeit dachte: *Du kleines Näschen. Du kleines, kleines.*

Noch mal anfangen dürfen. Die Fehler von damals nicht wiederholen. Die Vergangenheit nicht wie einen ans Bein geketteten Betonblock mit sich durchs Leben schleppen müssen.

Der kleine Junge krabbelt über die Sandkastenkante und geht auf die Schaukel zu, die aus einem Traktorreifen gemacht ist. Dort will er immer hin, wie Calle aufgefallen ist, und jedes Mal braucht er Hilfe, um hinaufzuklettern.

Der Kleine bleibt mit zielstrebig ausgestreckten Ärmchen vor der Schaukel stehen. Gleich wird er anfangen zu quengeln. Und wenig später hört man auch schon wieder sein Gewimmer, weil er den Traktorreifen überhat und wieder auf Mamas Arm will. Sie geht zu ihm und hebt ihn sich auf die Hüfte. Und so geht sie weiter, während sie gleichzeitig den Kinderwagen vor sich herschiebt und auf dem Handy telefoniert.

Auch Calle geht weiter. Auf einmal ist die Erinnerung so stark. Wie er immer auf der Bank bei der Sandkiste im Glücksweg saß, während die Kinder darinsaßen und buddelten, wie sie mit den Plastikschaufeln auf ihre umgedrehten Eimer schlugen und wie er ihnen manchmal helfen musste, ein abhandengekommenes Spielzeug zu suchen, oder ihnen Steine wegnehmen musste, die sie sich gerade in den Mund stopfen wollten, oder einen lautstarken Streit um die Gießkanne schlichten. Die kleine rote mit so einem Motiv drauf – war es nicht ein Kaninchen? Die Gießkanne, deren Tülle ständig abfiel.

Ganz tief unten in der Kehle staut sich etwas, irgendetwas hat sich dort festgesetzt und ist zu einem kleinen harten Knoten geworden.

Der Glücksweg. Er sieht jedes kleine Detail vor seinem geistigen Auge. Er weiß, wie die Klinke der Haustür aussieht, und riecht den Geruch des Treppenhauses. Denselben Geruch wie eh und je, der Essensgeruch, der sich festgesetzt hat, oft Frikadellen mit Zwiebeln oder Pfannkuchen, das Ganze gewürzt mit einem schwachen Hauch von Zigarettenrauch, und dazu vielleicht noch eine Ahnung alte, feuchte Bausubstanz. Diese Mischung von Gerüchen wird er nie wieder riechen. Dieser Gedanke holt ihn wieder zu seinem alten Selbst zurück, und er beschleunigt seine Schritte.

Während Calle die Tür zur Praxis aufmacht, wirft er einen Blick auf die Uhr und stellt fest, dass er heute viel zu spät dran ist. Er muss die Treppe hochrennen und kommt völlig außer Atem in die Praxis. Ein paar Patienten sitzen schon im Wartezimmer. Er begrüßt sie höflich und bittet um Entschuldigung.

Magdalenas Tür ist geschlossen, und das rote Lämpchen leuchtet. Sie ist immer sehr beschäftigt. Inka, die das Haar heute in einem dicken Flechtenzopf trägt, der ihr auf den Rücken hängt, sieht ihn fragend an. Normalerweise kommt er nie zu spät, eher ist es mal umgekehrt.

»Ist was passiert?«, erkundigt sie sich.

»Nein. War bloß chaotischer Verkehr heute Morgen.«

Inka schaut noch erstaunter. Sie weiß, dass er nie das Auto nimmt, sie haben oft über das Parkplatzproblem in der Innenstadt gesprochen und wie nervig das ist mit diesen ganzen Einbahnstraßen auf Östermalm. Calle schwärmt immer von seinen morgendlichen Spaziergängen, wie schön er es findet, zu Fuß durch die Stadt zu laufen.

»Hab ein Taxi genommen«, fügt er schnell hinzu.

Dann geht er in sein Büro, hängt Jacke und Schal auf und stellt die Aktentasche ab. Nachdem er seine Arbeitskleidung angezogen und sich gründlich die Hände gewaschen hat, atmet er erst mal tief durch, um sich auf die Arbeit einzustellen.

Aber er kann sich eine weitere Überlegung zum Parkplatzproblem nicht verkneifen. Wie sollte er das lösen, wenn er in ein Haus zieht? Dann müsste er täglich mit dem Auto zur Arbeit kommen. Öffentliche Verkehrsmittel kommen ihm nicht wirklich wie eine gangbare Alternative vor. Sich morgens mit niesenden, verschleimten Menschen in der U-Bahn zusammenzudrängen, ihren schlechten Atem zu riechen und ihre Ausdünstungen von Kater und Achselschweiß in die Nase zu bekommen … nein, danke.

»Björkman«, hört er Inka im Wartezimmer sagen.

Er macht die Tür einen Spalt auf. Der erste Patient steht vom Sofa auf, eine teuer gekleidete Frau mit übertrieben perfekter Frisur und diskretem Schmuck. Sie sieht nicht sehr glücklich aus und wirft einen vielsagenden Blick auf die Uhr. Vor Frauen wie ihr hat er schon immer ein bisschen Angst gehabt. Vor diesen resoluten, gut gekleideten Frauen mit kräftiger Stimme und lautem Lachen, die auf Östermalm oder Lidingö oder Djursholm wohnen. Frauen, die keinen Millimeter beiseitetreten, wenn sie miteinander plaudernd mitten auf dem Gehweg stehen und man an ihnen vorbeimuss. Er lächelt liebenswürdig, als Inka Frau Björkman ins Sprechzimmer führt und leise die Tür zumacht.

»Tut mir wirklich leid. Ich hoffe, meine Verspätung bringt Ihren Tag nicht allzu sehr durcheinander«, sagt er. »Der morgendliche Verkehr hat mich aufgehalten. Unmöglich, in dem Stau voranzukommen.«

»Ich verstehe.«

Sie hängt die exklusive Handtasche auf den für diesen Zweck vorgesehenen vergoldeten Haken, setzt sich auf den Behandlungsstuhl und legt die manikürten Hände auf die Lehnen. Ihre Nägel sind hellrot lackiert.

Calle zieht sich Handschuhe und Mundschutz an und wünscht sich, es wäre schon Abend, damit sie das Haus besichtigen können. Eine Viertelstunde mit dem Auto, das ist doch gar nichts. Das ist leicht einzurichten. Vielleicht wird diese Besichtigung ein Neuanfang für sie, vielleicht sind Fanny und er restlos begeistert von diesem Haus und halten es für genau das Richtige. Und für einen neuen Schritt in ihrer Beziehung.

Magdalena steht in der Türöffnung zu ihrem Büro und mustert Calle, der gerade in seinen Mantel schlüpft. Es ist erst Viertel nach fünf, nicht halb sieben, wie sonst, wenn er Feierabend macht.

»Heute Morgen kommst du zwanzig Minuten zu spät und jetzt gehst du dafür früher?«, fragt sie.

»Ja, aber ich hab keine Termine mehr, also dachte ich mir, das geht klar.«

»Soso, dachtest du dir das?«

Sie lächelt leise, überhaupt nicht böse, aber sie sieht ihn trotzdem weiter forschend an. Ihm wird klar, dass er ihr eine Erklärung geben muss. Es wäre ungut, Magdalena zu verärgern. Sie ist ansonsten nämlich absolut begeistert von ihm, und er rechnet damit, dass sie ihm bald vorschlägt, Teilhaber zu werden. Das will er auch gern. Die Praxis hat viele Stammkunden, die seit Jahren hierherkommen, die Stimmung ist familiär und gemütlich, und vor allem ist diese Praxis sehr lukrativ.

Während er sich den Schal umlegt, sieht er Magdalena im Spiegel an. Sie ist eine elegante Frau um die sechzig mit aufrechter Haltung. Sie strahlt von Kopf bis Fuß Klasse, Stil und Geschmack aus.

»Ich habe Fanny versprochen, dass wir uns ein Haus ansehen, das zum Verkauf steht«, erklärt er. »Auf Lidingö.«

Sie schnaubt, halb im Scherz.

»Aber wo ihr wohnt, gefällt es euch doch gut, oder?«

Er verdreht ein wenig die Augen, als wäre es nicht seine Idee gewesen. Fanny kann ihm ja in den Ohren gelegen haben, bis er am Ende nicht anders konnte, als sie zu begleiten.

»Na dann, viel Glück«, sagt Magdalena. »Wir sehen uns morgen.«

Sie ist schon auf dem Weg in ihr Büro, als sie noch einmal stehen bleibt.

»Sag mal, du hast nicht zufällig eine Hühnchen-Quiche gesehen? Ich dachte, die hätte ich übers Wochenende im Kühlschrank stehen lassen.«

»Nein«, sagt er schnell.

»Nicht? Na, dann hab ich mich wohl getäuscht.«

Sie wirkt verblüfft. Nachdem sie in ihr Büro verschwunden ist, verlässt Calle die Praxis. Aus dem Augenwinkel sieht er, wie Inka ihm mit dem Blick folgt, bis er aus der Tür ist.

Natürlich hätte er Magdalena die Wahrheit sagen können, sie hätte das schon verstanden. Aber die Lüge kam ihm einfach so über die Zunge. Lügen vereinfachen die Dinge doch immer wieder.

Es ist gar nicht so einfach, sich auf den kleinen, gewundenen Straßen auf Lidingö zurechtzufinden. Es ist schon fast dunkel, und sie irren eine ganze Weile umher, bis sie ihr Ziel schließlich gefunden haben. Die Lage ist überhaupt nicht so perfekt, wie Calle gedacht hatte: Wie sich herausstellt, ist die Umgebung sogar recht dicht bebaut, mehr als auf den Fotos in der Objektbeschreibung zu erkennen war. Er findet, dass die Nachbarn viel zu nah wohnen, und ist bereits enttäuscht, als sie aus dem Auto steigen und auf das ZU-VERKAUFEN-Schild zugehen.

Fanny sieht sich um. Er weiß, dass sie dasselbe empfindet wie er, ihm aber seinen tollen Fund nicht gleich nach den ersten drei Sekunden schlechtreden will.

Das Grundstück liegt nicht weit entfernt von einer Gemeindewiese. Das muss die grüne Umgebung sein, von der der Makler gesprochen hat. Hohe Tannen mit geraden Stämmen, eine neben der anderen, und er wird sofort daran erinnert, wie ungut ihm immer zumute wird, wenn er Wälder sieht. Oder überhaupt Natur. Er vermisst die Innenstadt jetzt schon, ihre Straßen und Cafés und Geschäfte und Restaurants, die Busschlangen, Ampeln, Treffpunkte. Die Gerüche und Geräusche, die befreiende Anonymität.

Als sie die Vortreppe hochgehen, bemerkt er, wie die Nachbarn gegenüber durch die Gardinen spähen. Eine alte Frau streckt den Kopf aus der Tür des Nachbarhauses und beschwert sich lautstark, dass jemand zu nah an ihrer Ausfahrt geparkt hat.

Innen ist alles frisch und weiß und neu renoviert, aber die Decke kommt ihm sehr niedrig vor, überhaupt nicht so wie in ihrer Wohnung, wo die Zimmerhöhe bei drei Meter vierzig liegt. Fanny geht durchs Haus, ohne ein Wort zu sagen. Das ist auch gar nicht nötig, denn Calle fühlt sich genauso wie sie. Trotzdem ist er ein bisschen genervt von ihrer Attitüde der verwöhnten Frau.

Sie schweigt während der gesamten Besichtigung. Er wird immer gereizter, reißt sich aber zusammen und geht weiter, versucht Begeisterung für die Sauna und die Speisekammer zu heucheln. Fanny lässt sich herumführen, macht aus ihrem Widerwillen aber kein Geheimnis.

»Was tun wir hier eigentlich?«, flüstert sie ihm zu.

»Pscht.«

Er deutet mit einem Nicken auf ein paar andere Besucher. Als würde sie sich um die anderen scheren.

Fanny scheint noch etwas sagen zu wollen, aber er dreht ihr den Rücken zu und geht auf die Terrasse.

Der seit einer geraumen Weile verblühte, verwelkte, graubraune Garten wirkt heillos deprimierend auf ihn. Und das gleich noch mehr, wenn er an den Frühling und Sommer denkt. In den Beeten knien und versuchen, Unkraut von wertvolleren Gewächsen zu unterscheiden, nur um wenige Tage später entdecken zu müssen, dass alles wieder nachgewachsen ist. Etwas Sinnloseres kann man sich kaum vorstellen.

Trotz der späten Stunde gehen ein paar Nachbarn in ihren Gärten noch herbstlichen Tätigkeiten nach, sie rechen Laub zusammen und sammeln braungefleckte Fallobst auf. Ihm wird klar, dass er bei der Instandhaltung von Haus und Garten nie mit ihnen mithalten könnte. Und er würde auch gar keinen Umgang mit ihnen pflegen wollen, nicht mal mit ihnen reden.

Er schaut zum Wald und späht zwischen die Stämme. Jeden Abend und jede Nacht, wenn die Dunkelheit sich über alles gelegt hat, wird dort der schwarze Wald stehen.

Unregelmäßige Steine. Uralt und moosbewachsen. Genau wie bei der Hütte, die nur notdürftig zusammengezimmert war, mit breiten Lücken zwischen den Ästen und Zweigen.

Eigentlich hätte die Dunkelheit ja sein Freund sein müssen, denn sie machte ihn unsichtbar. Aber so war es nie, stattdessen verfolgte sie ihn, starrte ihn durch die Ritzen an.

Er entdeckt einen zum Teil bemoosten Felsblock, der um einiges größer ist als die anderen Steine. Daneben liegt ein umgestürzter Baum mit riesigem Wurzelballen. Es sieht aus wie die kleine Senke, in der die Hütte stand. Diskret hinter dem mächtigen Baum, verborgen von den Zweigen.

Rasch geht er wieder ins Haus und schließt die Terrassentür.

Als sie nach der Besichtigung wieder im Auto sitzen, starrt Calle nur auf die Straße, ohne Fanny eines Blickes zu würdigen.

»Wie fandest du's?«, fragt er, obwohl er die Antwort kennt.

»Nein, da will ich nicht einziehen«, sagt sie. »Du?«

»Ist dir meine Meinung überhaupt wichtig?« Er hört selbst, wie quengelig er klingt. »Du bist doch total negativ eingestellt.«

Sie reagiert sofort.

»Und ob mir deine Meinung wichtig ist! *Du* bist hier der Einzige, der die ganze Zeit biestig und schweigsam ist und sich weigert, über sich selbst zu sprechen. Aber vielleicht sollte ich gleich ganz auf dich pfeifen, denn warum mach ich mir eigentlich so viel Gedanken, wenn ich so selten was von dir zurückbekomme?«

Eine ganze Tirade. Offenbar hat sich bei ihr einiges an Wut aufgestaut.

»Was meinst du damit?«, sagt er. »Ich tue doch alles für dich. Ich versorge dich sogar, während du deine Doktorarbeit schreibst und kaum genug verdienst, um dir eine Tasse Kaffee leisten zu können. Denn deine Eltern willst du ja nicht um Unterstützung bitten.«

Es ist zu spät, die Worte zurückzunehmen. Dass sie nicht genauso viel Geld zum Haushalt beisteuert wie er, ist ihr wunder Punkt.

»Denkst du auch noch an etwas anderes als an Geld und Statussymbole?«, ruft sie. »Du richtest dein Leben danach aus, wie es auf andere Menschen wirkt. Ohne diese ganzen Albernheiten könnten wir wahrscheinlich richtig glücklich sein!«

Er zuckt unmerklich zusammen. Jetzt werden die ganz schweren Geschütze aufgefahren.

Geld hat ihn erst richtig frei gemacht. Aufs Geldverdienen war er ausgerichtet, von Anfang an. Fanny hat diesen Antrieb nie verstanden. Das brauchte sie nie.

Er überholt ein paar Autos, drängelt sich vor, einfach um des Drängelns willen, und entgeht nur um Haaresbreite einem Zusammenstoß. Hinter ihm drückt jemand wie wild auf die Hupe. Er verringert das Tempo und versucht, wieder ganz ruhig zu atmen.

Warum kann sie das nicht begreifen? Sie müssen doch umziehen. Sie müssen. Die Alternative, in ihrem Haus wohnen zu bleiben, kommt einfach nicht in Frage. Fanny versteht doch sonst immer alles so gut.

Jetzt schaut sie ihn vom Beifahrersitz an.

»Ich weiß so wenig von dir«, sagt sie leise. »So unglaublich wenig.«

Er antwortet nicht, es gibt ja im Grunde auch nichts zu sagen. Er fährt einfach nach Hause, die Hände fest ums Lenkrad geklammert und die Lippen zu einem Strich zusammengepresst. Er schweigt jegliche Diskussion kaputt. Sie dürfen jetzt nicht anfangen, sich ernsthaft zu streiten.

Als sie irgendwann zu Hause angekommen sind – es dauert um einiges länger als eine Viertelstunde, wie er bemerkt –, stellt Calle sich ans Schlafzimmerfenster. Er schaut die einsame Straßenlaterne an, wie sie den Gehweg vorm Haus beleuchtet, und er weiß, dass sie hierbleiben werden. Trotz Johanna. Daran wird sich nichts ändern lassen.

In den Wohnungen gegenüber blassblaues Flimmern von Fernsehgeräten. Er kann genau sehen, welches Programm die da drüben eingeschaltet haben, die meisten haben dasselbe an, aber einer schaut auch einen anderen Kanal. Sie sind alle verschieden, aber trotzdem zusammen.

Ein Taxi gleitet vorbei, biegt an der Kreuzung Richtung Sveavägen ab. Ein paar dunkelhäutige Männer, die unten vorbeigehen, unterhalten sich laut mit fröhlichen Stimmen, zwei junge Mädchen in Kleidern und hochhackigen Schuhen stehen auf der anderen Straßenseite vor der Kneipe des Viertels und rauchen. Eine ältere Dame mit gekrümmtem Rücken schiebt langsam ihren Rollator vor sich her. In ihrem Korb liegt eine Tüte, aus der eine Stange Porree ragt.

Er wird hier im Zentrum wohnen bleiben. Stockholm ist seine Stadt. Mag ja sein, dass Johanna einfach so auftauchen und sich in sein Wohnhaus drängeln kann, aber er wird nicht zulassen, dass sie ihm die Großstadt wegnimmt.

»Calle?«

Er dreht sich um und sieht Fanny auf der Schwelle stehen. Auf ihrem Gesicht steht die Frage so deutlich geschrieben, dass sie sie gar nicht aussprechen muss.

»Du hast Recht«, sagt er. »Wir bleiben hier. Ich will auch nicht wegziehen.«

Die Erleichterung in ihrem Blick, die warmen braunen Augen,

die dünne Haut über den Schläfen, die er so gerne berührt, und ihr Haaransatz. Auf einmal ist sie schöner denn je, und er wird in seinem Beschluss nur noch bestärkt.

»Gut«, sagt sie.

Und dann kommt sie gleich zum nächsten Thema und fügt hinzu:

»Die Kinder kommen ja am Sonntag. Wir müssen zum Wertstoffhof, den ganzen Plunder wegbringen, und dann müssen wir zu IKEA. Sie sollen doch schöne Zimmer haben, wenn sie hier einziehen, oder?«

Er nickt und versucht, seinen eigenen Schwung wiederzufinden, sich von ihrer Energie anstecken zu lassen.

»Aber nicht IKEA«, sagt er. »Egal, wohin, aber nicht zu IKEA.«

Sie geht zu ihm, legt ihm die Hand auf den Rücken. Er spürt ihre Wärme und legt ihr den Arm um die Schultern, so dass er an ihrem Haar schnuppern kann. Keiner muss ein Wort sagen. Das werden sie jetzt auch noch schaffen, denn sie sind das beste Team der Welt.

»Weißt du, was das bedeutet?«, fragt er. »Dass du Stiefmutter wirst.«

Sie lächelt.

»Stiefmama, genau. Und, meinst du, dass das automatisch was Schlechtes ist?«

Sie streicht ihm wieder über den Rücken, als wäre er ein Hund.

»Ich habe die Grundeinstellung, dass ich deine Kinder lieben werde, Punkt, aus«, verkündet sie. »Gut, natürlich weiß ich nicht, wie man mit Teenagern lebt. Aber ich muss es ruhig angehen und versuchen, genau hinzuhören. Es gibt keinen Grund, warum ich mir Sorgen machen sollte. Wenn was ist, kann ich ja auch Johanna fragen.«

Er starrt hinaus ins herbstliche Dunkel. Er weiß nicht genau, woher sein Unbehagen kommt, aber es fühlt sich an, als würde sich das Parkett unter seinen Füßen auflösen, als würde er gleich durch eine Falltür plumpsen.

»Na, komm«, sagt Fanny. »Stell dich deiner Verantwortung. Sei erwachsen.«

Er zieht sie an sich, umarmt sie und muss an das Reh denken, das er auf der Heimfahrt von der Hausbesichtigung auf einem Feld stehen sah. Das kleine Reh mit dem hellbraunen Körper und dem schlanken Kopf. Hie und da sah man kleine weiße Flecken auf seinem Pelz, die Ohren zeigten nach oben, ganz aufmerksame Gespanntheit, und die pechschwarzen Augen sahen ihn für den Bruchteil einer Sekunde direkt an. Dann zuckte das Tier zusammen und drehte ihm sein weißes Hinterteil zu, um über das Feld zu fliehen, sich ins gelbe Laub des Waldes zu flüchten und zu verschwinden.

Der Kellner stellt vor jeden einen dampfenden Teller. Alle am Tisch haben dasselbe Gericht gewählt, ihr Lieblingsessen: Beef Rydberg, ein saftiger Mischmasch aus Fleisch, Kartoffeln und Zwiebeln. Calle nimmt sofort einen Bissen. Das Fleisch ist perfekt gebraten, wie immer. Das ist das beste Mittagslokal der Stadt, hier kommen sie immer her, wenn sich die Formel-1-Clique trifft.

»War schön bei euch neulich«, sagt er zu Mattias.

Mattias hebt dankend sein Bierglas.

»Ja, war wirklich schön.«

»Das müssen wir bald wiederholen.«

»Absolut.«

Fredrik, Axel und Jens stecken schon mitten in der Diskussion übers nächste Rennen, das am Sonntag in Abu Dhabi stattfindet. Calle trinkt einen Schluck von seinem Bier und weiß, wie seine Antwort lauten sollte. Natürlich sollte er vorschlagen, dass Mattias und Vendela so bald wie möglich zu einem Abendessen bei Fanny und ihm kommen sollen, mit Katarina und Susanne und Jens und Ninna, und vielleicht noch ein paar anderen.

Denn so macht man das schließlich, eine Einladung erwidert man.

Doch da geht der Trouble schon los. Dass er nur eine gewöhnliche Vierzimmerwohnung im ersten Stock hat. Sie wohnen zwar in einer schönen Wohnung, ziemlich frisch renoviert und geschmackvoll eingerichtet, aber es ist trotzdem nichts zum Herzeigen. Nicht wie die Wohnungen der anderen, die alle so einzigartig und besonders sind, die dieses gewisse Etwas haben, bei dem jeder Besucher erst mal nach Luft schnappt.

Mattias und Vendela sind die Einzigen, die gesehen haben, wie Fanny und er wohnen. Sie sind ganz zu Anfang gekommen, kurz nach dem Einzug. Auf eine schnelle Tasse Kaffee in der Küche mitten im Umzugschaos. Sie sagten weiter nichts, brachten nur die üblichen lobenden Phrasen an, wie schön die Wohnung doch sei und was man eben alles so sagen muss, wenn man höflich sein will. Seitdem waren sie nicht mehr bei ihnen; während des ganzen Jahres, das Fanny und er nun dort wohnen, hat es sich nicht mehr ergeben. Für Calle war das Ganze sowieso mehr als Durchgangsstation gedacht. Wenn einer der fünf von der Formel-1-Clique vorschlug, das nächste Treffen bei ihm abzuhalten, hat er bis jetzt immer irgendwelche Ausreden vorgeschoben.

Während Mattias sich in das Formel-1-Gespräch einklinkt, kaut Calle auf der himmlischen Mischung aus Fleisch, Kartoffeln, Zwiebeln, Meerrettich und Eigelb herum und denkt an die Dachgeschosswohnung, die er bis vor kurzem noch fast in der Hand hatte. Diese Wohnung hätte viele Probleme gelöst, mit ihr wäre sein Ansehen im Bekanntenkreis definitiv gestiegen.

Er spült das Essen mit Bier herunter und wendet sich den anderen zu, um auch am Gespräch teilzunehmen. Es wird schon wieder eine Chance kommen. So muss er denken, so hat er immer gedacht. Immer in die Zukunft orientiert, eine andere Richtung gibt es für ihn nicht.

»Gut, abgemacht, dann treffen wir uns Sonntag bei mir«, sagt Axel.

Paradewohnung in der Riddargatan, voll mit Kunst und Designmöbeln. Calle nickt und hebt den Daumen. Er versucht sich den Anschein zu geben, als wäre ihm nie der Gedanke gekommen, dass er auch mal an der Reihe wäre. Und es sagt auch keiner was, vielmehr geht das Gespräch zu den verschiedensten geschäftlichen Themen über.

Calle streckt die Hand nach einem Zahnstocher aus. Erleichtert lauscht er ihrem Meinungsaustausch und bemerkt, dass Axel sich wirklich mal diesen verfärbten Zahnstein entfernen lassen sollte, den man ahnt, wenn er einen Lachanfall kriegt und den Kopf in den Nacken legt, so dass man ihm direkt in den weit geöffneten Mund gucken kann. Und während Calle das denkt, wird ihm klar, dass er am Sonntag ja gar keine Zeit hat. Er wird das Rennen überhaupt nicht sehen können. Denn am Sonntag werden ja Agnes und Sara bei Fanny und ihm einziehen und eine ganze Woche bleiben.

Und in diesem Moment fängt sein neues Leben wirklich an.

»Ihr dürft euch eure Zimmer selbst aussuchen«, sagt Calle, als er die Mädchen durch die Wohnung führt.

Seine Töchter haben sich besonders schick angezogen, wie er sieht. Sara hat eine Jeans an, die sie hier in Stockholm gekauft haben muss, und Agnes trägt einen Rock und eine Strickjacke. Saras Haare sind ungewöhnlich sorgfältig gekämmt, und Agnes hat ihre zu einem Knoten hochgesteckt. Er stört sich fast ein bisschen an dieser festlichen Aufmachung, aber er ist auch gerührt, dass sie sich anscheinend so angestrengt haben, um einen guten Eindruck zu machen.

»Wie geht's denn so in der Schule?«, fragt er.

Er kommt sich blöd vor. Wahrscheinlich können sie die Frage noch gar nicht beantworten, weil sie ja erst seit einer Woche hingehen.

»Gut«, antwortet Agnes im selben Moment. »Ich hab schon ein paar Leute kennengelernt. Und ich werd auch im Schulchor einsteigen.«

»Ach, jetzt schon?«, sagt Calle. »Hey, ist ja cool.«

Das klang vielleicht ein bisschen zu jugendlich. Aber Agnes sieht ganz zufrieden aus. Sara stiert auf den Boden.

»Und du, Sara? Was hast du so für einen Eindruck?«

Sie sieht ihm in die Augen, und er hat das Gefühl, sie würde am liebsten gar nichts sagen. Und das muss sie ja auch gar nicht.

Plötzlich fällt ihm wieder ein, wie er auch nie auf die Fragen der Erwachsenen antworten wollte, als er in ihrem Alter war.

»Es läuft okay, oder?«

Agnes versetzt Sara einen leichten Knuff, und die nickt. Und jetzt bemerkt Calle, dass ihr Gesichtsausdruck tatsächlich ganz harmonisch wirkt, überhaupt nicht gestresst oder bekümmert.

»Ja«, sagt sie, »die sind alle total nett.«

»Gut, das freut mich.«

Er weiß nicht, wie das Gespräch nun weitergehen soll. Also deutet er mit den Armen in zwei Richtungen, jeweils zu einem Zimmer.

»Na, dann müsst ihr euch jetzt bloß noch die Zimmer aussuchen.«

Das eine geht auf den Hof und war immer Calles Arbeitszimmer. Früher hat er es manchmal auch als Bibliothek bezeichnet, obwohl nur zwei Bücherregale drinstanden und die sowieso hauptsächlich mit Ordnern mit Bürokram gefüllt waren. Aber »Bibliothek« klang einfach so gut.

Das andere Zimmer ist kleiner, geht zur Straße und liegt Wand an Wand mit Fannys und Calles Schlafzimmer. Diese kleine Fläche war früher als Abstellraum genutzt worden, hier standen sperrige, hässliche, aber notwendige Gegenstände: Bügelbrett, Säcke mit Brennholz für den Kamin, Winterklamotten, Skiausrüstung und Golfausrüstung. Zum Teil Sachen, die zu teuer sind, um sie in einem Kellerabteil zu lagern. Außerdem ein Sofa, das man ausziehen und in ein Bett für zwei Übernachtungsgäste verwandeln konnte.

Hier hat Fanny früher immer schön aufgeräumt, wenn die Kinder zu Besuch kamen, hat eine Menge Sachen in Calles Arbeitsraum verstaut und dafür gesorgt, dass der Raum zumindest halbwegs wohnlich aussah. Und die Kinder haben sich nie beklagt.

Wie waren seine Wochenenden mit Agnes und Sara eigentlich? Wenn Calle nachdenkt, kann er die Frage gar nicht so recht beantworten. Sie haben sich im Kalender ausgedehnt wie diffuse Löcher, wie herausgenommen aus seinem normalen Leben. In seinem Innersten lodert eine kleine Flamme auf, als er der Wahrheit nahekommt: Diese Wochenenden mit seinen Kindern waren für ihn immer nur ein Störfaktor.

»Na, wie findet ihr's?«, fragt er und versucht, die Arme um seine Töchter zu legen.

Sie machen sich vorsichtig von ihm los.

»Ist doch schön geworden, oder?«, sagt Fanny, die gerade aus dem Badezimmer kommt.

Das Schlafsofa ist weg, das hat er bei *Gesucht-Gefunden* verkauft. Sein Schreibtisch und die Regale mussten ins Schlafzimmer weichen, das früher komplett leer war, und er muss zugeben, dass das jetzt sogar richtig gut aussieht. Nach ein paar Touren durch die Einkaufspassagen und ein paar Inneneinrichtungsgeschäfte haben sie zwei breite Betten gekauft sowie zwei Schreibtische, Regale, Stühle und Teppiche.

Beide Zimmer sind schön geputzt und von dem ganzen Plunder befreit, der vorher drinstand. Es war auch eine Erleichterung, dass der Müll, den Fanny früher tütenweise sortiert hat, jetzt einfach zum Wertstoffhof gewandert ist. Sie sortiert fast alles: Altglas, Eierkartons, Verpackungsmaterial verschiedenster Art, ausgespülte Konservendosen, Glühbirnen und Gott weiß was nicht alles. Aber nachdem sie dafür jetzt keinen Platz mehr haben, ist hoffentlich Schluss damit.

Aus Gründen des Umweltschutzes bleibt es freilich eine Selbstverständlichkeit für sie, PET-Flaschen am Pfandautomaten zurückzugeben. Calle vermeidet diese Aufgabe immer so lang wie möglich. Die Male, die er dann doch gezwungen ist, sich an den nach Bier stinkenden Apparat zu stellen, beeilt er sich, so gut es geht, und drückt fast immer auf den Hilfe-Knopf. Ganz schön peinlich, mit einer Quittung über vierzehn Kronen an der Kasse zu stehen.

Agnes und Sara werfen einen Blick in beide Zimmer, finden beide hübsch und können sich problemlos einigen, wer welches nehmen soll. Agnes nimmt das, das zur Straße rausgeht, Sara das auf der Hofseite. Dann fangen sie sofort an, ihre Habseligkeiten auszupacken, alles läuft ruhig und ordentlich.

So benehmen sich die Mädchen immer, wenn sie kommen, aber jetzt, wo Fanny dabei ist, wird alles plötzlich so viel deutlicher, jede Äußerung hat irgendwie Gewicht. Calle weiß, dass sie genau zuhört und abzuschätzen versucht, wie es seinen Töchtern geht, wie sie sind, damit sie es ihnen hier so schön wie möglich machen kann.

»Kommt doch hinterher in die Küche«, sagt Fanny. »Ich wollte Tee und belegte Brote machen. Und ich hab auch frische Kardamomschnecken vom Bäcker unten an der Ecke.«

Agnes' und Saras Mienen hellen sich auf. Vielleicht hatten sie einfach Hunger und haben sich nicht getraut, es zu sagen. Verdammt, er hätte sie aber auch wirklich mal fragen können.

Fanny geht in die Küche, während Agnes und Sara weiter ihre Kleider in den Schrank hängen. Calle bleibt verloren auf dem Flur stehen, bis er Fanny hinterherdackelt, weil ihm nichts Gescheites einfällt.

»Vielleicht wäre es ja ganz gut, wenn du eine Weile mit ihnen alleine bist«, sagt er leise zu ihr, als sie an der Arbeitsplatte steht und die Teekanne vorbereitet.

»Ja, da hast du vielleicht Recht.«

Sie zögert kurz, mit der offenen Teedose und dem Messlöffel in der Hand. Sie schaut ihn an.

»Ich hätte nicht geglaubt, dass es so sein würde«, sagt sie. »Ich muss sagen, ich wundere mich ein bisschen.«

»Wieso, was meinst du?«

»Es ist ganz schön … na ja, steif irgendwie. Ihr scheint ja nicht unbedingt eine richtige Beziehung zueinander zu haben. Da gibt es viel nachzuholen.«

Na bitte, genau das hatte er befürchtet. Er muss sich zurückhalten und die Stimme noch ein bisschen dämpfen, so dass nur ein giftiges Flüstern herauskommt.

»Ach, kommst du jetzt mit allen möglichen laienpsychologischen Theorien und Deutungen? Ist ja super. Das wird die Sache sicher wesentlich verbessern. Vielen Dank.«

Sie schaut ihn komisch an.

»Ich glaube, es wäre wirklich eine gute Idee, wenn du für eine Weile rausgehst«, sagt sie. »Vielleicht hast du ja irgendwas in der Stadt zu erledigen oder so?«

»Allerdings«, gibt er zurück, ohne darauf einzugehen, was das sein sollte.

Er geht zu Agnes und Sara, gibt Bescheid, dass er schnell ein paar Sachen erledigen muss, zieht die Jacke an und geht. Es hat sich noch nie schöner angehört, wenn die Tür hinter ihm ins Schloss fiel.

Der erste Schnee fällt, er bedeckt bereits Straßen und Häuser. Die Stadt in ihrem neuen Wintergewand verschlägt ihm den Atem. Die abendliche Dunkelheit hat sich herabgesenkt, und im Licht der gerade erst angegangenen Straßenlaternen segeln die Flocken langsam durch die Luft. Das Ganze ruft eine unbegreifliche Art von Innerlichkeit in ihm hervor, die er niemandem eingestehen könnte, denn niemand würde ihn verstehen.

Im Vasapark steht ein kleiner, schmutziger Mann und wühlt in einem Abfalleimer. Calle geht rasch vorbei und sieht aus dem Augenwinkel, wie der Typ eine PET-Flasche herausfischt, die mit etwas verschmiert ist, was aussieht wie Hamburgerdressing. Er lässt die Flasche in einen großen Plastiksack fallen, den er hinter sich herschleift.

Erst sickert das Gefühl nur durch, dann beginnt es zu laufen und lässt sich nicht mehr aufhalten. Er ist sechzehn, und von seinem

Fensterplatz sieht er, wie sie sich mühsam über den Platz bewegt und dabei ihre Tüten und ihren Einkaufskorb schleppt. Sie geht zu dem verlassenen Parkplatz hinter dem Supermarkt. Den Einkaufskorb zieht sie hinter sich her, weil sie nicht mehr genug Kraft hat, um ihn zu tragen. Das Metall macht unangenehme Schabegeräusche auf dem Asphalt. An der Fußgängerzone bleibt sie stehen, weil sie einen überquellenden Abfalleimer entdeckt hat, den vor ihr noch niemand durchwühlt hat. Dort kann man mindestens zwei, drei Flaschen oder Dosen finden, für die man Pfand bekommt. Er sitzt am Caféfenster und sieht, wie sie den Deckel aufmacht, der sowieso schon nicht mehr ganz zugeht, weil zu viel Müll drin ist. Er sieht, wie sie abermals beginnt, den Eimer systematisch zu durchwühlen.

Calle wendet dem Park den Rücken zu und eilt davon, bis er wieder auf einem Gehweg ist. Er geht an einem Restaurant vorbei und blickt im Vorbeigehen durch die Fenster. Die Beleuchtung dort drin ist zu einem Halbdunkel heruntergedimmt, und Kerzen stehen auf den Tischen wie kleine Leuchtfeuer. Menschen sitzen dort und essen und trinken ihren Rotwein. Es sieht gemütlich aus. Sorglos.

Er eilt wieder heim. Es soll nicht so aussehen, als wollte er sich schon am ersten Tag dünnemachen.

Als Calle den Flur betritt, hört er sie in der Küche. Fanny erzählt irgendeine komische Geschichte von dem kleinen Lokal gegenüber, von einem der Stammgäste dort, ein richtiges Original mit roter Bommelmütze. Er sitzt grundsätzlich an der Theke und kommentiert, was auf dem Fernseher an der Wand passiert, während ihm der Schnupftabak über die Zähne und aus beiden Mundwinkeln läuft. Und jetzt hört man Agnes' und Saras Stimmen, wie sie Fragen stellen und irgendwelche Sachen erzählen, fröhlicher und munterer und entspannter, als er sie jemals gehört hat.

»Was sind denn da noch so für Typen?«, will Agnes wissen. »Erzähl mal.«

Irgendwie wird ihm ganz leicht in der Brust. Er geht in die Küche, wo es nach frisch aufgebrühtem Tee und Kardamom riecht, und setzt sich zu den dreien an den Tisch. Agnes schlürft aus ihrer Tasse und beobachtet ihn unter ihrer Ponylocke hervor.

»Willst du auch welchen?«, fragt Fanny.

»Ja, gerne.«

Er betrachtet Fanny, die mit dem Rücken zu ihnen steht und eine Tasse aus dem Küchenschrank nimmt, und er weiß, dass er für immer mit ihr zusammenleben will. In manchen Dingen ist sie einfach so viel klüger als er.

Sara hat einen Stift in der Hand und malt kleine Figürchen auf einen Block.

»Was ist das denn?« Fanny deutet auf eine. »Sieht aus wie mein Mathelehrer. Der hatte echt Ähnlichkeit mit einem Seehund.«

Agnes kichert prustend los, so dass der Tee auf den Tisch spritzt. Verschreckt sieht sie Fanny an, aber die bricht in Gelächter aus.

»Macht doch nichts.«

Calle steht auf und holt den Spüllappen.

Vielleicht kommt ja doch alles in Ordnung. Er hofft nur inständig, dass die anderen Nachbarn Johanna nicht mehr als oberflächlich kennenlernen, sondern nur als jemanden, dem man im Vorübergehen zunickt, wenn man sich im Treppenhaus begegnet. Mehr aber auch nicht. Dann besteht keine Gefahr, dass sie Dinge erzählt, die niemanden etwas angehen.

Irgendetwas ist mit Sara geschehen. Früher war sie immer ein wenig in sich zusammengesunken, das machte Calle fast schon Sorgen, aber jetzt hält sie sich viel gerader. Er bemerkt es an diesem Morgen, als sie vor dem Flurspiegel steht und sich die Haare zu einer neuen Frisur kämmt.

Gestern hat seine zweite Woche mit den Kindern begonnen. Johanna kann sich über die erste Woche nicht beklagen, es ging alles viel besser als erwartet. Dass das Fannys Verdienst war, wird er Johanna nicht auf die Nase binden. Die beiden sind immer noch auf Distanz, und er hofft, dass es auch dabei bleibt.

Calle hat noch ein paar Minuten, bis er zur Arbeit muss, deswegen hält er sich noch ein wenig im Flur auf, wo sich seine Töchter für die Schule fertig machen. Er will hören, wie sie reden, erzählen, was heute auf dem Plan steht, was sie denken. Natürlich kann er sich nicht einfach so da hinstellen, das sähe ja blöd aus. Er muss so tun, als hätte er hier irgendwas zu tun, also zieht er eine Schublade der Anrichte auf und tut so, als würde er Klebeband suchen.

Agnes geht mit einem Notenheft in der Hand zwischen Flur und Küche hin und her und übt verschiedene Weihnachtslieder und erzählt zwischendurch von dem Schulchor, dem sie jetzt beigetreten ist, und von den neuen Mädchen, die sie kennengelernt hat, sowohl in der Klasse als auch im Chor.

Leider findet Calle das Gesuchte fast sofort, und jetzt steht er mit dem Klebeband in der Hand da und hört zu, wie Agnes *Leise rieselt der Schnee* anstimmt. Ihre Stimme ist hell und spröde, sie erfüllt ihn von oben bis unten, breitet sich über den Nacken bis auf die Arme aus. Das Lied ist so schön, dass er gute Lust hätte loszuweinen. Stattdessen schluckt er und starrt auf das Klebeband in seiner Hand.

Fanny kommt aus der Küche.

»Was willst du denn mit dem Klebeband?«

»Äh, ich wollte bloß …«

Er wirft die Rolle wieder in die Schublade und wühlt noch ein bisschen.

»Du hast nicht zufällig die Taschenlampe gesehen, oder?«

»Die liegt wahrscheinlich in der linken Schublade. Was hast du eigentlich vor?«

Sie sieht ihn fragend an.

»Ich muss was machen. Im Kleiderschrank.«

»Aha …«

Sara, die immer noch vorm Spiegel steht, ruft:

»Fanny, weißt du, was mir Lustiges passiert ist?«

»Was denn?«

Sie setzt sich auf den Stuhl, der im Korridor steht, und sieht Sara an.

»Ich hab ein Mädchen aus meiner Klasse kennengelernt. Wilma.«

»Super!«

Fanny sieht tatsächlich begeistert aus. Sara strahlt und kann kaum stillstehen.

»Wir wollen uns heute nach der Schule treffen, ich geh mit zu ihr.«

Calle nimmt gierig jedes Wort in sich auf, während er in der rechten Schublade nach der Taschenlampe sucht. Als er die Lampe gefunden hat, fällt sein Blick auf Agnes. Sie hat ihren Gesang unterbrochen und betrachtet Sara, und ihr Gesichtsausdruck beeindruckt ihn so sehr, dass er die Taschenlampe wieder aus der Hand legt und keines Blickes mehr würdigt. Agnes' Augen haben sich geweitet, ihr Mund steht leicht offen. Ihr Gesicht strahlt geradezu, und die kleine Falte, die sie manchmal zwischen den Augenbrauen hat, ist plötzlich verschwunden.

Er nimmt die drei Treppen bis ins Dachgeschoss mit ein paar schnellen Sprüngen. Die ganze Woche hat die Sorge um Johannas Beziehungen zu den Nachbarn in seinem Hinterkopf rumort. Er weiß, wie sozial sie ist, sie hat schon immer leicht Kontakt zu den Leuten gefunden. Er muss mit ihr reden und sich vergewissern, dass sie sich hier bedeckt hält. Sie muss verstehen, dass es eine Sache ist, in sein Haus zu ziehen, aber eine ganz andere, soziale Kontakte zu knüpfen und den Leuten Einblick in Dinge zu geben, die sie nichts angehen.

Er würde morgen Abend auf der weihnachtlichen Eigentümerversammlung gern ganz entspannt sein.

Auf den Versammlungen ist es meistens voll, und sobald die Tagesordnung abgehakt ist, macht man normalerweise ein paar Flaschen Wein auf und serviert Schnittchen und Häppchen. Und unterhält sich. Die Stimmung ist immer sehr locker und fröhlich, bei dem Gedanken daran wird er jetzt schon nervös.

Johanna hat bereits ein Türschild angebracht. Der Name *Andersson* leuchtet ihm entgegen, genau dieselbe Art von Gravur auf genau derselben Art von Messingplatte wie an seiner eigenen Wohnungstür. Die Schilder sind im ganzen Haus einheitlich gehalten. Dieser glitzernde Tannenkranz mit der Beschriftung FROHE WEIHNACHTEN hingegen, dieses kitschige Ding, das sie in Augenhöhe an der Tür angebracht hat, passt definitiv nicht in dieses Treppenhaus. Jetzt, wo er genau hinschaut, erkennt er den Kranz sogar wieder. Der lag immer in dem Weihnachtskarton, den er jedes Jahr am ersten Advent aus dem Keller holte.

Calle legt den Finger auf die Klingel. Das Signal hat einen tiefen Klang, angenehmer als sein eigener. Johanna macht schon nach wenigen Sekunden auf, und er sieht sofort, dass sie ihre

Frisur geändert hat. Ihr Haar ist ein wenig kürzer und rotbraun getönt. Deutlich besser als vorher, das muss er zugeben. Eine neue Jeans hat sie auch, dunkler und besser geschnitten.

Sie zieht die Augenbrauen leicht hoch, als sie ihn sieht. Aber sie sagt nichts und macht nur die Tür auf, damit er eintreten kann.

Er kann es sich nicht verkneifen, sich umzusehen, obwohl er das eher vermeiden sollte. Vom Flur breitet sich der große, offene Wohn- und Essbereich aus. Die Küche in der einen Ecke, der großzügig bemessene Kamin mittendrin. Alle Details aus Naturmaterialien in Topqualität, jede Oberfläche blitzblank sauber.

Er hatte sich schon vorgestellt, wie er hier mit Fanny am ersten Abend nach dem Einzug gelacht und geschäkert hätte und zu alten Discohits rumgehopst wäre. Sie hätten sich eine Flasche Dom Pérignon geteilt und wären am Ende auf dem Doppelbett im Schlafzimmer zusammengebrochen. Dann hätten sie die Kleider von sich geschmissen und jedes Zimmer in dieser Wohnung gebührend eingeweiht, bis hin zum begehbaren Kleiderschrank. Und zuletzt vielleicht noch ein Schaumbad in der großen Eckbadewanne genommen, mit Kerzen auf dem Wannenrand und Ausblick über die nächtlich glitzernde Stadt.

Doch wenn er genauer darüber nachdenkt, wäre das vielleicht alles ein wenig gekünstelt gewesen, zumindest ahnt er, dass Fanny das so gesehen hätte.

Die Dachwohnung ist jetzt fertig eingerichtet, aber Johannas Möbel passen wirklich nicht hier rein. Sie sehen aus wie verirrte Besucher, eine Ansammlung schmieriger Existenzen, die sich verschämt in die Wärme geflüchtet haben, nun aber nicht so recht wissen, wohin mit sich.

An einer Wand steht immer noch ein Stapel unausgepackter Umzugskartons, und da es noch kaum Teppiche und Vorhänge gibt, wird das Echo in dem riesigen Zimmer von den Wänden zurückgeworfen. Auf dem Boden liegt ein einziger, schon ziemlich aus der Form geratener Läufer, der alte Wohnzimmerteppich aus der Dreizimmerwohnung im Glücksweg.

»Hast du vor, morgen zur Eigentümerversammlung zu gehen?«, erkundigt er sich.

Sie steckt die Hände in die Taschen ihrer Jeans und schaut ihn mit großen Augen an, als ahne sie schlechte Neuigkeiten.

»Ist das das, was auf dem Zettel angekündigt wurde, der grade in den Briefkästen war?«

»Ja.«

»Vielleicht. Ich glaube schon.«

Eine klarere Antwort bekommt er nicht, sie deutet nur auf die Küche.

»Möchtest du einen Kaffee?«

Er schüttelt den Kopf und versucht gleichzeitig, die meilenweit reichende Aussicht zu vermeiden. Die Dächer, die Kirchtürme, der graue Herbsthimmel. All das, was seins hätte sein können.

»Ich werde hingehen«, sagt er. »Ich wollte nur sagen, wie ich mir das mit dem Kontakt zu den Nachbarn so vorstelle. Apropos Weihnachtsversammlung – vielleicht wäre es nicht unbedingt notwendig, dass du mit den Leuten gleich auf Kuschelkurs gehst? Wenn du verstehst, was ich meine.«

»Ich soll meine eigenen Nachbarn nicht kennenlernen? So wie ich möchte?«

Sie klingt trotzig. In manchen Situationen widersetzt sie sich wirklich allem, was auch nur im Entferntesten an Aufforderungen oder Anordnungen erinnert.

»Doch, schon, aber …«

»Jetzt trinken wir erst mal einen Kaffee«, unterbricht ihn Johanna. »Die Zeit hast du jetzt schon noch.«

Ohne eine Antwort abzuwarten, geht sie zur Küche und fängt an, mit ihrer alten Kaffeemaschine herumzuhantieren. Es gurgelt und zischt, und als sich der Duft ausbreitet, merkt Calle, dass ihm dieses typische Kaffeemaschinengeräusch tatsächlich gefehlt hat. So viele Jahre seines Lebens war dieser Laut mit erholsamen Momenten verbunden, mit Wohlfühlen und Geborgenheit in der eigenen Küche. Es gibt kein Geräusch, das diesem gleicht.

Heutzutage macht er sich seinen Kaffee mit einer Aluminiumkapsel und einem Knopfdruck auf einer Maschine. Die Epoche des tuckernden, gluckernden Kaffeekochens ist vorbei.

»Ob ich auf die Weihnachtsversammlung gehe oder nicht«, sagt Johanna, »und was für ein Verhältnis ich gegebenenfalls zu den Nachbarn aufbaue, geht dich wirklich überhaupt nichts an.«

»Du solltest das jetzt nicht wie einen Befehl auffassen.«

Sie sieht ihn an und lacht.

»Wie einen Befehl? Du bist echt lustig.«

»Du weißt auf jeden Fall, was ich meine. Mach dich nicht lächerlich.«

Sie wirkt immer noch amüsiert, und er kommt sich langsam vor wie ein Idiot.

Der Kaffee ist fertig. Er sieht, wie sie ihn in zwei Tassen gießt und einen Schuss Milch dazugibt, genau die richtige Menge, natürlich weiß sie, wie er es gerne mag. Als sie ihm gerade ein Stück Zucker hineintun will, hält er sie jedoch zurück.

»Mit Zucker hab ich schon eine ganze Weile aufgehört.«

Doch sie schnaubt nur verächtlich und lässt es trotzdem in die Tasse fallen.

»Hast du das gesehen?«

Sie deutet mit einem Kopfnicken und stolzer Miene zur Wand, wo sie ein jämmerliches Wandregal mit zwei Konsolen an den Zwischenraum zwischen zwei Türen geschraubt hat.

»Hab ich gestern Abend montiert. Ganz allein.«

Ach ja? Es ist ihm egal.

Sie setzen sich an den Küchentisch, der ganz schön mitgenommen aussieht. Sie sollte sich wirklich so schnell wie möglich einen neuen gönnen. Calle nimmt vorsichtig einen Schluck Kaffee aus dem abgestoßenen, verschrammten Becher, den sie ihm hingestellt hat. Er hatte ganz vergessen, was für ein ekliges Zeug aufgebrühter Kaffee ist, verglichen mit einem starken, aromatischen, köstlichen Espresso.

»Merkst du, wie warm das hier ist?«, sagt sie. »Nirgendwo zieht's, und die Heizung funktioniert.«

So wie sie das sagt, klingt es, als wäre es ein Wunder.

»Fein«, meint er.

»Hast du die Aussicht von der Dachterrasse gesehen?«

Und ob er das hat. Als er vor fünf Monaten bei der Wohnungsbesichtigung war und als er den Vorbesitzer besuchte, um sich die Wohnung anzusehen. Nachdem der den Vorstand informiert hatte, dass er verkaufen wollte.

Johanna zieht geübt die großen Glasschiebetüren auf und geht hinaus. Der Vorbesitzer hat ihr seine bequeme Sitzgruppe überlassen, aber der Grill ist weg. Widerwillig folgt Calle. Der Klinkerboden ist wunderbar warm unter seinen Füßen. Natürlich ist auch hier draußen eine Fußbodenheizung eingebaut.

»Ist doch schön, oder?«

Sie blickt über die Dächer.

»Hier stehen wir abends immer, die Kinder und ich.«

Er geht ans Geländer vor und stellt sich neben sie. Wenn sie Krieg führen, wird es schließlich auch nicht besser.

Überall in der Stadt ragen Kirchtürme und Turmspitzen auf. Sie könnten auch in Rom oder Paris oder irgendeiner anderen Metropole stehen. Auch wenn Mattias sich oft darüber auslässt, wie klein und unbedeutend Stockholm doch ist und dass dieses Loch eigentlich überhaupt nicht das Recht hat, sich Großstadt zu nennen.

»Die Sterne am Himmel sind in Stockholm dieselben wie zu Hause«, sagt Johanna. »Ist doch irgendwie komisch, oder?«

Er antwortet nicht. In der Ferne ertönt das Martinshorn eines

Krankenwagens, er hört, wie es allmählich wieder leiser wird. Es klingt wie trauriges, langgezogenes Weinen.

»Weißt du, was ich Sara kaufen werde?«, sagt sie mit geheimnisvollem Lächeln. »Ein Pferd.«

»Ein Pferd?«

Er starrt sie an.

»Sie wünscht es sich.«

»Aber … gleich ein Pferd?«

»Ich werde mich gründlich umhören. Wir müssen wohl irgendwo außerhalb einen Stallplatz mieten, mit Pfleger und allem, was man da so braucht. Weißt du, wie es heißen soll? Cayenne. Den Namen hat Sara schon ausgesucht.«

Er hatte nicht vorgehabt zu fragen, er will das alles überhaupt nicht wissen.

»Agnes soll auch irgendwas Tolles bekommen«, fährt sie fort. »Ich weiß nur noch nicht was. Muss ich mir noch überlegen.«

Er kann sich das nicht mehr länger anhören, wie sie ihr millionenschweres Leben führt.

Johanna lächelt wieder. Sie streicht mit dem Finger übers Geländer, als wäre es ein Kunstwerk.

»Stell dir vor, sie haben sogar schon Freunde gefunden«, sagt sie.

»Ja. Das ist prima.«

»Da gibt es noch mehr, die vom Land kommen, und auch mehrere Comicfans. Alle möglichen Typen. Und fast keiner spielt Fußball. Es gibt ja kaum irgendwo Platz, wo man Fußball spielen könnte. Stell dir bloß vor, wie schön das für die zwei ist.«

Als sie das sagt, steigen ihm die Tränen in die Augen, aber er blinzelt sie schnell wieder weg. Sie schiebt sich ihre Brille die Nase hoch.

»Sie fühlen sich sehr wohl in der Großstadt. Genau wie du.«

Calle lehnt sich ans Geländer und starrt auf ein paar Tauben, die sich auf dem gegenüberliegenden Dach niedergelassen haben. Ruhelos hüpfen sie hin und her.

Das Leben in der Kleinstadt. Er erinnert sich jetzt wieder genau. Die grauen, monotonen Tage, einer nach dem anderen, egal ob Schneeregen oder Regen oder kraftlose Sonne, es war jeden Tag dieselbe klebrige Alltagssuppe. Die zugige Dreizimmerwohnung, der Parkplatz vorm Haus, Streit in der Küche mit gedämpfter Stimme, wenn die Kinder eingeschlafen waren. Johanna, die so wütend und enttäuscht war, weil er im Leben einfach nichts auf die Reihe bekam, weil er arbeitslos war, während sie so leicht vorankam und mühelos Kontakt zu den Leuten fand. Sie kannte die ganze Stadt, sie war beliebt. Erst arbeitete sie an der Kasse im Supermarkt, dann im Blumenladen und dann machte sie eine Teilzeit-Urlaubsvertretung in der Entzugsklinik, während sie parallel eine Fortbildung absolvierte. Und bevor er wusste, wie ihm geschah, hatte sie einen festen Job mit Zukunftsperspektive.

Irgendwie kam es am Ende so, dass er zurückblieb und sie am Horizont verschwinden sah, und er konnte einfach nichts dagegen tun. Er war wie gelähmt, während sie immer mehr aufblühte.

Er mied öffentliche Plätze, so gut er konnte, machte einen weiten Bogen um den Platz im Zentrum und schlüpfte diskret durch die Gänge im Supermarkt. Wagte kaum, den Blick zu heben, wenn er mit tief in die Stirn gezogener Mütze durch die Straßen ging. Obwohl die Schulzeit schon lange hinter ihm lag.

»Noch Kaffee?«, bietet Johanna an.

»Nein, danke.«

Kaffee. Als wäre er ein Kumpel, der kurz bei ihr vorbeischaut. Hier steht sie nun auf ihrer umwerfenden Terrasse und glaubt offenbar, dass sie Freunde sein werden. Dass er vergessen hat, was damals passiert ist. Vielleicht erwartet sie, dass er alles einfach aus dem Gedächtnis gestrichen hat, weil es einfach das Praktischste ist, wenn man im gleichen Haus wohnt und Nachbar des Expartners ist, mit dem man zwei Kinder hat.

Aber er erinnert sich an jedes Wort, er weiß noch genau, wie sie ausgesprochen wurden. Der ganze Moment ist in ihm bewahrt wie eingefroren, kalt und hart. Wie sie irgendwann endlich von Richard erzählte, von der Beziehung, die sie als wilde Leidenschaft beschrieb, von der sie einfach nicht lassen konnte. Richard, ihre große, unnahbare Jugendliebe – jetzt war er endlich bereit, mit ihr zusammen zu sein.

Ganz genau erinnert er sich noch an den Donnerstagabend, an dem alles begann. Johanna stand am Herd im Glücksweg und füllte Agnes und Sara gerade Spaghetti mit Hackfleischsauce auf die Teller. Damals waren ihre Töchter zwei pummelige Kerlchen von drei und fünf Jahren, mit Schürfwunden an den Knien und Kletten im Haar und identischen Prinzessinnenkleidchen aus Kunstfaser, die sie von den Nachbarskindern geerbt hatten.

Calle saß mit ihnen am Küchentisch, als das Telefon klingelte. Er merkte sofort, wie seltsam Johanna reagierte, als sie abnahm. Nach ein paar kurzen Sätzen musste sie die Küche verlassen, ins Schlafzimmer gehen und die Tür hinter sich zuziehen. Die Familie musste ohne sie zurechtkommen.

Ich hab gehört, du bist verheiratet. Das waren seine ersten Worte, wie Johanna hinterher erzählte. Worte, die irgendwie magisch wirkten. Calle hat im Laufe der Jahre noch viel darüber nachgedacht.

Es wurde ein langes Telefonat. Fast zwei Stunden dauerte es, und den Fetzen, die er durch die geschlossene Schlafzimmertür aufschnappte, konnte er entnehmen, dass es sowohl interessant als auch lustig war.

Als er nach einer Dreiviertelstunde die Tür einen Spaltbreit öffnete und einen Blick ins Zimmer warf, hielt sie die Hand auf die Sprechmuschel und flüsterte ihm zu, dass es eine Arbeitskollegin war, die ein bisschen Aufmunterung brauchte.

Nach ein paar Monaten war alles vorbei. Johanna erzählte ihm alles ganz aufrichtig, beantwortete all seine Fragen, und er erfuhr, dass Richard beim ersten Gespräch erklärt hatte, er sei ziemlich down. Seine Beziehung war gerade in die Brüche gegangen, und jetzt saß er allein in seinem alten Jugendzimmer im Hause seiner Eltern, wo er vorläufig unterkriechen musste. Aber Johanna hatte er nie vergessen, sie war ihm seit der Kollegstufe immer durch den Hinterkopf gespukt, gestand er, jahrelang, und auch während all seiner Beziehungen.

Calle konnte nur ahnen, dass das für Johanna genauso galt. Sie hatte eine Menge Pech mit verschiedensten Freunden gehabt, bis sie schließlich bei ihm gelandet war. Nur, dass er eben auch nicht der Richtige war. Er weiß noch heute, was sie immer sagte, wenn es ihnen gut ging: Er sei der netteste Mensch, den sie je kennengelernt habe. Bei ihm fühlte sie sich geborgen, denn er würde sie niemals verlassen.

Wenn er daran denkt, brennt es ihm im Magen. Warum ist er nicht einfach viel früher abgehauen? Bevor die Kinder kamen. An Warnsignalen hatte es wahrlich nicht gemangelt.

Aber er wollte so gerne ein ganz normales Leben. Und es gab genug, was Johanna und ihn verband, so dass sie auch eine Familie gründen wollten, wie die anderen Gleichaltrigen im Ort. Der Wunsch, als normal zu gelten, war sehr stark.

Und dann stand sie plötzlich vor ihm und wollte die Scheidung.

Regungslos steht Calle auf der Terrasse und betrachtet das Taubenpaar, das jetzt davonflattert.

»Warum bist du hierher gezogen?«, fragt er. »Du hättest doch überall in Stockholm eine Wohnung kaufen können. Warum bist du ausgerechnet in mein Haus gezogen? Was zum Teufel willst du?«

Johanna wirft ihm einen verstohlenen Blick zu, als wüsste sie nicht recht, was sie antworten soll. Dann schiebt sie sich die Brille wieder die Nase hoch.

»Das war einfach eine Entscheidung«, meint sie. »Ein Impuls, könnte man sagen.«

»Ein Impuls? Eine Wohnung für neun Millionen Kronen zu kaufen?«

Sie weicht seinem Blick aus.

»Ich glaube, dass das alles gut funktionieren wird.«

Auf einmal fährt sie zusammen und schaut auf die Uhr. Und auf einen Schlag steckt sie wieder in ihrer neuen, fröhlichen Persönlichkeit.

»Ich muss los«, sagt sie. »Ich muss in die Bank, zur Anlageberatung.«

Sie geht wieder hinein, nimmt die Kaffeetassen mit und stellt sie in die Spüle. Calle sieht ihr nach. Johanna versteht überhaupt nichts von Geldanlagen. Vielleicht noch weniger als nichts.

Er folgt ihr in die Wohnung und zieht die Schiebetüren zu. Die schweren, gediegenen Türen, die seine eigenen hätten sein können.

Zwanzig Millionen. Knapp die Hälfte muss nach dem Kauf der Dachgeschosswohnung noch übrig sein. Keine erdrückenden Ratenzahlungen, um die sie sich Sorgen machen müsste, kein Bedürfnis, die Wirtschaftsseiten zu studieren, um zu sehen, was auf dem Immobilienmarkt passiert, keine innerliche Kälte, wenn sie im Fernsehen die Nachrichten ansieht und die Konjunkturprognosen der Experten hört.

Er geht in den Flur und versucht, nicht allzu niedergeschlagen zu wirken. Auf keinen Fall will er als der Verlierer dastehen, der er im Vergleich zu ihr ist.

Auf dem Weg aus der Wohnung ist sein Kopf so voller Eindrücke, dass er alle Vorsicht vergisst. Zu spät entdeckt er, dass Danne auf der anderen Seite des Treppenabsatzes gerade die Wohnungstür aufgemacht hat. Danne sieht ihn überrascht an.

»Hallo«, sagt er.

Dass Calle aus Johannas Wohnung kommt, sieht natürlich seltsam aus und ist außerdem höchst interessant im Hinblick aufs Klatschpotenzial. Danne plaudert zu gerne mit seinen Nachbarn über Gott und die Welt.

Nun kann er genauso gut gleich sagen, wie die Dinge aussehen, direkt und ehrlich und ohne Umschweife. Er schickt sich gerade zu einer Erklärung an, als Johanna hinter ihm in der Tür erscheint. Sie grüßt Danne fröhlich, den Vorsitzenden, den sie schon im Zusammenhang mit ihrem Einzug kennengelernt hat.

»Na, hast du dich schon eingerichtet?«, erkundigt er sich.

»Ja, ja«, antwortet Johanna.

Danne deutet mit einem Nicken zu Calle, und in seinen Augen steht eine unterschwellige Frage.

»Kennt ihr euch von früher?«

»Könnte man so sagen.«

Johanna schaut zu Calle, dann wieder zu Danne.

»Wir waren tatsächlich mal verheiratet. Vor ein paar Jahren.«

Danne bekommt seine entgleisten Gesichtszüge relativ schnell wieder unter Kontrolle und lächelt breit. Viereckige Vorderzähne mit Gelbstich, einer leicht angeschlagen.

»Tatsächlich? Wahnsinn!«

Calle lächelt zurück und versucht, ganz ungerührt dreinzublicken.

»Für die Kinder ist es sehr praktisch, dass wir so nahe beieinander wohnen«, erklärt Johanna.

Danne lacht, während er sich eine elegante Tasche über die Schulter hängt und seine Tür abschließt.

»Tja, da sieht man's mal wieder, die Welt ist klein.«

Er drückt auf den Fahrstuhlknopf und wendet sich wieder an Johanna.

»Ach so, das wollte ich dich noch fragen – könntest du dir vorstellen, dem Vorstand beizutreten? Wenn ja, könnte ich dich ja vor der Weihnachtsversammlung mal vorschlagen.«

»Ja, warum nicht?«, sagt Johanna. »Das wäre schön.«

Calle beißt die Zähne zusammen. Schön. Wo sie doch keinen

Schimmer hat, was man im Vorstand einer Eigentümergemeinschaft überhaupt zu tun hat.

Der Fahrstuhl kommt, und bevor Danne hineingeht, kommen die zwei noch schnell überein, dass sie als Springer vorgeschlagen werden soll. Außerdem hat Johanna bei der Gelegenheit noch schnell gefragt, ob er ihr mal mit der Alarmanlage helfen kann, mit deren Bedienung sie noch nicht so richtig klarkommt. Sie hat so was noch nie benutzt, denn zu Hause in der Kleinstadt schloss man nicht mal die Tür ab. Das brauchte man nicht, das machte keiner. Und Danne amüsiert sich über dieses exotische Verhalten, das für ihn so klingt, als stamme es aus einer ganz anderen Epoche. Dem neunzehnten Jahrhundert vielleicht.

Calle reicht es bis obenhin. Er verabschiedet sich mit ein paar kurzen Worten und hastet wieder hinunter in seine eigene Wohnung.

Schwer und süß liegt der Geruch von Glühwein in der alten Hausmeisterwohnung. Rund um den Tisch haben sich die Mitglieder der Eigentümergemeinschaft versammelt. Zum Teil Lambswoolpullover und Poloshirts, daneben der eine oder andere Kaschmircardigan und schließlich Johanna in ihrer H&M-Strickjacke, die nun auch schon mehrere Jahre auf dem Buckel hat und ganz fusselig ist.

Calle hat sich in die Mitte einer Längsseite gesetzt, Fanny neben sich. Er hat nicht vor, sich zu verstecken. Besser, wenn er für alle sichtbar ist, wenn er signalisiert, dass er wirklich ganz ruhig und mit der Situation zufrieden ist. Keine sauren Mienen hier, alle sind gute Freunde, seine Exfrau und die Kinder sind herzlich willkommen. Alles bestens, auf die Art können sie sich leichter treffen, die ganze unkonventionelle Familie, die sie eben sind.

So in der Richtung.

Das Zimmer ist von irgendeinem Enthusiasten aus dem Vorstand mit ehrgeiziger Weihnachtsdeko geschmückt worden. Calle sieht sich um. Weihnachten, das Fest, das er schon immer gehasst hat und erst zu schätzen lernte, als er erwachsen wurde und eigene Kinder bekam. Inzwischen macht ihn Weihnachten sentimental und innerlich ganz weich. Über den Fenstern hängen Lichterketten und Girlanden aus Tannenzweigen mit Glitzerpartikeln, auf den Fensterbrettern stehen elektrische Kerzen. Eine Gruppe handgefertigte Wichtel steht auf einem Aktenschrank in der Ecke, und über der Tür zu der kleinen Küche baumelt ein Strohherz mit roten Bändern.

Irgendjemand hat sich alle Mühe gegeben, es gemütlich zu

machen, und er darf ein Teil von alldem sein. Das hier ist genauso für ihn wie für alle anderen.

Calle wirft einen verstohlenen Blick auf die Reihe seiner Nachbarn, die aus ihren kleinen Glühweintassen trinken und die Punkte auf der Tagesordnung lesen. Diese Menschen teilen sich ein Haus, sind aber bunt zusammengewürfelt: Betriebswirtschaftler, Juristen, ein einunddreißigjähriger DJ, mit dessen Karriere es gerade steil bergauf geht, ein Berater, drei Journalisten, ein Herzspezialist, ein Kneipenbesitzer, ein Innenarchitektenpaar, ein pensionierter Direktor, ein Stand-up-Comedian, ein Architekt und ein Choreograf. Sie haben alle ähnliche Bezugssysteme und werden von derselben Kraft angetrieben: Es geht ihnen in erster Linie darum, jeweils in ihrem Bereich Karriere zu machen.

So wie Calle arbeiten auch seine Nachbarn oft am Wochenende und zu allen möglichen Tages- und Nachtzeiten. Das hat er mit als Erstes gelernt, als er nach Stockholm kam: Hier arbeitet man im Grunde dauernd.

Danne klopft leicht mit einem Löffel auf den Tisch und erklärt die Versammlung für eröffnet.

»Wir begrüßen Johanna Andersson als neues Mitglied in der Eigentümergemeinschaft.«

Alle wenden sich zu ihr.

»Sie wohnt jetzt schon fast einen Monat hier, und wir hoffen natürlich, dass es ihr und ihren Töchtern hier gut gefällt.«

Johanna lächelt und nickt den anderen zu. Sie hebt ihren Glühweinbecher zu einem Prosit, und Calle muss sich zurückhalten, um ihr nicht zu erklären, dass es total unpassend ist, den Leuten in einem solchen Moment zuzuprosten. Sie will doch einen guten Eindruck machen.

Aber er verzieht keine Miene, bleibt nur ganz still sitzen und starrt auf seine Zettel und versucht so zu tun, als würde er den Jahresbericht bis zur letzten Ziffer ganz genau durchsehen.

»Es wäre wohl angebracht, wenn ich an dieser Stelle erwähne, dass Johanna auch Calles Exfrau ist«, fährt Danne fort. »Damit wissen jetzt also alle Bescheid.«

Alle Augen wandern zu Calle, der aufblickt und den Mund zu einem gutmütigen Lächeln verzieht.

»Nie hat man seine Ruhe«, scherzt er.

Der neugierige Gesichtsausdruck seiner Nachbarn weicht einem komplizenhaften Grinsen. Jetzt sind alle im Bilde, die Harmonie ist gesichert.

Fanny lächelt seine Exfrau ebenfalls freundlich an. Und als sie sieht, dass Johanna mit den Augen nach der Lebkuchenschale sucht, reicht sie sie ihr über den Tisch. Johanna nimmt sie entgegen und bedankt sich mit einem kurzen Nicken.

Dann beginnt die Sitzung, und sie wird sofort aktiv. Sie wedelt mit der Hand und bittet ums Wort. Statt bis zum Tagesordnungspunkt »Sonstige Fragen« zu warten, beginnt sie Fragen nach der Arbeit des Vorstands zu stellen.

»Wie viel trägt da jeder bei? Sind das nur ein paar wenige, die die Arbeit allein machen, oder helfen die anderen mit?«

Danne erklärt, dass einige Mitglieder häufig auf Dienstreise sind oder die eine Hälfte des Jahres in ihrem Zweithaus wohnen. Die können aus naheliegenden Gründen also nicht so viel beitragen. Und manche überhaupt nichts.

»Aha. Aber ist das denn nicht ein bisschen seltsam? Dass einige alles machen und andere gar nichts?«

Johanna sieht sich am Tisch um.

»Was im Vorstand gemacht wird, kommt doch allen zugute, oder? Wenn man sich gut um das Haus kümmert, steigen doch alle Wohnungen im Wert, oder nicht?«

Es dauert einen Moment, bevor die Anwesenden kapieren, was sie da sagt. Die spärliche Beteiligung an der Vorstandsarbeit ist schon lange ein Problem, das bis jetzt nie ernsthaft diskutiert wurde, aus Respekt vor den reichsten und einflussreichsten des

Vereins, allen, denen man lieber nicht an den Karren fahren möchte. Dieselben, die oft verreist sind.

Calle sitzt ganz steif da und rührt die Rosinen in seinem Glühweinbecher herum. Er wartet einfach nur darauf, dass es vorbei ist.

Eine richtige Antwort bekommt Johanna nicht. Von der einen oder anderen Seite wird gebrummt, dass so was sich meistens ganz organisch löst, was nicht wirklich stimmt, denn das Organische besteht ja darin, dass immer dieselben Leute alles machen. Am Ende hält Danne fest, dass die Frage nächstes Jahr bei der Vorbereitung der Wahl thematisiert werden soll.

Als die Sitzung nach zwei anstrengenden Stunden endlich vorbei ist, habe alle dafür gestimmt, dass Johanna fester Springer im Vorstand werden soll.

Danne fällt auch wieder ein, dass er ihr ja mit der Alarmanlage helfen wollte.

»Wenn du irgendwelche anderen Fragen hast oder Hilfe brauchst, klingel einfach bei mir«, bietet er an.

Johanna lächelt und schiebt sich die Brille wieder die Nase hoch.

»Prima, danke schön!«

Und als Danne die Sitzung für beendet erklärt und verkündet, dass es jetzt höchste Zeit wird, die Weinflaschen zu entkorken und die Platten mit den Kaviar- und Entenleberschnittchen auf den Tisch zu stellen, zieht Calle Fanny diskret am Ärmel. Sie versteht seinen Wink, und sie stehen gemeinsam auf.

»Wir können heute Abend leider nicht bleiben und mitfeiern«, erklärt Calle. »Die Pflicht ruft.«

Mehr braucht er gar nicht zu sagen, das verstehen alle nur zu gut. Der Job natürlich.

Sie verlassen den Versammlungsraum und fahren mit dem Fahrstuhl in den ersten Stock. Sein ungutes Gefühl im Magen wird zwar nicht besser bei dem Gedanken, dass Johanna jetzt dort unten sitzt und Kontakte zu den Nachbarn knüpft, aber so muss er es zumindest nicht mit ansehen.

Als Calle und Fanny in den Flur treten, ist die Tür zu Saras Zimmer geschlossen. Sie schauen sich an. Fanny sieht beunruhigt aus, und Calle wird nervös. Es muss etwas passiert sein, Sara schließt sich sonst nie ein. Die Tür steht immer halb offen.

Agens sitzt mit einem Stapel Papier in der Küche, lauter Noten und Liedtexte. Sie blickt auf, als die beiden kommen.

»Was ist denn mit Sara los?«, fragt Calle. »Warum hat sie die Tür zugemacht?«

»Weil sie ihre Freundin zu Besuch hat«, antwortet Agnes. »Diese Wilma.«

Fannys Miene hellt sich auf.

»Genau, Wilma«, sagt sie. »Die aus Saras Klasse.«

Calle schaut auf die geschlossene Tür. Jetzt hört er auch Gekicher und gedämpfte Musik von drinnen.

Er bleibt noch kurz stehen, dann geht er zu Fanny ins Wohnzimmer und lässt sich aufs Sofa sinken. Er ist immer noch ganz überwältigt von diesem großen, unglaublich großen Ereignis.

Sara hat eine Freundin gefunden. Eine richtige Freundin, die in dieselbe Klasse geht und Wilma heißt. Eine Freundin, die sie jetzt auch zu sich nach Hause eingeladen hat.

Also hierher. In Fannys und sein Zuhause.

Calle schlägt die Augen auf und schaut in die Dunkelheit. Die viel zu dicke Winterdecke fühlt sich klebrig an, unter der schwitzt er immer am ganzen Körper. Und jetzt merkt er, wie unregelmäßig seine Atmung geht, es klingt fast wie Schluchzer.

Als er die Augen wieder zumacht, sind die Bilder immer noch da.

Das Feuer, das wütet und tobt, die Flammen, die schon an den Fenstern emporlecken. Das Knistern und Knacken, das heulende Geräusch im Hintergrund. Und dann der Riesenlärm, die Funken, die in die Luft stieben, als der eine Dachstuhl einstürzt.

Er blickt neben sich. Fanny schläft so fest, wie ein Mensch nur schlafen kann, und nimmt tiefe Atemzüge mit offenem Mund.

Mit einer energischen Bewegung schlägt er die Bettdecke zurück und setzt sich auf. Er geht ans Fenster und zieht das Rollo ein Stückchen hoch, so dass er die Straßenlaterne mit ihrem beständigen Schein sehen kann.

Hier gibt es keine Gefahr. Es sind schon viele Jahre vergangen. Alles ist gut, er ist erwachsen und selbst Vater, seine zwei Töchter scheinen sich in ihrem Leben wohlzufühlen.

Und er hat alles richtig gemacht. Er muss sich nicht dafür entschuldigen, dass er seine Koffer gepackt hat und in den Zug nach Stockholm gestiegen ist.

Er kann sich noch erinnern, wie er auf der Bettkante einer Jugendherberge in Gamla Stan saß und Johanna anrief. Er tat so, als würde er Richards Stimme im Hintergrund nicht hören, erzählte nur kurz, dass er vorhatte, sich an der Zahnärztlichen

Hochschule zu bewerben. Sie wurde natürlich wütend und kam mit Einwänden, aber er hörte gar nicht hin. Er legte einfach auf.

Damals schien ihm alles möglich. Bevor er erkannte, dass das, was er verlassen hatte, weiter existierte. Dass es egal war, wie weit er wegfuhr. Dass seine Schulden nicht weniger werden würden, sondern eher noch anwachsen.

Der Asphalt unter der Straßenlaterne glänzt, es regnet wohl. Wie gestern. Da kamen Sara und Wilma nach der Schule in die Wohnung gestürmt, alle beide pitschnass. Sie waren von der Bushaltestelle gerannt und mussten derart kichern, dass sie kaum stehen konnten. Sie zogen im Flur die Schuhe aus und beguckten sich im Spiegel, und ihre tropfnassen Haarsträhnen sahen in ihren Augen anscheinend umwerfend komisch aus.

Calle half ihnen, die nassen Jacken im Bad aufzuhängen und versuchte mitzulachen, aber er merkte, dass sie überhaupt keine Notiz von ihm nahmen. Er fragte, ob sie Tee und belegte Brote haben wollten, das macht Fanny auch immer, aber sie verschwanden einfach in Saras Zimmer, um Comicbilder zu zeichnen. Er blieb allein im Flur stehen.

Agnes interessiert sich auch nicht weiter für ihn. Sie verschwindet ständig, um mit dem Schulchor zu proben oder Chorfreundinnen zu treffen, und dann sitzen sie stundenlang zusammen und trinken Kaffee – ab und zu auch in Agnes' Zimmer. Dann ist es so eng, dass sie kaum alle reinpassen. Calle hat mehrmals reingeschaut, um Hallo zu sagen und zu fragen, ob sie nicht lieber ins Wohnzimmer gehen wollten, das sei doch viel bequemer. Der ganze Trupp drängt sich auf dem Bett und auf dem Boden, aber Agnes bittet ihn nur, rauszugehen und die Tür hinter sich zuzumachen, und, nein danke, Hunger haben sie auch nicht. Falls er das fragen wollte.

Was macht er bloß falsch?

Er mustert die Regentropfen, die sich direkt unter der Laterne, wo das Licht am stärksten ist, wie eine einzige diffuse Wand ausnehmen.

Der Regen an der Scheibe, die Kälte dort draußen und hier drinnen Geborgenheit und Wärme. Zu zweit sein und zusammengehören. Plötzlich fällt ihm wieder Johannas glückliches Geflüster im Glücksweg ein, und wie sie immer versuchte, ihr schallendes Gelächter zu dämpfen, um die Kinder nicht zu wecken.

Johanna, seine erste richtige Beziehung. Vor langer Zeit hat er sie bewundert und wahnsinnig geliebt. War ganz erfüllt von ihr. Er atmete sie ein, ohne dass sie es merkte. Am Gymnasium war sie eine Klasse unter ihm. Er beobachtete sie jeden Tag aus der Ferne, wenn er auf dem Schulhof in seiner Ecke stand, er sah sie vor dem A-Tor lachen und reden und mit ihrer Clique rauchen. Ein paar Jahre vergötterte er Johanna noch, aber es wäre ihm nie in den Sinn gekommen, sie anzusprechen.

Und dann wurden sie in einer Juninacht seltsamerweise ein Paar, was weiß Gott niemand erwartet hätte. Er selbst ja auch nicht. Er war damals einundzwanzig, sie zwanzig. Er fand sie in der Dämmerung auf dem Platz im Zentrum, halb betrunken und traurig nach einem misslungenen Partyabend. Sie hatte Kaugummi auf die Bluse gekriegt und einen Kratzer am Schienbein. Sie weinte, aber trotzdem leuchtete es geradezu um sie herum, wie Elektrizität.

Ihre Eltern – ihr Vater war Klempner und ihre Mutter Köchin in der Schulküche gewesen – waren vor kurzem bei einem Busunglück im Ausland ums Leben gekommen. Es war auf einer Pauschalreise irgendwo am Mittelmeer passiert, der Busfahrer war stockbetrunken gewesen. Ziemlich bald danach verschwand ihre zwei Jahre ältere Schwester nach Norrland, wo sie einen Job gefunden hatte. Johanna blieb allein in dem kleinen Haus zurück.

In diesem Moment brauchte sie ihn also auch. Sie kümmerten sich umeinander.

Während die Sonne über den Tannenwipfeln aufging, begleitete er sie nach Hause in ihr kleines Mädchenzimmer, das sie immer noch bewohnte. Die ganze Tapete über ihrem Bett war bekritzelt, sie hatte Gedichte und Ausschnitte aus Songtexten quer über die ganze Wand geschrieben. Sie hörten Musik auf ihrem alten, abgenutzten Kassettenrekorder. Sein Brustkorb wurde ganz nass und klebrig von ihren Tränen, und er gab ihr zu verstehen, dass sie nie wieder einsam sein musste, wenn sie bei ihm blieb.

In der Wohnung unter ihnen rauscht die Spülung, dieser Nachbar geht immer um diese Zeit auf die Toilette.

Calle zieht das Rollo wieder hinunter. Er kuschelt sich an Fanny, umarmt von hinten ihren Rücken, es wird eine Komplettumarmung, aber ganz vorsichtig, damit sie nicht aufwacht. Ganz still liegt er im Duft, der aus ihrem Nacken aufsteigt, und horcht auf ihre gleichmäßigen Atemzüge.

Aus Saras Zimmer hört man helles Gelächter, ganz rein und echt. Von Sara, Agnes und Fanny.

Sie haben zu viert zu Abend gegessen, und heute ist Calle mit dem Aufräumen in der Küche dran. Er sortiert das Geschirr in die Spülmaschine und arbeitet ganz mechanisch, während man im Hintergrund leise das Radio hört. Und das Gelächter.

Fanny hört man am deutlichsten, seine großartige Fanny. Sie hilft Sara gerade, ein Poster an die Wand zu hängen, und macht dazu mit übertriebener Aussprache verschiedene Dialekte nach. Geschickt wechselt sie von einer Darstellung der Tante Edla aus Schonen, die offenbar ziemlich kindisch ist, zur finnlandschwedischen Tante Ritva, die streng und bösartig klingt, um anschließend bei der quietschvergnügten Göteborger Tante Gunmor zu landen. Das sind vielleicht Namen.

Calle hört, wie seine Töchter voll auf das Spiel einsteigen und mitalbern, imitieren und ergänzen; sie brechen immer wieder in neuen Lachanfällen zusammen, die sich manchmal schon nach gequältem Stöhnen anhören. Eigentlich sind sie viel zu groß für solche Kindereien, aber keiner von ihnen scheint einen Gedanken daran zu verschwenden.

Er überlegt, ob er reingehen und mitmachen soll, aber dann lässt er es doch lieber. Denn es besteht die Gefahr, dass die Stimmung jäh absackt und in dieses seltsame Schweigen übergeht, das ihn immer so ratlos macht.

Also stellt er ein paar verschmierte Teller in die Maschine und denkt nach, wie er Weihnachten organisieren soll.

Es ist ausgemacht worden, dass die Kinder Heiligabend bei Johanna verbringen sollen, während Calle und Fanny bei Fannys Eltern feiern, zusammen mit Mattias und Vendela und deren Kindern. Am ersten Feiertag sollen Agnes und Sara zu ihnen herunterkommen, da geht es in die nächste Runde. Und gefeiert wird mit allen Schikanen, hat er beschlossen. Weihnachtsgeschenke, Weihnachtsbaum, Essen und Dekoration.

Silvester wollen Calle und Fanny bei Mattias und Vendela feiern, die an diesem Tag traditionell ihre engsten Freunde um sich scharen, und jetzt, wo sie ihre neue Dachwohnung haben, natürlich erst recht.

Er kann sich richtig vorstellen, wie Silvester aussehen wird. Wie sich Gongschlag Mitternacht alle Gäste in ihren Jacken auf der Dachterrasse sammeln, mit Champagnergläsern in der Hand. Wie das Feuerwerk über ihnen im schwarzen Winterhimmel explodiert und sie sich dann alle ein gutes neues Jahr wünschen. Wie sie sich umarmen und küssen, mit Freudentränen in den Augen. Vielleicht alles ein bisschen albern, aber wie immer macht es ihn glücklich, dass er zu dieser Gemeinschaft gehört. Für ihn ist es so, als würde sein Stolz auf das, was er erreicht hat, zu Silvester um Mitternacht besonders intensiv werden. Denn das ist der Moment, in dem man gleichzeitig zurück- und vorausschaut.

Calle wirft einen Blick auf den Wandkalender fürs nächste Jahr, den Fanny schon gekauft und in der Küche an die Wand gehängt hat. Sie hat bereits mit Filzstift eingezeichnet, in welchen Wochen sie die Kinder haben, in den geraden Wochen eben, und da stehen auch schon lauter Unternehmungen und Pläne drin. *Sporttag Sara* steht da, und *Party Agnes* und *Schulchor Agnes* und *Projekttag Sara* und *Zahnarzt Agnes*. Außerdem sind auch Mathe- und Englischklausuren und schwedischer Aufsatz und Physikschulaufgaben vermerkt.

Er mustert die ungeraden Wochen, die noch völlig leer sind. Er überlegt, ob er irgendwas reinschreiben soll, aber er hat keine Ahnung, was das sein sollte.

Er schaut noch mal auf den Eintrag *Schulchor Agnes*. Hat Agnes früher eigentlich auch schon gesungen? War sie vielleicht schon als Kind musikalisch? Sie war erst sechs, als er nach Stockholm zog, er weiß nicht mehr, wie das damals war.

Dass Sara schon immer gut malen konnte, wusste er natürlich, aber wann hat sie eigentlich angefangen, Comics zu zeichnen? Und wie?

Er stellt das letzte Glas in den Korb in der Spülmaschine und beschließt, das alles baldmöglichst in Erfahrung zu bringen. Das und auch alles andere, was er noch nicht über seine Kinder weiß.

Beißende Kälte. Der Schnee knirscht unter seinen Stiefeln. Das Fischgratin mit Weißweinsauce und Krabben, das Calle im Fischgeschäft gekauft hat, wird er wohl noch mal aufwärmen müssen. Er will zwei Gläser Wein einschenken und den Tisch im Wohnzimmer decken. Vielleicht kann Fanny ja den Kachelofen einheizen und eine DVD aus der Serienbox einlegen. Aber irgendwie war sie in den letzten Tagen gar nicht sie selbst. Irgendwie immer so kurz angebunden, wenn sie mit ihm spricht. Er weiß auch nicht, was los ist.

Er geht mit seiner Tüte durch den Vasapark nach Hause. Es befriedigt ihn, dass er absichtlich nicht auf den Preis geguckt hat, als er das Essen bezahlte, er hat einfach seine Kreditkarte über den Tresen gereicht.

Scheinwerfer beleuchten die Kunsteisbahn im abendlichen Dunkel, und die großen Schneeflocken, die darauf herabsegeln, verleihen der Szenerie etwas Märchenhaftes. Calle bleibt kurz stehen und will gerade Richtung Odengatan weitergehen, als er Johanna entdeckt. Sie steht ganz allein auf dem verschneiten Kiesweg und schaut den Schlittschuhläufern zu. Sie bemerkt ihn gar nicht. Im ersten Moment erwägt er, sie einfach zu ignorieren. Doch dann kommt er trotzdem näher.

Bevor er bei ihr ist, sieht sie sich um. Sie hat die Strickmütze bis zu den Augenbrauen heruntergezogen, so dass man ihre graugrünen Augen kaum sehen kann. Trotzdem bemerkt er, dass sie immer noch so fröhlich aussieht.

»Hallo«, sagt er.

Ihre Nasenspitze ist rosarot vor Kälte, und er sieht, dass sie zittert. Sie deutet mit einem Nicken auf die Schlittschuhläufer.

»Ich bin runtergegangen, um ein bisschen zuzugucken. Ich musste an den See zu Hause denken. Der ist jetzt sicher schon zugefroren.«

Der See mit seinen schleimigen Seerosenstielen im Sommer und den Sprungbrettern aus Holz. Er hat keine Lust zu fragen, ob es das alles noch gibt oder ob es schon seit langem verrottet ist oder abgerissen wurde.

»Hast du dich schon ganz eingerichtet in der Wohnung?«, erkundigt er sich.

»Ach ja, ist schon ganz okay.«

»Du solltest dir neue Möbel kaufen.«

»Vielleicht.«

Sie könnte ihn ja gut um Rat fragen, was die Möbelgeschäfte angeht, aber sie tut es nicht. Sie folgt mit ihrem Blick wieder den Schlittschuhläufern.

»Es gibt so einige Dinge, die ich gerne wissen würde«, fängt er an. »Über Agnes und Sara.«

»Ja?«

»Hat Agnes eigentlich schon immer gesungen? Und wann hat Sara angefangen, Comics zu zeichnen?«

Johanna wendet sich zu ihm und sieht ihn mit einem verwunderten Lächeln an.

»Ach, weißt du, das weiß ich auch nicht mehr so genau. Warum fragst du?«

»Hat mich bloß interessiert.«

»Ich kann dir keine Tipps geben. Du musst das schon selbst hinkriegen, wenn du sie näher kennenlernen willst.«

Sie steckt die Hände in die Manteltaschen. Der Mantel ist neu, aber billig, wie er bemerkt. Keine besonders gute Qualität und auch noch schlecht geschnitten, er passt nicht allzu gut zu ihrer Figur. Warum kauft sie sich nicht einfach einen sauteuren Daunenparka?

»Du weißt doch noch dieses Wandregal, das ich aufgehängt

hatte, oder?«, sagt sie. »Es ist wieder runtergefallen. Ich versteh wohl nicht so viel von Wänden.«

»Dann ruf doch einen Handwerker an.«

»Aber es ist doch bloß ein Regal. Kannst du mir da nicht helfen?«

»Leider nein.«

Erst sieht sie enttäuscht aus, aber dann zuckt sie mit den Schultern.

»Okay. Ich werd's schon irgendwie lösen.«

Seit er Fanny kennengelernt hat, hat Calle fast kein Werkzeug mehr angerührt. In der Zeit ihrer Beziehung hat er kaum einmal einen Nagel in die Wand geschlagen. Er hat einfach keine Lust. Fanny lebt in dem Glauben, dass er nicht mal die einfachsten praktischen Tätigkeiten ausführen könnte. Dabei ist er in Wirklichkeit handwerklich äußerst geschickt. Das weiß Johanna auch sehr gut, sie hat damals ja mit eigenen Augen gesehen, wie er fast alles selbst gemacht hat. Er hat sowohl die Einbauküche repariert als auch Trennwände eingezogen. Aber das war eben früher.

Er zieht seinen Mantel fester um den Körper und lockert seinen Schal ein wenig, der ihm zu stramm am Hals sitzt.

Den kleinen Schuppen auf Mamas Grundstück hat er ganz allein gebaut, als er gerade mal ein Teenager war, und er nahm von niemandem Hilfe an. Der Bau war mühselig, manchmal zweifelte er, ob er jemals fertig werden würde, und einmal sägte er sich sogar in den Finger, aber am Ende stand die Hütte da, mitsamt Isolierung und einem Dach aus Teerpappe. Überhaupt nichts Außergewöhnliches, aber er war trotzdem stolz, als er das Resultat sah.

Johanna nimmt eine Handvoll Schnee von der Rückenlehne einer Parkbank und formt sie zu einem eisigen Ball.

»Das ist alles so komisch, mit dem Geld und so«, sagt sie.

Sie braucht es ihm nicht weiter zu erklären. Er hatte selbst ganz ähnliche Gefühle, aber das ist jetzt schon lange her.

»Was hat Mika eigentlich gesagt, als du ihr von dem Gewinn erzählt hast?«, fragt er.

Sie scharrt mit dem Fuß über die unregelmäßigen Eisflächen auf dem Boden und bricht ein paar Splitter heraus.

»Es weiß noch keiner. Nicht mal Mika. Ich hab nur den Makler angerufen und gesagt, dass ich die Wohnung kaufen will. Dann hab ich mich erkundigt, welche Schulen in der Nähe liegen, und hab da angerufen und erklärt, wie die Dinge aussehen und dass Agnes und Sara zwei Plätze bräuchten. Es hat sich alles gefunden. Und dann sind wir einfach hergezogen. Die alte Wohnung ging zurück an den Vermieter.«

Johanna und Mika waren doch immer füreinander da und haben alles zusammen gemacht. Er kapiert es nicht so ganz.

»Mika hat mich am Tag des Umzugs angerufen«, fährt Johanna nach einer Weile fort, als hätte sie seine Gedanken gelesen. »Sie wollte was für den Abend ausmachen, es war ja Samstag und Ziehung der Lottozahlen, und wir wollten bei ihr gucken. Und dann hab ich ihr die Wahrheit gesagt, dass die Kinder und ich nach Stockholm ziehen. Aber vom Geld hab ich nichts erzählt. Nur, dass wir Sara zuliebe wegmüssen.«

»Und das hat sie verstanden?«

Johanna schaut auf den Boden. »Nein. Sie war so schrecklich enttäuscht, weil ich vorher keinen Ton gesagt hatte. Und weil sie fand, dass ich sie verraten hatte. Da fingen wir an zu streiten. Ich war der Meinung, sie müsste verstehen, dass Sara das Allerwichtigste ist und dass sie ja immer noch Tove und Helga hat. Helga ist die Neue, die bei uns angefangen hat. Aber sie meinte, die beiden hätten einander, und die Einzige, die sie hätte, wäre ich. Dann hat sie den Hörer aufgeknallt.«

Sie verstummt. Greift sich noch eine Handvoll Schnee und macht einen Schneeball.

»Jetzt hast du also überhaupt keinen Kontakt mehr zu Mika?«, fragt er. »Und zu den anderen auch nicht mehr?«

»Nein. Seit sechs Wochen ist Funkstille.«

Er fragt nicht weiter, sondern wendet seinen Blick wieder auf die Eisbahn, sieht Kindern zu, die herumfuchteln und sich auf den Hintern setzen, während ihre Eltern ungeschickte Versuche machen, dieselben Pirouetten zu drehen wie in ihrer Jugend. Halbwüchsige Jungs zischen vorbei und schlagen mit ihren Hockeyschlägern wuchtig auf den Puck.

Dieses Geräusch. Vor solchen Jungs hatte er immer furchtbare Angst. Einmal machte er sich in die Hose, obwohl er schon im Schulalter war, und danach ist er nie wieder Schlittschuh gefahren. Jedes Mal, wenn in der Schule Freilufttag war, verbrachte er mehrere steifgefrorene Stunden am Waldrand.

»Ist schon ein bisschen einsam in Stockholm, wenn man so gar keinen kennt«, stellt Johanna fest.

Sie macht eine Pause. Er denkt an Fanny, die zu Hause sitzt und auf ihr Abendessen wartet.

Johanna sieht ihn an.

»Es ist der Gewinn. Ich kann niemandem davon erzählen. Das geht nicht. Und was soll ich antworten, wenn mich die Leute fragen, was ich arbeite?«

»Erfind doch was.«

»Ich kann nicht lügen.«

Doch, kann sie, konnte sie zumindest früher. Als sie das erste Mal mit Richard telefoniert hatte, behauptete sie schließlich auch, es sei jemand anders gewesen, bis sie ihm die Wahrheit sagte. Aber das hat sie vielleicht schon vergessen.

»Dieser Danne aus der Wohnung gegenüber«, fährt sie fort, »hat mich gefragt, was ich arbeite. Ich wusste nicht, was ich sagen sollte, und hab Assistentin gesagt. Denn das bin ich ja, Assistentin in der Entzugsklinik.«

»Und, was hat er gesagt?«

»Dass sich das spannend anhört. Er glaubte, ich sei Assistentin für irgendeine höher gestellte Persönlichkeit. Einen Politiker oder Geschäftsführer. Und als ich mich nicht näher äußerte, wurde er neugieriger, fragte nach, ob ich persönliche Assistentin eines Popstars bin oder so.«

Sie versucht zu lächeln, aber ihre Augen sehen überhaupt nicht fröhlich aus.

Calle blickt zur Hundewiese und denkt an seine erste Zeit in Stockholm zurück. Die Verwirrung und die Verlorenheit. Aber auch an seinen fast hysterischen Antrieb. Zahnarzt war ein konkreter Beruf, also sah er ein ganz klares Ziel vor sich. Er denkt an seinen wahnsinnigen Ehrgeiz zurück, wie er die fünfjährige Zahnarztausbildung mit unglaublichem Elan bewältigte. Wie er alles durchplante bis zum Examen, und wie er in Ermangelung eines Autos jede dritte Woche den Zug in die Kleinstadt bestieg und seine Kinder abholte, sie nach Stockholm mitnahm, wo er eine Zweizimmerwohnung auf Kungsholmen gemietet hatte. Sie war unverschämt teuer, aber in einem Vorort zu wohnen, kam überhaupt nicht in Frage. Lieber hungern.

In seiner Freizeit strich er durch die Stockholmer Innenstadt, lernte die Namen der Straßen, Gebäude, Plätze, Gewässer und Brücken. Hinter den Fenstern der feinen Restaurants sah er Menschen und wusste, dass er eines Tages selbst dort sitzen und zu ihnen gehören würde.

Sein Herzklopfen, als er den Vertrag für seine erste Eigentumswohnung unterschrieb, eine Einzimmerwohnung in Vasastan. Manchmal traute er sich, Kurskollegen von der Hochschule zu sich nach Hause zu einem schlichten Abendessen einzuladen. Und er hatte das Gefühl, in sozialen Zusammenhängen immer sicherer zu werden.

Doch im Hintergrund lauerte ständig die Drohung, das Bewusstsein, dass ihm das alles wieder genommen werden könnte. Er musste immer wieder beweisen, dass er dazugehörte. Also machte er Karriere und half Magdalena, einen immer wohlhabenderen Patientenstamm aufzubauen.

Langsam wird es empfindlich kalt. Calle stampft mit den Füßen, um sich ein bisschen aufzuwärmen.

»Ich möchte, dass du mir eines versprichst«, sagt er.

»Was denn?«

»Dass du niemandem etwas über meinen Hintergrund verrätst. Keiner Menschenseele.«

Sie wischt sich die Nase ab, die in der Kälte nicht aufhören will zu laufen, und sagt nichts.

»Ich hoffe, du verstehst das«, fügt er hinzu.

Johanna blickt wieder auf die Eisbahn.

»Ich hab ja sowieso niemanden, dem ich was erzählen könnte.«

Das Gefühl der Erleichterung strömt ihm bis in die erfrorenen Zehenspitzen. Er nimmt die Tüte mit dem Essen und setzt seinen Nachhauseweg fort.

Die Stille explodiert mit einem Riesenknall gegen die Fensterscheibe, ein Geräusch, das in seiner unmittelbaren Schockwirkung einem Pistolenschuss in nichts nachsteht. Es folgen mehrere ähnliche Geräusche vom anderen Fenster, und Calle duckt sich instinktiv, bis es aufhört. Als er mit klopfendem Herzen aus seiner Hockstellung unterm Küchentisch aufblickt, sieht er am Fenster die grauen Streifen, die eine Ladung aus Sand, Kies und kleinen Steinen dort hinterlassen hat. In der einen unteren Ecke hat das Glas einen Sprung gekriegt.

Er macht die Augen auf. Das Kissen ist schweißgetränkt und die Decke zu warm, aber er weiß, dass er bald anfangen würde zu frieren, wenn er sich aufdeckt. Die ganze Nacht hat er in einem kräftezehrenden Halbschlummer zugebracht, der nur ab und zu in richtigen Schlaf überging, aber die meiste Zeit hat er sich im Bett hin- und hergewälzt und versucht, die Bilder wegzublinzeln.

Das Geräusch von rennenden Füßen und lautem Gelächter. Hinten am Zaun kann er die Gruppe von Jugendlichen erkennen, eine Clique auf Mopeds und Fahrrädern, ein paar Mädchen, die auf den Sätteln sitzen und auf die Jungs warten, die die Fenster beworfen haben. Gelächter und Gegröle. Das heisere Lachen der größeren Jungs, eine Faust, die so heftig auf dem Briefkasten landet, dass er hinterher schief auf seinem Pfosten sitzt, lautes Mopedgeknatter. Und dann werden die Rufe immer leiser. Schließlich sind sie weg, und er zieht sich hastig an. Er muss in die Hütte, bevor Mama und Kjell aufwachen und den Sprung sehen.

Calle wendet den Kopf. Fanny schläft ganz ruhig, wie immer. Aber für ihn waren die Nächte in den letzten Wochen ungut. Er musste fast jede Nacht aufstehen und Kopfschmerztabletten nehmen. Dann ist er in der Dämmerung wieder aufgewacht mit dem Gefühl, sich nicht mehr rühren zu können.

In der Nacht hat er immer wieder den Kopf vom Kissen gehoben und auf den Wecker gesehen, und es war halb zwei oder Viertel vor drei oder fünf nach vier. Jetzt ist es zwanzig vor fünf.

Er macht seine Nachttischlampe an, um ein Weilchen zu lesen. Er blättert in einem Buch über Unternehmen, ganz leise, damit Fanny nichts hört. Aber er kommt nur ein paar Seiten weit, dann fallen ihm die Augen wieder zu, und er gleitet in einen neuen Traum, während das aufgeschlagene Buch noch auf seinem Schoß liegt. Nur um ein paar Minuten später wieder aufzuwachen, müde bis zur Bewusstlosigkeit. Dann macht er rasch das Licht aus und versucht, sich dieses bleischwere Müdigkeitsgefühl zu bewahren. Doch prompt ist es ihm unmöglich, wieder einzuschlafen, und er bleibt mit offenen Augen liegen.

Jetzt reicht es ihm. Er legt das Buch auf seinen Nachttisch, steigt aus dem Bett und zieht das Rollo hoch. Der stille Schein der Straßenlaterne ist alles, was ihm jetzt noch hilft.

Für den Sprung in der Fensterscheibe kassierte er damals eine Strafpredigt.

Er weiß noch, wie er ein paar Jahre später, als Kjell ihn mal wieder wütend ausschimpfte, plötzlich protestierte. Er war siebzehn, und eines Tages wagte er zu seiner eigenen Überraschung zu reagieren und auf die Vorwürfe zu antworten. Kjell war übelster Laune, lag im Bett und schrie herum und tobte und nannte Calle einen Schlappschwanz, der seinetwegen zur Hölle fahren konnte. Da schrie Calle zurück, dass er nur zu gern sofort gehen und nie wieder zurückkommen würde. Dann konnten ja Mama oder Jocke bei Bedarf Kjells vollgepisste Laken wechseln.

Kjell verstummte augenblicklich. Es tat ihm leid, und er versprach Calle, nett zu ihm zu sein, wenn er nur blieb. Er wurde ganz sentimental in seinem Rausch und behauptete, dass er ohne Calle keinen Tag überleben würde.

Und Calle sagte nichts mehr. Er nahm Kjell die glimmende Zigarette aus der Hand, die schon fast bis auf den Filter heruntergebrannt war, und drückte sie energisch im Aschenbecher auf dem Nachttisch aus.

Diese Zeiten sind längst vergangen. Das alles ist vorbei, das muss er sich vor Augen halten, Kjell ist für alle Zeiten verschwunden.

Er bleibt noch eine ganze Weile am Fenster stehen und starrt auf die Straßenlaterne, bis ihre Umrisse verschwimmen. Dann tapst er hinaus, um die Zeitung reinzuholen und Frühstück zu machen.

Noch zwei Tage bis Heiligabend, und Calle ist den ganzen Nachmittag in der Stadt herumgerannt, um Weihnachtsgeschenke zu suchen. Er weiß nicht, ob er das Richtige gefunden hat, aber er hat vorher immerhin ein paar Tipps von Fanny bekommen. Jetzt hängt er seinen Mantel im Flur auf und blickt ins Wohnzimmer.

Fanny sitzt mit einem Buch in der Sofaecke, die Teetasse steht neben ihr. Es will ihm nicht in den Kopf, wie sie stundenlang stillsitzen und lesen kann. Er selbst ist schon nach ein paar Minuten rastlos und gelangweilt.

Sie blickt auf und lächelt ihn strahlend an.

»Mattias hat angerufen. Es ist ein Junge!«

»Hey, ist ja toll.«

»Alles ist gut gegangen«, sagt sie. »Das Baby ist ganz normal. Gesund und hübsch.«

»Super.«

Jetzt hat Mattias also vier Kinder. Wie es sich gehört, wenn man zeigen will, dass man es sich zum einen leisten kann, zum andern eine lebendige Beziehung führt. Fünf sind noch besser. Sechs Kinder jedoch gelten als ein bisschen zu viel, da verläuft die Grenze zur Besessenheit. Er selbst würde sich schon über eines freuen. Zusätzlich zu den beiden, die er schon hat, natürlich.

Er betrachtet Fanny. Sie ist so schön, wenn die Bodenlampe diesen weichen Schein über ihr Haar wirft. Es könnte ein Bild aus der Werbung sein. Er tut sich manchmal immer noch schwer damit zu begreifen, dass ausgerechnet er mit ihr zusammen sein darf.

Sie legt ihr Buch aus der Hand, reckt die Arme in die Luft und dehnt ihren durchtrainierten Körper.

»Wenn die Mädchen nicht bei uns sind, ist es wirklich leer hier.«

»Ja, da hast du Recht.«

Sie sieht ihn wieder so forschend an, wie sie es in letzter Zeit oft tut. Nachdenklich irgendwie. Er weiß nicht, was das zu bedeuten hat. Also dreht er eine Runde durch die Wohnung und schaut nach, ob er noch irgendwo Weihnachtsdeko anbringen muss, bevor die Kinder am Sonntag kommen. Nur der Weihnachtsbaum fehlt noch. In der Küche hat Fanny schon einen Christstern aufs Fensterbrett gestellt und Apfelsinen mit Gewürznelken und roten Seidenbändern und Wichtel hier und dort, und außerdem hat sie noch einen Mistelzweig über die Küchentür gehängt.

Er beginnt den Tisch fürs Abendessen zu decken. Fanny kommt ihm nach und lehnt sich an den Türrahmen.

»Wie lange wohnt Johanna jetzt schon hier?«, fragt sie. »Sieben Wochen, oder? Und es ist mir noch nicht gelungen, irgendwie näher in Kontakt mit ihr zu kommen. Es sieht so aus, als wäre es eher schwierig, sie kennenzulernen, oder?«

Calle zittert ganz leicht die Hand, als er das Lammhack aus dem Kühlschrank nimmt.

»Das liegt wohl an ihr.«

Er schaltet den Ofen an und holt eine Auflaufform fürs Gemüse heraus.

»Aber vielleicht taut sie ja bald auf«, meint Fanny. »Ich hoffe es. Manche brauchen eben etwas länger.«

Er schwitzt leicht unter den Armen. Und versucht sich darauf zu konzentrieren, Olivenöl in den Bräter zu gießen.

»Du solltest dich doch freuen, dass du keinen Kontakt mit ihr zu haben brauchst«, sagt er. »Ihr seid zu verschieden. Keiner von euch hätte etwas davon.«

»Das weiß man nie.«

Er stellt das Olivenöl aus der Hand und greift zur Pfeffermühle und den Salzflocken. Aber er ist aus dem Takt gekommen, der Appetit ist ihm vergangen. Tatsächlich hat er überhaupt keinen Hunger mehr.

Calle verlässt die Küche und kümmert sich nicht um das Lammhack, das immer noch auf dem Tisch steht und darauf wartet, geformt zu werden. Rastlos geht er ins Wohnzimmer, ohne zu wissen, was er dort eigentlich soll.

Fanny folgt ihm.

»Sie hat sich offenbar einen Job besorgt«, sagt sie. »Hat Agnes erzählt. Klingt ganz gut. So ganz ohne Beschäftigung ist auf die Dauer sicher auch nicht so toll, egal, wie viel Geld man hat.«

Er stellt sich ans Fenster und spielt mit dem weichen, feinkörnigen Sand in der Rauchglasschale, den sie sich zur Erinnerung an ihre Reise auf die Bahamas mitgenommen haben, nur wenige Monate, nachdem sie sich kennengelernt hatten. Fanny und er gingen jeden Tag Hand in Hand zusammen über den blassrosa Sandstrand. Sie wunderten sich, wie die Sandkörner von den Krebspanzern so rot werden konnten. Die Farbnuance schien sich zu verändern, manchmal spielte sie eher ins Graue, manchmal war sie ganz eindeutig hellrot. Aber jetzt im Moment sieht der Inhalt der Schale ziemlich genau so aus wie ganz gewöhnlicher schwedischer Sand.

»Was denn für einen Job?«, fragt er. Er hat ihr immer noch den Rücken zugedreht.

»Als persönliche Assistentin. Nächste Woche fängt sie an.«

Er dreht sich um.

»Persönliche Assistentin? Von wem denn?«

Fanny zuckt mit den Schultern.

»Keine Ahnung. Irgendein behinderter Mann. Ein ehemaliger Fixer anscheinend.«

Er verlässt das Fenster und lässt sich auf die Armlehne eines Sessels sinken.

»Was?«

»Na ja, sie hat ja schon früher mit Rauschgiftsüchtigen gearbeitet, da hat das perfekt gepasst. Sie hat eine Stelle angenommen, die kaum einer haben wollte. Offenbar ist der Kerl ziemlich schwierig. Aber Johanna kommt sicher mit ihm zurecht, zumindest glaubt Agnes das.«

Ein ganz normaler Blue-Collar-Job. Warum hat Johanna ihm nichts davon erzählt? Er hätte ihr abgeraten und ihr gesagt, dass sie sich lieber eine Weile freinehmen sollte, um über ihre Zukunft nachzudenken. Darüber, welche Türen sie öffnen will, an die sie früher niemals hätte denken können.

»Mach dir keine Sorgen«, sagt Fanny. »Es wird sicher ganz gut. Wenn es ihr nicht gefällt, kann sie ja wieder aufhören.«

Ein ehemaliger Fixer. Was will Johanna denn mit so einer Tätigkeit? Indirekt färbt das alles ja auch auf ihn ab.

»Ich werde nur nicht richtig schlau aus ihren seltsamen Einfällen«, antwortet er in der Hoffnung auf Fannys Zustimmung. »Weißt du, was sie zu mir gesagt hat? Dass sie Sara ein Pferd kaufen will. Ein Pferd! Dabei kann Sara nicht mal reiten.«

»Das kann man doch wohl lernen.«

Fanny lacht. Der erwünschte Effekt ist eindeutig ausgeblieben.

»Sara hat auch erzählt, dass sie sich schon vorher ein Pferd gewünscht hat«, sagt Fanny. »Aber jetzt will sie gar keines mehr.«

Er versteht gar nichts mehr, und sie erklärt:

»Ihre Freundin, weißt du, diese Laura? Mit der Sara und Wilma diese Website ins Leben gerufen haben, die sich nur um

Comics dreht? Die ist anscheinend allergisch, vor allem gegen Pferde.«

Laura? Den Namen hat er noch nie gehört. Website? Ist ihm völlig neu.

»Dann hat sie es vielleicht von Anfang an nicht so ernst damit gemeint«, fährt Fanny fort. »Eher eine kindliche Fantasie. Du weißt schon … ein eigenes Pferd haben. Davon habe ich auch geträumt, als ich so alt war wie sie.«

Wie kommt es bloß, dass Fanny so viel weiß? Dabei sind es doch seine Kinder. Irgendwo in seinem Bauch fängt es an zu brodeln.

»Vielleicht solltest du den Ball mal etwas flacher halten, was Agnes und Sara angeht«, meint er.

Sie schaut ihn fragend an.

»Es ist alles noch ganz neu für sie, du brauchst dich nicht so derart auf sie zu stürzen.«

»Empfindest du das so?«, fragt sie. »Dass ich mich ›auf sie stürze‹? Da muss ich dir sagen, dass ich am Anfang tatsächlich eher darauf bedacht war, mich zurückzuhalten. Aber Agnes und Sara haben sich mir angenähert. Sie wollten Kontakt. Sie sind neugierig auf unser Leben. Und auf dich. Das ist doch nicht verwunderlich.«

Calle weiß nicht, was er erwidern soll.

»Es ist nicht meine Schuld, dass du kein gutes Verhältnis zu ihnen hast«, fährt sie fort. »Aber du bist immer noch ihr Vater, und ich merke, wie sehr sie sich danach sehnen, mehr über dich zu erfahren. Sie stellen mir jede Menge Fragen.«

»Was für Fragen?«

Er wagt kaum zu atmen.

»Na ja … zu deiner Arbeit, deinen Interessen, ob du Sport machst, was für Essen du gerne magst. Alles Mögliche. Sachen, die sie früher nie erfahren haben. Und ich finde, es ist wichtig, dass sie fragen dürfen. Und ganz allgemein reden.«

Jetzt steht sie direkt vor ihm.

»Kannst du dich erinnern, wie ich letzte Woche das Plakat mit Agnes und Sara aufgehängt habe?«, fragt sie.

»Ja, wieso?«

»Wir hatten so viel Spaß, es fühlte sich richtig gut an. Dann setzte sich Sara an den Computer, und Agnes und ich haben noch alleine zusammengesessen. Wir haben uns eine Weile unterhalten, über alles Mögliche.«

Er fragt sich, worauf sie hinauswill. Sie sieht immer ernster und angespannter aus. Und fährt fort:

»Und da hat sie etwas gesagt, worüber ich seitdem nachdenken muss … Ich wusste nicht, ob ich dich fragen kann oder ob das Thema vielleicht zu heikel ist. Aber jetzt bin ich zu dem Schluss gekommen, dass es nötig ist, es anzusprechen.«

Fanny hat jetzt einen Tonfall, der ihn den Atem anhalten lässt. Ihre großen, dunklen Augen sehen ihn ganz direkt und offen an.

»Agnes hat en passant erwähnt, dass Johannas Eltern bei einem Busunglück ums Leben kamen, als sie im Ausland auf Reisen waren.«

Innerlich wird ihm ganz heiß, so heiß, dass man es mit Kälte verwechseln könnte.

»Genau dasselbe hattest du mir doch von deinen Eltern erzählt, oder?«

Rasch steht er von der Sessellehne auf. Sein Rücken ist ganz steif vom langen Sitzen in derselben Stellung, und er geht ein wenig auf und ab.

»Sie muss von meinen Eltern gesprochen haben«, sagt er, »nicht Johannas. Du hast das missverstanden.«

»Nein, ich habe das nicht missverstanden.«

Ihre Augen mustern ihn unerbittlich.

»Doch«, beharrt er. »Du musst dich ganz einfach verhört haben. Aber das ist doch jetzt keine große Sache, oder?«

Schweigen. Sie lässt seinen Blick nicht los, als sie hinzufügt:

»Und du hast auch keine anderen Verwandten mehr? Keine einzigen?«

»Nein, leider nicht.«

Fanny blickt zur Seite. Sie sieht aus, als würde sie zögern.

»Ich hätte die Kinder noch mehr fragen können«, sagt sie. »Aber das wollte ich nicht.«

Calle bleibt wieder vor ihr stehen. Er streichelt ihr die Wange und streicht ihr die Haare aus dem Gesicht, so dass er ihre schönen Wangenknochen sehen kann, die gemeißelte Linie ihrer Kiefer.

»Hey, hör mal, wir wollen doch nicht streiten«, sagt er. »Du hast Recht mit allem, was du sagst. Sie brauchen jemanden wie dich. Ich bin schrecklich froh, dass ich dich habe, hab ich dir das schon gesagt?«

Er beugt sich vor, um sie zu küssen, aber sie weicht ihm aus.

»Was ist denn jetzt noch?«, fragt er.

»Nichts.«

Sie verlässt das Zimmer.

»Ich geh heute Abend mit Ninna und den anderen Mädels weg«, sagt sie aus dem Flur, wo sie in ihrer Handtasche wühlt.

»Und die Lammfrikadellen?«

»Heb sie auf. Ich ess in der Stadt was.«

Er sieht, wie sie ihr Handy aus der Tasche zieht. Natürlich ist nichts mit ihren Freundinnen verabredet, sie gehen ganz spontan aus. Er fragt sich, worüber sie wohl reden werden. Aber da sich das – wie so vieles andere – seinem Einfluss entzieht, beschließt er, dass ihm das egal sein kann. Und er hat auch gar nichts dagegen, dass Fanny verschwindet, jetzt gerade. Er wünscht sich nichts mehr, als allein zu sein.

»Viel Spaß!«, ruft er ihr hinterher. »Komm spät nach Hause. Betrink dich.«

Unnötig schnell. Er lässt sich aufs Sofa sinken, nimmt ein Kissen auf den Schoß und bleibt so sitzen, bis sie gegangen ist.

Calle zieht den Bettüberwurf auf Saras schlampig gemachtem Bett zurecht, faltet einen Pulli zusammen und legt ihn auf einen Stuhl. Morgen kommt die Putzfrau und macht Weihnachtsgroßputz, da muss alles weggeräumt sein, damit sie richtig sauber machen kann. Das ganze Zuhause soll blitzen und blinken, so dass sich Fanny wohlfühlt und ihre Deko zur Geltung kommt.

Er legt ein halb gelesenes Comicheft auf den Nachttisch und legt ein Lineal als Behelfslesezeichen hinein. Dann sammelt er mehrere durcheinanderliegende Blätter mit Tuscheskizzen ein.

Sara kann wirklich phänomenal gut zeichnen. Sowie sie zurückkommt, wird er sie bitten, ihm diese Website zu zeigen, sie soll ihm alles erklären und erzählen. Alles will er wissen, und er will sehen, wie sie ihre Gedanken ausführt, will ihren Eifer hören.

Genauso, wie er Agnes noch mehr vom Chor erzählen hören will, und sie singen hören will. Er kann es kaum erwarten, sie morgen mit ihrem Chor vorne in der Kirche stehen zu sehen, wenn die Schule ihren Weihnachtsgottesdienst hält.

Das Zimmer sieht immer ordentlicher aus. Zwischen einem Schreibtischbein und der Wand findet er einen eingeklemmten Turnschuh. Er zieht die Lichterkette zurecht, die Sara an der Vorhangstange befestigt hat. Einen auf den Boden geworfenen Kapuzenpulli hebt er auf und hängt ihn über das Fußende des Bettes.

Als er gerade einen Schal aufhebt, bleibt sein Blick an einem rosa Etikett hängen, das auf einem Plastikmäppchen klebt. Sorgfältige, mädchenhafte Handschrift, mit Bleistift geschrieben und wahrscheinlich schon ein paar Jahre alt. *Sara Andersson, Glücksweg 3.*

Calle hält inne. Glücksweg, der Ort, an dem seine zwei Kinder zur Welt kamen. Er sieht einen gewundenen Pfad vor sich, der teilweise kaum zu erkennen ist unter dem wuchernden Gestrüpp. Doch auf einmal liegt dieser Pfad ganz frei vor ihm, schnurgerade und glitzernd und beleuchtet von Millionen von Lichtern. Er hatte sich all die Jahre nur als eine triste kleine Straße in einer schmutzig-grauen Wohnsiedlung in einer ländlichen Kleinstadt getarnt, umgeben von Wäldern und Äckern.

Übermannt von brennender Sehnsucht bricht Calle seine Aufräumaktion ab. Es fühlt sich an wie der reinste Bergrutsch, und er lässt sich mit Saras Schal auf dem Schoß auf die Bettkante sinken. Es ist fast schon Nacht, keiner kann ihn sehen. Das Bleigewicht in seiner Brust wird immer schwerer, und irgendwo in der Kehle tut es hartnäckig weh.

Agnes und Sara.

Die ganze Zeit, die ins Land gegangen ist. Die Kindheit, die sie jetzt bald hinter sich gelassen haben und die er nicht mit ihnen geteilt hat, abgesehen von ein paar Momenten erzwungenen Umgangs, den er im Grunde ungeschickt verschwendet hat. Die allerwichtigste Aufgabe, die er im Leben hatte, hat er nicht ernst genommen.

Es gibt so vieles, wofür es jetzt zu spät ist.

Er legt sich aufs Bett. Der Schal fällt ihm aus der Hand, aber er hebt ihn nicht auf, sondern igelt sich an der Wand ein. Und dann lässt er dem, was da hinter seinen Augenlidern brennt, einfach freien Lauf. Er schnieft und wischt sich mit dem Handrücken die Nase ab. Er gestattet sich, loszulassen und zu fallen.

Es sieht ihn ja doch keiner, nur die nächtliche Dunkelheit vor dem Fenster, die geduldige Schwärze, die ihm überallhin folgt.

Die Erinnerungen stürzen auf ihn ein. Kjell, der neben seiner Bank liegt wie ein hilfloses großes Flusspferd, unfähig, aus eigener Kraft wieder aufzustehen, nachdem er umgefallen ist. Er kriecht und wühlt mit den Händen ungeschickt im Neuschnee. Das Gelächter und die Rufe der Umstehenden, der dunkle Fleck, der sich rechts und links vom Schritt bis zu den Oberschenkeln ausgebreitet hat, der halb offene Hosenschlitz, alles runtergerutscht und umgekrempelt und zerknittert. Dieser muffige Geruch. Und der Schmerz im Kreuz, wenn er den Besoffenen wieder einmal heimschleppen musste.

Eine gute Weile später hört er den Schlüssel, der ins Schloss gesteckt wird. Dann den Reißverschluss von Fannys Stiefeln. Die Kleiderbügel an der Flurgarderobe schlagen mit leichtem Klirren gegeneinander, als sie ihren Mantel aufhängt.

Er dreht sich zur anderen Seite, aber aufstehen kann er einfach nicht. Er bleibt also mit seinem bloßen, nassen Gesicht liegen, als Fanny hereinkommt und sich sofort neben das Bett kniet. Er spürt ihren Atem und den Geruch in ihrem Haar, eine Mischung aus Wein, Lippenstift, Zigarettenrauch und Winterkälte. Ihre Arme fühlen sich weich an, als sie seinen Kopf nimmt und fest an sich drückt. Sie ist immer noch sein, sie gehören zusammen, und nichts kann ihnen passieren.

Fanny

Das Wohnzimmer könnte nicht chaotischer aussehen, wenn eine Bombe eingeschlagen hätte. Überall Geschenkpapier und Bänder, ausgebreitete Spielsachen und aufgerissene Verpackungen. Die Kinder sitzen vor dem Weihnachtsbaum auf dem Boden und sind völlig absorbiert von ihren Geschenken, gleichzeitig aber ganz erpicht darauf, gleich noch ein nächstes und ein nächstes aufzumachen.

»Darf ich jetzt?«

»Nein, ich bin dran!«

»Du durftest doch eben grade erst!«

Der drückende Kopfschmerz, mit dem Fanny schon gestern Morgen aufgewacht ist, ist schlimmer geworden und pocht jetzt in beiden Schläfen. Es ist so laut von den ganzen Kindern und Erwachsenen, die in verschiedenen Tonlagen durcheinanderreden. Mittendrin hat noch irgendjemand, wahrscheinlich Mattias, Kuschelpop-Weihnachtsmusik aufgelegt, und im Fernsehzimmer läuft der Fernseher, obwohl gar keiner zuschaut.

Aber vielleicht liegt es in erster Linie daran, dass sie sich so konzentriert. Sie hat in den letzten Tagen schrecklich viel gegrübelt, und nicht mal heute kann sie ihre Gedanken abstellen. Hat Calle sie im Hinblick auf seine eigene Familie belogen? Schwer vorstellbar. Aber eine andere Erklärung findet sie nicht. Sie war schon kurz davor, ihm die Pistole auf die Brust zu setzen und eine ehrliche Antwort zu verlangen, aber dann hat sie es doch gelassen.

Wenn man Lügen über seine Eltern erzählt, muss es ja einen Grund geben.

Dass Calle aus dem Gleichgewicht geraten ist, ist ihr auf jeden

Fall nicht verborgen geblieben. Nach seinem Zusammenbruch neulich Abend fragt sie sich, was eigentlich in ihm vorgeht. Seit Johanna ins Haus gezogen ist, ist er völlig neben der Spur.

Aber es war auch ein ganz neuer Calle, der auf Saras Bett lag, als Fanny mitten in der Nacht nach Hause kam. Ein Calle, den sie so noch nicht gesehen hatte. Irgendwie liebt sie ihn jetzt noch mehr.

Von ihrem Platz im Lesesessel sieht Fanny, wie ihre Mutter sich bückt und unter den Weihnachtsbaum greift, wo sie ein Paket in weißem Geschenkpapier mit roten Wichteln findet, auf dem ihr Name steht. Sie reicht es Calle, der auf dem Puff vor dem Kamin sitzt.

»Frohe Weihnachten! Von Olof und mir.«

Fannys Vater lächelt ihn vom Sofa an.

»Vielen Dank«, sagt Calle.

Er nimmt das Paket und liest das Gedicht, das auf dem Geschenkanhänger steht.

Man kann nicht immer nur eilen,
manchmal gilt's zu verweilen.
Doch statt dich am heimischen Herd zu verstecken,
gehe hinaus, die Welt zu entdecken!

Ihre Mutter lacht und wedelt bescheiden abwehrend mit der Hand.

»Ach, der Vers ist vielleicht doch nicht so ganz gelungen, ich hatte es ein bisschen eilig.«

»Dabei soll man doch nicht eilen, hast du doch selbst so gedichtet«, bemerkt Fannys Vater.

Er greift sich den Nussknacker und zieht die Schale mit den Nüssen zu sich heran. Man sieht ihm an, wie ihm sein kleiner Scherz stilles Vergnügen bereitet.

Mama sieht auch zufrieden aus. Jedes Jahr schreibt sie Verse in verschiedenen Versmaßen: manchmal als ganz normale Knittelverse mit traditionellem Endreim, andere in Hexametern, manche in Pentametern – beziehungsweise in katalektischen Hexametern, wie Mama erläutert hat – und wieder andere in jambischen Trimetern, alternativ auch schwedische oder französische Alexandriner. In einigen Fällen hat sie sich sogar an freie Verse gewagt und nur Blankverse mit Alliterationen und Assonanzen verwendet.

Calle macht das Paket auf und entnimmt ein dickes Buch.

»Das ist so toll«, sagt Mama. »Ich hab geweint beim Lesen. Mir wurde am ganzen Körper warm. Aber an anderen Stellen hab ich dann wieder laut loslachen müssen, während ich in der U-Bahn saß.«

Er dreht das Buch um und liest den Klappentext. Hastig überfliegt er die Zeilen.

»Das klingt ja super«, meint er.

Fanny lehnt sich zurück. Sie weiß jetzt schon, dass dieser Wälzer niemals gelesen werden wird. Sie hat Calle noch nie Belletristik lesen sehen. Außerdem kennt sie die Rezensionen zu diesem Roman, der Text scheint ziemlich anspruchsvoll zu sein.

Ihre Eltern haben Calle wirklich ins Herz geschlossen. Fanny ist natürlich froh, dass die beiden ihren Freund mögen, absolut. Aber Calle hat so eine seltsame Art, sich unter ihre Fittiche zu flüchten, sie zu seinen nächsten Angehörigen zu machen, das findet sie fast ein bisschen befremdlich. So was hat keiner ihrer vorherigen Freunde gemacht, die haben alle eine gewisse Distanz gehalten.

Ist es wahr, was er ihr erzählt hat, dass seine eigenen Eltern tot sind? Wenn das wahr ist, ist es wirklich unglaublich traurig. Das hat sie ihm auch gesagt, schon als er es das erste Mal erwähnte, noch zu Anfang ihrer Bekanntschaft. Aber er wollte absolut nicht weiter darüber sprechen.

»Papa, hilf mir mal mit dem Ding hier!«

Hugo zupft Mattias am Hosenbein, und sie sieht zu, wie ihr Bruder in die Hocke geht und das Geschenk betrachtet, ein ganz tolles Feuerwehrauto mit richtigem Blaulicht und Sirene. Wenige Sekunden später schneidet das Sirenengeheul durch die Luft, und noch mal und noch mal, und mischt sich in die restliche Geräuschkulisse.

Fanny macht die Augen zu und versucht zu entspannen. Der Sessel, auf dem sie sitzt, kam ihr als Kind immer so groß vor und fühlte sich an wie eine Umarmung, was sie heute gar nicht mehr nachvollziehen kann. In dem saß sie immer und las, wenn ihr Vater ihn nicht benutzte.

Sie hat immer noch die meisten ihrer Kinder- und Jugendbücher. Manche fallen fast schon auseinander, aber sie kann sie einfach nicht wegwerfen. Sie stehen auf dem untersten Regal im Fernsehzimmer. Sie ist auch froh, dass es den Sessel immer noch gibt, dass er an dem Platz steht, wo er immer gestanden hat. Mit dem Fußschemel davor, auf den Papa die Füße legte. Dann kitzelte sie ihn immer an der Fußsohle, so dass er beim Zeitunglesen zusammenzuckte.

Hugo hat das Feuerwehrauto stehen lassen und krabbelt jetzt mit seinem neuen Bilderbuch auf Fannys Schoß. Mit dem Enthusiasmus eines Vierjährigen schlägt er das Buch auf. Fanny atmet den schwachen Waschmittelduft seiner Kleidung ein. Sein stämmiger kleiner Körper ist angenehm warm, wie ein schöner, weicher Holzofen.

»Lies vor«, befiehlt Hugo und zeigt mit einem pummeligen Finger auf die Stelle, wo sie anfangen soll.

Das Buch ist leicht geschrieben und kurz, was von Vorteil ist, weil Hugo nicht lange stillsitzen kann. Bald kauert er wieder am Boden, wo er völlig absorbiert ist von einem batteriebetriebenen Zug mit Plastikschienen, die in Form einer Acht zusammengesteckt werden.

Fanny blickt wieder zu Calle, der immer noch mit seinem

Buch auf dem Schoß auf dem Puff sitzt. Er unterhält sich mit Mattias.

Und wenn er sie nun tatsächlich anlügt? Wie soll sie damit umgehen? Und hat er ihr noch mehr Unwahrheiten aufgetischt?

Papa macht die Schiebetüren zum Esszimmer auf und breitet die Arme aus. Er lächelt breit mit dem gemütlichen Gesichtsausdruck, den er als Koch öfter hat.

»Alle zu Tisch, bitte!«

Ihre Eltern haben den Tisch schön gedeckt. Der große Kerzenständer thront mitten auf dem roten Tischtuch, das Essen wartet in diversen Schalen und Schüsseln, und in der Mitte steht der mit Senf gegrillte, aufgeschnittene Weihnachtsschinken. Alles ist so, wie es jede Weihnacht war, seit Fanny sich erinnern kann.

In dem großen Erker mit den Sprossenfenstern, der auf die Straße hinausgeht, steht unter dem Christstern Mattias' und ihre gesammelte Produktion an Weihnachtsschmuck, den sie in Kindergarten und Schule gebastelt haben. Inzwischen drängen sich dazwischen auch schon die ersten Stücke der Enkelkinder. Mama hat anscheinend wirklich jedes einzelne Teil aufgehoben, wie hässlich es auch sein mochte.

Alle setzen sich an den Tisch. Die Kinder sitzen alle an einem Tischende.

»Calle, solltest du nicht bald mal die Praxis übernehmen?«, fragt Mama, nachdem man sich frohe Weihnachten gewünscht und mit dem Essen begonnen hat. »Ich finde, es wäre langsam an der Zeit. Magdalena sollte sich endlich mal einen Ruck geben und die Galerie aufmachen, von der sie schon seit Jahren redet.«

»Natürlich, das würde ich schon gern machen«, meint er. »Aber die Entscheidung liegt natürlich bei Magdalena.«

»Sprich doch mal mit ihr, Annica«, mischt sich Papa ein, der auf der anderen Seite des Tisches sitzt.

Fanny kaut Hering und Kartoffeln. Ihre Familie engagiert sich wirklich sehr für Calles Karriere, schon seit sie sich kennengelernt haben. Dass Magdalena und Mama seit Jahren befreundet sind, hat natürlich geholfen. Mattias hat all seinen Freunden gesagt, dass sie zu Calle gehen sollen. So dass sich die Zahl der Patienten innerhalb eines halben Jahres fast verdoppelt hatte, und seitdem ist es stetig weiter bergauf gegangen.

»Wie läuft es denn mit deinen Kindern?«, fragt Mama und mustert Calle interessiert. »Ich freue mich schon, sie irgendwann mal kennenzulernen.«

Calle erstarrt, aber Mama ist ganz ungerührt, nimmt sich noch ein bisschen gebeizten Lachs und fährt fort:

»Und deine Exfrau? Gefällt es ihr in Stockholm?«

Calle hustet, als bräuchte er einen Moment, bis er antworten kann.

»Ich glaube schon.«

»Schon ein bisschen komisch, dass sie ins selbe Haus gezogen ist wie ihr, oder?«

Die Neugierde steht Mama ins Gesicht geschrieben.

»Ja, schon. Ich find's auch komisch.«

Calle nimmt sein Glas mit dem Weihnachtsbier und versucht wirklich, beschäftigt auszusehen. Er wirft einen verstohlenen Blick zu Fanny.

»Wir kriegen das schon hin, Mama«, sagt Fanny. »Kein Problem.«

»Ich bin sicher, dass ihr das hinkriegt«, mischt sich ihr Vater ein. »Jeder muss das auf seine eigene Weise machen.«

Und mit einem freundlichen Lächeln zu Calle und Fanny fügt er hinzu: »Wir freuen uns schon darauf, sie alle drei kennenzulernen. Sie gehören schließlich auch zur Familie. Ich finde es einfach nur schön, wenn noch mehr Enkelkinder und Verwandte dazukommen.«

Wie immer geht Papa davon aus, dass alle anderen genauso unkompliziert sind wie er.

»So wie ihr wohnt, ist das ja fast so eine Art Kollektiv«, meint Mama. »So habe ich in den Siebzigern auch eine Weile gelebt, bevor ich Papa kennengelernt habe. In Göteborg, als ich mit einem Jungen von dort ging. Wir wohnten in einem alten Kulturhaus in Majorna.«

Das hat sie schon tausendmal erzählt.

»Aber es ging natürlich in die Brüche. Mit dem Mann genauso wie mit dem Kollektiv. Ständig gab's Probleme. Und diese ganzen Vollversammlungen immer.«

»Will noch jemand was von meinem berühmten Heringssalat?«

Papa hebt die Schüssel hoch und sieht in die Runde. Mattias kichert nur und tut so, als müsste er sich gleich übergeben.

»Gerne«, sagt Calle. »Der war echt gut.«

Die Weihnachtsstimmung kehrt zurück, und alles wird ruhig. Fanny blickt wieder zu Calle. Okay, wenn es sich wirklich so verhält, dass er sie angelogen hat, dann muss sie herausfinden, warum.

Sie könnte ihm viel verzeihen, wenn er nur ehrlich wäre und ihr eine Chance geben würde, ihn zu verstehen.

Fanny lässt den Blick zu Vendela wandern, aber die ist gerade mitten in einem Gespräch mit Hugos Mutter Helena. Fanny weiß genau, was Vendela und ihre anderen Freundinnen sagen werden, wenn sie sich zu Silvester alle treffen. Jetzt, wo Johanna in ihr Haus eingezogen ist, noch dazu mit zwei Teenagern, haben sie noch mehr Argumente, warum Fanny Calle verlassen sollte.

Fanny öffnet die Nachfüllpackung und gießt das Flüssigwaschmittel in die leere Plastikflasche. Die Tage zwischen den Jahren waren ein bisschen seltsam. Zwar ruhig, aber Calle und sie hatten die ganze Woche über kaum mal einen Moment zu zweit. Sie sind aneinander vorbei durch die Wohnung gelaufen, haben Essen gekocht, die Spülmaschine beladen und ausgeräumt, Kleidung gebügelt und ferngesehen. Wenn die Kinder hier wohnen, kann man nicht so gut unter vier Augen reden.

Sie stopft eine Ladung Wäsche in die Maschine, wobei sie aufmerksam den Stimmen im Wohnzimmer lauscht. Calle hat gerade ein altes Monopoly-Spiel herausgekramt, das früher mal Fanny und Mattias gehört hat, und jetzt sind sie da drüben am Kaufen und Verkaufen, tauschen Grundstücke und Straßen und Häuser.

»Neiiiin, Papa, nicht! Das ist so was von fies von dir!«, hört sie Sara jammern.

»Selbst schuld«, gibt Calle zurück. »Du hättest eben kaufen sollen, als du die Gelegenheit hattest.«

Sara redet fast genauso viel wie Agnes. Monopoly war wohl eine gute Idee, obwohl Calle eine Weile gebraucht hat, um die Mädchen von ihren PCs loszueisen.

Zwei Teenager im Haus zu haben, ist ungewohnt, um es vorsichtig auszudrücken. Gestern war Fanny in der Buchhandlung und fand ein Buch über das Leben mit einer Stieffamilie, und sie hat noch am selben Abend mit der Lektüre angefangen. Darin steht, dass es mehrere Jahre dauern kann, bis man sich an die neue Familienkonstellation gewöhnt hat. Es können jede Menge Untiefen und Hindernisse und Komplikationen auftauchen, man muss sich also geschickt durchnavigieren. Sie muss es langsam angehen, Geduld haben und den Dingen die nötige Zeit geben.

Sie geht zurück in die Küche, schüttet eine Tüte Süßigkeiten in eine Schale und bringt sie ins Wohnzimmer.

»Na, wie läuft's?«, fragt sie und stellt die Schale mitten aufs Spielbrett.

»Oh, danke!«

Sara lächelt erfreut über die Süßigkeiten. Calle schiebt die Schale ein wenig beiseite und rückt die Kartenstapel auf Ereignisfeld und Gemeinschaftsfeld zurecht.

»Läuft prima«, sagt Agnes, nimmt sich ein Bonbon und zählt dann weiter ihr Geld. »Willst du nicht mitspielen?«

Fanny wirft einen Blick auf Calle, der ein Stück rückt, um ihr Platz zu machen. Aber eine innere Stimme sagt ihr, dass sie die drei in Ruhe lassen sollte. Sie müssen auch mal allein sein dürfen.

»Nein, ihr habt doch schon angefangen«, wehrt sie ab. »Ich kann nicht einfach so mittendrin einsteigen. Nächste Runde bin ich dabei.«

Sie verlässt das Zimmer, nimmt sich wieder ihr Buch über Stieffamilien und setzt sich mit einem dicken Kissen im Rücken auf ihr Bett.

Fanny nippt an ihrem Weißwein. Ganz langsam zerlegt sie ihren Kaiserhummer, um einen Vorwand zu haben, nicht reden zu müssen. Sie hätten die Silvestereinladung von Mattias und Vendela nie annehmen dürfen. Sie wünschte, Calle und sie wären stattdessen irgendwohin gefahren, nur zu zweit. Nach Paris oder London vielleicht. Aber jetzt sind sie hier, und die Auslassungen der anderen Gäste über ihr Privatleben wollen einfach kein Ende nehmen.

»Ich will ja jetzt nicht negativ klingen«, sagt Ninna, »aber für mich klingt das unmöglich, was ihr da vorhabt.«

Sie puhlt mit der Hummergabel in ihrem Kaiserhummer und steckt sich winzige Stücke weißes Fleisch in den Mund, während sie spricht.

»Das würde ja voraussetzen, dass die totale Harmonie herrscht, und so ist es ja wohl so gut wie nie.«

»Genau. Wie wollt ihr denn auf die Art eine gute Patchworkfamilie aufbauen? Wenn alle im selben Haus wohnen, das kann doch nicht gut gehen.«

Mattias streckt den Arm über den Tisch und nimmt sich noch einen halben Hummer von der Servierplatte.

»Man kann nie wissen«, sagt er. »Aber es hört sich schwierig an.«

Katarina taucht einen Krebsschwanz in ein Saucentöpfchen. Beißt ab, kaut und schaut wohlwollend.

»Sagt das nicht. Irgendjemand muss ja der Erste sein, der diese Variante mal ausprobiert. Vielleicht ist so was ja in ein paar Jahren ganz normal, wer weiß?«

Fanny schenkt ihr einen dankbaren Blick. Aber Susanne schüttelt den Kopf.

»Nein, also irgendwie hat das was Ungesundes. Ich glaube, dass darunter die Zweisamkeit leiden muss.«

»Wir haben auf jeden Fall vor, unser Bestes zu geben«, erklärt Fanny.

Sie sieht, wie Calle mit seiner Serviette herumfummelt und die Blicke der anderen meidet. Auf dem Herweg hat er sich erst Vorwürfe gemacht, weil er die letzte Einladung von Mattias und Vendela noch nicht erwidert hat, um dann aber zu versichern, dass er es nicht weiter wichtig finde. So dass Fanny sofort begriff, wie wichtig es ihm war.

»Wie war Weihnachten denn?«, erkundigt sich Susanne.

»Echt toll.«

Fanny will nicht mehr sagen, aber alle schauen sie an und erwarten eine Fortsetzung.

»Calle und ich haben Heiligabend bei meinen Eltern gefeiert, und die Mädchen waren bei sich zu Hause«, sagt sie. »Am ersten Weihnachtsfeiertag sind die Kinder dann zu uns runtergekommen, und wir hatten einen kleinen nachträglichen Heiligabend.«

»Aha«, sagt Ninna. »Das klingt ja wirklich schön.«

Die Ironie ist unüberhörbar. Könnte Calle nicht zumindest bestätigen, dass es *wirklich* schön war? Es war einer der besten Tage, die sie seit langem gehabt hatten.

Zum ersten Mal in neun Jahren sollte Calle Weihnachten mit seinen Töchtern feiern. Er hatte so viel nachzuholen, und Fanny sah, wie er sich für Agnes und Sara richtig ins Zeug legte. Die Weihnachtsstimmung in der Wohnung war nicht mehr steigerbar, und das war zum Großteil sein Verdienst. Dafür liebte sie ihn. Obwohl sie sich dabei ertappte, sich ein bisschen ausgeschlossen zu fühlen, als Calle und Agnes Erinnerungen an ihre ersten Weihnachtsfeste ausgruben, als sie noch klein war. Agnes erwähnte etwas, was Johanna immer machte, sie hängte wohl irgendetwas ganz Bestimmtes an den Weihnachtsbaum, und sie sangen immer ein ganz besonderes Lied.

Aber dann war es auch wieder gut, denn als sie nach dem Weihnachtsessen von der Küche ins Wohnzimmer wechseln wollten, um mit der Verteilung der Weihnachtsgeschenke zu beginnen, nahm Agnes sie beiseite und erzählte ihr mit Heimlichtuermiene, dass sie in einen Jungen in ihrer Schule verliebt sei, der seinerseits auch interessiert schien. Ein unglaublicher Vertrauensbeweis.

»Es war super«, sagt Fanny und schaut in die Runde. »Und ich glaube, dass wir es richtig machen.«

Fanny betrachtet das Chaos auf der Arbeitsplatte. Sie hat nicht die geringste Lust, sich jetzt um schmutziges Geschirr und Essensreste zu kümmern, und sie würde es Vendela am liebsten sagen, doch die geht ins Schlafzimmer, um das Baby zu stillen. Also beißt Fanny die Zähne zusammen und beginnt, die Essensreste von den Tellern in den Mülleimer zu kratzen. Sie hört, wie Ninna und Susanne und Katarina von ihren Jobs und Karrieren sprechen, während sie den Abwasch in Angriff nehmen.

Sie sind alle so stark und selbstständig. In Situationen wie diesen denkt sie daran, wie wenig Geld sie als Doktorandin verdient, davon kann man kaum leben. Und im Moment kommt es ihr so vor, als würde ihre Doktorarbeit, an der sie schon seit einem Jahr schreibt – eine Arbeit über Strindberg als Humorist am Beispiel seiner Novellensammlung *Heiraten* –, niemals fertig werden.

Und selbst wenn ihre Doktorarbeit in drei, vier Jahren fertig wird, wie sie geplant hat, oder höchstens fünf oder sechs, wer wird sich dann überhaupt dafür interessieren? Sie wird nur einen weiteren Band in einem Ozean bereits existierender Schriften stellen. Während alle in ihrer direkten Umgebung sich auf der Höhe ihrer Karriere befinden und sich über den damit verbundenen Geldsegen freuen, den sie mit vollen Händen über ihre großen Familien ausschütten.

Sie greift sich einen neuen Teller mit Krebsschalen und kippt alles in den Mülleimer.

»Du, also, jetzt sag doch mal ehrlich – wie läuft es denn wirklich? Mit seiner Exfrau.«

Fanny blickt auf. Susanne hat gefragt. Sie hat sich an die Arbeitsplatte gestellt, um mehrere Schälchen mit Dips mit Frischhaltefolie abzudecken.

»Das muss doch total schwer für dich sein, oder?«

Fanny richtet sich auf und stellt den Teller auf den restlichen Stapel.

»Ich würde sagen, wir sind wie jede andere Patchworkfamilie auch. Wie alle anderen.«

Sie nimmt noch einen Teller und beginnt die Essensreste herunterzuschaben.

»Nein, seid ihr nicht. Normalerweise wohnt man nämlich nicht im selben Haus«, widerspricht Katarina, die am anderen Ende der Küche steht und das Dessert vorbereitet. »Deswegen ist das tatsächlich eine Art Experiment.«

»Wir wissen eben nicht so wirklich, wie du darüber denkst«, sagt Ninna, die den Kühlschrank aufgemacht hat und nach irgendetwas durchsucht.

Fanny stellt den Teller aus der Hand und sieht ihre Freundinnen direkt an.

»Was genau versteht ihr da nicht?«, will sie wissen. »In einer Patchworkfamilie muss man einander wohl akzeptieren. Egal, wo man wohnt.«

»Ja, schon«, sagt Susanne, »aber …«

Fanny unterbricht sie:

»Der Preis, den man sonst zahlen müsste, wäre zu hoch, oder? Dass man den Mann aufgibt, den man liebt?«

Sie schweigen und sehen sie an. Nur der Mixer in Katarinas Hand brummt. Aber jetzt schaltet sie ihn aus, die Sahne ist sowieso schon fast zu fest geworden.

»Genau das ist wahrscheinlich der Punkt«, meint sie. »Wir fragen uns, ob Calle das Ganze wirklich wert ist.«

»Ich spüre, dass du zu gut für ihn bist«, sagt Ninna. »Wenn du mich richtig verstehst.«

Vendela kommt aus dem Schlafzimmer mit einem pappsatten Edvin an der Schulter. Eine Hand stützt seinen Rücken, die andere klopft ganz leicht auf den winzigen Windelpopo. Sie hört aufmerksam zu und scheint die Atmosphäre sofort zu erfassen.

»Warum seid ihr so missgünstig?«, sagt Fanny. »Könnt ihr euch nicht für mich freuen? Wenn es mich nicht stört, dass sie ins Haus gezogen ist, dann sollte es euch auch nicht stören.«

Vendela seufzt.

»Ach bitte, Fanny, wir sind doch nicht missgünstig. Du bist uns eben wichtig. Wir wollen doch nur, dass du glücklich bist.«

Die anderen nicken zustimmend.

»Wir sagen das nur aus Fürsorge.«

»Danke, aber ich brauche eure Fürsorge nicht.«

Schweigen.

»Es war so seltsam, als du mit Alex Schluss gemacht hast«, sagt Ninna zum Schluss.

Alex? Was hat ihr Exfreund denn nun damit zu tun?

»Könnt ihr nicht einfach mal die Klappe halten?«, sagt sie.

Die anderen zucken zusammen und sehen ein bisschen erschrocken aus.

»Ninna wollte nicht gemein sein«, springt Katarina ein. »Aber Alex und du, ihr habt einfach perfekt zusammengepasst. Wenn man euch zum Dinner oder auf eine Party eingeladen hat, wurde es nie langweilig. Alex hat immer für gute Stimmung gesorgt. Punktum.«

Tränen steigen in Fannys Kehle hoch, aber sie schluckt sie herunter und hofft, dass ihre Stimme fest bleibt. Sie will hier nicht anfangen zu heulen. Das würde die anderen nur noch mehr befeuern.

»Solange es mir gut geht, habt ihr keinen Grund, euch einzumischen«, sagt sie.

Vendela geht zu Fanny und streichelt ihr mit der freien Hand über die Wange.

»Aber geht es dir denn wirklich gut?«, fragt sie. »Ich finde, es ist meine Pflicht und Schuldigkeit als Freundin, es auszusprechen, wenn ich der Meinung bin, dass etwas nicht gut für dich ist.«

Vendela steht so dicht neben ihr, dass Fanny der milde, aber unverkennbare Geruch von Edvins Windel in die Nase steigt. Am liebsten würde sie einen Schritt zurückweichen.

»Calle behandelt dich überhaupt nicht so liebevoll wie du ihn«, stellt Vendela fest. »So was merkt man.«

Susanne legt den Kopf auf die Seite.

»Ja, das stimmt. Wir sehen alle, dass du nicht glücklich bist.«

»Liebst du ihn denn wirklich?«, fragt Ninna.

Fanny schweigt. Sie ist auch innerlich ganz stumm, wie ein Stück Holz.

»Ich finde, das solltest du mal herausfinden«, sagt Vendela. »Du bist jetzt fünfunddreißig, du musst entscheiden, mit wem du Kinder haben willst. Beliebig viel Zeit bleibt dir nämlich nicht mehr. Und du *willst* doch eine Familie, oder?«

Sie hat nicht vor, diese Frage zu beantworten.

»Ihr habt so einen völlig verschiedenen Hintergrund«, sagt Ninna. »Alle Studien haben gezeigt, dass Beziehungen, bei denen die Partner aus ungefähr demselben Milieu kommen, eine viel größere Chance haben. Denk doch mal darüber nach.«

Mattias kommt mit einer brennenden Zigarette in der Hand aus der Bibliothek.

»Seid ihr noch nicht fertig?«, ruft er. »Aufwachen! Champagner und Austern! Es ist gleich zwölf!«

Fanny geht in den Flur, vorbei an Mattias, der ihr verblüfft nachschaut.

»Danke für den schönen Abend«, sagt sie.

»Wo willst du denn hin?«

»Raus.«

Sie fängt Calle ab, der gerade aus der Gästetoilette kommt.

»Wir gehen«, sagt sie.

Er fragt nicht nach, weil er offenbar sieht, dass es keinen Zweck hätte, sie zu überreden.

Sie ziehen rasch ihre Mäntel an. In der Küche stehen die anderen Gäste und sehen ganz so aus, als würden sie nicht fassen, was hier gerade passiert.

»Aber … hey, jetzt warte mal, ihr könnt doch nicht so einfach gehen!«

Mattias macht ein paar Schritte in Fannys Richtung, aber dann hält er inne. Sogar er scheint zu kapieren, dass es zu spät ist. Vielleicht ahnt er, was passiert ist, denn er lässt seinen Blick zu den anderen wandern.

»Gutes neues Jahr«, sagt Fanny.

Kein Taxi weit und breit. Auf den Straßen wimmelt es nur so von Menschen, sie scheinen auf dem Weg zu den verschiedensten Aussichtspunkten oder Parks zu sein. Fanny und Calle gehen Richtung Östermalmstorg, aber gemächlichen Schrittes, sie haben ja keinen Grund, sich zu beeilen. Fanny merkt, wie die Passanten sie anstoßen und anrempeln, um sie zu überholen, aber es ist ihr egal.

Sie spürt immer noch ihren beschleunigten Pulsschlag, aber die Wut verebbt langsam. Es ist schön, einfach so in einer Winternacht durch die Straßen zu streifen. Endlich allein.

»Was ist denn passiert?«, will Calle wissen.

»Ich bin bloß wütend geworden. Ich hab's nicht mehr ausgehalten.«

»Das hab ich gemerkt.«

Das Gewimmel wird immer dichter, anscheinend geht es hart auf zwölf Uhr zu. Immer mehr Menschen strömen aus den Haustüren rundum, sie tragen Tüten und Körbe mit Sektflaschen oder halten bereits volle Gläser in der Hand.

Soll sie einfach sagen, was war? Direkt zum Thema kommen? Sie hat keine Ahnung, wie Calle reagieren wird.

Und jetzt gehen am ganzen Himmel die Explosionen los. Die Luft ist erfüllt von lautem Knallen, unterbrochen vom grellen Pfeifen der Heuler. Fanny atmet den Pulvergeruch ein, verbrannt und ein bisschen gefährlich. Sie fühlt sich zu anderen Silvesterabenden zurückversetzt, in ihre Kindheit und Jugend.

Sie schaut zu Calle. Geht es ihm genauso? Aber er sieht einfach bloß glücklich aus und drückt ihre Hand.

Sie merkt, wie das Handy in ihrer Manteltasche vibriert, bei jedem *Gutes neues Jahr!*, das per SMS bei ihr ankommt. Aber sie verzichtet darauf, es herauszuholen.

Sie bleiben stehen und blicken in den Himmel. Sie lassen sich überschütten mit funkensprühenden Farbkaskaden, blitzenden Lichtstrahlen und wirbelnden Feuern.

Sie drückt sich an Calle. Er beugt sich zu ihr herab, küsst sie und verschränkt dabei seine Finger mit ihren.

Ein neues Jahr. Jetzt fängt es an, in diesem Augenblick.

Sie gehen hinunter zur U-Bahn. Der Bahnsteig ist fast leer, und ein Zug ist auch nicht in Sicht.

»Was war denn jetzt los?«, fragt Calle noch einmal. »Warum habt ihr euch gestritten?«

»Das ist schwer zu erklären«, sagt sie.

Und das ist es ja auch. Sie kann selbst nicht so recht sagen, wie die Dinge eigentlich liegen. Liegt die Schuld bei Calle, wie ihre Freundinnen behaupten? Oder sind sie bloß neidisch, weil sie die wahre Liebe gefunden hat?

Endlich donnert der hellblaue Zug heran. Sie setzen sich in einen spärlich besetzten Wagen. Ein Betrunkener sitzt ein paar Bänke entfernt und schnarcht, den Kopf an die Wand gelehnt. An der Haltestelle T-Centralen müssen sie umsteigen und noch einmal auf den Zug warten.

Ein Stückchen entfernt steht ein Grüppchen junger Mädchen mit ultrakurzen Minis, schwindelnd hohen Absätzen und engen, taillenlangen Lederjacken. Sie reden und albern mit Quietschestimmchen herum, fotografieren sich gegenseitig mit ihren Handys und bessern ihre Frisuren mit Haarspray nach.

Junge Mädchen, die aufwachsen und eines Tages Fünfunddreißigjährige sein werden. Vielleicht werden sie sich dann noch immer ungefähr in derselben Cliquenkonstellation treffen.

Fanny kennt Ninna und Susanne seit dem Gymnasium, Vendela seit der Grundschule und Katarina, seit Susanne und sie vor sieben Jahren ein Paar wurden. Sie kann nicht umhin, ihren

Freundinnen Recht zu geben, wenn sie behaupten, dass sie im Laufe der Jahre mehrfach zielsicher den Falschen ausgesucht hat. Wenn die Beziehungen dann in die Brüche gingen, waren ihre Freundinnen immer für sie da, haben sie getröstet und aufgerichtet und dafür gesorgt, dass sie ihr Selbstwertgefühl zurückgewann. Nicht selten hatten sie Recht mit dem, was sie sagten, und sie hat ihnen gedankt. Jetzt wollen sie natürlich verhindern, dass sie wieder in dieselbe Lage gerät.

Aber Alex, von dem alle derart hingerissen waren, gab ihr einfach nur das Gefühl, ein Zeitvertreib zu sein, während er auf etwas Besseres wartete. Bei ihm konnte sie sich nie entspannen, sie fühlte sich immer gezwungen, seine Erwartungen zu erfüllen. Nachdem die erste Verliebtheit verflogen war, fühlte sie sich nicht mal mehr geschätzt.

Eigentlich hatte sie nach Alex von Beziehungen erst mal die Nase voll. Sie beschloss, eine Weile ihr Singleleben zu genießen, und hatte wirklich Lust darauf. Aber da tauchte Calle auf.

Der Abend vor zwei Jahren, als Calle und sie sich kennenlernten, kommt ihr inzwischen meilenweit weg vor. Sie landeten auf der Feier von Magdalenas 60. Geburtstag nebeneinander am Tisch, und Fanny muss jetzt noch ein wenig lächeln, wenn sie an ihre eigene vorgefasste Meinung denkt. Denn als er ihr erzählte, dass er in Magdalenas Zahnarztpraxis arbeitete, war sie im ersten Moment tatsächlich enttäuscht. Sie fragte sich, wie sie einen ganzen Abend lang mit einem so langweiligen Menschen wie einem Zahnarzt ein Gespräch in Gang halten sollte. Wo sie doch schon immer fand, dass der einzige Vorteil eines Zahnarztbesuches darin lag, dass man keinen Smalltalk treiben muss, wie bei der Kosmetikerin oder dem Friseur.

Aber schon bei der Vorspeise passierte etwas. Als Calle erzählte, dass er nach Stockholm gezogen war, um die Zahnarztausbildung zu machen, und hinzufügte, dass er damit auch seiner ländlichen kleinen Heimatstadt entfliehen und nie wieder zurückkehren wollte, war ihr Interesse geweckt. Ein jäher Schnitt. Eine Entscheidung. Warum? Doch zu den Gründen äußerte er sich nicht.

Und dann hatte er so etwas Lebendiges. Eine Energie, einen echten inneren Antrieb. Wenn er erzählte, dass er wirklich etwas aus seinem Leben machen wollte, glomm ein Funken in seinen Augen auf, und er vertrat die Meinung, dass jeder Mensch ein Recht auf eine gute zahnärztliche Versorgung habe. Er sah es wie seine eigene kleine Welt, die Nische, die er sich geschaffen hatte, in der er seine großen Träume und Ambitionen zu konkreten Taten ausbauen konnte.

Irgendwie hatte das etwas sehr Schönes. Ungewöhnlich auf jeden Fall.

Fanny fragte nicht weiter nach seinem Hintergrund, sie witterte, dass zu viel Gefrage und Gebohre ein Abturner sein könnte. Und so amüsierten sie sich an diesem Abend einfach nur prächtig miteinander und zogen sich richtig zurück von den anderen Gästen. Calle fragte sie auch nach ihren Zukunftsplänen, und sie konnte ihm gar keine richtige Antwort geben. Sie hatte Literaturwissenschaft studiert und wollte den Faden gern wieder aufnehmen, und insgeheim hoffte sie, dass ihre Magisterarbeit die Grundlage für eine Dissertation sein könnte. Er redete ihr eifrig zu, dass sie das anpacken und unbedingt durchziehen sollte.

Die U-Bahn fährt ein. Sie gehen in einen fast leeren Wagen und nehmen gegenüber voneinander Platz. Nicht nebeneinander. Die Mädchenclique steigt auch ein und stellt sich an eine Stange im Mittelgang.

Fanny verliert sich wieder in ihren Gedanken. Sie denkt daran zurück, wie Calle und sie sich nach der Party weiter trafen. Etwas später nahm sie ihn mit, als sie mit ihren Eltern ins Theater ging. Sie sahen sich im Nationaltheater *Der Geizige* an, und alle mochten das Stück. Als sie hinterher in einem Restaurant saßen, wusste Fanny bereits beim Hauptgang, dass ihre Mutter und ihr Vater – die schon auf Magdalenas Fest einen positiven Eindruck von Calle gewonnen hatten – ihn auch auf die Dauer ins Herz schließen könnten. Er war lustig und positiv und konnte so lebendig von seiner Arbeit erzählen, genau wie am ersten Abend mit ihr. Sie kamen auf das Thema Berufsethos im medizinischen Bereich zu sprechen und auf andere berufliche Fragen, die sie interessierten, und Calle zeigte sich von seiner intelligentesten Seite.

Mama und Papa ist es egal, ob Calle in ihre Welt passt, sie nehmen ihn so, wie er ist. Und betrachten ihn ganz selbstverständlich als Familienmitglied.

Aber ihre Freundinnen haben es nicht verstanden. Sie fragen sich, was sie an ihm findet, an diesem Landei, das so unübersehbar aufsteigen will.

Sie wird aus ihren Gedanken gerissen, als die Stimme aus dem Lautsprecher die nächste Haltestelle ausruft, Hötorget. Sie merkt, dass Calle sie die ganze Zeit beobachtet hat. Natürlich muss sie irgendwie erklären, was in der Küche passiert ist. Daran kommt sie nicht vorbei, keine Chance. Also sagt sie es einfach.

»Sie können nicht richtig verstehen, dass du kein Alex bist. Ihrer Meinung nach hat er besser zu mir gepasst.«

»Tatsächlich?«, meint er süffisant.

Sie atmet tief durch.

»Du musst jetzt nicht gleich die Stacheln ausfahren«, sagt sie. »Aber manchmal benimmst du dich schon ein bisschen seltsam. Mir ist das egal, aber den Mädels eben nicht.«

»Seltsam?«

»Ja.«

»Soll heißen, anders?«

»Ja, ein bisschen vielleicht.«

Er wirkt gereizt.

»Also, wir sind doch erwachsene Menschen. Es kann uns

doch egal sein, was unsere Umgebung von uns denkt.«

Warum will er es einfach nicht kapieren? Das alles ist doch auch für sie nicht leicht.

Sie kann sich nicht mehr zurückhalten.

»Es ist schon komisch, dass ausgerechnet du das sagst«, bemerkt sie. »Ich kenne nämlich niemanden, dem es so ungeheuer wichtig ist, was seine Umgebung von ihm denkt.«

»So ein Blödsinn!«

Vom anderen Ende des Waggons kommen Blicke. Die beiden schweigen. Fanny wirft einen verstohlenen Blick zu Calle, wie er aus dem Fenster schaut, obwohl es gar nichts zu sehen gibt, weil sie unter der Erde sind. Sein Gesicht spiegelt sich im kalten Licht der Waggonbeleuchtung.

»Du brauchst nicht auf mich wütend zu werden«, sagt sie. »Ich hab dich nämlich gegen sie in Schutz genommen.«

Calle reißt den Blick vom Fenster los. Dann setzt er sich neben sie und legt ihr den Arm um die Schultern. Die Wärme seiner Jacke strömt zu ihr.

Sie wollen eben doch nur hundertprozentig das Beste für den anderen, das spürt sie so sehr.

Aber wie kann sie Calle richtig lieben, wenn sie nicht weiß, wer er ist? Wenn er nie von seiner Familie und seinem Hintergrund erzählt, seiner Jugend, seinen Kindheitsfreunden und seiner Schulzeit? Wenn er sich weigert, ihr den Ort zu zeigen, an dem er aufgewachsen ist?

Der Zug bremst, sie fahren in die Rådmansgatan ein. Die Mädchenclique beginnt hysterisch zu kreischen und zu winken, als sie ein paar Jugendliche auf dem Bahnsteig entdecken. Die Türen wollen gerade wieder zugehen, und Fanny beobachtet, wie eins der Mädchen die Hand dazwischenschiebt, damit sie offen bleiben.

Daran kann sie sich noch erinnern. Das hat sie selbst viele Male gemacht, die Hand zwischen die Gummileisten der Türen gehalten. Es ist schon Jahre her, aber sie weiß heute noch, wie die Finger hinterher nach dem schwarzen Gummi rochen.

Noch so eine Erfahrung, die sie nicht teilen können.

Sie schaltet ihr Handy an, starrt aufs Display, bis ihr die Augen brennen und klickt sich durch die Reihe der neu eingegangenen SMS ihrer Studienkollegen und Verwandten. Gerade hat ein neues Jahr angefangen, und was macht sie? Entzweit sich erst mal mit ihren Freundinnen. Drückt sie weg. Wegen Calle.

Sie stehen auf, um am Odenplan auszusteigen, und in dem Moment fasst sie einen Entschluss. Sie muss über seine Vergangenheit herausfinden, was sie kann. Vielleicht muss er das ja nicht mal erfahren.

Fanny sitzt auf dem Stuhl im Flur und zieht die Winterstiefel an. Ihre Tasche ist vollgestopft mit Arbeitsmaterial. Endlich sind die Feiertage überstanden, und der Alltag hat wieder Einzug gehalten. Es wird Zeit, den Bus in die Königliche Bibliothek zu nehmen und mit neuem Schwung an ihre Doktorarbeit zu gehen. Sie möchte auch eine Sprechstunde mit ihrem Betreuer Ivan ausmachen, um mit ihm über den aktuellen Stand ihrer Arbeit und die weitere Vorgehensweise zu sprechen.

Und heute will sie auch beim Pfarramt anrufen.

Calle kommt in den Flur. Er sucht sich seine wärmste Jacke aus, weil er wie immer zu Fuß zur Arbeit gehen wird.

»Hast du was von Mattias gehört?«, fragt er. »Oder den anderen?«

»Nein, gar nichts. Und ich hatte auch nicht vor, sie anzurufen.«

Er sieht nicht ganz glücklich aus, zieht aber wortlos die Jacke über.

Fanny nimmt ihre Tasche und legt die Hand auf die Klinke.

»Also, bis heute Abend dann«, sagt sie.

»Hey, warte mal kurz.«

Sie hält inne. Er legt ihr zärtlich die Hände auf die Wangen, gibt ihr einen Kuss und zieht ihr fürsorglich den Schal zurecht, damit sie ja nicht friert.

»Ich hab in letzter Zeit ganz viel nachgedacht«, sagt er. »Ich hab das Gefühl, das wir das alles hinkriegen hier. Und ich glaube wirklich, dass uns ein gemeinsames Kind helfen würde. Das würde uns noch mehr zu einer Familie machen.«

Noch ein Kuss und eine feste, bedeutungsschwere Umarmung.

Als hätten sie sonst überhaupt keine Probleme. Und plötzlich ist sie überhaupt nicht mehr weich und nachgiebig, sondern richtig wütend.

»Du glaubst also, man braucht sich einfach nur eine neue Familie anzuschaffen, wenn es mit der alten nicht klappt? Du willst dir einfach einen neuen Wurf zulegen, als wären es Tiere?«

Calle lässt sie los. Er ist völlig überrumpelt.

»Du hast zwei Töchter, die du immer noch nicht richtig kennst«, fährt sie fort. »Hast du eigentlich mal drüber nachgedacht, was Johanna alles stemmen musste, während du hier in Stockholm warst, um Karriere zu machen? Die Kinder hatten ja kaum einen Vater.«

»Aber ich streng mich jetzt doch wirklich an. Zumindest hab ich einen Anfang gemacht. Ich tue wirklich mein Bestes.«

»Ja, aber jetzt willst du dir ein neues Baby zulegen und hast wahrscheinlich schon geplant, was du für einen Superdaddy abgeben willst. Warum hast du nicht schon beim ersten Mal begriffen, dass du gebraucht wurdest? Warum war das so scheißschwer zu kapieren? Kinder sind doch das Größte, was es gibt.«

Sie verstummt und merkt, dass sie fast ein wenig außer Atem ist.

Er macht einen Schritt auf sie zu und schließt sie wieder in die Arme, in ihren dicken Wintermänteln. Erst will sie nicht, aber dann kann sie nicht anders und lehnt ihr Gesicht an seinen Brustkorb unter der Jacke, an den Pulli, der so nach Calle riecht.

»Weißt du, was Agnes neulich zu mir gesagt hat?«, sagt er. »Dass Sara und sie manchmal ein schlechtes Gewissen gegenüber Johanna haben, weil sie dich so mögen.«

Fanny blickt auf.

»Ist das wahr?«

Calle nickt. Sie sieht, dass er ein bisschen gerührt ist, und ihr geht es genauso. Dabei hatte sie am Anfang solche Angst, dass die Kinder in ihr die böse Stiefmutter sehen könnten.

Aber natürlich ist ihr nicht entgangen, dass Agnes und Sara sich bei Calle und ihr immer heimischer fühlen, und das macht sie glücklich. Sie sind nicht mehr so höflich, sondern entspannen sich langsam und benehmen sich so, wie es Mädchen in diesem Alter eben tun, wenn Fanny glauben soll, was ihre Umgebung und ihre Ratgeberbücher so behaupten. Sie blockieren das Badezimmer eine halbe Ewigkeit und verstreuen ihre Sachen in der ganzen Wohnung: eine einzige Flut aus Kleidungsstücken, Schuhen, Gürteln, Haarspangen, Kosmetikartikeln und tausend anderen Gegenständen. Manchmal dröhnt ihre Musik durch die ganze Wohnung, wenn Fanny nach Hause kommt, auch gerne x-mal hintereinander dasselbe Lied, und dann würde sie am liebsten selbst mitsingen.

Bei kleinen Anzeichen von Schlamperei wird ihr ganz warm ums Herz. Wie neulich, als eine von ihnen einen leeren Milchkarton zusammengefaltet und obenauf in die sowieso schon überquellende Mülltüte gelegt hat, das Ganze garniert mit Essensresten, um dann einfach davonzugehen, ohne die Tüte zumindest zusammenzuknoten und eine neue in den Abfalleimer zu tun. So macht es ein Teenager eben, wenn er sich wie zu Hause und geborgen fühlt.

»Das ist doch super, oder?« Calle küsst sie noch einmal. »Ich bin so stolz auf dich. Du bist die beste Patchworkmama der Welt. Und du wirst eines Tages auch selbst eine Supermama sein.«

Sie tut so, als hätte sie die letzte Bemerkung nicht gehört.

»Du bist auch gut«, gibt sie zurück. »Ich muss echt sagen, es war total schön, euch in den Weihnachtsferien so zusammen zu sehen. Ich hoffe, das bleibt so.«

»Dafür werde ich sorgen.«

Und dabei lassen sie es bewenden.

Dass sie auch an das Telefongespräch denkt, das sie heute führen will, weiß er nicht. Sie hofft, dass sie damit Angaben zu seinen Eltern erhält. Denn Calle wird ihr von sich aus nichts erzählen. Ihn zu fragen, ist zwecklos, und Agnes und Sara Fragen zu stellen, ist auch ausgeschlossen. Die Kinder muss sie aus dieser Angelegenheit herauslassen.

Fanny verlässt die Wohnung und die Tür schließt sich hinter ihr. Während sie langsam mit dem Fahrstuhl herunterfährt, hört sie noch, wie oben im Dachgeschoss Türen geöffnet und geschlossen werden und wie Johanna und Danne, die anscheinend genau gleichzeitig aus dem Haus gehen wollen, miteinander über irgendetwas reden und lachen, dass das Echo durchs ganze Treppenhaus schallt.

Als der Fahrstuhl unten angekommen ist, zieht sie das Gitter so schnell wie möglich auf und verschwindet, damit sie den beiden nicht begegnen muss.

Im Gegensatz zu Calle, der überall zu Fuß hingeht, nimmt Fanny den Bus vom Odenplan bis zum Karlavägen. Sonst wird es mit der Tasche zu schwer, die bis an den Rand mit Büchern und Notizen gefüllt ist. Sie hätte das Ganze in den Weihnachtsferien mal durchsehen und sortieren müssen, aber sie hatte überhaupt keine Lust, und jetzt schleppt sie sie einfach so mit, wie sie ist.

Sie stapft von der Bushaltestelle am Karlavägen die Humlegårdens Allé hinunter und weiter in Richtung der Königlichen Bibliothek. Die ersten Januartage waren mild, die Temperatur ist ganz schnell nach oben gegangen und die gerade zuvor noch winterweiße Stadt hat sich völlig verändert. Der Schnee, der vor Weihnachten gefallen war, hat sich in eine durchsichtige Eismasse verwandelt, deprimierendes Grau auf den Bürgersteigen, etwas dunkleres Grau dort, wo die Autos fahren. Auf den Kieswegen im Park wechseln vereiste Stellen mit Pfützen, und die schwarzen Zweige der Bäume ringsum glänzen nass.

Das Pfarramt hat vor fünf Minuten aufgemacht, wie sie per Handy herausfindet. Also holt sie den Zettel mit der Nummer hervor, atmet tief durch und wählt.

Ein junger Mann nimmt den Anruf an. Fanny unterbreitet ihm ihr Anliegen, und während sie die Frage stellt, kommt ihr das ganze Unterfangen immer unwirklicher vor. Es kommt ihr vor, als würde sie sich selbst von außen beobachten, zuhören, wie ihre Stimme die Worte formuliert. Dass sie gerade dabei ist, sich Informationen zu verschaffen, die sie eigentlich schon bekommen haben sollte, die ihr aber aus irgendeinem Grunde vorenthalten werden.

»Da kann ich leider gar nicht weiterhelfen«, sagt der Mann.

»Da müssen sie sich ans Archiv der zuständigen Gemeinde wenden, die haben dort alle Taufbücher und anderen Dokumente. Rufen Sie mal bei denen an. Voraussetzung dafür, dass Sie die Information bekommen, ist freilich, dass der Betreffende der Schwedischen Staatskirche angehört.«

Darüber weiß sie natürlich nichts, aber sie hofft einfach das Beste. Sie legt auf und beschließt, in der Mittagspause beim Archiv anzurufen, denn inzwischen ist sie vor dem Eingang der Bibliothek angekommen.

Fannys Lieblingsplatz im Lesesaal ist fast immer frei, weil sie in den letzten Jahren fast täglich dort war und sich inzwischen eine Art eigenes Revier abgesteckt hat. Die Umgebung ist ganz ihre geworden. Hier findet sie immer Frieden, sie fühlt sich geborgen, wenn sie von dieser grünen Farbe umgeben ist, von den Buchregalen, die sich an den Wänden bis nach oben erstrecken, mit den goldenen Geländern. Dazu kommt diese kompakte Stille.

Sie setzt sich und beginnt ihre Ordner und Bücher auszupacken. Wie immer legt sie alles in einer ganz bestimmten Anordnung hin, ein richtiges Ritual ist das. Die Stifte rechts, den Bücherstapel links, den Block seitlich zur Hand, und dann noch den ausgedruckten Abschnitt, den sie heute durchlesen und redigieren will.

Sie hat immer noch keinen rechten Überblick über ihr Textmaterial. Mal rinnt es ihr durch die Finger, mal verknäuelt es sich ineinander, und es schwillt beständig an. Immer wieder muss sie einen Anlauf nehmen, um herauszufinden, auf welche Kernthese sie eigentlich hinauswill. Was für einen Beitrag diese Dissertation leisten kann, der nicht schon von jemand anderem erbracht wurde.

Macht und Konflikte sind Schlüsselbegriffe bei Strindberg. Hier tobt ein ewiger Kampf, ein Duell zwischen Mann und Frau, Oberklasse und Unterklasse, Zivilisation und Natur, Stadtbewohnern und

Bauern. Das Gelächter steht in Strindbergs Werk immer auf ernstem Boden.

Sie starrt auf ihren Text und erkennt mit einem leichten Zittern in der Brust, wie banal das vielleicht alles ist, wie wenig sie möglicherweise in der Hand hat. Es ist egal, dass sie fast schon ein Jahr daran arbeitet, in manchen Momenten packen sie doch wieder dieselben Zweifel wie zu Anfang. Sie hat sich ganz bewusst für einen schlichten Sprachduktus entschieden, denn sie fühlt sich mit dem allzu akademisch Hochtrabenden nicht wohl. Aber vielleicht sollte sie da doch umdenken? Andererseits hatte Ivan sie in ihrem Beschluss durchaus bestärkt.

Strindberg ist ein hervorragender Schilderer menschlichen Zusammenlebens, sowohl in seiner Prosa als auch in seinen Dramen, und der wichtigste Grund dafür dürfte seine einmalige Fähigkeit sein, sich zwischen zwei Standpunkten zu bewegen, zwischen zwei diametral entgegengesetzten Persönlichkeiten, die sich gegenüberstehen. Der Zweikampf ist seine Form, und meist ordnet er in diesem Rahmen seinen Stoff an. Er schafft starke, tiefe, glaubwürdige Konflikte, und vor allem legt er für beide Seiten Mitgefühl und Einfühlungsvermögen an den Tag. Diese Doppelung wird im schriftstellerischen Schaffen Strindbergs zu einem herausragenden Vorteil.

Was soll sie sich zu Strindberg ausdenken und sagen, was nicht schon hundertmal vor ihr gedacht und gesagt wurde? Fanny weiß es nicht. Doch Ivan war die ganze Zeit positiv, er findet, dass sie sich mit ihrem Thema wirklich einen spannenden und wenig ergründeten Bereich in der Strindbergforschung ausgesucht hat, einen der wenigen verbliebenen. Wenn es denn mal nur so wäre, wie er sagt. Manchmal fragt sie sich, ob er bei den Themen der anderen Doktoranden nicht vielleicht noch enthusiastischer ist. Aber vielleicht bildet sie sich das auch bloß ein.

Hartnäckig starrt sie auf ihren Text.

Strindberg hat sich sein ganzes Leben lang gegen das System aufgelehnt, egal in welcher Erscheinungsform. Mal ging es ihm ums Bil-

dungswesen, mal um Politik, Kirche, Wissenschaft, die literarischen Cliquen, die Monarchie – kurz gesagt, die meisten Phänomene der Gesellschaft und des Daseins. Seine ständig wechselnden Ansichten darf man definitiv nicht als Anzeichen von Beliebigkeit oder Verwirrung sehen. Vielmehr deuten sie auf einen beweglichen Intellekt und eine Flexibilität des Denkens und Fühlens hin, die für eine Entwicklung als Schriftsteller und Mensch nötig sind.

Wer ganz allgemein darüber nachdenkt, ob die »Privatperson« August Strindberg überhaupt Sinn für Humor hatte, sollte sich zuerst seine Briefe ansehen. Die Anführungszeichen sind wichtig, weil Strindberg selbst seine Briefe nämlich schon früh als literarisches Material betrachtete.

Sie legt eine Pause ein, streckt sich und lässt dabei den Stift fallen. Das Geräusch lässt ihre Nachbarin, eine grauhaarige Dame, zusammenfahren. Sie tauschen ein kurzes Lächeln.

Inzwischen ist Mittagszeit, und Fanny würde gern eine ihrer Freundinnen anrufen oder ansimsen, wie sie es normalerweise um diese Zeit tut, aber das geht jetzt natürlich nicht. Wenn sie einen Schlussstrich gezogen hat, dann hat sie einen Schlussstrich gezogen. Stattdessen wird sie im Städtischen Archiv anrufen, um zu fragen, ob sie ihr irgendetwas über Calles Hintergrund sagen können.

Andererseits ist es schon fast zwölf, höchstwahrscheinlich haben sie jetzt sowieso Mittagspause. Sie möchte zu gern einen Vorwand finden, warum sie nun nicht anrufen kann, weil das Gespräch unangenehm werden wird. Im Grunde macht sie das alles ja zu dem Zweck, herauszufinden, ob ihre Beziehung noch eine Chance hat.

Fanny geht in die Cafeteria im Keller. Sie stellt sich an den Selbstbedienungstresen und schiebt ihr Tablett langsam vorwärts. Vielleicht wäre es doch besser, das Archiv jetzt gleich anzurufen, bevor sie es sich wieder anders überlegen kann? Einfach machen.

Unschlüssig bleibt sie stehen und weiß nicht, ob sie das Tablett einfach stehen lassen und wieder hochgehen oder doch zuerst essen soll.

»Was ist denn heute mit dir los?«, fragt Sofie, eine gleichaltrige Mitstudentin, die hinter ihr in der Schlange aufgetaucht ist.

Sofie sitzt an einer Doktorarbeit über Lars Noréns Lyrik der frühen Sechzigerjahre.

»Du siehst ein bisschen schlapp aus«, meint sie. »Hast du dich erkältet?«

Fanny zieht das Tablett weiter. Sie kann ja später auch noch telefonieren.

»Vielleicht, ein bisschen.«

Sofie rückt nach.

»Du Arme.«

»Ach, ist schon okay, so schlimm ist es nicht.«

Sie schiebt ihr Tablett weiter zur Kasse. Dass Sofie überhaupt etwas gemerkt hat, ist überraschend, normalerweise hat sie keine besonders feinen Antennen. Abgesehen von ihrer Forschungsarbeit, die sich für Fannys Ohren nach einer Anhäufung düsterer und ausgedehnter Überinterpretationen anhört, ist Sofie meistens mit ihren eigenen Tränen beschäftigt und Überlegungen über die Männer oder darüber, warum es einfach keine Klamotten in ihrer Größe gibt. Sie ist klein und untersetzt, hat breite Hüften und eine ausladende Oberweite, und sie schreibt ständig Leserbriefe an die Frauenzeitschrift *Amelia*, in denen sie den Mangel an individuellen Kleidergrößen anprangert. Und jedes Mal, wenn ein Brief wieder nicht abgedruckt wird, ist sie aufs Neue verbittert.

»Wollen wir uns da in die Ecke setzen?«, schlägt Sofie vor.

Fanny nickt und macht sich auf ein völlig banales Mittagessen gefasst.

Das Jahr, in dem Giftas I *erschien, 1884, war sehr hektisch und gehört zu den Phasen in Strindbergs Schriftstellerleben, in denen er extrem produktiv war. Er produzierte so viele literarische Texte, dass es das Vorstellungsvermögen fast übersteigt. Obendrein lässt sich feststellen, dass Strindbergs Briefproduktion der Achtzigerjahre in diesem Jahr ihren Höhepunkt erreicht – ganze 359 Briefe sind registriert. Er scheint in einem ständigen Fluss gelebt zu haben, in dem das Schreiben größtenteils das Sprechen ersetzte.*

Fanny schaut auf und schweift sofort wieder von ihrer Arbeit ab. Ihr Blick aus einem der hohen Fenster bleibt am Astwerk eines Baumes hängen. Dasselbe, das schon vor ein paar Monaten dort war, wenn sie hier saß und hinausschaute. Nur dass damals ihr Leben noch ein anderes war.

Da sie seine Exfrau nie kennenlernen durfte, hat sie sich in ihrer Vorstellung ein eigenes Bild von ihr gemacht. Wahrscheinlich war es zum Großteil von dem geprägt, was sie von Calle gehört hatte: dass Johanna bitter und nörgelig war. Inzwischen sollte Fanny wissen, ob das stimmt oder nicht, aber sie hat immer noch keine Ahnung.

Warum arbeitet Johanna als persönliche Assistentin, wenn sie es doch gar nicht nötig hat? Schon seltsam.

Bis jetzt war sie jedenfalls keine besonders ergiebige Bekanntschaft. Schweigsam und ausweichend, sobald Fanny in der Nähe ist. Auf eine subtile Art abweisend. Aber wenn Johanna nicht daran interessiert ist, ein gutes Verhältnis zu Calles neuer Partnerin aufzubauen, warum ist sie dann hergezogen?

So viele Fragen.

Das scharrende Geräusch von Stuhlbeinen, als jemand im Lesesaal aufsteht, reißt sie aus ihren Gedanken und sie blickt wieder auf ihre Arbeit. Sie versucht, Ordnung in ihre ganzen Zettel zu bringen, wird aber bald von Müdigkeit überwältigt. Sie kann sich nicht das geringste bisschen Lust abringen.

Also schlägt sie ihre Bücher zu und gibt es für heute auf. Es ist zwar noch früher Nachmittag, aber sie muss ja auch noch im Stadtarchiv anrufen, bevor sie zumachen.

Sowie Fanny im Humlegården ist, wählt sie die Nummer. Während sie wartet, dass jemand abnimmt, malt sie mit der Schuhspitze Muster in den nassen Kies. Die Frau mittleren Alters, die sich schließlich meldet, hat eine sympathische Stimme, und sie erklärt Fanny, dass man die Heimatgemeinde der Person angeben muss, deren Angehörige man sucht, sowie den Wohnort des Betreffenden und seine Sozialversicherungsnummer. Dann wird ein Auszug mit den Angaben per Post an die Adresse geschickt, auf die auch die Rechnung für die entstandenen Kosten ausgestellt wird, nämlich einhundertfünfundzwanzig Kronen. Bearbeitungsgebühr für das Amt.

»Aha. Danke. Dann werde ich mich wieder melden, sobald ich diese Angaben habe.«

Fanny beendet das Gespräch, bleibt reglos stehen und spürt, wie sie zittert. Calles Angaben hat sie, das ist nicht das Problem. Aber es geht einfach nicht. So einen Brief kann sie nicht an die Adresse ihrer gemeinsamen Wohnung schicken lassen. Es wäre eine Katastrophe, wenn er hinter ihre eigenmächtige Aktion kommen würde. Ganz egal, ob er sie belogen hat oder nicht.

Als Fanny den Türcode eingibt, geht ihr noch einmal derselbe Gedanke durch den Kopf, der sie während der ganzen Busfahrt vom Humlegården nach Hause beschäftigt hat. Was wäre, wenn Calle tatsächlich eine Familie hätte, mit der er ohne ihr Wissen Kontakt hat?

Sie hat so kalte Hände, dass es ihr nicht gelingt, die Handschuhe auszuziehen, und so landet sie auf den falschen Tasten. In dem Moment sieht sie in einiger Entfernung Johanna, die auf dem Weg zur Bushaltestelle ist. Sie ist beladen mit langen, sperrigen Paketen in braunem Packpapier und versucht, sich auf dem Gehweg zwischen den ganzen Fußgängern einen Weg zu bahnen.

Fanny beobachtet, wie Johanna im Schneematsch ausrutscht und beinahe hinfällt, gerade noch das Gleichgewicht wiederfindet, nur um eine Sekunde später von einem gehetzten älteren Mann angerempelt zu werden. Eines der Pakete, das gut und gern anderthalb Meter lang ist, fällt ihr aus der Hand und landet auf dem Bürgersteig.

Johanna bückt sich und hebt es auf. Ihre Jacke bekommt Flecken vom graubraunen Matsch, als sie sich das Paket an die Brust drückt, aber nachdem sie gerade das eine gerettet hat, rutscht ihr das nächste aus der Hand. Es gleitet ihr weg und landet direkt in einer Pfütze.

Nur ein kurzes Zögern. Dann geht Fanny zu Johanna, hebt das Paket aus der Pfütze und schüttelt es leicht. *Zentrale für Behindertenhilfsmittel* steht auf dem Etikett.

»Kann ich was helfen?«

Johanna ist ganz verschwitzt, ihr Haar an den Schläfen ist feucht.

»Nein, danke«, sagt sie. »Es geht schon.«

Aber ihre Augen fangen an zu glänzen. Fanny bleibt stehen und hält immer noch das Paket zwischen spitzen Fingern, um sich nicht dreckig zu machen. Sie betrachtet es von allen Seiten.

»Ich glaube, es ist nichts passiert«, meint sie. »Ist es was Empfindliches?«

»Nein. Das sind Beinschienen aus Kunststoff.«

Schweigen.

»Ich hab sie gerade von der Post abgeholt«, erklärt Johanna. »Für meinen Fixer.«

Fixer. Fanny kann sich vage erinnern, das Wort schon irgendwo gelesen zu haben, aber sie hat es noch nie gehört, wie es jemand tatsächlich im Munde führt. Und noch weniger weiß sie, was Beinschienen sein sollten.

»Er hatte mal einen schweren Autounfall und sitzt seitdem im Rollstuhl«, sagt Johanna.

Fanny nickt, als wäre damit alles geklärt.

»Wo musst du hin?«

»Zur Arbeit.«

»Und wo ist das?«

Johanna schweigt einen Moment und wischt sich mit dem Handrücken über die Nase.

»Ich bin spät dran, deswegen bin ich so gestresst.«

»Du kannst dir gerne unser Auto leihen.«

Fanny versucht, so hilfsbereit wie möglich zu schauen. Mit einem Nicken deutet sie auf ihren Audi, der nur zehn, zwanzig Meter weg steht. Doch Johanna sieht sie geradezu schockiert an.

»Nein, nein.«

»Aber das ist echt kein Problem, den benutzen wir sowieso fast bloß am Wochenende. Und Calle hat ja auch noch seinen BMW.«

Johanna schüttelt den Kopf. Die Geste hat etwas sehr Entschiedenes.

In der kurzen Schweigepause, die darauf folgt, fällt der Groschen bei Fanny. Johanna kommt aus einer Ortschaft, in der es nur einen Kreisverkehr und ein paar kleine Straßenzüge gibt. Das genaue Gegenteil des hitzigen Großstadtverkehrs von Stockholm.

»Warte kurz hier, ich geh eben hoch und hol die Schlüssel.«

Fanny hat keine Ahnung, was sie da gerade tut, aber es fühlt sich gut an, tatkräftig und pragmatisch zu sein.

»Ich fahre dich«, fügt sie hinzu.

Der Vorort liegt im Süden, weit entfernt von der Innenstadt. Hier war Fanny noch nie. Johanna redet nicht viel während der Fahrt, sie sagt Fanny nur, wie sie fahren muss, nachdem sie den Pendlerbahnhof gefunden hat, und macht kurze Angaben, ob sie links oder rechts abbiegen müssen. Es sieht so aus, als hätten sie noch ein gutes Stück vor sich, und man merkt, dass Johanna schon sehr spät dran sein muss, weil sie ständig zur Uhr auf dem Armaturenbrett schielt.

Aber meistens schaut sie einfach aus dem Fenster. Auf eine Unterhaltung hat sie ganz eindeutig keine Lust. Der einzige Grund, warum sie hier zu zweit in einem Auto sitzen, ist der, dass sie von A nach B muss.

Monotone Mietsblöcke gleiten vorbei, Straßennamen auf Schildern. Ein verlassenes Vorortzentrum auf der einen Seite der Straße, ein kleiner Platz mit ein paar graubraunen Schneehaufen, von denen ein paar Kinder in Overalls herunterschlittern, eine Würstchenbude ohne Kunden. Parkbänke, Abfalleimer, Grünanlagen.

Langsam bricht die Dämmerung an. In vielen Häusern gehen die Lichter an.

»Fängst du immer um diese Uhrzeit an?«, erkundigt sich Fanny.

»Nein, das ist immer unterschiedlich.«

Kein Wort mehr. Fanny hatte gehofft, ihr noch ein paar Fragen zu Agnes und Sara stellen zu können. Es gäbe so viel, was sie gerne wissen würde. Aber sie traut sich nicht, etwas zu sagen, weil Johanna nicht die geringsten Anstalten macht, das Schweigen zu brechen oder die Stimmung etwas aufzutauen.

Als sie an eine Kreuzung kommen, deutet Johanna mit einem Nicken an, dass sie rechts abbiegen müssen. Wortlos, als wäre Fanny ihr Chauffeur.

Am Ende bremst Fanny vor dem Haus, zu dem Johanna sie hindirigiert hat.

In der kleinen Straße, die in einen Wendehammer mündet, steht eine Reihe von schäbigen niedrigen Mietshäusern. Hinter einer karierten Gardine im Erdgeschoss sieht man eine ältere Dame herausspähen.

»Danke fürs Fahren.«

»Nicht der Rede wert.«

Johanna holt ihre Pakete vom Rücksitz. Sie schlägt die Autotür zu und geht aufs Haus zu. Fanny lässt den Motor wieder an und sieht ihr nach.

Johanna, die zu Calles früherem Leben gehört. Und die natürlich alles über seine Vergangenheit weiß.

Wenn die Ehe, eine menschliche Institution, die aus rein praktischen Erwägungen erfunden wurde, so voller Unzulänglichkeiten und Stolpersteine ist, wie ist es da möglich, dass so viele Ehen trotzdem halten? Nun ja, da ist das große gemeinsame Interesse, die ewige Absicht, die die Natur in die Ehe gelegt hat: Es sind die Kinder. Der Mensch liegt in einer ständigen Fehde mit der Natur, aber er wird ständig besiegt. Da sind zwei Liebende und wollen zusammenziehen, damit sie sich zum einen amüsieren, zum anderen die Gesellschaft des anderen genießen können. Von zukünftigen Kindern zu sprechen, würden sie als Kränkung empfinden. Lange bevor das Kind kommt, entdecken sie, dass die Seligkeit so himmlisch nun doch nicht war, und zuletzt wird das Verhältnis schal. Dann kommt das Kind! In diesem Moment wird alles neu, und erst jetzt wird das Verhältnis wirklich schön, denn der hässliche Egoismus der Zweisamkeit verschwindet. Eine Ehe ohne Kinder ist ein trauriges Ereignis, sie ist keine Ehe.

Fanny schlägt *Giftas* zu. Draußen fällt Schneeregen. Außerdem weht ein kalter Wind, den ganzen Tag klatscht der nasse Schnee schon gegen die Fenster der Königlichen Bibliothek.

Wie kommt Johanna heute zur Arbeit? Der Pendlerzug hat bei diesem Wetter wahrscheinlich Verspätung.

Sie reißt sich zusammen und schaut wieder auf ihre Unterlagen, versucht, effektiver zu arbeiten. Aber es geht nicht. Wieder hebt sie den Blick, er schweift zum nächsten Fenster, als gäbe es dort außer Himmel und Zweigen irgendetwas zu sehen.

Von ihren Freundinnen hat sich seit Silvester keine mehr gemeldet, Mattias und Vendela ebenso wenig. Wahrscheinlich sind sie der Meinung, dass Fanny ihnen die Silvesterfeier verdorben hat, noch dazu die erste in der neuen Wohnung, und finden deswegen, dass sie anrufen und um Entschuldigung bitten sollte. Und ihre Freundinnen sind wütend, dass sie sich weigert, sich ihre Meinung und ihren Rat anzuhören. Sie muss an Katarinas Worte in der Küche denken: *Wir fragen uns, ob Calle das Ganze wirklich wert ist.*

Erneut richtet sie ihren Blick wieder auf ihre Blätter und liest ihren eigenen Text.

In den Briefen kommt ein grundlegendes Lebensgefühl zum Ausdruck, und meiner Meinung nach ist einer seiner wichtigsten Bestandteile ein humoristischer Blick auf die Welt. Manchmal ahnen wir den subtilen Humor nur, manchmal zeigt er sich durch unverblümte lakonische Kommentare. Bei mehreren Gelegenheiten ist der Verfasser geradezu übermütig und die Scherze sprudeln nur so aus ihm heraus.

Dieser Humor wird meist auch dann aufrechterhalten, wenn das Leben dunkel und kompliziert ist. Wie nach der Veröffentlichung von Giftas I, *als die Debatte tobt und Strindberg mit einer ganzen Reihe alter Freunde bricht. Er steht ganz Schweden verbittert gegenüber, und obendrein ist auch noch seine Frau Siri krank. Wut und Schwermut mischen sich in seinen Briefen mit einem gewissen Amüsement über den Aufruhr, den er verursacht hat. Seinem Freund Carl Larsson schreibt Strindberg im Oktober 1884: »Lieber Calle, oberster aller Maler! Jetzt sitzt der gute alte Strix [i.e. Strindberg] in den Nesseln. Verdammich, was ist das schön!«*

Sie liest die Passage immer und immer wieder, bis die Zeilen ineinanderfließen.

Fanny steigt aus dem Bus und überquert den Odenplan. Da sieht sie Johanna. Diesmal trägt sie aber keine Pakete, sondern zwei schwere Tüten mit Lebensmitteleinkäufen. Leicht geduckt huscht sie durch den Schneeregen vom Geschäft zum U-Bahn-Eingang. Die Kapuze hat sie sich über den Kopf gezogen.

Ihre ganze Gestalt hat etwas Stures, ihre Körperhaltung und

ihre Bewegungen verraten Zähigkeit und Ausdauer. Als wäre es absolut existentiell für sie, irgendwohin zu kommen, eine bestimmte Aufgabe zu erfüllen.

Kann Johanna um diese Uhrzeit auf dem Weg zur Arbeit sein? Es ist später Nachmittag. Die Zeit, zu der andere nach Hause gehen und sich Abendessen machen. Und das Wetter könnte grässlicher kaum sein.

Fanny läuft los und holt sie ein, kurz bevor sie bei den Treppen ist.

»Hallo. Musst du zur Arbeit?«

»Ja.«

»Soll ich dich wieder fahren?«

»Danke, aber … nein. Ich nehm den Pendlerzug.«

»Ich fahr dich sonst gerne.«

Fanny holt die Autoschlüssel aus der Jackentasche, wo sie noch von gestern stecken.

Johanna schaut die Treppe hinunter. Der Schneeregen peitscht ihr direkt ins Gesicht, und sie muss sich wegdrehen.

»Man muss ja auch vom Pendlerbahnhof noch ein Stück zu Fuß gehen«, gibt Fanny zu bedenken. »Wäre doch schön, wenn du nicht nass werden müsstest.«

Johanna fixiert sie mit ihrem graugrünen Blick. Fanny merkt zum ersten Mal, wie fest dieser Blick ist. Der Widerstand, der darin liegt, ist immer noch hart, auch wenn sie am Ende nickt. Ein Danke kommt trotzdem nicht.

Die Scheibenwischer arbeiten wie verrückt und schieben die Schneemasse hin und her. Ein Wischerblatt jagt dem anderen hinterher, und dann wechseln sie wieder die Seiten, wie bei einem lebhaften Spiel, fand Fanny immer, wenn sie als Kind auf der Rückbank saß. Aber bei diesem Wetter ist das Spiel schwerfälliger und träger als sonst. Es sieht eher aus, als würden sich zwei sture alte Leute gegenseitig die Leviten lesen, immer und immer wieder. Beide sind fest entschlossen, nicht aufzugeben.

Es sieht so aus, als würde diesmal nicht mehr gesprochen werden als beim letzten Mal. Johanna sitzt genauso da wie beim letzten Mal und schaut aus dem Fenster, während Fanny denselben Weg fährt wie gestern.

Am Ende wird das Schweigen unangenehm, und sie schaltet das Radio an. Sie wechselt die Frequenz, vom öffentlich-rechtlichen Nachrichtenprogramm P1 zum erstbesten anderen Kanal, auf dem Musik spielt. Es kommt ihr passender vor, nicht so persönlich. Sie findet einen Reklamekanal, auf dem abgedroschene alte Hits gespielt werden. Normalerweise wäre sie so etwas nach fünf Minuten über, aber in diesem Moment ist es genau das, was sie braucht. Anonymes Hintergrundgeplätscher.

Es beruhigt sie, und sie wird so mutig, dass sie sich traut, etwas zu sagen.

»Ich finde, es funktioniert richtig gut, dass wir die Kinder jede zweite Woche haben.«

Johanna wendet den Kopf und sieht sie an.

»Hast du Calle dazu überredet, dass er aufhören soll, mir das zusätzliche Geld zu zahlen? Die drei Tausender, die er immer auf den Unterhalt draufgelegt hat?«

Bescheuert. Sie hätte nichts sagen sollen, was eine Assoziation zu Calle nahelegt. Aber jetzt kann sie genauso gut diese Sache klären.

»Nein«, sagt Fanny. »In eure finanziellen Angelegenheiten habe ich mich nie eingemischt. Darum hat er sich ganz allein gekümmert.«

Johanna schaut sie immer noch an.

»Ich kannte die Grundvoraussetzungen, als ich Calle kennenlernte«, fährt Fanny fort. »Und ich war sogar dagegen, dass er dir diese Zusatzzahlungen streicht.«

Johanna schnaubt.

»Aha. Und warum?«

»Weil ich nicht wollte, dass du wütend oder traurig bist. Wir sind auch so immer gut zurechtgekommen.«

Johanna antwortet nicht, sie schaut nur giftig. Vielleicht klang das ein bisschen zu edelmütig. Aber es ist schließlich wahr.

Aus dem Radio kommen die ersten Töne eines traurigen Popsongs, den Fanny seit ihrer Teenagerzeit nicht mehr gehört hat. Sie hat ihn damals immer und immer wieder angehört, während sie rücklings auf dem dicken Wohnzimmerteppich lag und sich fühlte, als wäre jedes Wort des Textes direkt an sie gerichtet.

Jetzt bohrt sich die Melodie geradewegs in ihr Innerstes. Sie lauscht den Tönen, sie kennt jedes Wort des Textes auswendig, obwohl sie den Song seit so vielen Jahren nicht mehr gehört hat. Vielleicht ist er jetzt noch besser, weil sie die Zeilen ganz anders versteht als damals. Jetzt begreift sie plötzlich die geniale Schlichtheit.

Johanna streckt die Hand aus und dreht lauter.

»Entschuldigung«, sagt sie, »aber das ist mein absolutes Lieblingslied.«

Fanny sieht sie an. Das kam vollkommen unerwartet.

»Natürlich«, sagt sie.

Sie biegt an der Kreuzung rechts ab und fährt in die kleine Straße, wo sie bis zu Wendehammer vorfährt. Als die letzten Töne verklingen, hält sie vor der richtigen Tür. Und genau wie beim letzten Mal linst die alte Frau im ersten Stock hinter ihrer karierten Gardine hervor.

Fanny stellt den Motor ab. Kann sie Johanna etwas zu Calle fragen? Wie soll sie es formulieren? Aber sie kann noch nicht mal ansetzen, da macht Johanna auch schon die Autotür auf. Sie steigt aus und holt die Einkaufstüten vom Rücksitz.

»Danke fürs Fahren«, sagt sie.

Sie geht mit den Tüten zur Haustür. Fanny sieht ihren Rücken in dem düsteren Treppenhaus verschwinden. Zu spät.

Jetzt kann sie nur noch den ersten Gang einlegen und wegfahren. Sie ist gerade an der Kreuzung, als ihr Blick zum Beifahrersitz fällt und sie die Handtasche entdeckt, die dort liegen geblieben ist. Die hellbraune Handtasche aus Kunstleder, die an den Nähten und der Befestigung des Schulterriemens schon aufgeht und nirgendwo ein Markenlogo trägt.

Im Treppenhaus ist es halbdunkel und riecht stickig. Außerdem sitzt alter Zigarettenrauch in den Wänden. Fanny macht das Licht an.

Im zweiten Stock hört man gedämpfte Stimmen. Genau in dem Moment, als sie hinaufkommt, geht eine Wohnungstür auf, und ein ungefähr dreizehnjähriges Mädchen mit fransig geschnittenen, schwarzgefärbten Haaren und grellbuntem Outfit kommt heraus und beginnt die Treppe hinunterzugehen. Fanny macht einen Schritt auf sie zu.

»Entschuldigen Sie bitte, wohnt hier irgendwo ein Mann, der im Rollstuhl sitzt?«

Das Mädchen bleibt stehen. Es hat ein Piercing in der Oberlippe und in der einen Augenbraue, durch die andere Braue bohrt sich ein dickes Stäbchen. An ihrem Hals ringelt sich ein schwarzgrünes Schlangentattoo von der Schulter bis zum Ohr.

»Ich suche seine Assistentin, Johanna.«

Fanny hält die Handtasche hoch, als wäre damit irgendetwas erklärt.

»Der wohnt da drüben«, sagt das Mädchen und deutet mit einem Nicken auf die gegenüberliegende Tür.

Sie verschwindet die Treppe hinunter. Fanny drückt den Klingelknopf, und ein lautes, durchdringendes Klingeln ertönt.

Johanna macht auf. Im ersten Moment starrt sie Fanny bloß an, dann sieht sie ihre Handtasche und nimmt sie.

»Du hast deine Tasche vergessen«, sagt Fanny unbeholfen.

»Ja, gut. Danke.«

»Wer ist da?«, hört man eine raue Männerstimme aus der Wohnung.

Johanna dreht sich um.

»Niemand Besonderes!«

Sie will die Tür schon wieder zuziehen, doch Fanny bleibt stehen.

»Arbeitest du allein?«, fragt sie.

»Nein.«

Johanna schiebt die Brille mit ihrer gewohnten Geste auf dem Nasenrücken nach oben. Sie setzt die Miene auf, die Sara auch immer an den Tag legt, wenn sie keine Lust zum Reden hat.

Wieder hört man die Männerstimme.

»Hast du Besuch? Eine Freundin? Ich hör das doch. Bring sie mit rein.«

Johanna sieht gequält aus.

»Bring sie mit rein! Ich will mal Hallo sagen!«

Er klingt ungeduldig.

»Ist es okay für dich?«

Fanny weiß nicht, warum sie das sagt. Johannas Augen verengen sich. Dann öffnet sie die Wohnungstür und tritt einen Schritt beiseite.

»Darüber habe nicht ich zu entscheiden«, sagt sie.

Fanny folgt ihr in den Flur. Flickenteppich und ein weißer Schreibtisch und eine Hutablage mit Kleiderbügeln, und dann noch ein Stuhl, auf dem Johannas Jacke liegt.

Rasch zieht sie die Stiefel aus und späht dabei in ein spärlich möbliertes Wohnzimmer. Ein Ecksofa in Rostbraun aus abgenutztem Leder. Couchtisch aus Rauchglas. In einer Ecke steht ein Fernseher auf einer Kommode aus Fichtenholz. Alles hat eine erstarrte Staubigkeit, als hätte hier seit Jahren niemand mehr etwas angefasst.

»Hallo? Wo seid ihr?«

Johanna geht in die Küche, Fanny folgt ihr.

In einer ungewöhnlichen Art von Rollstuhl sitzt der Mann, der der Fixer sein muss. Eine kleine Gestalt mit sehr dünnem

Körper. Das Haar hängt ihm über die Schultern bis zur Taille, und Beine und Füße stecken in zwei geraden Schienen aus hartem weißem Kunststoff, die sie in gestreckter Position halten. Die Beinschienen.

»Hi!«

Er grinst sie an und entblößt dabei schiefe braune Zähne. Das Einzige, was er bewegen kann, ist anscheinend der Kopf. Die Augen in dem verwüsteten Gesicht leuchten wach und munter.

»Hallo. Ich heiße Fanny.«

Sie ist ein wenig erschüttert von seiner Erscheinung, gibt sich aber alle Mühe, normal zu wirken.

»Emil. Angenehm«, sagt er. »Was willst du wissen? Dreiundvierzig, alter Alki und Heroinjunkie. Komplett gelähmt vom Hals abwärts. Eine Art Gemüse also.«

Er lacht. Seine Stimme klingt mitgenommen, fast rasselnd. Er deutet mit einem Nicken auf einen Stuhl.

»Setz dich doch, verdammt! Hock dich hin. Gäste hab ich nicht so oft.«

Gehorsam setzt Fanny sich auf einen Hocker.

»Ich hab mir das Rückgrat vor drei Jahren bei einem Verkehrsunfall gebrochen«, erzählt Emil. »Bin gegrillt worden wie ein Spanferkel, das reinste Wunder, dass ich das überlebt habe.«

Er klingt, als wäre er ganz zufrieden mit sich selbst. Sie hat das Gefühl, dass er diese Geschichte schon oft erzählt hat. Sie plätschert aus ihm heraus wie eine auswendig gelernte Lektion, die wortwörtlich heruntergerasselt wird.

»Die ersten acht Monate lag ich im Koma, und als ich dann aufwachte, war ich für den Rest des Lebens querschnittsgelähmt. So eine Scheiße. Aber wenn mir das nicht passiert wäre, wäre ich heute tot. Noch größere Scheiße.«

Eine rundliche Frau Mitte fünfzig, offenbar Johannas Kollegin, ist gerade dabei, eine durchsichtige Tüte mit zähflüssigem Inhalt an ein Gestell neben Emil zu hängen.

»Ich bin Britt-Marie«, sagt sie. »Bist du Johannas Freundin?«

Die Flüssigkeit rinnt durch einen weißen Schlauch, der in einer Vorrichtung auf Emils Bauch verschwindet.

»Ich wollte ihr bloß ihre Tasche bringen«, sagt Fanny. »Sie hatte sie bei mir im Auto vergessen.«

Jetzt spürt sie Johannas Blick auf sich.

»Aha«, sagt Britt-Marie. »Gut, dass du's gesehen hast.«

Johanna wendet ihnen den Rücken zu, räumt rasch und effektiv eine Menge schmutziges Geschirr weg und trocknet die Spüle mit einem Lappen ab. Fanny hat noch nie jemand so geübt arbeiten sehen. Die Spüle wird unbegreiflicherweise innerhalb von Sekunden glänzend sauber.

Sie will Johanna gerade fragen, ob sie sich nicht kurz unter vier Augen unterhalten könnten, da klingelt das Handy. Es ist Ivan, der immer so schrecklich schwer zu erreichen ist.

»Entschuldigung«, sagt Fanny und geht rasch ins Wohnzimmer.

»So, jetzt bin ich hier«, sagt Ivan mit seinem schonischen Dialekt, den er einmal durch den Stockholmer Schnellwaschgang gejagt hat. »Du wolltest einen Termin, stimmt's? Wir können uns in der Cafeteria treffen, ich hab gerade einen Moment Zeit.«

»Ich bin aber nicht mehr in der Bib«, sagt sie. »Ich bin heute früher gegangen.«

Er seufzt entnervt.

»Wo bist du denn?«

Sie geht noch ein Stück weiter weg von der Küche. Sie betritt einen sehr spartanischen Raum, offenbar das Schlafzimmer, in dem nur ein großes, sperriges Krankenhausbett steht, das man hoch- und runterfahren kann. Daneben ein Nachttischchen mit einem leeren Aschenbecher und einer Schachtel Zigaretten. Und das Zimmer riecht auch entsprechend verraucht.

Vor dem Bett steht ein Fernseher auf einem Hocker. Auf dem

Bildschirm fahren Rennautos mit dem gleichen, monotonen Motorengeheul über eine Rennbahn, das Fanny auch zu Hause immer hört, wenn Calle vor dem Fernseher klebt und Formel 1 ansieht.

»Was ist das für ein Krach?«, will Ivan wissen.

Hastig geht sie wieder ins Wohnzimmer.

»Wir können wann anders reden.« Seine Frage übergeht sie einfach. »Ich habe da ein paar Punkte, die ich mit dir besprechen möchte.«

Man hört, wie die Haustür wieder zuschlägt. Fanny beendet das Gespräch genau in dem Moment, als noch eine Frau hereinkommt. Sie sieht aus, als wäre sie um die dreißig, und trägt einen Jogginganzug und Gesundheitslatschen. Das Haar hat sie sich zu zwei mädchenhaften Rattenschwänzen zusammengebunden.

»Bist du die Ablöse für Britt-Marie?«, fragt sie. »Dann haben sie die Schicht wohl versehentlich doppelt eingeteilt.«

»Nein, nein, ich bin nicht die Ablöse.«

»Ach so, besuchst du Emil nur?«

»Ja, kann man so sagen.«

Die Frau nickt freundlich und geht in die Küche. Dabei begegnet sie Johanna, die gerade den Rollstuhl mit Emil vor sich her schiebt. Er gleitet lautlos durch die schwellenlose Türöffnung. Die Frau und sie tauschen einen kurzen Gruß.

»Hat mich sehr gefreut«, sagt Fanny zu Emil.

Sie geht auf den Flur.

»Verdammt, gehst du etwa schon wieder?«, fragt er. »Wolltest du bloß die Tasche abgeben? Komm bald wieder! Ich treffe so selten jemand außer meinen Assistentinnen. Die hängen mir schon langsam zum Hals raus.«

Emil schielt zu Johanna und grinst schief, und sie lächelt zurück. Kein Zweifel, das war nur ein Scherz von ihm. Aber dieser Scherz bleibt unter ihnen, er bezieht Fanny nicht mit ein, und sie fühlt sich plötzlich ausgeschlossen.

Johanna schiebt Emil ins Schlafzimmer, und Fanny schlüpft wieder in ihre Stiefel. Aus der Küche hört sie, wie sich die zwei anderen Frauen unterhalten, Britt-Marie und die Neue mit den Rattenschwänzen. Ein paar Gesprächsfetzen dringen heraus, und es lässt sich nicht vermeiden, dass sie den einen oder anderen aufschnappt.

»Am Freitag kommen alle mit. Wir werden einen Riesenspaß haben!«

Das ist das jüngere Mädchen, sie klingt total enthusiastisch.

»Alle?«, hört man Britt-Marie. »Johanna auch?«

Die Neue senkt die Stimme.

»Nein, die kommt nicht. Ich hab sie gefragt, aber sie kann nicht. Sie hat nicht gesagt, wieso.«

»Schade«, meint Britt-Marie, und es klingt aufrichtig bekümmert.

»Ja, es ist bestimmt schon das dritte Mal, dass sie ablehnt. Oder das vierte.«

»Find ich echt traurig.«

Dann gehen sie zu einem anderen Gesprächsthema über.

Johanna kommt aus dem Schlafzimmer und bleibt in der Tür zum Flur stehen. Sie schaut Fanny zu, die sich ganz auf den widerspenstigen Reißverschluss an einem Stiefel konzentriert.

»Wie viele arbeiten hier eigentlich?«, fragt Fanny.

Johanna lehnt sich gegen den Türrahmen.

»Immer zwei Leute. Insgesamt sind wir zehn Personen, die sich abwechseln. Sag mal, was willst du eigentlich von mir?«

Ihre ernsten Augen heften sich fest auf Fanny. Man merkt, dass sie nicht lockerlassen werden.

»Du wolltest etwas von mir«, fährt Johanna fort. »Du kutschierst mich schließlich nicht durch die Gegend, weil es dir so ungeheuren Spaß macht, oder?«

Fanny richtet sich auf. Sie spürt ihren Herzschlag im ganzen Körper, als sie Johannas forschendem Blick begegnet.

»Ich wollte dich tatsächlich nach Calles Hintergrund fragen«, sagt sie. »Nach seiner Familie, und warum er mir nichts von ihr erzählt. Und mich vielleicht sogar anlügt.«

»Dich anlügt?«

»Ja. Ich glaube.«

Johanna setzt eine ironische Miene auf und verschränkt die Arme vor der Brust.

»Da musst du ihn wohl selbst fragen. Ihr seid schließlich ein Paar.«

Dann dreht sie ihr den Rücken zu und geht in die Küche.

Fanny macht die Tür auf und läuft die Treppen hinunter.

Sie hätte niemals fragen dürfen.

Das Hirn mal eine Stunde lang durchpusten lassen – darauf freut sich Fanny heute wirklich. Ins mentale Nichts gehen, während sich der Körper bis an die äußerste Grenze verausgabt. Sie zieht ihre Sportsachen an und packt die Fitnesstasche. Vorhängeschloss, Wasserflasche und Flipflops. Die Dusche im Anschluss nimmt sie aber grundsätzlich zu Hause.

Sie stellt sich an die Küchentür und sieht Calle an, der gerade frühstückt.

»Guten Morgen«, sagt sie.

Er blickt von seiner Zeitung auf. Schwere Augen, die Haare stehen ihm in alle Richtungen vom Kopf ab. Man sieht ihm an, dass er gestern spät aus der Praxis gekommen ist. Magdalena hatte ihm mitgeteilt, dass sie sich entschlossen hat, ihm die Praxis zu übergeben, und er blieb den ganzen Abend dort, um mit ihr über die Zukunft zu sprechen. As er nach Hause kam, war er immer noch ganz aufgedreht und roch nach Cognac und Zigarettenrauch. Er küsste Fanny, die schon im Bett lag, auf die Stirn und wollte ihr sofort seine ganzen hochfliegenden Pläne erzählen. Aber sie drehte sich bloß auf die andere Seite und tat, als würde sie schlafen.

»Weißt du, was ich gestern gemacht habe?«, sagt sie.

Sie hat sich entschieden, ehrlich zu sein.

»Nein, was denn?«

»Ich war am Arbeitsplatz von Johanna.«

Calles ganzes Gesicht verändert sich. Er sieht fast bestürzt aus.

»Warum das denn?«

»Ich hab Johanna hingefahren. Hab ich am Mittwoch auch

schon. Weil so ein Scheißwetter war und sie so viel Zeug zu schleppen hatte. Und es liegt ganz schön weit draußen.«

Calle steht auf. Seine Morgenzeitung ist ihm jetzt egal.

»Na ja, ich finde, sie ist selbst schuld, wenn sie unbedingt arbeiten will.«

Fanny mustert ihn eingehend. Warum ist es ihm so gar nicht recht, dass Johanna und sie sich besser kennenlernen? Was hat er zu verbergen, was seine Exfrau vielleicht ausplaudern könnte?

Johanna wohnt inzwischen zweieinhalb Monate in ihrem Haus, und bis jetzt haben Fanny und sie kaum mehr kommuniziert als alle anderen x-beliebigen Nachbarn. Calle sollte doch eigentlich glücklich sein, wenn sie sich einander ein wenig annähern, sie hätten ja schließlich auch aufeinander losgehen können.

»Johanna brauchte Hilfe und ich bin ihr beigesprungen«, verteidigt sich Fanny. »Was ist daran denn so schlimm? Hattest du dir das so vorgestellt, dass wir uns nie treffen sollten?«

»Nein. Aber jemand gleich an seinem Arbeitsplatz zu besuchen, das ist ja wohl was anderes.«

»Es war wirklich nur kurz.«

Sie schaut auf die Küchenuhr. Langsam muss sie sich beeilen, denn sie hat sich einen Termin im Fitnessstudio reserviert. Calle sieht immer noch sauer aus, aber sie kann jetzt nicht bleiben und die Sache weiter erörtern.

Agnes schaut in die Küche, und sofort hellt sich seine Miene auf.

»Na, hallo. Willst du auch Frühstück?«

Fanny sieht, wie sich auch Agnes' Gesicht aufhellt. Das ist in letzter Zeit immer so, wenn sie in Calles Nähe ist

»Gerne.«

Calle legt im Vorübergehen ein wenig kumpelhaft den Arm um seine Tochter. Agnes lässt es geschehen und sieht sogar zufrieden aus.

»Dann mach ich dir mal was«, meint er.

»Danke.«

Beim Geräusch einer eingehenden SMS stürzt Agnes wieder aus der Küche. Als Fanny im Flur an ihr vorübergeht, steht das Mädchen dort und liest die Mitteilung auf dem Handy, und so wie sie in sich hineinlächelt, kann es nur eines bedeuten.

»Na, ist sie von *ihm?*«, fragt Fanny.

Agnes blickt auf und ist sichtlich verlegen.

»Ja. Leo heißt er.«

»Wie alt ist er eigentlich?«

»Sechzehn. Er geht auf meine Schule.«

»Also seid ihr jetzt zusammen?«

Agnes nickt mit geheimnisvoller Miene, als würde sie am liebsten alles erzählen, aber andererseits lieber gar nichts.

»Na, Glückwunsch«, sagt Fanny und knufft sie freundlich gegen die Schulter. »Erzähl's doch auch deinem Papa, der freut sich.«

Rundum sitzen alle über ihre Notizen und Bücher gebeugt. Abweisende Rücken, wohin sie auch blickt. Vor dem Fenster schaukeln die Zweige auf eine irgendwie einschläfernde Art im Wind.

Fanny blättert in ihren Unterlagen, bis sie die Seite findet, bei der sie letztes Mal aufgehört hat. Sie versucht, sich in die richtige Stimmung zu versetzen.

Strindberg behielt bei seiner literarischen Produktion ein Tempo bei, das erschreckend, ja, geradezu unfassbar ist. Nicht zuletzt, wenn man sich vor Augen hält, dass er mit der Hand schrieb, mit Feder und Tinte. 1884 war ein intensives Jahr voll fieberhafter Tätigkeit. Es ging ihm gut, als er Giftas I *schrieb, es war eine glückliche, sprudelnd vitale und kreative Phase.*

Strindberg war auf Kritik an seinem Text gefasst, und im Juli 1884 schreibt er in einem Brief an seinen Verleger Karl-Otto Bonnier: »Dass das Buch Schelte beziehen wird, steht völlig außer Zweifel!

Aber sollte man nicht schon mal eine scharfe Entgegnung bereithalten, um Schlimmeres im Keim zu ersticken und diesen verdammten Hunden das Maul zu stopfen?«

Sie streckt sich, ihre Beine sind schon ganz steif. Ihre Gedanken wandern ständig wieder zu Emils verqualmter Wohnung. Und zu Johanna.

Da musst du ihn wohl selbst fragen. Ihr seid schließlich ein Paar.

Ja. Und genau das wird sie auch tun.

Fanny stellt die Einkaufstüten ab. Sie sind vollgepackt mit Lebensmitteln, die sie eigentlich vor kurzem erst besorgt hatte, die aber im Handumdrehen weggefuttert waren, wie immer. Wenn ständig mehrere Jugendliche zu Besuch kommen, ist das eben so.

So geht es fast jede zweite Woche. Es ist ja auch schön, aber irgendwie ist es fast so, dass man in der kinderfreien Woche schon die ganze Zeit angespannt auf den Sonntag hinlebt, weil dann Agnes und Sara wieder einziehen und sich alles auf einen Schlag wieder ändert.

Sie zieht die Stiefel aus und bemerkt, dass zwei Paar fremde Sneakers auf dem Boden stehen. Im Wohnzimmer hat jemand Jacken über einen Sessel geschmissen.

Saras Jacke liegt auf links gedreht auf dem Stuhl im Flur. Es kann doch wohl nicht so schwer sein, die Sachen an einen Haken zu hängen. Oder besser noch, auf einen Bügel.

Fanny lässt sie liegen und trägt die Tüten in die Küche. Die Arbeitsplatte ist voll mit schmutzigen Gläser und Tellern, die Spüle ebenfalls. Sie macht die Tür der Geschirrspülmaschine einen Spaltbreit auf. Lauter sauberes Geschirr, das auszuräumen sich keiner die Mühe machen wollte.

Auf der Arbeitsplatte steht eine aufgebrauchte Küchenrolle, und beim Anblick der einsamen Papprolle kocht es bei Fanny endgültig über.

»Hallo?«, ruft sie direkt in Saras Zimmer. »Muss die Küche aussehen wie ein Schweinestall, wenn man nach Hause kommt?«

Sara schaut sich um. Sie sitzt mit Wilma und Laura am Schreibtisch. Alle drei haben dieselben Strubbelfrisuren und dasselbe blaugefärbte Haar. Sie könnten fast Drillinge sein. Das Trio sitzt an seinen sorgfältigen Tuschezeichnungen.

»Du kannst zumindest Hallo sagen«, meint Sara.

Wilma und Laura schauen Fanny wortlos an.

»Ja, ja, hallo. Aber jetzt musst du wohl mal eine kurze Pause einlegen und die Küche in Ordnung bringen.«

Sara schiebt ihren Stuhl so heftig zurück, dass er krachend umfällt. Sie zieht eine wütende Grimasse.

»Ich hab überhaupt nichts gemacht in der Küche! Das war Agnes. Und außerdem hätte sie das gestern Abend machen müssen.«

Jetzt fällt es Fanny auch wieder ein. Es stimmt, Agnes sollte sich um den Abwasch vom Abendessen kümmern, saß dann aber am Computer und schob es immer weiter auf, den ganzen Abend, bis es fast halb elf war. Calle war noch in der Praxis und wollte anschließend mit Magdalena essen gehen, um mit ihr über die Übergabe zu reden.

Fanny selbst saß vorm Fernseher und musste sich fest zusammennehmen, um die Küche nicht selbst aufzuräumen. Agnes sollte ihre Verantwortung übernehmen. Und als Agnes endlich in die Küche schlenderte und anfing, sich ums Geschirr zu kümmern, musste Fanny ihr mitteilen, dass es jetzt leider zu spät sei – sie wolle gerade ins Bett gehen, und da habe sie keine Lust, vom Scheppern der Porzellanteller und Töpfe gestört zu werden. Ihr rutschte sogar noch ein Kommentar heraus, dass es gut gewesen wäre, wenn sie das Ganze früher in Angriff genommen hätte, woraufhin Agnes einfach alles stehen und legen ließ und sich in ihr Zimmer einsperrte.

»Okay, ich sag's ihr«, seufzte Fanny.

Sie wirft einen Blick auf die Unordnung im Zimmer und wird noch müder. Die Comichefte und Filzstifte und Blöcke, die Kleider, die in einem Meer aus einzelnen Häufchen schwimmen, manche schmutzig, manche sauber. Sie ist nahe daran, etwas zu sagen, tut es aber nicht, weil sie weiß, dass es doch nichts nützen wird. Calle muss seiner Tochter das später sagen und sich dann auch wirklich klar ausdrücken. Er muss verstehen, dass Fanny langsam genug davon hat, bei jeder Wäsche zu entdecken, dass im Wäschekorb jede Menge absolut sauberer, duftender Kleidung liegt. Das passiert nämlich, wenn Sara ihr Zimmer aufräumen muss, dann greift sie sich einfach mit vollen Armen die ganzen herumliegenden Klamotten und stopft sie unbesehen in den Wäschekorb.

Im Übrigen könnte Calle den beiden ja auch gern mal zeigen, wie man eine Waschmaschine bedient.

Fanny geht weiter zu Agnes' Zimmer. Sie atmet tief durch, um nicht überzureagieren. Sie denkt daran, was in dem Buch über Stieffamilien, das sie sich zu Weihnachten gekauft hat, über Stiefelternteile zu lesen stand. Sie muss sich bemühen, Respekt für jede Person zu zeigen.

Sie klopft leicht an Agnes' Tür, dann macht sie vorsichtig auf.

Agnes sitzt mit dem Headset am Computer und spielt irgendetwas.

»Hallo?«

Agnes reagiert nicht. Fanny muss ihr auf die Schulter tippen, damit sie sich umdreht und das Headset abnimmt.

»Du müsstest dich jetzt mal um die Küche kümmern«, sagt Fanny. »Ich kann nicht anfangen, Abendessen zu machen, wenn es dort so aussieht.«

Agnes bietet einen Anblick unendlichen Leids.

»Muss das unbedingt jetzt sein?«

»Ja. Genau jetzt.«

Tiefes Seufzen, demonstratives Stöhnen. Dann wirft Agnes die Hörer weg und steht vom Schreibtisch auf.

»Du weißt schon, dass du nicht meine Mutter bist, oder?«

Agnes geht in die Küche, mit dem Handy in der Hand. Das lässt sie überhaupt nicht mehr aus den Augen.

Fanny sieht ihr nach. Sie hört, wie wieder eine neue SMS eingeht, bestimmt die hundertste seit heute Morgen.

Dann hört man, wie die Haustür zugeht. Gut, dann kann Calle jetzt gleich übernehmen. Und dann wäre sie gerne mal kurz allein mit ihm. Sie kann nicht länger warten, sie muss Antworten auf ihre Fragen bekommen.

Calle tritt die Schuhe an der Türmatte ab und stellt eine volle Plastiktüte mit dem Logo einer Buchhandlung ab. Dazu hat er also Zeit, durch die Läden zu bummeln und seine ewigen Fachbücher über Betriebswirtschaft und Formel 1 und verschiedenste Reiseziele zu besorgen. Wo er einfach auch zu Hause hätte sein können, um seine eigenen Teenager zu erziehen. Wo er aufgrund seiner neuen Verantwortung sowieso schon so viel von zu Hause weg ist.

Fanny stellt sich auf die Schwelle. Sie sieht, wie er Saras Jacke vom Stuhl nimmt und säuberlich auf einen Bügel hängt. Das hätte Sara gut und gerne auch selbst machen können.

»Ich hab es langsam satt, dass Agnes und Sara nie im Haushalt mithelfen«, sagt sie.

Calle hängt seine Jacke auf. Sie ist mit Schnee überzuckert, und als Fanny aus dem Fenster schaut, sieht sie, dass draußen heftiges Schneetreiben herrscht. Das macht sie sonst immer ganz glücklich, aber jetzt gerade nicht.

»Wie du das sagst, klingt es, als würde davon die Welt untergehen«, antwortet er. »So schlimm ist das doch wohl auch wieder nicht, oder?« Calle nimmt seine Büchertüte und geht ins Wohnzimmer. Fanny geht ihm nach.

»Nein, aber du musst dich mal um das Problem kümmern. Es sind deine Kinder.«

»Redest du in demselben unfreundlichen Ton mit ihnen wie mit mir gerade? Davon wird es kaum besser werden.«

Sie stellt sich vor ihn und versperrt ihm den Weg.

»Zieh Grenzen. Verlang von ihnen, dass sie mithelfen. Dann muss ich das nicht tun.«

»Aha, Grenzen«, sagt er. »Klingt, als hättest du es in deinem Buch über Stiefeltern gelesen.«

»Ich finde einfach, du solltest mit ihnen reden. Wie wir hier in der Familie miteinander umgehen und dass wir einander helfen sollten.«

»Ich finde, die machen schon eine ganze Menge, und nett sind sie auch. Denk doch auch mal dran, wie viel Hausaufgaben sie immer machen müssen. Außerdem sind Freunde auch sehr wichtig.«

Calle legt Fanny die Hand unters Kinn und schaut sie an.

»Liegt es vielleicht eher daran, dass du ein bisschen müde bist? Wie läuft es eigentlich mit deiner Dissertation?«

Sie macht sich los, ohne ihm eine Antwort zu geben, und deutet mit einem Nicken auf die Tüte.

»Hast du was Schönes gefunden?«

»Ja, ich hab ein paar tolle Sachen entdeckt.«

Er packt die Tüte auf dem Wohnzimmertisch aus. Ein Buch fällt heraus, und sie liest über Kopf den Titel. *Deine Poesie.* In all ihrer Gereiztheit schießt ihr doch noch der Gedanke durch den Kopf, dass er nun anscheinend auch einen Geschmack für Lyrik entwickelt hat. Endlich. Da haben sie sich einander zumindest auf einem Gebiet angenähert.

Bis er das Buch umdreht und sie den richtigen Titel sieht: *Deine Pension.* Von Pia Nilsson, Finanzberaterin für Familien.

»Ist vielleicht schon ein bisschen überholt«, meint er und betrachtet die Rückseite des Buches, »aber es kann trotzdem interessant sein.«

Sie nickt steif. Ja, klar.

»Ich geh noch mal schnell einkaufen«, sagt sie. »Küchenkrepp ist alle.«

Auf dem Weg hinaus schaut Fanny in die Küche. Tatsächlich räumt Agnes gerade das Geschirr in die Spülmaschine, aber es geht langsam und bedeutend umständlicher, als wenn Fanny es selbst erledigt hätte. Außerdem landen die Teller auf der falschen Seite im Korb, stellt sie fest. Sie müssen umgestellt werden, wenn der Spülarm später frei rotieren und das Geschirr wirklich sauber machen soll. Aber sie sagt nichts.

Ihre Wut hat sich wieder gelegt. Sie weiß ja selbst noch, wie es in dem Alter war. Die Erwachsenen immer mit ihrem verdammten Genörgel.

»Tut mir leid, wenn ich vorhin ein bisschen zu energisch geworden bin.«

Agnes blickt auf und sieht Fanny an, sagt aber nichts. Vielleicht fühlt sie sich ja zutiefst ungerecht behandelt. Wie macht ihre Mutter das eigentlich? Helfen die Kinder mehr mit, wenn sie bei ihr sind? Oder weniger? Es würde die Sache wirklich leichter machen, wenn Fanny besseren Kontakt zu Johanna hätte.

Sie lehnt sich an die Arbeitsplatte.

»Ich hab Johanna neulich zur Arbeit gefahren.«

Agnes dreht sich um. Sie hat einen fettigen Topf in der Hand.

»Es ergab sich einfach so«, fährt Fanny fort. »Ich fand es schön, sie mal ein bisschen kennenzulernen.«

»Ja?«

»Weißt du, ob es ihr bei der Arbeit gefällt?«

Agnes schweigt einen Moment, dann schaut sie Fanny an.

»Es gefällt ihr überhaupt nicht in Stockholm.«

Fanny sieht Agnes in die Augen.

»Nein? Aber Calle meinte doch, sie fühlt sich hier wohl.«

»Das sagt sie wohl bloß zu ihm. Mama kommt nie raus, außer zur Arbeit. Und sie hat keine Freunde. Sie sehnt sich nach Hause, nach ihren alten Freundinnen.«

»Aber sie wohnt doch noch gar nicht so lange hier. Vielleicht wird es ja noch besser.«

Agnes stellt den Topf mit einem Knall in die Spüle.

»Wir können uns jetzt alles Mögliche leisten«, sagt sie. »Aber

Mama lebt genauso wie vorher. Sie geizt mit allem und schuftet bei der Arbeit. Genauso wie zu Hause. Eher schlimmer.«

»Warum denn?«, fragt Fanny. »Sie könnte es sich mit dem Geld doch einfach schön machen.«

»Ich weiß nicht. Aber sie würde niemals irgendwelche Luxusgegenstände kaufen oder in einem teuren Restaurant essen. Oder irgendwohin reisen. Das Einzige, was sie kaufen wollte, war ein Pferd für Sara. Aber daraus ist ja nun nichts geworden.«

Sie verstummt. Sie sieht aus, als wäre sie ganz in Gedanken versunken, ihre Halssehnen sind angespannt.

»Aber in der Wohnung fühlt sie sich doch schon wohl, oder?«, fragt Fanny.

Agnes nickt, aber ihr Blick weicht Fanny aus.

»Sie fühlt sich in diesem Haus nicht heimisch«, erklärt sie. »Sie findet, dass wir hier nicht reinpassen.«

Tränen steigen ihr in die Augen.

»Dabei passen wir hier sehr wohl rein! Sara und mir gefällt es hier. Und wir lieben Stockholm. Wir *wollen* nicht zurückziehen!«

Sie dreht sich schnell um, nimmt den Topf und macht den Wasserhahn an. Sie spült die Kasserolle mit dampfend heißem Wasser ab und spritzt Spülmittel drauf. Aber bevor sie die Spülbürste nehmen und schrubben kann, ist Fanny bei ihr.

»Der ist spülmaschinenfest«, sagt sie.

Sanft legt sie von hinten die Arme um den schmalen Rücken und hält Agnes lange fest. Sie spürt, wie das Mädchen schließlich doch aufhört zu zittern und sich entspannt.

»Natürlich passt ihr hier rein. Dein Papa und ich finden es super, dass ihr gekommen seid. Auch wenn es manchmal ein bisschen unordentlich aussieht. Wir sind jetzt eine Familie, da ist das einfach so. Und Johanna gehört auch dazu.«

Fanny streicht Agnes eine lose Haarsträhne hinters Ohr.

»Aber wie soll es denn mit Mama weitergehen?«, sagt Agnes fast unhörbar leise.

Fanny lässt die Gedanken schweifen, während sie in der Schlange an der Supermarktkasse steht. Die ältere Frau vor ihr will bezahlen, tut sich aber schwer mit dem Gerät für die EC-Karten, so dass die Kassiererin ihr behilflich sein muss.

Soll sie Kontakt mit Vendela aufnehmen? Aber das kann bedeuten, dass sie sich von Calle entfernt. Ohne eine Antwort auf die Frage zu bekommen, ob er sie angelogen hat oder nicht.

Da sieht sie etwas, einen Wintermantel, den sie wiedererkennt. Fanny reckt den Hals und hofft, dass die Person sich umdreht, damit sie zumindest das Profil sehen kann. Die Schlange bewegt sich überhaupt nicht vorwärts, weil die alte Dame so lange braucht, und jetzt wird Fanny ungeduldig, sie will die Gelegenheit nicht verpassen, wenn sie sich schon mal bietet. In dem Moment dreht die Frau im Wintermantel den Kopf, um das Cover einer Zeitschrift zu betrachten, und es ist tatsächlich Johanna.

Sie ist schon auf dem Weg aus dem Supermarkt, als Fanny sie mit leeren Händen einholt.

»Johanna?«

Sie dreht sich um.

Sie stehen auf dem Gehweg zwischen den Passanten. Die Sonne, die heute ab und zu durch die Wolken schaut, steht schon tief. Das Licht ist so stark, dass es fast in den Augen wehtut.

»Hast du wohl einen Moment Zeit?«

Johanna wirkt müde. Sie sieht so aus, als wollte sie eigentlich gleich weitergehen.

»Geht es jetzt wieder um Calle? Du musst ihn schon selbst fragen, das hab ich dir doch schon gesagt.«

Sie hat nur eine Tüte in der Hand, die nicht besonders voll ist. Durch das Plastik kann Fanny einen Liter Milch und ein Netz Kartoffeln erkennen.

»Darum geht es gerade nicht«, sagt Fanny. »Es geht um die

Kinder. Sie merken, dass es dir nicht gut geht. Ich glaube, du bist zu allein.«

Johanna schweigt und weicht Fannys Blick aus. Sie stampft nur mit den Stiefeln auf dem festgetrampelten Schnee herum.

»Das geht dich überhaupt nichts an.«

Sie macht schon Anstalten weiterzugehen, doch Fanny hält sie zurück.

»Ich kann es verstehen, wenn du dich hier nicht besonders wohlfühlst. Aber vielleicht könntest du es ja doch versuchen? Für die Mädchen.«

Johanna sieht sie an, und ihre graugrünen Augen haben eine ganz neue Schärfe.

»Meine Kinder sind nicht dein Problem. Sondern meins. Und Calles.«

»Irrtum«, sagt Fanny. »Sie sind auch mein Problem. Denn ich wohne jede zweite Woche mit ihnen zusammen.«

Johanna wechselt ihre Tüte von der rechten in die linke Hand und zieht sich den Strickhandschuh wieder hoch, der ihr das Handgelenk hinuntergleiten will. Er ist ganz fusselig von der jahrelangen Benutzung. Dabei könnte sie sich jederzeit ein Paar Handschuhe mit Nerzfutter kaufen.

»Ich muss jetzt nach Hause.«

Sie geht mit kleinen, schnellen Schritten davon, und Fanny folgt ihr. Sie schaut auf Johannas Rücken, die zehn Meter vor ihr über den vereisten Gehweg schlittert.

Erst als sie die gemeinsame Haustür erreichen, bleibt sie stehen, so dass Fanny sie einholt.

»Ich bin Agnes und Sara zuliebe hierhergezogen«, sagt sie.

»Ich weiß.«

»Also muss ich das jetzt auch durchstehen.«

Sie beginnt, ihren Türcode einzugeben.

»Was stört dich denn an Stockholm?«, will Fanny wissen.

Johanna hält inne und lässt die Hand sinken.

»Es ist zu groß. Viel zu viele Leute. Und alles so anonym.«

Sie blickt zur Straße.

»In meinem letzten Job hatten wir einen Mann, der an einer Überdosis gestorben ist. Wäre er nicht nach Stockholm gefahren … dann wäre er vielleicht noch am Leben. Er hatte hier auch eine kleine Tochter, die war grade mal acht Jahre alt.«

Fanny erinnert sich daran, was Calle ihr von Johanna erzählt hat, dass sie früher in der Kleinstadt in einem Heim für Exjunkies gearbeitet hat.

»Deswegen wohnst du also nicht gern hier?«

Johanna schweigt.

»Okay«, meint Fanny. »Aber wo du jetzt schon mal in Stockholm bist, kannst du seine Tochter doch zumindest mal besuchen und nachschauen, ob es ihr gut geht.«

Lange Schweigepause.

»Nein«, sagt Johanna. »Sie wurde in einer Pflegefamilie untergebracht.«

»Aber weißt du nicht, wie sie heißt? Man muss doch rausfinden können, wo sie lebt. Also, wenn du es gerne wissen möchtest, heißt das. Ich kann dir vielleicht dabei helfen.«

Endlich sieht Johanna sie an.

»Nein, danke«, sagt sie. »Ich brauche keine Hilfe. Und du brauchst nicht so zu tun, als wolltest du mir behilflich sein, nur weil du möchtest, dass ich dir irgendwas von Calle erzähle. Das müsst ihr schon selbst geregelt kriegen.«

Mit resoluten Bewegungen tippt sie den Code ein, macht die Tür auf und verschwindet im Haus. Fanny bleibt stehen und hält die Tür mit dem Fuß auf, bevor sie ins Schloss fallen kann. Und versetzt ihr einen kleinen Tritt.

Und so waren sie verheiratet. Einen Monat. Zwei Monate. Und er war so glücklich, so glücklich. An den Abenden saßen sie zusammen, und er sang wieder von der »Rose im Walde«; das war ihr Lieblingslied. Und er sprach über Theater und Religion, und sie saß andächtig da und hörte zu! Aber sie sagte nichts, sie war immer seiner Meinung und häkelte Decken.

Im dritten Monat nahm er die alte Gewohnheit des Mittagsschlafes wieder auf. Seine Frau wollte neben ihm sitzen, denn sie konnte nicht allein sein. Das genierte ihn, denn er hatte ein großes Bedürfnis, mit seinen Gedanken allein zu sein.

Zuweilen ging sie ihm mittags entgegen; dann war sie so stolz, wenn er seine Kameraden verließ und zu ihr hinüberkam. Und dann brachte sie ihn im Triumph nach Haus: es war i h r Mann!

Im vierten Monat begann er müde zu werden, ihr Lieblingslied zu singen. Das war so verbraucht! Und er nahm ein Buch, und beide saßen still da.

Fanny hebt den Blick. Ihr tun die Schultern und Schulterblätter weh, und sie streckt sich, während sie zu Sofies Platz im Lesesaal hinüberschielt. Er ist leer. Es liegen keine aufgeschlagenen Bücher dort, und die rote Strickjacke hängt auch nicht über dem Stuhl. Fanny sieht sich um, kann sie aber auch an keinem anderen Leseplatz entdecken.

Sie steht auf und geht einen Umweg durch die prächtigen Säle der Königlichen Bibliothek. Sie schaut in alle möglichen Räume, aber keine Sofie weit und breit.

Am Empfang bleibt sie stehen und ist fast ein wenig enttäuscht. Irgendwie ist es doch ganz gemütlich, manchmal einen Menschen zu haben, mit dem man einfach so ein bisschen plaudern kann, und da ist es auch ganz egal, ob man mit der Person etwas gemeinsam hat oder nicht. Man möchte nicht unbedingt Tag für Tag allein am Mittagstisch sitzen, während rundherum alle Gesellschaft haben und sich gegenseitig ins Wort fallen und vor Lachen brüllen.

Sie ist gerade auf dem Weg nach unten, als sie jemanden entdeckt, der etwas verloren im vorderen Eingangsbereich steht.

Johanna ist noch nicht mal durch die Glastüren zum Empfang gegangen, wo es Sitzplätze gäbe. Aber dort müsste sie natürlich auch schon ihre Jacke in einen Spind schließen.

Ist am Ende etwas passiert? Geht es um Calle? Oder die Kinder?

Fanny geht hinaus. Johanna schaut sie schweigend an. Sie ist bleich und hat violette Schatten um die Augen.

»Ich habe drüber nachgedacht, was du am Freitag zu mir gesagt hast«, sagt sie leise.

»Was denn?«

»Dass du mir helfen könntest rauszufinden, wo Kristers Tochter ist. Und wie es ihr geht.«

Sie fügt hinzu:

»Also, von dem Mann, der gestorben ist, von dem ich erzählt hatte.«

Fanny nickt. Sie zeigt ihre Überraschung mit keiner Miene. Tatsächlich ist sie auch gar nicht so sicher, ob sie Johanna bei der Suche helfen kann, das hat sie einfach bloß schnell so dahingesagt.

»Weißt du, wie sie heißt?«, fragt sie.

»Frida.«

»Und einen Nachnamen hast du nicht?«

»Wallin, glaube ich. Krister hieß jedenfalls so.«

»Es wäre gut, wenn du auch noch ihr Geburtsdatum wüsstest.«

Johanna überlegt eine ganze Weile.

»Er hat mir erzählt, dass sie Heiligabend zur Welt kam. Natürlich kann ich nicht mit Sicherheit sagen, ob das stimmt.«

»Dann werde ich versuchen, es rauszufinden«, verspricht Fanny.

Johanna atmet tief durch und presst ihre Handschuhe zusammen.

»Danke.«

Sie geht die Vortreppe wieder hinunter. Offenbar will sie keine Sekunde länger bleiben als unbedingt notwendig.

»Warte mal kurz«, ruft Fanny ihr nach.

Johanna bleibt stehen und dreht sich um.

»Wir könnten das doch zusammen machen. Wenn du willst.«

Danne macht seine Wohnungstür weit auf. Breites Grinsen, wie immer.

»Hallihallo!«

Er trägt eine sackartige Jogginghose und ein T-Shirt. Es sieht so aus, als hätte er gerade frisch geduscht. Von drinnen hört man laute Musik, es klingt nach Altherrenrock.

»Kommt doch rein.«

Sie treten in den Flur. Es ist unordentlich, überall sind Kleidungsstücke und Schuhe verstreut. Auch ein sportliches Fahrrad steht hier. An einer Wand lehnen mehrere auf Holzrahmen gespannte Leinwände.

Fanny ist froh, dass ihr wieder einfiel, was Danne einmal nebenbei erwähnte, dass er nämlich einen speziellen Dienst abonniert hat, der diverse Informationen zur Verfügung stellt. Er meinte, bevor er irgendwelche Leute in seiner Firma anstelle, müsse er sie schließlich überprüfen und sich ein Bild davon machen, wer sie so sind. Die Welt sei nämlich voller durchgeknallter Typen, meinte er.

Als sie Danne anrief, bot er sofort an, ihnen behilflich zu sein, und er meinte, das Problem ließe sich sicher lösen. Er legte sogar richtigen Eifer an den Tag.

Jetzt lächelt er Johanna warm an.

»Wie geht's mit der Alarmanlage?«

»Prima«, antwortet sie. »Ist eigentlich gar nicht so schwierig. Und danke auch noch mal für deine Hilfe mit dem Wandregal.«

Er lacht ein wenig.

»Ja, am Ende hat's dann ja doch geklappt. Manchmal muss man einfach ein bisschen stur sein.«

»Hast du was gefunden?«, will Fanny wissen, als sie in die Küche gehen und sich an den großen abgebeizten Klapptisch setzen, um den lauter ungleiche Stühle herumstehen.

Überall hängen Familienfotos und Kinderzeichnungen an der Wand, dazwischen Dannes eigene Skizzen und Bilder.

»Allerdings«, sagt er. »War überhaupt kein Problem.«

Danne dreht die Musik leiser. Er stellt drei klobige Keramiktassen auf den Tisch, dazu eine große Platte mit Kuchen von der Bäckerei. Dann zieht er den dünnen Laptop zu sich heran und blickt konzentriert auf den Monitor.

»Frida Wallin, geboren nullvier zwölf vierundzwanzig. Das muss sie wohl sein, stimmt's?«

Fanny blickt zu Johanna, und die nickt.

»Glaube schon.«

Wenig später haben sie ihren Kaffee ausgetrunken, und Danne führt sie durch sein helles Atelier. Ein einziges Chaos aus Künstlermaterialien und halb fertigen Projekten, eingehüllt in den Duft von Leinöl, Terpentin und Ölfarbe.

Fanny betrachtet seine Werke, die hie und da herumstehen, manche auch noch auf ihrer Staffelei. Seine Kunst ist vielleicht nicht von allerhöchster Qualität, sie würde sie eher als platt und ein bisschen klischeehaft bezeichnen, aber Danne glüht wirklich vor Begeisterung, wenn er von seinen Motiven spricht. Das hier ist sein Lebenstraum.

Sie gehen zurück in die Küche, und Danne schaut noch einmal auf den Computer. Frida Wallin ist bei einer Adresse eingetragen, die ein wenig außerhalb von Stockholm liegt.

»Danke für deine Hilfe«, sagt Fanny.

Johanna nickt, sie sieht etwas verlegen aus. Danne klappt seinen Laptop zu und meint:

»Wenn es noch was gibt, sagt einfach Bescheid.«

Er begleitet sie noch zur Tür.

»Muss doch schön sein, wenn man in die Großstadt zieht, oder?«, sagt er zu Johanna. »Endlich weg vom platten Land.«

Sie schenkt ihm ein höfliches Lächeln, ohne etwas zu erwidern.

»Ich komme aus einer kleinen Stadt in der Provinz Norrbotten«, sagt Danne. »Zweihundert Einwohner. Ihr könnt euch sicher vorstellen, wie verloren ich mich hier zu Anfang gefühlt habe. Ich kam mir total fehl am Platz vor, wie der letzte Trottel.«

»Aus Norrbotten? Das hört man dir aber kaum an«, sagt Fanny.

Danne lacht kurz.

»Stimmt, eher selten. Manchmal vielleicht. Trotzdem, ich hab mir vor kurzem ein Haus da oben gekauft. Denn jetzt habe ich erst einen Blick dafür entwickelt, wie schön es da oben eigentlich ist.«

Er macht ihnen die Tür auf.

»Also dann, viel Glück!«

Sie stehen allein im Treppenhaus. Fanny drückt auf den Lichtschalter.

»Das ging ja super.«

Aber Johannas Lächeln ist erloschen. Sie schüttelt langsam den Kopf.

»Ja, aber es geht doch nicht«, sagt sie. »Ich lass das lieber.«

»Warum denn? Jetzt, wo wir wissen, wo sie wohnt?«

Fanny versucht, ihr in die Augen zu sehen, doch Johanna blickt stur zu Boden.

»Aber ich finde mich doch nirgends zurecht. Ich könnte überhaupt nicht hinfahren.«

»Ich fahre dich«, bietet Fanny an. »Das ist doch selbstverständlich. Wir schauen einfach mal aus der Ferne das Haus an.«

Ein kurzer, erstaunter Blick. Als könnte Johanna nicht glauben, dass Fanny es ernst meint.

Ein Kalksandsteinhaus mit Carport. Mehrere Fahrräder sind schlampig vorm Haus abgestellt, auf jedem Sattel liegt ein weiches Kissen aus Schnee. Im Garten steht eine Schaukel und ein Trampolin, beide ebenfalls schneebedeckt. Bunte Gardinen mit verspieltem Muster im Küchenfenster. Sagt das schon etwas aus? Fanny findet schon.

Es scheint keiner zu Hause zu sein, wahrscheinlich ist die Familie bei der Arbeit und in der Schule.

Johanna hat plötzlich eine viel aufrechtere Haltung. Die Strahlen der Wintersonne, die schräg durch die Zweige der Bäume fallen, beleuchten ihr Gesicht. Sie sieht süß aus, geradezu schön.

»Wollen wir uns die Schule auch anschauen?«

Johanna nickt noch einmal. Sie setzen sich ins Auto, verlassen die Eigenheimsiedlung und fahren ins Zentrum des Vororts.

Das Schulgebäude sieht aus wie viele andere auch, es ist schwer einzuschätzen, ob die Schule gut ist oder nicht. Auf dem Hof spielen jede Menge Kinder.

Fanny fährt an den Randstein und parkt. Johanna geht am Pausenhof entlang, Fanny folgt ihr. Johanna sucht den Hof mit Blicken ab. Da bleibt sie stehen und klammert sich fest ans Zaungitter. Ihr Blick ist an einer Gruppe Mädchen hängen geblieben, die gerade aus dem Schultor kommen.

»Da. Das ist sie. Das muss Frida sein.«

»Bist du sicher?«

Johanna nickt. Für sie scheint es gar keinen Zweifel zu geben.

»Ich erkenne sie wieder, ich habe mal ein Foto gesehen. Außerdem hat sie Kristers Haarfarbe, und auch seinen Gang.«

Fanny beobachtet Johanna, die Fridas Weg über den Schulhof verfolgt, dem Mädchen beim Klettern und Springen zusieht, beim Spiel mit ihren Freundinnen, bis es irgendwann das Gelände verlässt und sich mit seiner Clique auf den Weg ins Zentrum macht. Frida wirkt vergnügt und lebhaft, gesund und sozial. Ein Prachtkind, wie es aussieht. Ihre Schultasche baumelt ihr von der Schulter, ein Anhänger mit einem kleinen Teddy hängt am Trageriemen.

Johanna wendet sich zu Fanny. Sie hat rosa Flecken auf den Wangen und lächelt weich, wie es Fanny bei ihr noch nie gesehen hat.

Auf dem Heimweg ist Johanna wie ausgewechselt. Sie lehnt sich zurück und schaut Fanny mit glänzenden Augen an.

»Danke«, sagt sie.

»Nicht der Rede wert.«

Johanna sieht aus dem Autofenster. Dann fängt sie an zu reden.

»Ich habe an sie gedacht, obwohl sie ihren Vater ja kaum richtig kennengelernt hat. Aber Eltern sollten nicht sterben, wenn man noch so klein ist.«

Fanny nickt. Sie verbeißt sich eine Antwort, weil sie nicht riskieren will, etwas Falsches zu sagen. Sie dreht nur das Radio leiser.

»Meine Eltern starben, als ich zwanzig war«, fährt Johanna fort. »Da war ich also schon groß. Aber es war trotzdem zu früh. Ich hätte sie noch länger gebraucht. Es ist bei einem Busunglück im Ausland passiert.«

Fanny betrachtet die Eiskristalle auf der Windschutzscheibe, während sie Johannas Worte auf sich wirken lässt. Das hat sie schon mal gehört. Allerdings von Calle.

Schon damals ahnte sie, dass etwas nicht stimmte. Und als Agnes den Unfall nebenbei erwähnte, war sie ganz sicher. Den Verdacht nun endgültig bestätigt zu sehen, ist ebenso schön wie traurig.

»Ich kann mir nicht mal vorstellen, wie es sein muss, so etwas durchzumachen«, sagt sie.

»Es wird leer. Schrecklich leer.«

Fanny sieht Johanna aus dem Augenwinkel an. Keine Tränen. Aber es ist trotzdem nicht leicht, Worte zu finden, die man in so einem Moment erwidern kann.

»Hast du Geschwister?«, fragt sie.

»Eine große Schwester, die ist zwei Jahre älter als ich. Sie ist mit ihrem Freund nach Norrland gezogen. Wir sehen uns so gut wie nie.«

Johanna hält inne und lässt den Blick auf den Bäumen am Straßengraben ruhen.

»Meine Eltern und ich hatten nie so ein tolles Verhältnis. Papa verstand mich nicht so richtig. Der hätte wohl lieber einen Sohn gehabt. Und Mama wollte keinen Streit, also ergriff sie immer seine Partei. Meine Schwester war immer ganz tüchtig und machte genau, was sie von ihr erwarteten. Nur ich hab einfach auf die Schule gepfiffen und bin lieber auf Partys gegangen. Na ja, bis meine Eltern eben starben. Und dann kam Calle.«

Johanna wendet den Kopf und fixiert Fanny mit ihrem graugrünen festen Blick.

»Seine Mutter und sein Bruder wohnen immer noch dort«, sagt sie. »Das solltest du auf jeden Fall wissen.«

Fanny holt mit kleinen, kurzen Atemzügen Luft. Ein seltsam durchsichtiger Augenblick, in dem die Zeit nicht zu existieren scheint.

Seine Mutter und ein Bruder.

»Aber da er nichts darüber sagen wollte, denke ich, dass du

nicht weiter nachforschen solltest«, meint Johanna. »Lass es einfach bleiben. Das ist das Beste.«

Fanny drückt den Fuß aufs Gaspedal, ihre Geschwindigkeit erhöht sich etwas. Es fühlt sich an, als würden sie über die Straße fliegen.

Seine Mutter und ein Bruder. Das ist also die Wahrheit.

Sie hat bloß keine Ahnung, was sie nun mit ihr anfangen soll.

Am Nachmittag ist es schnell dunkel geworden. Durch das Fenster des Cafés, im Vasapark auf der anderen Straßenseite, kann Fanny die Schlittschuhläufer auf der beleuchteten Eisbahn ausmachen. Sie sitzt allein in ihrem Stammcafé Ritorno. *Giftas* und das übrige Material liegen aufgeschlagen vor ihr. Wie immer lauscht sie den Gesprächen der Leute an den Nachbartischen, hört, wie sie über ihre ewigen Stücke, Drehbücher, Tanzaufführungen, Konzerte, Webauftritte und Fotoausstellungen reden. Jeder ist der Meinung, dass just sein Projekt das wichtigste überhaupt ist, und beschreibt seinem Gegenüber mit anschaulichen Worten und Gesten, wie alles aussehen soll, wenn es erst fertig und vollendet ist.

Insgeheim vermutet sie, dass das meiste sowieso niemals fertig gestellt werden wird und wenn, dann wird es den großen Visionen nicht andeutungsweise nahekommen. Aber sie versteht, dass das Träumen schon die halbe Freude ist. Ungefähr so wie bei ihrer Doktorarbeit.

Sie versucht, neue Energie aufzubringen, und schlägt aufs Geratewohl eine Seite in *Giftas* auf.

Beim Abendessen war jedes Gericht mit Zucker abgeschmeckt. Er hasste süßes Essen, wollte sie aber nicht traurig machen. Dann fragte er aber doch einmal nach, ob es auf ihren Wunsch so geschah oder auf Wunsch der Köchin. Tatsächlich war es ihr Wunsch, weil sie es von zu Hause so gewohnt war. Der Salat war mit Sahne, Eiern und Zucker angemacht. Er fragte noch einmal, ob sie ihn nicht lieber mit Öl habe. Nein, Öl könne sie nicht vertragen. Aber man könnte für ihn ein wenig Salat mit Öl anmachen. Er wollte nicht streiten, das war es nicht wert. Dann ließ er es eben so, wie es war.

Nach dem Essen trank er immer einen Kaffee, aber ihr hatte der Arzt es verboten. Also musste er alleine über seiner Kaffeetasse sitzen. Ob er ihr nicht ein wenig aus der Zeitung vorlesen solle? Da stehe heute ein interessanter Artikel über die irische Bewegung drin. – Du lieber Himmel, nein, von so grässlichen Dingen wolle sie gar nichts hören.

Die Gespräche rundherum lenken sie ab, und sie blickt wieder auf. Sie überlegt, ob sie sich ihren Kaffee noch mal auffüllen lassen soll, bleibt aber sitzen

Die Mutter und ein Bruder. Wer sind die beiden? Und warum konnte ihr Calle nicht von ihnen erzählen?

An einem Tisch ein Stückchen entfernt sitzt ein junges Paar mit zwei Kindern, die jeweils ein Hefeteilchen mit Makronenfüllung und Sahne bekommen haben. Fanny beobachtet sie diskret. Sie sieht, wie die Mutter dem kleineren hilft, die Sahne abzuschaben.

Soll sie Calles Wunsch nachgeben? Würde ein Kind sie als Familie stärker zusammenschweißen? Nein. Nicht, so wie es momentan aussieht, bestimmt nicht. Wenn sie sich darum kümmert, dass ihre Patchworkfamilie gut funktioniert, ist das vorerst das Beste, was sie tun kann.

Sie versucht sich wieder zu sammeln. Sie sieht ihre Notizen durch, blättert in dem ausgedruckten Teil, den sie sich zum Redigieren mitgenommen hat. Sie liest eine Zwischenüberschrift: *Die Familie – Idyll oder Gefängnis?* Mit dem Bleistift in der Hand überfliegt sie den Text, um das Gefühl zu haben, wirklich zu arbeiten.

Aber trotz aller Umschwünge in seinen Ansichten, aller Stimmungsschwankungen und plötzlichen Einfälle scheint Strindberg sein Leben lang das warme, lichte Bild von der Ehe als Institution nie so richtig loslassen zu können. Auch als er in fortgeschrittenem Alter feststellt, dass sie »eine harte Schule« und »sehr hässlich« ist. In Ein Blaubuch *schreibt er 1908, dass »[...] für Alltagsmenschen [...] die*

Ehe notwendig [ist]. Sie gibt dem Leben Interesse, hält einen aufrecht, macht es warm um einen, berichtigt die Eigenliebe.«

Doch in einem seiner üblichen Paradoxe rechnet Strindberg sich selbst nicht zu diesen »Alltagsmenschen«, obwohl gleichzeitig ganz offensichtlich ist, dass er seine eigenen Erfahrungen ausdrückt.

Fanny gibt es auf. Sie legt den Stift aus der Hand und trinkt ruhig und still ihren Kaffee, während sie den Passanten draußen zusieht.

Letzte Woche war Calle völlig vereinnahmt von dem ganzen Trubel rund um die Praxisübernahme. Ein Treffen mit dem Revisor, um die Buchführung anzusehen, Überlegungen zum Marketing und eine Überarbeitung der Website. Jetzt wird er sicher auch einen neuen Zahnarzt einstellen, um Magdalena zu ersetzen sowie das Team um eine Dentalhygienikerin ergänzen.

Fanny weiß nicht, wann sie ihn einmal für ein ernsthaftes Gespräch beiseitenehmen soll. Sie weiß nur, dass sie es muss, und zwar so bald wie möglich.

Fanny mustert Calle von hinten, während sie am Küchentisch sitzt und sich die Nägel lackiert. Er hat gerade den Kühlschrank aufgemacht, um sich zu überlegen, was er zum Abendessen kochen soll. Er singt ein Lied mit, das im Radio läuft, und scheint guter Laune zu sein. Schwedischer Meister im Verdrängen.

Von der Unordnung rundherum sieht er nichts. In Ermangelung anderen Stauraums ist in den letzten Wochen eine Wertstoffsammlung in einer Ecke der Küche aufgelaufen. Zeitungen, Plastikverpackungen und Kartons, größtenteils Überreste von Calles Spontankäufen für Agnes und Sara.

Fanny hat geduldig gewartet, dass er zumindest das eine oder andere Teil mal zu den Behältern im Hof hinunterträgt. Aber davon kann gar nicht die Rede sein. Er scheint zu hoffen, dass es irgendwann von selbst verschwindet.

»Haben wir was zu trinken?«

Agnes und Sara stehen an der Küchentür.

Wasser, würde Fanny am liebsten antworten, aber Calle beeilt sich, jeder ein großes Glas Orangensaft einzuschenken. Sie bemerkt, dass die Tüte alle wird. Morgen also kein Saft zum Frühstück.

»Wie ihr seht, wird es langsam mal Zeit, sich um den Müll zu kümmern. Und ich finde, das sollten wir zusammen machen. Alle vier.«

Eine gute Idee. Sie könnten alles gemeinsam sortieren und hinaustragen und auf diese Art ein gemeinsames Gefühl für Verantwortung bekommen. Ein kleiner, aber wichtiger Baustein bei der Aufgabe, die Patchworkfamilie zusammenzuschweißen. Mit guter Laune und viel Energie könnte diese Arbeit sogar richtig Spaß machen, statt zu nerven.

Agnes und Sara betrachten den Abfallhaufen, während sie den Saft in sich hineinschütten.

»Ich muss lernen«, sagt Sara. »Ich hab morgen eine Prüfung.«

Eine wenig glaubwürdige Ausrede. Fanny wartet auf einen Einwand von Calle, aber er sagt nichts. Er macht nur die Kühlschranktür so fest zu, dass die Flaschen klirren.

»Und du, Agnes?«, fragt Fanny.

Agnes lächelt schüchtern.

»Leo kommt her.«

»Jetzt?«

Agnes nickt, und ihr ganzes Gesicht hellt sich auf.

»Wie schön«, sagt Calle. »Haben wir was zum Anbieten?«

»Ich kann mal nachgucken«, sagt Fanny. »Irgendwas ist bestimmt da.«

Sie macht den Nagellack zu und will aufstehen.

»Das ist nicht nötig«, meint Agnes. »Wir gehen dann sowieso aus.«

In diesem Moment klingelt es. Agnes stellt ihren halb ausgetrunkenen Saft ab und stürzt in den Flur.

Calle nickt in Saras Richtung und zwinkert ihr komplizenhaft zu.

»Dann geh mal schön büffeln, hm?«

»Danke, Papa.«

Sie drückt ihm den Arm, lächelt zurück und verschwindet.

Stimmen vom Flur. Dann kommt Agnes mit Leo im Schlepptau in die Küche. Ein großer, gut gebauter junger Mann mit Chinos und gestreiftem Hemd, gutem Haarschnitt und fröhlichem Lächeln.

»Das ist Leo«, stellt Agnes vor.

Calle verhält sich so gekünstelt, wie es manchmal seine Art ist. Er gibt sich alle Mühe, doppelt so viel Charme auszustrahlen, wie nötig wäre.

»Hallo, Leo!«, sagt er. »Ich freue mich wirklich sehr, dich kennenzulernen.«

Leo lächelt und gibt ihm die Hand, deutet eine kleine Verbeugung an, begrüßt auch Fanny und sagt seinen Namen und ist insgesamt so kolossal wohlerzogen wie es nur ein Sechzehnjähriger aus Östermalm sein kann.

»Was für eine schöne Wohnung Sie haben«, bemerkt er.

»Danke«, sagt Fanny. »Wir fühlen uns auch sehr wohl hier.«

Agnes und Leo verschwinden. Calle setzt sich auf einen Stuhl. Er ist völlig überwältigt. Worte sind überflüssig.

Aber jetzt schafft Fanny es nicht mehr, die liebe, nette Stiefmama zu spielen. Sie blickt auf den verlassenen Müllhaufen und Calles Gesicht verfinstert sich sofort.

»Ja, ja, die Abfälle«, sagt er. »Und mit ›um die Abfälle kümmern‹ meinst du wahrscheinlich wie immer, dass sie bis zum letzten Fitzelchen sortiert werden, oder? Sonst könnte man sich ja vielleicht eine etwas effektivere Entsorgung vorstellen.«

»Und zwar?«, fragt sie.

»Zum Beispiel alles in Plastiktüten stecken, zuknoten und in die normalen Mülltonnen für den Haushaltsmüll legen. Am

Ende wird ja doch alles verbrannt. Ich könnte wetten, dass die in der Müllverwertungsanlage letztendlich doch die ganzen Zeitungen und Kartons und Essensreste zusammenschmeißen, bloß, dass es keiner laut sagt.«

Fanny trägt transparenten Überlack auf ihre Nägel auf. Sie versucht, aus ihm schlau zu werden. Aus seinem totalen Mangel an Verantwortungsgefühl und Fürsorge für diesen empfindlichen Planeten, auf dem seine eigenen Kinder aufwachsen sollen.

»Nein«, sagt sie. »Ich halte es nicht für einen guten Vorschlag, alles zusammenzuwerfen.«

Sein Gesicht wird hart, wie immer, wenn ihm etwas gegen den Strich geht.

»Wenn du es so anstrengend findest, vielleicht solltest du dann aufhören, deine Töchter so zu verwöhnen«, meint sie. »Zum einen kaufst du ihnen viel zu viele Sachen, zum anderen lässt du sie damit davonkommen, dass sie sich um die Beseitigung des Mülls drücken, den sie selbst verursachen.«

Ihr ist sehr wohl bewusst, dass sie einen großen Schritt auf ein Minenfeld getan hat. Solche Kritik von ihr wird ihn bestimmt nicht geneigt machen, ihr intime Dinge über sich selbst zu erzählen.

»Wie oft muss ich das eigentlich noch sagen?«, faucht er. »Ich habe keine Lust, meine kostbare Zeit mit Agnes und Sara dafür zu verschwenden, ihnen ständig mit Haushaltsarbeiten in den Ohren zu liegen! Und es gefällt mir, meinen Kindern Sachen zu schenken, die sie glücklich machen. Ich verstehe nicht ganz, wieso ihnen das so schrecklich schaden sollte.«

Das hat Fanny nie behauptet, aber sie sagt nichts. Und jetzt fängt Calle an, resolut in dem Müllhaufen zu wühlen und Kartons und Tüten zusammenzusuchen.

»Okay, dann machen wir das doch gleich«, sagt er, »dann hat das Genörgel ein Ende. Sonst meckerst du mich noch kaputt. Denn du musst ja immer Recht haben, lassen wir's doch dabei.«

Er hält inne. In der Hand hat er einen Karton, in dem ein Glätteisen verpackt war. Auf einer Seite ist eine lächelnde Frau abgebildet.

»Ich verstehe, dass du dir nur sehr schwer vorstellen kannst, wie es ist, Eltern zu sein«, sagt er. »Das verstehe ich wirklich.«

Fanny pustet auf ihre Nägel. Sie konzentriert sich darauf, den Lack trocken zu bekommen. Alles andere wäre in diesem Moment zu viel.

Sie haben gerade die Tür zum Hof aufgestoßen, beide bepackt mit Tüten voller Zeitungen und Kartons, als Fanny Johanna von den Mülltonnen kommen sieht. Anscheinend hat sie auch gerade ihren Abfall hinuntergebracht.

Johanna nickt ihnen zu. Sie lächelt tatsächlich, was ziemlich außergewöhnlich ist. Sie bleibt sogar kurz stehen und wartet, bis sie ihre Zeitungen und zusammengefalteten Pappkartons in die jeweiligen Tonnen gestopft haben.

Sie sieht Calle an, und man merkt, dass sie innerlich Anlauf nimmt.

»Ich hatte mir gedacht, dass ich dir doch die Zulage zum Unterhalt zurückzahlen könnte, die du mir die letzten vier Jahre überwiesen hast. Das würde ich gerne machen.«

Calle bleibt stehen. Er fühlt sich ein wenig blamiert. Doch er schüttelt den Kopf.

»Niemals.«

»Aber mir würde es ein gutes Gefühl geben.«

»Nein. Das ist durch.«

»Und was hältst du davon, wenn ich dir was schenke? Eine Reise zum Beispiel?«

»Eine Reise?«

Calle schaut völlig verständnislos. Johanna senkt den Blick, lächelt unsicher und streicht sich den Pony aus der Stirn.

»Ja. Ich dachte mir, dass du es bestimmt schön fändest, im

August beim Grand Prix in Belgien vor Ort zu sein und in der Eau-Rouge-Kurve zu sitzen.«

Fanny hält inne. Wovon redet sie? Grand Prix? Hat das nicht was mit Formel 1 zu tun? Damit kennt sie sich überhaupt nicht aus. Sie kann sich kaum einen blöderen Sport vorstellen, vor allem, weil das Ganze so eine unglaubliche Geldverschwendung ist. Dass man Milliarden investiert, um brüllende Maschinen im Kreis fahren zu lassen – das Geld könnte man wahrhaftig besser anlegen. Calle hat erzählt, dass das Top-Team in einer Saison vier Milliarden pro Kopf macht. Für zwanzig Rennen. Der absolute Irrwitz.

Johanna hat sich zu ihr gewandt.

»Die Eau-Rouge-Kurve«, erklärt sie, »ist eine von den wenigen Kurven auf den Formel-1-Rennstrecken dieser Welt, in der man die ganze Kurve mit Maximalgeschwindigkeit durchfahren kann. Ohne vom Gas zu gehen.«

Fanny wartet, ob die Erklärung noch weitergeht, aber das ist offenbar überflüssig. Calle schweigt und schaut Johanna nur an. Er wirkt wie betäubt.

»Ich hab schon immer gedacht, dass es ein Mordserlebnis sein müsste, die Eau-Rouge-Kurve mal in echt zu erleben, nicht bloß im Fernsehen«, sagt sie. »Unglaublich! Stell dir bloß vor, wenn man das Motorengeräusch ungefiltert hören kann.«

Viele Worte und lebhafte Gesten. Fanny erkennt sie fast nicht wieder.

»Und genau dort zu sitzen, wo Webber und Alonso in der siebenunddreißigsten Runde die Eau-Rouge-Kurve parallel gefahren sind. Oder wie vor ein paar Jahren, als Massa dieses klassische Überholmanöver bei Montoya brachte. Was für ein Gespür!«

Calle kommt wieder zu sich.

»Nein«, sagt er. »Wenn ich verreisen will, zahl ich das schon selbst.«

Johanna sieht enttäuscht aus.

»War ja nur ein Vorschlag.«

Sie geht zur Kellertür, zu der sie wohl vorhin schon unterwegs war. Calle folgt ihr mit dem Blick. Johanna schließt die Kellertür auf und will gerade hinuntergehen, aber bevor sie verschwindet, kann er sich endlich von dem Fleck lösen, auf dem er stand. Er macht ein paar Schritte in ihre Richtung und ruft:

»Aber danke trotzdem.«

Sie tauschen einen freundlichen Blick. So etwas sieht Fanny zum ersten Mal bei ihnen. Und genau in diesem Moment hört man irgendwo auf einem der Innenhöfe einen Vogel zwitschern. Wo es den ganzen Winter über totenstill war.

Der Frühling ist im Anzug, und alle werden ein bisschen fröhlicher. Alle außer ihr.

Fanny legt ihre Unitasche auf den Stuhl im Korridor und geht ins Wohnzimmer. Im Fernsehen knallt und scheppert es, Autos durchfahren Kurven und driften, dass die Reifen nur so quietschen. Sie hat zwar schon den halben Film verpasst, setzt sich aber trotzdem in den Sessel. Die anderen drei sitzen dicht nebeneinander auf dem Sofa. Calle in der Mitte hat je einen Arm um seine Töchter gelegt.

»Wo warst du?«, fragt Calle.

»Ich hab gelesen. Hatte ich doch gesagt.«

»Du hast echt bis jetzt gelesen? Es ist doch schon so spät.«

»Ja.«

Das ist nur die halbe Wahrheit. Sie hat zwar im Ritorno gelesen, bis das Café zumachte, aber dann hat sie noch einen langen, einsamen Spaziergang durch die Stadt gemacht. Sie hatte einfach keine Lust, so früh nach Hause zu gehen. Sie musste sich auf das vorbereiten, was jetzt passieren soll.

»Sara und ich waren beim Entwicklungsgespräch in der Schule«, berichtet Calle strahlend. »Sie ist von ihrem Lehrer total gelobt worden. Gute Noten in fast allen Fächern, und als Person wird sie auch als sehr nett wahrgenommen. Was hat er noch gemeint, Sara? Dass du sozial bist und für gute Stimmung in der Klasse sorgst.«

»Aha.«

Sara reißt den Blick nicht vom Fernseher los, lächelt aber doch verlegen. Calle drückt ihre Schulter.

Fanny wirft einen Seitenblick auf die Uhr. Wieder mal kurz vor elf. Calle kann ihnen nie sagen, dass sie schlafen gehen sollen, das bleibt immer an ihr hängen. Eigentlich weiß sie selbst nicht so richtig, was passend wäre. Aber müssen die Kinder die Abende immer total übernehmen? Dauernd müssen sie fernsehen, wenn sie mal in Ruhe mit Calle reden will.

Und jetzt müssen sie wirklich reden.

»Solltet ihr nicht langsam mal ins Bett gehen?«, fragt sie. »Ihr habt morgen doch Schule.«

Agnes und Sara sind vollkommen gebannt von dem Film und antworten nicht, obwohl sie sehr gut weiß, dass sie sie gehört haben. Fanny sieht Calle auffordernd an, aber der lächelt nur. Und zieht diese Miene, die ihr bedeuten soll, dass man doch mal eine Ausnahme machen kann. Man muss doch nicht alles so übergenau nehmen, wenn es gerade so gemütlich ist.

Nein, natürlich nicht. Aber es ist eben keine Ausnahme. Sie kommt sich verbissener vor denn je.

Dann kommt endlich eine Werbepause. Fanny hofft, dass Calle den Mädchen sagt, dass es jetzt wirklich höchste Zeit zum Schlafengehen ist. Sie müssen nicht bis zum Schluss aufbleiben, sie haben den Film schon mehr als einmal gesehen. Aber er sagt nichts. Stattdessen geht er in die Küche, um Tee und belegte Brote zu machen, denn Agnes hat verkündet, dass sie superhungrig ist, und Sara ebenso. Natürlich macht er ihnen belegte Brote. Was wollen sie denn draufhaben?

Fanny steht auf und geht ihm nach. Ihr Herz klopft.

Es ist so weit. Sie hat schon viel zu lange gewartet.

»Johanna hat mir erzählt, dass deine Mutter noch lebt und dass du auch noch einen Bruder hast«, sagt sie. Einfach so.

Calle starrt sie an. Er bemerkt gar nicht, dass das Teewasser kocht.

»Deine Eltern sind definitiv nicht bei einem Busunglück ums Leben gekommen«, fährt Fanny fort. »Warum hast du mich angelogen?«

Er nimmt drei Teetassen und drei Teebeutel aus dem Schrank und fummelt mit den Teebeuteln herum, ohne sie anzusehen.

»Was hat sie sonst noch gesagt?«

»Nichts. Nur, dass ich nicht fragen soll.«

Das Wasser kocht wie verrückt, und er stellt den Wasserkocher aus, um das dampfende Wasser in die Tassen zu gießen. Seine Hand zittert.

»Was ist so schlimm daran, mir davon zu erzählen?«, fragt sie.

Calle sagt nichts. Ganz offensichtlich hat er auch gar nicht vor, ihr zu antworten. Und jetzt fängt sie an zu weinen, und sie will es auch gar nicht mehr zurückhalten, sie schreit ihn nur unter Tränen an: »Ich hab dich so wahnsinnig satt! Vendela und die anderen haben Recht! An unserer Beziehung stimmt was nicht. Wir wohnen seit einem Jahr zusammen, und ich weiß nicht mal, wer du bist. Ich habe für dich meine besten Freunde drangegeben, und du tust einen Scheiß für mich!«

»Fanny ...«

Er versucht sie in den Arm zu nehmen, aber sie schlägt seine Hände weg.

»Hau ab!«

Sie ist gerade auf dem Weg aus der Küche, hält aber inne, als sie Agnes und Sara im Gang stehen sieht. Schweigend schauen sie vom einen zum andern.

Calle stützt sich auf die Arbeitsplatte.

»Wir ... diskutieren nur ein wenig«, behauptet er. »Keine Sorge, ist nichts Schlimmes.«

Fanny zieht die Jacke bis übers Kinn hoch, atmet in ihren Schal und versucht sich warmzuhalten. Mehrmals schaut sie auf die Uhr. Johanna hat doch wohl nicht ihren Arbeitsplan geändert? Oder mit einer Kollegin getauscht? Sie sollte um vier anfangen und bis zwei arbeiten. Jetzt ist es schon Viertel nach.

Aber dann geht die Haustür auf, und Johanna kommt heraus. Ihre alte, abgetragene Handtasche trägt sie über der Schulter. Shoppen ist wirklich nicht ihr Ding.

Fanny macht die Autotür auf und steigt aus. Sie winkt Johanna zu, die auf dem Gehweg stehen bleibt.

»Was ist denn jetzt schon wieder los?«, fragt sie.

Fanny winkt sie heran.

»Steig ein.«

Johanna rührt sich nicht.

»Woher wusstest du, wann ich fertig bin?«

»Ich hab Agnes gefragt. Sie hat in deinem Arbeitsplan am Kühlschrank nachgeguckt.«

Johanna geht los, Richtung Pendlerbahnhof. Fanny folgt ihr und fasst sie am Jackenärmel.

»Ich muss wissen, warum Calle mit seiner Mutter und seinem Bruder gebrochen hat. Ich habe ihn gefragt, aber er gibt mir keine Antwort.«

Schweigen. Johanna zieht sich den Schulterriemen ihrer Tasche wieder hoch. Fanny bohrt weiter.

»Wir haben gestern Abend gestritten. Ich glaube nicht, dass wir das wieder in Ordnung bringen können. Wenn ich mehr über ihn wüsste, könnte ich ihn vielleicht verstehen und die Sache fallen lassen. Aber so gar nichts zu wissen …«

Johanna seufzt. Sie sieht so aus, als würde sie am liebsten zum Bahnhof weitergehen. Doch als Fanny sich ins Auto setzt, nimmt Johanna doch auf dem Beifahrersitz Platz.

Fanny dreht den Zündschlüssel.

»Ich hab mir gedacht, wir machen zusammen einen Spaziergang«, sagt sie. »Damit du meine Stadt mal zu sehen kriegst. Stockholm.«

Der Schnee hat sich über die Stadt gelegt, dick und weich wie Schlagsahne. Fanny parkt das Auto an der Djurgårdsbron. Sie kann es ja später holen. Sie beginnen den Strandvägskai entlangzulaufen. Die festgemachten Boote sind schneebedeckt und ruhen in absoluter Stille. Auf der Oberfläche des Nybroviken sieht man Nebelschwaden. Die Fassaden der Häuser auf der anderen Seite lösen sich im Dunst auf und sind nur vage zu erkennen.

»Calle will nichts mehr mit seiner Familie zu tun haben«, sagt Johanna. »Seit er nach Stockholm gezogen ist. Seine Mutter hat ab und zu Briefe geschickt, in den Glücksweg, weil sie ja seine neue Adresse nicht hatte. Ich hab ihm die Briefe gegeben, wenn er kam, aber er zerriss sie jedes Mal, ohne sie zu lesen. Und ich kann ihn auch verstehen. Irgendwann hat sie es dann aufgegeben.«

»Warum will er nicht, dass ich etwas von seiner Familie weiß?«, sagt Fanny.

»Keine Ahnung. Ich könnte mir denken, dass er sich schämt.«

Fanny bleibt stehen.

»Aber warum denn?«

Johanna schaut sie an, als wäre sie nicht ganz dicht. Sie schiebt sich die Brille die Nase hoch.

»Weil du ganz eindeutig zur Oberschicht gehörst.«

Oberschicht? Eher obere Mittelschicht. Aber egal. Sie hat keine Lust, sich auf eine gesellschaftliche Klasse reduzieren zu lassen. Sie ist Fanny, seine Freundin.

Sie tritt gegen eine Schneewehe, so dass etwas loser Schnee im Wind davonwirbelt.

Ausgesperrt also. Von seiner Herkunft, seinem familiären Hintergrund. Dabei hat sie so lange darum gekämpft, dass Calle das nicht erleben muss, genau darum hat sie sich gegen ihre Freundinnen gestellt. Nur umgekehrt.

Johanna beobachtet sie mit einem schiefen Grinsen.

»Es ist nicht leicht, mit jemandem zusammenzuleben.«

Sie bleiben am Rand des Kais stehen. Das Eis liegt in Schichten auf der Bucht, und am Kai ist es gesprungen und in gezackte Teile zerbrochen, zwischen denen man schwarzes Wasser sieht.

»Ich hab mein Brautkleid bei *Gesucht-Gefunden* verkauft«, sagt Johanna. »Die Hochzeit wurde abgesagt, als die Einladungen schon verschickt waren. Die Kirche war gebucht, das Lokal für die Feier auch. Ich hatte ein Kleid und Schuhe gekauft und das Menü geplant. Sogar die Tischordnung stand schon fest.«

»Was?«

Fanny starrt sie an.

»Bei dir und Calle?«

Johanna lacht.

»Nein. Bei Richard und mir. Der Mann, den ich für die Liebe meines Lebens hielt. Für ihn habe ich Calle verlassen.«

Sie gehen weiter und blicken übers Eis, das aussieht wie eine glattes Porzellantablett aus Schnee.

»Was ist passiert?«, fragt Fanny.

Es gibt keinen Grund mehr, übervorsichtig zu sein. Irgendetwas hat sich gelöst, auch wenn sie selbst nicht weiß, wie es geschehen ist.

»Das Geld war uns ausgegangen«, antwortet Johanna. »Und unsere Liebe auch. Ich entdeckte, dass er Spielschulden hatte. Vom Internetpoker. Ich fand einen ganzen Stapel Briefe vom Gerichtsvollzieher, die alle ungeöffnet in seinem Auto lagen. Aber meinen Freunden erzählte ich eine Notlüge und behauptete, dass wir die Entscheidung, die Hochzeit abzublasen, einvernehmlich getroffen hätten. Ich hatte keine Lust, das Opfer abzugeben.«

Fanny versteht das sehr gut.

»Manchmal kann man einfach nicht mehr hören, wie glücklich die anderen alle sind«, sagt sie. »Und wie richtig sie doch alles gemacht haben.«

Inzwischen sind sie am Nybroplan angekommen und schlendern weiter durch den Berzelii-Park und in den Kungsträdgården. Vorbei an der Eisbahn und der Oper. Am Kai stehen ein paar Kinder mit ihren Eltern und füttern Seevögel mit altem Brot aus einer Tüte. Sie hat als Kind selbst dort gestanden und weiß noch genau, wie es war. Sie würde zu gern wieder dort stehen.

Sie gehen zu einem anderen Thema über, denn auf einmal geht alles ganz einfach. Johanna erzählt von Emil, dem behinderten Mann, für den sie arbeitet, der zwar gesprächig und nett ist, aber nicht immer der einfachste im Umgang.

»Er ist ja ein alter Suchtler, also will er ständig Bier haben«, sagt sie. »Also, über die Magensonde direkt in den Magen. Das Problem ist nur, wenn er zu viel trinkt, muss er sich übergeben und dann muss man alles wegputzen. Das passiert ab und zu.«

»Aber du brauchst ihm doch gar nicht erst so viel zu geben, oder?«, meint Fanny.

Johanna sieht Fanny mit milder Nachsicht an.

»Ich habe kein Recht, über sein Leben zu bestimmen. Als Assistentin soll ich einfach nur seine Arme und Beine ersetzen. Das ist der Grund. Aber ab und zu mecker ich ihn natürlich schon an, klar.«

»Und du willst den Job trotzdem weitermachen?«

Johanna überlegt.

»Ich mag es, wenn ich irgendwo eine Aufgabe habe«, sagt sie. »Jeden Tag.«

Mehr sagt sie nicht dazu. Sie gehen weiter Richtung Süden. Johanna bleibt mitten auf der Strömbro stehen, blickt über den Strömmen und Skeppsholmen. Fanny stellt sich neben sie ans Brückengeländer.

Die Aussicht ist großartig. Auch heute hat sich die Sonne vorsichtig durch die grauweiße Wolkendecke gestohlen, und das Licht lässt die Fassaden von innen leuchten und die Fenster blitzen. Menschen in Winterkleidung zeichnen sich auf den Kais am Wasser in Silhouetten ab.

»Auf Skeppsholmen ist das Museum für moderne Kunst.« Fanny deutet hinüber. »Und da ist das Grandhotel und das Nationalmuseum. Da hinten liegt Söder, aber das weißt du vielleicht schon, oder?«

Johanna schaut, ohne die Aussicht zu kommentieren. Dann blickt sie ins wirbelnde Wasser hinunter. Es sieht aus wie Öl, schwarz mit Blautönen darin. Hie und da wölbt sich die Oberfläche auf, als würde sich darunter ein riesiges Tier durchs Wasser wälzen.

»Ich würde am liebsten wieder zurückziehen«, sagt sie. »Ich bleibe nur wegen der Kinder.«

Fanny betrachtet Johanna von der Seite. Nach Hause ziehen? Sie kann im Prinzip doch hinziehen, wo sie will.

»Warum traust du dich nicht, dein Geld zu benutzen?«, fragt sie. »Wovor hast du Angst?«

Sie nimmt Johannas Tasche und hebt sie hoch. Seit dem letzten Mal haben sich noch ein paar Risse mehr gebildet.

»Ehrlich gesagt, die sieht absolut grässlich aus. Wirf die doch mal weg.«

Johanna zieht ein verblüfftes Gesicht. Sie antwortet nicht, scheint die Bemerkung aber auch nicht übel zu nehmen. Sie verlassen das Brückengeländer und gehen weiter Richtung Gamla stan.

»Man weiß doch nie, wie einen das verändert«, meint Johanna

nach einer Weile. »Vielleicht wird man ja richtig verrückt und fängt an, jede Menge Sachen zu kaufen und kann nicht mehr aufhören, bis das ganze Geld alle ist.«

Sie vergräbt die Hände in den Manteltaschen, wie sie es häufig tut.

»Sara sollte ein Pferd bekommen, das war ihr größter Traum, als wir noch zu Hause wohnten. Ich dachte, wir könnten das gemeinsam machen, dass sie und ich zusammen reiten lernen. Aber jetzt will sie gar kein Pferd mehr.«

Sie blickt wieder auf und ihre Augen glänzen.

»Das ganze Scheißgeld. Ich weiß nicht, was ich damit anfangen soll. Oder mit uns. Wir gehören nicht in diese Stadt.«

»Warum sagst du so was? Das ist doch nicht wahr.«

Doch Johanna ist verstummt. Sie gehen am Schloss vorbei und ein Stück an der Skeppsbron entlang, dann biegen sie in eine der Gassen, die zur Österlånggatan führen.

Direkt in den Raum hinausgeschleudert werden, ohne sich festzuhalten, einfach frei schweben. Herausgerissen werden aus allen alten Verbindungen. Mit den Wurzeln ausgerissen werden. Fanny kann sich nur schwer vorstellen, wie sich das anfühlen muss.

Sie gehen weiter, vorbei an Sankt Göran und dem Drachen, sie wandern die Köpmangatan entlang bis zum Stortorget. Besonders viel reden sie nicht mehr.

Am Ende gehen sie zum Järntorget, weiter über den Slussen, biegen in die Götgatan ein und weiter Richtung Mosebacke. Dann die Östgötagatan hinuter und in die Folkungagatan, und erst dort bricht Fanny das Schweigen wieder.

»Was meinst du, was ich tun soll?«, fragt sie, als sie die Renstiernasgata hinaufgehen. »Mit Calle, meine ich.«

»Tu überhaupt nichts«, sagt Johanna. »Lass ihn in Frieden und schenk ihm Liebe.«

Sie senkt den Blick. Dann schaut sie wieder auf, und ihre Gesichtszüge sind angespannt. Aber sie lächelt ganz leicht.

»Ich verstehe tatsächlich, warum er mit dir leben will.«

Das ist ein Kompliment. Und wahrlich kein kleines.

»Danke.«

»Und, was meinst du, was ich tun soll?«, fragt Johanna.

Sie sieht Fanny fragend an, während sie sich die Brille die Nase hochschiebt. Fanny mustert sie.

»Kauf dir eine neue Brille. Die da sitzt überhaupt nicht gut.«

Johanna verzieht den Mund.

Als sie am Nytorget sind, wird es gerade richtig dunkel, und nun hat auch heftiges Schneetreiben eingesetzt. Große Flocken fallen durch die unbewegte Luft.

Seite an Seite gehen sie in bereits ausgetretenen Fußspuren auf der Bondegatan durch den trockenen, weißen Schnee.

Warmes Wasser läuft Fanny über Kopf und Schultern. Es dampft, die Innenseite der Glaswand ist beschlagen. Ein entspanntes Gefühl breitet sich in ihr aus und lindert ihre Kopfschmerzen, gibt ihren Schläfen eine kleine Ruhepause. Ihr Körper verschmilzt mit dem Wasser und ihre gefrorenen Muskeln lösen sich.

Sie will versuchen, Johannas Rat zu befolgen: Calle Liebe geben. Nicht nörgeln oder fordern.

Sie will es wirklich.

Aber im Moment hat er mit der Praxis so viel am Hals, dass sie sich kaum sehen. Nicht mal jede zweite Woche, wenn Agnes und Sara bei ihnen sind. Dann ist sie allein mit den beiden.

Fanny weiß noch, wie es zu Anfang war, als sie gerade eingezogen waren. Da versuchte sie wirklich, in jeder Hinsicht für sie da zu sein. Sie ging mit ihnen Kleidung kaufen, half ihnen beim Haareschneiden und Färben und dachte sich lustige Sachen aus. Aber das war eben damals. Jetzt kommt sie sich mehr wie eine strenge große Schwester vor als wie die tolle Stiefmutter, die sie gern sein würde, die den Mädchen immer unterstützend zur Seite steht.

Sie hält das Gesicht direkt in den Wasserstrahl, streicht sich das Haar nach hinten und reibt sich die Augen. Als sie sich Duschgel nehmen will, kommt wie so oft nur eine trübe Suppe heraus, die auf die Handfläche und sofort durch die Finger läuft. Calle und seine Töchter sind einfach nicht in der Lage, leere Shampoo- oder Duschgelflaschen wegzuwerfen. Stattdessen schrauben sie den Deckel ab, gießen ein bisschen Wasser hinein und waschen sich mit dem Schaum, den sie auf diese Art noch rauskriegen. Jeder kleine Seifenrest wird aufgebraucht.

Bevor die Kinder einzogen, kam es ein paarmal vor, dass Fanny, wenn sie mal wieder wässrige Flüssigkeit statt dickflüssiger Seife in der Hand hatte, in spontaner Wut nackt aus der Dusche stieg, die Badezimmertür aufriss und die nasse Flasche auf den Flur warf. »Schmeiß doch diese Flasche weg, verdammt noch mal, die ist LEER!« Und jedes Mal hob Calle sie auf und antwortete halb peinlich berührt, halb amüsiert. »Ja, ja, ich mach ja schon.«

Sie weiß nicht, wie oft er versprochen hat, sich zu ändern. Während sie sich notdürftig mit der dünnen Flüssigkeit einseift, kommt ihr auf einmal die glasklare Erkenntnis: Es geht nicht. Er kann sich einfach nicht ändern.

Bei Agnes und Sara geht es vielleicht noch, denn die sind jung und können sich mit der Zeit noch anpassen. Aber Calle nicht. Seine Verhaltensmuster sind so tief verwurzelt, sein Benehmen und sein Bezugsrahmen, sie sieht es förmlich vor ihrem inneren Auge, wie sie ihm wie Tausende von feinen Drähten durch Körper, Hirn und Seele laufen. Aus denen ist er gemacht, die werden niemals verschwinden.

Dieses Knäuel aus Drähten ist auch dafür verantwortlich, dass er ihr seinen Hintergrund verheimlicht. Der Frau, mit der er angeblich leben und eine Familie gründen will.

Fanny steigt aus der Dusche. Sie trocknet sich mit dem einzigen sauberen Handtuch ab, das daliegt, obwohl es nicht ihr gehört – ihr eigenes, das sie sich vor kurzem erst aus dem Schrank geholt hat, ist nämlich verschwunden, offenbar hat jemand anders es sich geschnappt –, und zieht den dicken samtweichen Bademantel an, den sie letztes Jahr von ihren Eltern zum Geburtstag bekommen hat. Sie macht den Gürtel zu. Der Bademantel ist von derselben Marke, die auch ihre Mutter und ihr Vater seit Jahr und Tag für sich kaufen. Eine Marke, die für schier unverwüstliche Qualität steht.

Als sie die Badezimmertür aufschließt, denkt sie endlich den verbotenen Gedanken. Dass sie über ihre Zukunft allein nachdenken muss. Allein, in Frieden und aus einem gewissen Abstand heraus.

Eine Weile später kommt Fanny zu Calle in die Küche, angezogen und geschminkt und mit dem *Weekender* in der Hand.

Er steht am Herd und kocht gerade Abendessen. Er hat die Schürze an, die Mattias ihm mal zum Geburtstag geschenkt hat, und über die er sich so gefreut hat.

»Ich ziehe eine Woche zu Mama und Papa«, sagt sie. »Ich muss eine Weile für mich sein.«

Er blickt von seinem duftenden Eintopf aus Fleisch, Rüben, Kartoffeln und Rotwein auf.

»Ach ja?«

»Wir müssen ein bisschen nachdenken. Dann sehen wir weiter, was wir machen.«

Er rührt weiter im Topf. Nimmt die Pfeffermühle vom Regal und dreht sie heftig ein paarmal.

»Ich brauche nicht nachzudenken«, sagt er. »Ich finde, wir sollten ganz neu anfangen. Einfach allen Mist hinter uns lassen und in die Zukunft blicken.«

»Ja. Aber manchmal muss man auch nach hinten blicken. Sonst gibt es nämlich keine Zukunft.«

Er rührt jetzt etwas schneller.

»Ich weiß, dass ich in letzter Zeit viel weg gewesen bin. Das ist jetzt eben so wegen der Praxis. Diese Ungewissheit, weißt du? Im Moment muss ich so viele richtungsweisende Entscheidungen treffen. Und dann noch die Raten für unseren Kredit. Ich muss die ganze Zeit arbeiten, das ist eben so, verstehst du?«

Er weiß sehr wohl, dass es nicht darum geht. Das wissen sie beide.

»Meiner Meinung nach spricht man über seinen Hintergrund, wenn man sich liebt«, sagt sie. »Und zwar von Anfang an.«

Seine Nasenflügel sind gebläht, sein ganzes Gesicht ist verspannt, als er sie ansieht.

»Für dich ist das so, ja. Aber du musstest ja nie davonrennen und dich im Wald verstecken, weil man dich gejagt hat und du nicht nach Hause gehen konntest. Weil es da nämlich noch schlimmer war.«

Er klingt fast atemlos, während er redet, die Worte kommen in einem einzigen abgehackten Strom.

»Du weißt nicht, wie es ist, sich für alles zu schämen, während man groß wird! Für sein Zuhause, seine Familie, sich selbst. Du wirst es nie verstehen.«

Da ist es wieder. Die Unterschiede. Die sie niemals auslöschen können.

Sie hat nichts hinzuzufügen. Und ihr Schweigen dauert offensichtlich zu lang. Calle wendet den Blick wieder zum Herd und rührt langsam weiter in seinem Eintopf.

Fanny nimmt ihre Tasche, hängt sie sich über die Schulter und geht.

»Können wir den Silvesterabend nicht einfach vergessen?«

Mattias' Stimme am anderen Ende der Leitung klingt brüchig. So hat ihn Fanny noch nie gehört.

»Diese ganze Sache mit Calle ist total falsch gelaufen«, sagt er. »Vendela und ich haben drüber geredet, und uns ist klar, dass wir die Wahl deines Partners einfach akzeptieren müssen. Calle ist sicher eine gute Wahl.«

Sie wissen immer noch nichts, weder Mattias noch Vendela oder einer von den anderen. Sie leben in dem Glauben, dass alles unverändert ist.

Stumm sitzt Fanny am Cafétisch und hält sich das Handy ans Ohr. Sie faltet eine Ecke ihres Notizblocks um.

»Du liebst ihn«, sagt Mattias. »Das ist eben so. Und wir mögen ihn doch sowieso.«

Sie knickt die nächste Ecke um, und dann noch eine. Der große Bruder Mattias, der immer alles lenken und leiten muss. Der nicht kapiert, wie er einen mit seiner Hilfsbereitschaft ersticken kann.

Es ärgert sie, dass er sich nun als Erster gemeldet hat und nicht sie. Ein einziges Mal hätte die Initiative auch von ihr ausgehen können.

»Fehlen dir deine Freundinnen denn gar nicht?«, fragt er. »Du fehlst ihnen nämlich absolut.«

»Doch«, sagt sie. »Klar fehlen sie mir.«

Es tut ihr richtig weh. Wenn er wüsste, wie sehr sie die anderen vermisst.

»Ruf doch Vendela mal an«, schlägt er vor. »Bitte, ruf sie an.«

Vendela hat Tränen in den Augen, als sie Fanny in den Arm nimmt.

»Du bist wieder da«, sagt sie.

Fanny drückt sie fest und lange.

»Endlich!«, ruft Ninna, als sie in den Flur gestürzt kommt.

Fanny lacht. Sie lässt sich von Ninna umarmen, und dann von Susanne und Katarina, die auch herausgekommen sind.

In der Dachwohnung brennen überall Kerzen, ein Feuer knistert im offenen Kamin, und auf dem Tisch liegen fünf Gedecke. Ninna und Vendela haben ein dreigängiges Abendessen gekocht, und sie haben es sogar geschafft, Edvin rechtzeitig schlafen zu legen.

»Der schläft inzwischen die ganze Nacht durch«, erzählt Vendela. »Die anderen Kinder sind bei ihren Müttern. Helena kommt später her, die macht den Babysitter, wenn wir ausgehen.«

Der Lammbraten ist zartmürbe und rosa in der Mitte, das Kartoffelgratin schön cremig. Alle plappern wild durcheinander, und Fanny versucht, sich an den verschiedenen Gesprächsthemen zu beteiligen, die da durch die Luft wirbeln. So soll es sein.

»Was hast du denn zu Calle gesagt?«, will Vendela wissen.

»Dass wir eine Pause brauchen«, sagt Fanny. »Zumindest ich.«

Alle am Tisch schauen sie verdutzt an. Sie warten auf weitere Informationen, zu Kindern oder Exfrau, zu Calle und seiner geheimnisvollen Vergangenheit. Sie lässt sie warten. Wenn sie was wissen wollen, müssen sie eben fragen.

»Also, wenn seine Exfrau bei euch mit im Haus wohnt«, fängt Ninna an, »dann ist die doch irgendwie ständig präsent, oder?«

»Ja, das stimmt schon«, meint Fanny.

»Aber habt ihr auch wirklich eine deutliche Grenze gezogen, Calle und du?«, fragt Katarina. »Ihr müsst doch eure eigene Beziehung stärken.«

Fanny schneidet ein Stück Fleisch ab und tunkt es in die Sauce.

»Vielleicht nicht deutlich genug«, sagt sie. »Bis jetzt jedenfalls nicht.«

Vendela streichelt ihr den Arm.

»Wenn die Beziehung denn überhaupt gestärkt werden *soll*«, sagt sie. »Vielleicht funktioniert das mit euch beiden ja wirklich nicht. Und dann muss man das eben so akzeptieren.«

Fanny tut so, als hätte sie die Bemerkung überhört. Sie reagiert auch nicht, als die anderen schnelle Blicke tauschen. Es gibt eine Grenze.

»Prost«, sagt sie und hebt das Glas.

Und die anderen schließen sich sofort an. Sie lachen und prosten sich zu und werfen ihr über den Tisch Kusshändchen zu. Die Schwere, die sie so lange in sich trug, ist zu feinem Staub zerfallen, der einfach davonfliegt.

Sie muss nicht alle Probleme lösen. Sie kann es auch einfach mal so machen wie jetzt: das Feld den direkt Betroffenen überlassen. Beiseitetreten, Calle mal selbst das Chaos in Ordnung bringen lassen, das er verursacht hat.

Das Lokal ist proppenvoll und laut, so laut, dass man sein eigenes Wort kaum versteht. Der Tisch, den sie ergattern, ist perfekt, mit freiem Blick auf alle Vorübergehenden. Ihre Freundinnen reden und reden wie immer. Um sich überhaupt verständigen zu können, muss man sich gegenseitig ins Ohr schreien, und Fanny weiß, dass heute Abend kein sinnvolles Wort mehr gesprochen werden wird. Aber das stört sie kein bisschen. Es ist schön, mit so einem kleinen Schwips einfach nur dazusitzen und sich ganz von der Atmosphäre einhüllen zu lassen.

Ein Mann an der Bar, der ihnen den Rücken zudreht, hat ein wenig Ähnlichkeit mit Calle. Derselbe gerade Nacken, dieselbe Haltung.

Sie fragt sich, was er jetzt wohl gerade macht. Sitzt er allein vorm Fernseher und sehnt sich nach ihr? Oder hat er die Kinder und ist so mit ihnen beschäftigt, dass er keine Sekunde an etwas anderes denken kann?

Oder findet er es sogar schön, dass sie mal weg ist? Befreiend?

»Na, siehst du was Hübsches?«

Vendela brüllt ihr so ins Ohr, dass sie zusammenfährt.

»Nein.«

Die Gesichter, die sie hier sieht, sind allesamt nur grinsende Masken. Da gibt es nichts zu sehen.

»Du musst dich ein bisschen öffnen! Sei doch nicht so negativ, du hast doch noch gar nicht richtig geguckt!«

Vendela lächelt und hebt das Glas, um ihr zuzuprosten. Fanny erwidert die Geste pflichtschuldigst. Wie man das eben so macht. Sie versucht sich den Anschein zu geben, als würde sie gern jeden Moment drauflosflirten. Worauf ihre Freundinnen ja alle nur hoffen.

Und dann wandern ihre Gedanken wieder zu Calle.

Seit sie sich kennengelernt haben, hatte sie immer gedacht, dass sie ihn ändern könnte. Wenn sie ihn nur lange genug bearbeitete, würde sie ihn schon zur Aufrichtigkeit bekehren, er würde sich ihr öffnen und alles erzählen. Ganz er selbst werden, hundert Prozent wahrhaftig.

Aber ist sie das denn selbst? Ist das überhaupt jemand?

Sie hatte so viele Pläne für ihre Patchworkfamilie. Auf ihre tatkräftige Art hatte sie auch vorgehabt, Johanna dazu zu ermuntern, ihren Horizont zu erweitern. Das war schon immer eines von Fannys Steckenpferden. Von ihren Eltern wurde ihr die Lebensweisheit vermittelt, dass Bildung ein Reichtum ist, den man in sich trägt. Bildung hilft einem, die Welt zu verstehen. Bildung macht jeden Menschen stark und frei.

Sie hatte sich vorgestellt, dass Johanna nach ihrem Lottogewinn nicht nur äußerlich, sondern auch innerlich eine Klasse aufsteigen würde. Dass es natürlich dauern und ab und zu auch mühsam sein würde, aber dass Fanny sie auf ihrem Weg unterstützen würde.

Calle hätte gesagt, dass Fanny sich täuscht, weil die Ausbildung gar keine so große Rolle spielt – das Einzige, was zur totalen Freiheit führt, ist Geld. Ganz egal, wie man dazu gekommen ist.

»Fanny! Hallo? Bist du eingeschlafen?«

Katarina knufft sie leicht in die Seite. Fanny lacht und schüttelt den Kopf, weiß aber im selben Moment, dass sie den Zeitpunkt erreicht hat, der jedes Mal unweigerlich kommt, wenn sie ausgeht. Irgendwann mitten in der Nacht überkommt es sie, dann will sie auf einmal nur noch raus und nach Hause.

Sie umarmt ihre Freundinnen zum Abschied und bedankt sich für den Abend. Obwohl sie sie zum Bleiben überreden wollen, holt sie ihre Jacke von der Garderobe und bahnt sich durchs Gedränge einen Weg zum Ausgang.

Ein kreideweißer Vollmond leuchtet am Nachthimmel. Sie winkt ein Taxi heran, das gerade mit angeschaltetem Taxischild vorbeirollt.

Und schon hat sie das Stimmengewirr der Kneipe ausgetauscht gegen das Schweigen auf dem dunklen Rücksitz. Nur das Autoradio spielt leise, eine abgedroschene Ballade, deren Text Fanny innerlich Wort für Wort mitsingen kann. Vielleicht ist der Text einfach bloß albern. Oder aber durch und durch wahr.

Aus der Küche dringen friedliche Elterngeräusche. Das allsamstägliche musikalische Kreuzworträtsel im Radio, gedämpftes Scheppern von Porzellan. Auf der anderen Seite der vorgezogenen Gardinen ist der Samstagmorgen immer noch dunkel. Fanny bleibt noch eine Weile im Bett liegen und sieht sich im Gästezimmer um. Sie ist zu Hause, aber irgendwie auch nicht. Erst jetzt, wo sie hier liegt, spürt sie immer deutlicher, wie falsch es ist.

Sie steht auf und schaut in die Küche. Ihre Mutter kocht gerade Mittagessen für sich und ihren Vater, das sie mitnehmen wollen, wenn sie Skilanglaufen gehen. Sardinenomelette mit Tomate, bestreut mit Petersilie.

»Möchtest du Frühstück?«, fragt sie.

»Danke, aber ich muss gehen. Ich muss nach Hause.«

Sie hat es in der Sekunde beschlossen, in der sie es ausspricht. Ihre Mutter mustert sie mit ihren nussbraunen Augen.

»Du wolltest doch mehrere Nächte bleiben, oder nicht?«

»Ich habe meine Meinung geändert.«

»Ja? Aber du kannst doch trotzdem ein Brot essen, bevor du gehst.«

»Nein, danke.«

Sie geht zurück ins Gästezimmer, um das Bett zu machen und das Zimmer ordentlich zu hinterlassen. Auf einmal fühlt sie drängende Eile und sammelt ihre Siebensachen so schnell wie möglich zusammen.

Im Flur hält ihre Mutter sie auf.

»Ich hoffe, mit Calle und dir kommt alles wieder in Ordnung«, sagt sie.

»Bestimmt.«

Mama streckt die Hand aus und berührt sie an der Wange.

»Es ist nicht leicht, Stiefmutter zu werden«, sagt sie. »Aber versuch die Vorteile zu sehen. Es kann sogar richtig lustig sein, mit den Kindern von jemand anderem zusammenzuleben. Und für die Kinder ist es nur gut, wenn sie mehr Erwachsene in ihrem Leben haben. Vergiss das nicht.«

Fanny umarmt ihre Mutter. Irgendwie fühlt sie sich kleiner an, magerer als früher.

»Danke, dass ich hier schlafen durfte. Ich melde mich.«

Sie nimmt ihre Übernachtungstasche und rennt die Treppen hinunter. Es ist Samstag, und Calle wird sich bald auf den Weg zur Arbeit machen.

Sie kommt gerade noch rechtzeitig. Calle steht im Flur und will gerade gehen. Er sieht ein wenig überrascht aus, als Fanny die Tür aufmacht. Sie sieht, dass er seinen Lieblingspulli anhat. Noch so ein schweineteurer Pullover, dieselbe Marke, die Mattias immer kauft. Denn Calle ist nicht wie Johanna, die sich an ihr Selbstbild klammert, obwohl sich ihr restliches Leben verändert hat. Egal, wie viel sie auf dem Konto hat, Johanna geht in billige Geschäfte, um Kleidung zu kaufen, vielleicht weil sie sich einfach nicht vorstellen kann, das teurere und besser geschnittene Klamotten etwas für sie sein könnten.

»Musst du schon gehen?«, sagt sie. »Ich würde gern mit dir reden.«

»Ich hab einen Patienten.«

Sie betrachtet jeden noch so kleinen Zug in seinem nachdenklichen, empfindsamen Gesicht. Die hohe Stirn und die dunklen Augenbrauen, die intensiven Augen – sie kann einfach nicht genug davon bekommen.

»Vom Sozialamt?«

»Ja.«

Fanny ist enttäuscht, lächelt ihn aber trotzdem aufmunternd an. Denn sie ist so wahnsinnig stolz auf das, was Calle macht. Außerdem führt er die Praxis inzwischen selbst. Sie will alles tun, um ihn zu unterstützen.

Er lächelt zurück. Aber es ist ein seltsames Lächeln; wahrscheinlich ist er so überrumpelt, dass er nicht so richtig kapiert, was eigentlich los ist. Schließlich sollte sie eine Woche weg sein, wie sie erst gestern so resolut verkündet hat.

Calle wirft einen Seitenblick auf die Uhr. Sie weiß, dass er eigentlich schon längst weg sein müsste.

»Wir sehen uns dann«, sagt er.

Er geht hinaus, und sie bleibt im Flur stehen. Sie wünschte, sie hätten sich zumindest einen Moment umarmen können, um zu bekräftigen, dass sie trotz allem zusammengehören.

Aber er muss zur Arbeit. Sie weiß, wie das ist. Calle nimmt es sehr genau mit den Terminen. Struktur über alles, keine Schlampereien, immer nur harte, methodische Arbeit und unbeirrbare Orientierung auf seine nächsten Ziele. Auf diese Weise ist er eben auch so weit gekommen. Und auf diese Weise wird er noch weiter kommen.

Sobald er wieder zu Hause ist, wird sie ihm sagen, zu welchem Schluss sie gekommen ist. Was ihr in den letzten vierundzwanzig Stunden aufgegangen ist. Dass sie selbst wahrscheinlich auch zu seinem Schweigen über seine Vergangenheit beigetragen hat. Offensichtlich hat er nicht gespürt, dass er so, wie er ist, genau richtig ist, und hat deswegen vermutet, dass sein Hintergrund in ihren Augen nur peinlich sein würde.

Denn sie hat ihn ja die ganze Zeit unbewusst gemustert, Fehler gesucht, fast alles, was er getan oder gesagt hat, in Frage gestellt. Und ihm auf jede mögliche Art das Gefühl gegeben, dass er ihr unterlegen ist. Dadurch, dass ihre Freunde dasselbe getan haben, wurde es auch nicht besser.

Fanny geht in die Küche, um Frühstück zu machen. Sie räumt

die Arbeitsplatte neben der Spüle frei und holt Brot und Käse, Schneidebrett, Messer und Käsehobel hervor. Und spürt ein alltägliches Glück in diesen Handgriffen. Sie pfeift eine kleine, fröhliche Melodie.

»Hallo.«

Agnes steht verschlafen und verstrubbelt in der Tür. Hinter ihr späht Sara hervor. Sie hat sie nicht kommen hören.

»Guten Morgen«, sagt Fanny. »Wollt ihr auch Frühstück? Oder habt ihr schon was gegessen?«

Die beiden schütteln den Kopf. Sie weiß nicht, ob das die Antwort auf die erste oder die zweite Frage sein soll, doch bevor sie sich Klarheit verschaffen kann, sieht sie Saras seltsam verbissene Miene. Und Agnes hat auf einmal wieder diese kleine Falte zwischen den Augenbrauen.

»Was ist denn?«

Sie sehen sie unverwandt an. Ihr Schweigen ist fast schon unheimlich.

»Jetzt sagt doch was. Was ist denn los?«

Sara sieht niedergedrückt aus. Sie schaut Agnes an, deren Stirnfalte noch etwas tiefer wird.

»Papa hat heute Nacht bei Mama geschlafen«, sagt Sara.

Das Messer ist gerade auf halbem Weg durch den Brotlaib, und Fanny muss einen kurzen Moment innehalten. Dann schneidet sie weiter, ruhig und still, perfekt, kerzengerade. Sie möchte alles noch einen Moment normal belassen, wenn auch nur einen ganz kurzen Moment. Einfach noch kurz in der Wirklichkeit verharren, in der sie noch vor einem Augenblick gelebt hat.

»Es ist besser, wenn du es weißt«, meint Sara.

Fanny dreht sich ganz langsam zu ihnen um. Ihr ist nur halb bewusst, wie schnell sie gerade atmet.

»Er ist früh aufgestanden und hat sich runtergeschlichen. Er meinte, wir haben nichts gemerkt, aber wir waren schon wach.«

Sara sieht ernst aus. Sie rückt ein Stückchen näher an ihre Schwester.

»Es tut uns leid für dich«, sagt sie. »Wirklich.«

Fanny nimmt die Brotscheibe in die Hand, weiß aber nicht mehr, was sie eigentlich damit machen wollte. Und wozu es Brotscheiben überhaupt gibt.

Johanna *Calle* *Fanny*

Inzwischen sind drei Monate vergangen. Johanna wählt im Adressbuch ihres Handys Mikas Namen aus. Die vertrauten Ziffern erscheinen, Mikas alte Nummer, die sie schon seit Jahren hat.

»Hallo, hier ist Mika.«

»Hallo, ich bin's. Johanna.«

Eine riesige Seifenblase aus Schweigen. Durch die Terrassentüren flutet das Licht der Morgensonne herein und zeichnet helle Vierecke aufs Parkett.

»Josen?«

»Ja.«

»Rufst du aus Stockholm an?«

Mika klingt abwartend, doch keineswegs kühl.

»Ja, aber ich bin gerade auf dem Weg zurück. Das heißt, nur fürs Wochenende. Ich steig gleich in den Zug.«

»Aha.«

»Ich würde dich gerne treffen«, sagt Johanna, »am liebsten noch heute. Wäre das okay?«

Wieder wird es still am anderen Ende. Aber dann kommt endlich die Reaktion, auf die sie gehofft hatte.

»Josen, du glaubst ja gar nicht … Ich hab dich so vermisst.«

»Ich dich auch.«

Jetzt wagt sie auch zu fragen.

»Kann ich bei dir übernachten?«

Mika antwortet nicht sofort. Es entsteht eine Pause, fast hört es sich so an, als würde sie zögern. Aber vielleicht trocknet sie sich auch bloß die Tränen. Denn man hört etwas, was nach einem Schniefen klingt.

»Natürlich kannst du das.«

»Super. Danke.«

Normalerweise hätte sie sich ausgemalt, wie sie nachts bei einer Flasche Wein lang aufbleiben, um alles durchzuhecheln, was seit dem letzten Mal passiert ist. Das tut sie jetzt nicht. Es ist alles schon so lange her.

Als sie das Gespräch beendet haben, wirft Johanna ihre Zahnbürste in die Tasche, dazu ein paar Sachen zum Wechseln.

Weg. Einfach nur weg.

Eine Übernachtung wird keine Probleme lösen, aber sie muss die Dinge einfach mal aus der richtigen Perspektive betrachten. Mit ihren Freunden reden. Alles erklären, ganz am Anfang anfangen und der Reihe nach berichten, und sie am Ende um Rat bitten.

Mika wird sich freuen, sie zu sehen. Tove und Helga sicher auch. Sie werden sich an den Tisch im Personalzimmer setzen, genau wie früher, und sie auffordern zu erzählen, was sie in Stockholm so alles gemacht hat. Dann kann sie ihnen alles sagen.

Sie zieht den Reißverschluss ihrer Tasche zu. Was sie für eine Nacht braucht, hat sie beisammen. Als Letztes schickt sie noch eine SMS an Kalle. *Richte den Kindern aus, dass ich übers Wochenende nach Hause fahre. Bin Sonntagabend zurück. J.*

Während sie die Tür absperrt, kommt Danne aus seiner Wohnung.

»Hallo!«, sagt er, und sieht so erfreut aus wie immer, wenn sie sich zufällig begegnen. Sein Lächeln ist nett. Überhaupt sieht er gut aus, mit seinem blonden, wuscheligen Haar, dem fein geschnittenen Gesicht und diesem sorglosen Zug um die Augen.

»Hallo.«

Sie versucht, locker und gut gelaunt zu klingen.

»Alles in Ordnung?«, fragt er.

Johanna drückt auf den Fahrstuhlknopf. Danne stellt sich neben sie und wartet.

»Klar, und bei dir?«

»Ach ja, bisschen düsteres Wetter vielleicht. Langsam sehnt man sich nach dem Frühling, oder?«

»Ja, weiß Gott.«

»Übrigens«, sagt er, »du weißt schon, dass am 21. Vorstandsversammlung ist, oder?«

»Ja. Ja, genau.«

Heute Morgen kann sie einfach nicht so gut Smalltalk treiben, also stehen sie schweigend nebeneinander, bis der Aufzug da ist. Danne macht die Tür und das Gitter auf, dann tritt er beiseite, um Johanna zuerst einsteigen zu lassen. Er riecht ganz leicht nach irgendeinem Herrenparfüm.

Dann stehen sie dicht nebeneinander, während der Lift sich langsam abwärts bewegt. Der kleine Aufzug, der noch aus der Zeit der Jahrhundertwende stammt, ist für drei Personen gedacht, aber schon zu zweit ist es ganz schön eng. Sie merkt, dass er im Spiegel ihren Blick sucht.

»Du, ich dachte mir … wenn du heute Abend nichts vorhast«, beginnt er, »dann könnten wir vielleicht zusammen was essen? Irgendwo hier in der Nähe.«

Sie kämpft gegen den Impuls an, seinem Blick auszuweichen, das wäre jetzt einfach zu unhöflich.

»Heute Abend hab ich leider schon was vor«, sagt sie. »Ich bin das ganze Wochenende verreist.«

»Dann vielleicht an einem anderen Abend?«

»Ja, warum nicht?« Aber sie weiß genau, warum das vielleicht nicht so ganz passend wäre.

Er lächelt ihr im Spiegel zu.

»Es ist so trist, immer allein zu essen. Finde ich jedenfalls.«

»Ja, da hast du Recht.«

Der Fahrstuhl ist unten und sie kann hinausgehen.

»Dann hören wir uns nächste Woche und machen was aus«, sagt er. »Das wird bestimmt nett.«

So wie Danne das sagt, klingt es ganz einfach. Vielleicht hätte sie es auch ganz einfach finden können, wenn er die Frage vor vierundzwanzig Stunden gestellt hätte.

Vielleicht. Sie weiß es nicht. Sie wünscht ihm ein schönes Wochenende und läuft zur U-Bahn.

Johanna steigt an der T-Centralen aus und trägt ihre Tasche durch den überfüllten Gang von der U-Bahn zu den Fernverkehrszügen. Eine Flut von fremden Gesichtern strömt ihr entgegen und an ihr vorbei, und sie denkt sich, das ist die wahre Großstadt. Horden von Menschen, Stress, Schmutz und Einsamkeit.

Dann steht sie auf dem kalten Bahnsteig, zwischen den Füßen ihre Tasche, und atmet Wölkchen in die Winterluft. Und die Nacht, die gerade erst zu Ende gegangen ist, kommt schon wieder zurück.

Auf dem gestrigen Heimweg von ihrer Spätschicht wurde sie im Pendlerzug ungewöhnlich müde und döste mit dem Kopf am Fenster weg. Sie versuchte, die lautstarke Clique Jugendlicher am anderen Ende des Waggons zu ignorieren und ließ sich einfach durch die Winternacht nach Hause fahren.

Als sie an der U-Bahn-Station Odenplan die Treppen hochging und in ihre Straße einbog, fröstelte sie in der strengen Kälte. Sie weiß noch, wie sie einen Blick auf die Uhr über dem Uhrengeschäft auf der anderen Straßenseite warf, und dass sie halb eins anzeigte.

Sie dachte an ihre Kolleginnen. Sie hatte wieder gezögert, als Erika fragte, ob sie am nächsten Samstag zum Abendessen kommen wollte. Alle anderen aus der Gruppe hatten zugesagt.

So ist es oft. Bei der Arbeit möchten die anderen sie immer gerne dabeihaben. Sie nehmen Kontakt auf und sind nett zu ihr, sie kochen ihr was zu essen und laden sie zu ihren Abendunternehmungen ein. Sie erzählen Vertrauliches, sind warmherzig und fürsorglich. Aber wie soll sie sich solchen neuen Bekanntschaften öffnen, wenn sie gar nicht richtig weiß, wer diese Menschen eigentlich sind? Es ist ja nichts Verkehrtes an ihnen, ganz im Gegenteil, aber sie kennen sie nicht. Und sie kennt sich selbst nicht, also kann sie ihnen auch niemanden zum Kennenlernen präsentieren.

Zu Hause war sie Johanna. Josen. Mama, Kumpel, Betreuerin im Heim. Da gab es weiter nichts nachzudenken. Aber hier in Stockholm kommt sie sich vor, als würde sie im geliehenen Mantel eines unbekannten Menschen herumlaufen.

Sie ging also nachts mit raschen Schritten über den Gehweg, überquerte die Straße und steuerte auf ihre Haustür zu. Sie freute sich, zumindest in ihr eigenes Heim zu gehen, die Tür hinter sich schließen und aufs Bett sinken zu können. Und sich so richtig über ihre eigene Blödheit auszuheulen. Wie bescheuert, so traurig zu sein, wenn man alles hat. Wenn man viel mehr bekommen hat, als die meisten anderen sich erträumen könnten. Zwei tolle Kinder, eine erfüllende Arbeit, eine richtige Luxuswohnung und jede Menge Geld. Einen Teil ihres Gewinns hat sie verschiedenen Organisationen gespendet, worüber sie sich auch freuen kann.

Und trotzdem diese Traurigkeit.

Erst als Johanna fast an der Tür war, entdeckte sie Kalle. Er kam mit einer kleinen Tüte mit einem Take-away-Gericht in der Hand aus der anderen Richtung und sah ziemlich mitgenommen aus. Bleicher Teint und rotgeränderte Augen.

»Fanny ist ausgezogen«, war das Erste, was er sagte, als er neben ihr stand.

Johanna verstand erst nicht ganz.

»Ausgezogen?«

»Ja«, sagte er. »Ich glaube, es ist Schluss.«

Sie gingen ins Treppenhaus. Sie hörte, dass seine Stimme kurz vorm Kippen stand. Sein verzweifeltes Aussehen bildete einen seltsamen Kontrast zu dem herrlichen Duft, der aus der Tüte stieg. Er hatte sich aus dem vietnamesischen Restaurant, das in einer Seitengasse in der Nähe lag und auch nachts geöffnet hatte, etwas zu essen geholt. Eine einsame Portion für sich allein.

Sie blieben eine Weile im Hauseingang stehen und sie versuchte, ihm ein paar aufmunternde Worte zu sagen. Obwohl die Umstände vielleicht etwas seltsam und auch traurig waren, war es trotzdem schön zu merken, dass die frostige Atmosphäre zwischen ihnen sich aufgelöst hatte – nachdem sie sich neun Jahre lang nur steif und kurz angebunden begegnet waren. Ihr Impuls, in Tränen auszubrechen, verschwand und wich der gewohnten alten Sicherheit. In diesem Moment wollte sie sich lieber um ihn kümmern als um sich selbst. Das war so viel einfacher.

Auf dem Weg zum Fahrstuhl wandte sich Kalle plötzlich zu ihr und fragte:

»Woher zum Teufel kennst du eigentlich die Eau-Rouge-Kurve?«

Sie ruhte in seinem Blick und wusste im ersten Moment nicht, was sie sagen sollte. Aber dann sagte sie die Wahrheit. Und sie blieben noch ein bisschen länger stehen, während das Gespräch seinen Lauf nahm.

Danach hätten sie aber einen Punkt machen sollen. Sie hätte Kalle einfach Gute Nacht sagen sollen. Als der Aufzug im zweiten Stock hielt, Kalle das Gitter aufzog und in seine Wohnung gehen wollte, hätte sie ihn nicht am Mantelärmel berühren und aufhalten sollen. Er hätte im zweiten Stock aussteigen und sie weiterfahren sollen bis ins Dachgeschoss. In ihre eigene Wohnung gehen und die Tür zumachen wie geplant. Allein, ohne Gesellschaft.

Stattdessen legte sie ganz freundschaftlich die Arme um ihn, um ihn zu trösten wie ein guter Freund. Er erwiderte ihre Umarmung, und als er näher kam, roch sie sein Rasierwasser.

Ungeachtet aller Widrigkeiten hatten sie einander. Und das würde auch für immer so bleiben.

Erst war es nur ein ganz kleines Küsschen, wie eine Art Verlängerung der reifen, freundschaftlichen Umarmung. Ganz leicht streifte er ihre Lippen. Aber das reichte schon, um eine Reihe von Verschiebungen auszulösen, und bevor sie einen klaren Gedanken fassen konnte, kam von irgendwo diese ganze Vertrautheit und Heimeligkeit über sie herab.

Und dann passierte es einfach. Der tiefere und intensivere Kuss ergab sich ganz von selbst. Ein längst vergessener, aber doch eingefleischter Reflex.

Jetzt, wo Johanna zurückdenkt, kann sie sich dunkel erinnern, gesagt zu haben: »Was wir hier tun, ist falsch«, und Kalle antwortete: »Ich weiß.« Aber da waren sie schon in ihrer Wohnung. Er war mit ihr bis ins Dachgeschoss gefahren, und nachdem die Kinder unten in seiner Wohnung schliefen, konnte keiner etwas mitbekommen. Sie konnten sich in ihrem eigenen, unsichtbaren Vakuum treffen.

Und in dieser neuen, abgeschirmten Wirklichkeit küsste er sie erneut. Es kam ganz von selbst. Es war weder stressig noch fordernd, vielmehr erfüllte dieser Kuss sie mit einer großen Ruhe. Sie waren wieder beieinander, und es fühlte sich an, als wäre seit dem letzten Mal überhaupt keine Zeit vergangen.

In diesem Moment wollte sie nur eines: dass er sie wieder zu seiner Nummer eins machte.

Und in diesem Moment fiel Johanna auch wieder ein, wie ihre Freundinnen und sie im Pausenraum über eine dämliche Liste von Dingen gesprochen hatten, die einen glücklich machen. Und eine hatte geantwortet: Küsse im Regen. Aber sie brauchte gar keinen Regen.

Als sie in ihrem neuen breiten Bett lagen, unsicher und nervös, schwand die Magie jäh dahin. Die Situation war ihnen nur zu gut bekannt, die Rituale zu eingefahren, die Spannung zu gering. Am Ende wurde es wie eine mechanische Arbeit, die man hinter sich bringen und abhaken muss.

Schon bevor es vorbei war, konnten sie beide eine gewisse Komik darin entdecken. Hinterher lagen sie auf dem Rücken nebeneinander und kicherten, ohne richtig zu wissen, worüber.

Johanna hatte Kalle noch einmal neben sich, und es war unwirklich und träumerisch und alltäglich zugleich. Sie schaute nach oben in die Dachschräge und glaubte auf einmal den Anfang allen Übels zu erkennen. Sie sah die Wahrheit. Dass sie Kalle damals in einer bestimmten Situation, nämlich kurz nach dem Tod ihrer Eltern, wirklich gebraucht hatte. Aber verliebt war sie nie in ihn gewesen, nicht wie in Richard.

Doch Richard war zu diesem Zeitpunkt unerreichbar, also hielt sie sich an Kalle. Sie tröstete sich selbst, indem sie sich um ihn kümmerte, dafür sorgte, dass er sich einen normalen Alltag schuf, sich ein Selbstwertgefühl zulegte, eine Familie gründete. Im Gegenzug durfte sie in seinen Armen weinen, so viel sie wollte.

Sie brauchten einander und passten zusammen als Eltern ihrer Kinder, und auch als stellvertretende Eltern füreinander.

Genau so war es.

Sie blieben noch eine Weile Seite an Seite liegen und spürten das Zusammengehörigkeitsgefühl, das sie trotz der Absurdität der ganzen Situation empfanden.

Irgendwann stand Johanna auf und legte das Lied auf, das sie während ihrer ersten Zeit zusammen immer angehört hatten. Das sie sich neulich heruntergeladen hatte, nachdem sie es bei Fanny im Auto gehört hatte. Sie hatte es schon fast vergessen, und wie sich zeigte, ging es Kalle ebenso.

Sie hörten es sich immer und immer wieder an, während Johanna eine Kiste mit alten Sachen aus dem Glücksweg hervorholte, die sie länger nicht angeschaut hatte. Ein paar aufgehobene Spielsachen von den Mädchen, ein paar Babysachen und ein besticktes Tuch, das eine von ihnen mal im Hort gemacht hatte. Alte Aufsätze und Osterdeko. Und das alte Carrom-Spiel mit allen Holzscheibchen, das sie so oft am Samstag- oder Sonntagmorgen herausholten, als die Kinder noch klein waren. Dieses nostalgiegeladene Spiel mussten sie sofort wieder testen, also wurde es auf den Küchentisch gestellt, und Kalle nahm Rot, wie immer, und Johanna Grün.

Nach ein paar Matches saßen sie eine ganze Weile zusammen und gingen einen Schuhkarton mit alten Familienfotos durch, und auf manchen sahen Agnes und Sara so unglaublich süß und niedlich und komisch aus, dass ihnen die Augen feucht wurden.

Die Stunden verrannen, und es war schon ganz schön spät, als Kalle nach unten ging. Es war wohl gegen halb fünf am Morgen, als sie im Flur standen. Sie baten sich gegenseitig um Verzeihung. Sie, weil sie ihn damals betrogen hatte. Er, weil er seine Kinder neun Jahre lang vernachlässigt hatte.

Das laute Geräusch eines einfahrenden Zuges reißt Johanna aus ihren Gedanken, und sie muss sich beeilen, ihren Wagen zu finden.

Als der Zug losgefahren ist, blickt sie aus dem Fenster auf das winterlich weiße Stockholm. Es sieht richtig hübsch aus mit dem Dunst über dem Riddarfjärden und den Kais, die halb verschwimmen in all dem Milchweiß, und auf denen hie und da ein paar Menschen stehen. Die Gestalten sind blass und undeutlich wie auf einem Aquarell. Sie nimmt das ganze Bild in sich auf und legt es irgendwo in ihrem Inneren ab, während sie überlegt, was heute vor ihr liegt.

Mika wird es verstehen. Sie hat immer alles verstanden.

Da nur ein Patient angemeldet war, ist Calle für heute fertig mit der Arbeit. Jetzt ist er auf dem Heimweg und ist nur noch ganz kurz auf Skeppsbron stehen geblieben. Er blickt übers Wasser und mustert eingehend die verschiedenen Schiffe, die am Kai liegen oder dahinsegeln, wo das Eis aufgebrochen ist. Er wünschte, eines von ihnen könnte ihn in weite, weite Fernen mitnehmen, so dass er nicht in wenigen Minuten Fanny von Angesicht zu Angesicht gegenübertreten müsste.

Johannas SMS war auf jeden Fall eine Erleichterung. Er wird ihr am Wochenende nicht auf der Treppe über den Weg laufen und hat eine kleine Galgenfrist, eine Möglichkeit, nach den Geschehnissen der letzten Nacht wieder in der Realität zu landen.

Richte den Kindern aus, dass ich übers Wochenende nach Hause fahre. Und was passiert nach dem Wochenende? Er hat keine Ahnung. Er weiß bloß, dass er das alles nie getan hätte, wenn er vor lauter Sehnsucht nach Fanny nicht so bekümmert gewesen wäre.

Er versucht sich einzureden, dass es alles nur eine spontane Idee war. Wenn er wenigstens auf einer Party gewesen wäre und ordentlich beschwipst, dann hätte er eine gute Ausrede gehabt. Aber er war komplett nüchtern gewesen.

Und so spontan ist es ja auch gar nicht passiert. In dieser Nacht war dieses Gefühl der Leere an seinen Gipfel gekommen, das ihn schon eine geraume Weile erfüllte, seitdem er die Praxis übernommen hat. Irgendetwas fehlte ihm, aber er wusste nicht, was. Schließlich war er dort, wo er immer hingewollt hatte: Er hatte seine eigene Zahnarztpraxis.

Angekommen sein. Es fühlte sich an wie tot sein.

Irgendetwas musste passieren. Aber diese Sache mit Johanna … wie konnte er nur so etwas völlig Wahnwitziges tun?

Eigentlich fing es wohl an, als Johanna und er gemeinsam mit Sara zu ihrem Entwicklungsgespräch in der Schule gingen. Sie lernten ihren Mathelehrer kennen, der auch Kunst unterrichtete. Der ausladende, redselige Mann im Flanellhemd erging sich die ganze Zeit in Lobeshymnen über Sara. Er erzählte, wie gut sie ihre Arbeit in der Schule bewältigte und wie sie mit ihrer Persönlichkeit dazu beitrug, eine angenehme, lustige Atmosphäre in der Klasse zu schaffen.

Calle sah, wie Johanna sich während des Gesprächs zusammennehmen musste. Sie saß kerzengerade da und hielt sich an einen förmlichen Ton, sagte jedoch nicht sonderlich viel. Doch er sah, dass sie kurz davor war, in Tränen auszubrechen, und diesen Augenblick festhalten wollte, um ihn ja nie wieder zu vergessen.

Er selbst brachte aber auch nicht viel mehr zustande als Hm-hm und Lächeln. Seine Stimmbänder waren wie eingerostet. Es war mehr als bloß Freude, es war die Tatsache, dass er sie mit einem Menschen teilen konnte. Mit jemandem, der das alles genau verstand.

Auf dem Heimweg verkündete Sara, dass sie bei Wilma vorbeifahren und vor dem Abendessen noch eine Weile dort bleiben wollte. Johanna und er gingen schweigend nebeneinanderher. Aber es war kein belastendes Schweigen, sondern ein ruhiges und friedliches, ganz reines und unbelastetes. Wie feinkörniger Sand, unter den sich kein einziger Stein gemischt hat.

Sie erreichten die gemeinsame Haustür und stiegen in den Fahrstuhl, und als er im zweiten Stock ausstieg, murmelte er, dass das ja wirklich schön sei mit Sara, und Johanna nickte. Wie man nur nickt, wenn etwas einfach viel zu groß ist, als dass man es mit ungeschickten Worten einfangen und festmachen könnte.

Und dann begegneten sie sich also in der Nacht wieder vor der Haustür. Aber jetzt befand er sich in einem ganz anderen Zustand. Niedergeschmettert und außerstande zu begreifen, was geschehen war. Dass Fanny tatsächlich gegangen war und ihn verlassen hatte. Auch wenn sie behauptet hatte, dass sie nur eine Weile wegmüsse, um über die Zukunft nachzudenken, wusste er genau, was das bedeutete.

Als er mit Johanna im Hauseingang stand, fiel ihm ein Rat ein, den ihm ein Patient einmal gegeben hatte: *Verzeih deinen Feinden. Nichts ärgert sie mehr.* Aber er wollte Johanna nicht ärgern, überhaupt nicht. Und im Übrigen war sie auch nicht seine Feindin. Trotzdem wollte er ihr vergeben. Sich vielleicht sogar bei ihr bedanken.

»Woher zum Teufel kennst du eigentlich die Eau-Rouge-Kurve?«, fragte er, weil er ununterbrochen über diese Frage nachgedacht hatte, seit sie ihm ihren verblüffenden Vorschlag mit der Reise unterbreitet hatte.

Sie sah überrascht aus, und einen Moment dachte er, dass sie ihm nicht antworten wollte. Doch dann erzählte sie es ihm.

Calle erfuhr, dass Johanna es sich in all den Jahren nach der Scheidung zur Gewohnheit gemacht hatte, jeden zweiten Montag im Internet das Resultat des Formel-1-Rennens vom Wochenende nachzusehen. Aber nur, wenn sie sonntags gearbeitet hatte. Wenn sie am Wochenende frei hatte, sah sie sich das Rennen nämlich gleich live im Fernsehen an.

Er war verblüfft. In der Zeit ihrer Ehe hatte man Johanna kaum für Formel 1 erwärmen können. Sie hatte wenig mehr als Verachtung für diesen in ihren Augen völlig albernen Wettkampf und vor allem das kindische Champagnergespritze hinterher. Ganz zu schweigen von den spärlich bekleideten Models, die dem Gewinner applaudierten, wenn er nach einem Rennen lächelnd von der Bahn kam.

Sie regte sich auch darüber auf, dass er die Rennen immer

gucken wollte, wenn es mit ihren beiden kleinen Kindern und den nachmittäglichen Aktivitäten gerade am höchsten herging. Nur zu oft ging sie mit einem Kind auf der Hüfte vor dem Fernseher vorbei und warf ihm einen giftigen Blick zu. Sie beschwerte sich auch über das enervierende Geräusch, ja, im Großen und Ganzen über alles, was mit diesem Sport zu tun hatte.

Aber heute Nacht. Er glaubte, sich verhört zu haben. Wie sich herausstellte, war Johanna geradezu besessen von Reifen und Karosserien, Motoren und Auspuffsystemen, der Mystik von Aerodynamik und Gravitation, der Schönheit, Reinheit und Perfektion der Linien. Und es begeisterte sie, wie ein Team, das am einen Tag der abgeschlagene Verlierer war, schon am nächsten Tag plötzlich meilenweit überlegen sein konnte.

Sie blieben noch lange im Treppenhaus stehen und redeten. Über die Spannung. Die vibrierende Gefahr, die über jedem Rennen lag. Die Anspannung, die in dem Wissen begründet war, dass ein Fahrer jederzeit in eine Mauer rasen, ein Rad verlieren, wilde Pirouetten beschreiben, Feuer fangen oder sich vielleicht sogar überschlagen kann. Und das im Bruchteil einer Sekunde.

Schließlich einigten sie sich darauf, dass es vielleicht sogar dieses ganz spezielle Geräusch ist, um das sich dieser Sport dreht. Die dumpf bullernden Motoren am Start, das Aufheulen, wenn die Autos dahinrasen, das Jubeln des Publikums und die Erörterungen der Kommentatoren. Beide konnten sich lebhaft vorstellen, was für ein ohrenbetäubender Lärm einen umgeben muss, wenn man bei einem Rennen wirklich vor Ort ist. Es muss erbarmungslos sein – ein unheimliches Geräusch, das alles überlagert, ein Geräusch, von dem man sich umhüllen lässt, in dem man mit dem ganzen Körper verschwindet, vom Scheitel bis zu den Zehen.

Im Fahrstuhl umarmte sie ihn, als sie ihm Gute Nacht sagte, und da konnte er es sich nicht verkneifen, ihr einen Kuss zu geben. Er schob einfach alles andere beiseite, löschte die Festplatte im Gehirn und ließ jede Vernunft fahren. Er vergaß sogar, dass er eigentlich Hunger hatte. Die frittierten Röllchen mit Hackfleisch, Koriander, frischer Minze und Limettenspalten blieben in ihrer Tüte auf Johannas Schuhregal.

Langsam geht Calle durch die Stadt nach Hause, und er denkt dabei die ganze Zeit an Fanny. Er erkennt, dass er eine geraume Weile schrecklich wütend auf sie war, ohne sich über dieses Gefühl wirklich Rechenschaft abzulegen. Jedes Mal, wenn sie sagte, dass sie mehr über seinen Hintergrund erfahren wollte, spürte er nur tiefstes Unbehagen. Das hatte er alles gründlich weggesperrt, das konnte er einfach nicht wieder hervorholen. Und die Schuldgefühle, die das mit sich brachte, waren geradezu lähmend.

Dann empfand er ein noch größeres Schuldgefühl, weil er wütend auf sie war, obwohl sie überhaupt nichts dafür konnte. Und danach schaukelte sich alles einfach immer weiter hoch.

Er hat es nicht gewagt, ihr etwas zu erzählen. Er wollte nicht riskieren, dass Fanny ihn auch noch verließ. Was sie dann aber ankündigte, und zwar gerade deswegen.

Er versetzt einer alten Bierdose einen Tritt, so dass sie scheppernd gegen eine Hauswand donnert.

Gestern Nacht mit Johanna brauchte er sich diesem Druck nicht auszusetzen. Sie weiß schon alles. Bei ihr kann er ganz er selbst sein. Vor ihr muss er nicht angestrengt dieses sperrige Gepäck verbergen, das er mit sich herumschleppt, nicht mal das allerschwerste.

Calle beschleunigt seine Schritte. Seine lammfellgefütterten Winterstiefel tragen ihn über den Gehweg, stapfen mit ihm weiter über den Asphalt. Er gleicht einem marschierenden Soldaten. Jeder Schritt, jede Erschütterung seines Körpers wird zu einer Bestätigung seines Entschlusses.

Er ist auf dem Weg nach Hause zu Fanny, die er liebt und die jetzt ja offenbar einen Neuanfang mit ihm machen will. Mit ihm reden, wie sie sagte. Immer noch genauso überzeugt, dass man mit Kommunikation alles lösen kann. Und vielleicht hat sie in den meisten Fällen sogar Recht.

Freilich gibt es auch Ausnahmen. Er will sie nicht quälen, indem er ihr erzählt, was gestern Nacht vorgefallen ist. Für sie beide wird es das Beste sein, wenn er das alles einfach vergisst und nach vorne blickt.

Das Frühstück steht immer noch unberührt auf der Arbeitsplatte. Das Brot wird schon langsam trocken. Fanny hat es nicht mal fertiggebracht, es wieder in die Tüte zu stecken. Sie geht durch die leere Wohnung, von einem Zimmer zum anderen. Vom Wohnzimmer durch den Gang in die Küche, zurück über den Flur, ins Schlafzimmer, wo sie sofort kehrtmacht und hinausgeht, vorbei an Saras Zimmer und dann wieder durch die ganze Wohnung. Vor Agnes' Zimmer bleibt sie einen Augenblick stehen, bevor sie wieder ins Wohnzimmer geht.

Ihre Wohnung fühlt sich plötzlich an wie ein anonymer Verwahrungsort für eine Ansammlung verirrter Menschen. Die Wohnung, die Calle und sie gekauft und bezogen haben, fröhlich und voller Pläne, ist jetzt nur noch ein Ort, an dem sie zufällig ihre Besitztümer stehen hat.

Agnes und Sara haben sich in Saras Zimmer zurückgezogen. Fanny hat versucht, sich nichts anmerken zu lassen, aber sie haben es natürlich trotzdem gemerkt. Sara war erschrocken und den Tränen nahe und sagte die ganze Zeit entschuldige, entschuldige, entschuldige, sie habe Fanny ganz bestimmt nicht traurig machen wollen, sie wollte nur die Wahrheit sagen. Und Agnes schob ihre kleine Schwester beiseite und sagte zu Fanny, dass Sara das nicht hätte erzählen dürfen, das sei einfach dumm gewesen.

Immerhin besaß Fanny noch genug Geistesgegenwart, um die Situation halbwegs in die Hand zu nehmen, die beiden Mädchen zu umarmen und mehrmals zu wiederholen, dass sie überhaupt nichts falsch gemacht hätten und kein schlechtes Gewissen zu haben brauchten, und überhaupt sei das eine Sache, in die sie überhaupt nicht mit hineingezogen werden sollten, denn das sei eine Sache zwischen Erwachsenen. Und sie möge Calle immer noch sehr gern, genauso gern wie vorher.

Letzteres war eine blanke Lüge, und Teenager soll man nicht belügen. Aber auf diese Art konnte sie ihnen zumindest ein bisschen von ihrer Angst nehmen, und das war das Wichtigste. Wichtiger als moralische Überkorrektheit.

Sie steht in der Küche und trinkt ein Glas Wasser. Spürt, wie ihr die Kälte durch den Körper läuft.

Calle ist also ein Schwein. Nicht nur lächerlich oder spießig oder ein gekünstelter Parvenü, wie ihre Freundinnen wahrscheinlich schon immer fanden. Er ist auch noch ein ganz gewöhnliches Arschloch.

Wieder einmal ist es ihr misslungen, einen netten Mann zu finden, bei dem sie sich geborgen fühlt und mit dem sie ihr Leben teilen kann. Wieder hat sie geglaubt, die große Liebe gefunden zu haben, nur um zu entdecken, dass der Goldklumpen in Wirklichkeit ein Stück poröser Mist ist.

Noch ein eiskalter Schluck, von dem ihr der Gaumen wehtut.

Was ist das bloß mit ihr? Warum hat sie so verbissen an Calle festgehalten, obwohl er ihr so lange die Details zu seinem Hintergrund vorenthalten hat? Zum Dank für ihre Geduld und Unterstützung krönt er das Ganze mit einem Seitensprung, und das auch noch mit seiner Ex. Oder zumindest eine Nacht hat er bei ihr verbracht, mehr weiß Fanny ja nicht. Aber es ist klar, dass etwas zwischen ihnen gewesen sein muss.

Was hat sie übersehen, was all ihre Freundinnen bestimmt schon lange vorher gemerkt hätten? Wovor hat sie die Augen verschlossen? Als sie isoliert in der Königlichen Bibliothek saß, geistig abgeschirmt und absorbiert von über hundert Jahre alten Texten.

Fanny stellt ihr Glas auf die Arbeitsplatte und geht ins Wohnzimmer. Sie setzt sich aufs Sofa und schaut sich um. Die ganzen

Möbel, die Kunst an den Wänden, der Fernseher und die Lampen, der Teppich und der Schrank, das werden sie alles auseinandernehmen und unter sich aufteilen, wenn sie sich trennen.

Denn darauf wird es wohl hinauslaufen.

Sie hätte die Sache gern mit jemandem besprochen, Argumente und Perspektiven, Alternativen und Möglichkeiten erwogen. Aber sie hat niemanden, mit dem sie das machen könnte. Sie weiß, was ihre Freundinnen sagen würden, wenn sie sie jetzt anriefe. Sie würden ihre Entscheidungsschwierigkeiten nicht verstehen. Sie würden keine verschiedenen Wege sehen, sondern nur einen. Sie würde nur eines zu hören kriegen, und zwar Kritik dafür, dass sie Calle nicht schon früher verlassen hatte, und das kann sie jetzt einfach nicht ertragen.

Eigentlich gibt es nur einen Menschen, mit dem sie sich vorstellen könnte, darüber zu sprechen, und das ist Johanna. Sie ist die Einzige, die Calle kennt, die weiß, wie seine verschiedenen Seiten aussehen, weiß, warum er auch liebenswert ist. Aber natürlich ist Johanna auch der letzte Mensch, mit dem sie in dieser Situation reden könnte.

Fanny betrachtet eins der großen, glänzenden Coffee-Table-Books, die Calle manchmal kauft und auf den Couchtisch legt. Es ist völlig offensichtlich, dass sie einfach nur dekorativ sein sollen, und eigentlich findet sie solche Bücher ein bisschen kindisch in ihrem unübersehbaren Heischen nach Bestätigung, aber sie hat trotzdem nie etwas gegen sie gehabt. Wenn er nun eben meint, dass er sich das leisten kann, warum nicht? Dieses Benehmen gehört zu seiner Persönlichkeit, und sie wollte es nie ändern. Jedenfalls nicht so dringend.

Die Wehmut sprengt ihr fast die Brust.

Alle Hoffnungen, die sie sich in den letzten Monaten gemacht hatte. Irgendwie hat sie sogar Zuneigung zu Johanna gefasst. Ihre Integrität, dieses Strenge an ihr, die dann doch einen Kern von verbissenem Humor in sich barg, wie sich herausstellte.

Ihre Wärme und Aufrichtigkeit und ihr Ernst. Vielleicht hätten Johanna und sie im Laufe der Zeit eine Art Freundschaft entwickeln können, eine tiefere Beziehung, etwas, was in erster Linie Agnes und Sara zugutegekommen wäre. Die fünf hätten eine unschlagbare Patchworkfamilie bilden können, ein Vorbild für andere.

Wenn Calle und Johanna wirklich getan haben, was Fanny argwöhnt, dann ist auf einen Schlag so viel zerstört worden. Dann haben sie ihr etwas genommen.

Aber sie kann sich vorstellen, dass sie es noch toller fänden, wenn sie ihre eigentliche Kernfamilie wiederauferstehen lassen könnten, ihre eigene Burg. Natürlich.

Sie schlägt das Buch zu und schiebt es beiseite.

Ohne besonderen Grund fällt ihr wieder ein, wie sie einmal mit Calle in einem Restaurant war. Fanny fand, dass Calle den Kellner nicht freundlich genug behandelte, was zu einer allgemeinen Diskussion über das Benehmen gegenüber Servicepersonal führte. Sie fand Calle kurz angebunden und unpersönlich, geradezu herablassend. Es war ihr richtig peinlich. Er wirkte wie die Parodie eines Emporkömmlings.

Sie war wütend, doch Calle hielt dagegen. Er fand, dass Fanny grundsätzlich zu nett zum Personal war, dass sie sich verstellte und eine gekünstelte Herzlichkeit an den Tag legte. Seiner Meinung nach war eher ihr Verhalten peinlich.

Nach einer Weile kamen sie zur Besinnung und senkten ihre Lautstärke, damit die Gäste an den Nebentischen sie nicht anstarrten. Sie stritten aber trotzdem weiter, und dabei wurden die Unterschiede zwischen ihren Haltungen klar. Für Calle stellten die Dienstleistungsberufe eine normale Arbeit dar, wie sie auch Leute in seiner Umgebung ausgeübt hatten, als er aufwuchs. Für ihn waren diese Personen da, um ihren Job zu machen, und dafür wurden sie bezahlt, fertig. Aber nicht dafür, sich ihre Kriecherei anzuhören.

Für Fanny hingegen war es nicht vorstellbar, dass sie oder irgendjemand anders in ihrer Familie oder ihrem Freundeskreis so eine Art von Tätigkeit ausüben könnte. Für sie war das Personal »die anderen«, und da sie selbstverständlich weit über ihnen stand, musste sie besonders freundlich zu ihnen sein, um ganz deutlich zu zeigen, dass sie trotzdem auf niemanden herabblickte. Und das war eine Art umgekehrte Herablassung, fand Calle.

Sie blieben bis lange in die Nacht sitzen, und als sie das Restaurant am Ende verließen, fühlte sie sich wie geistig erfrischt. Sie hatte Stoff zum Nachdenken bekommen, wie so oft, seit sie mit Calle zusammen war. Und sie war verliebter denn je in ihn. Sie hätte fast Lust gehabt, ihm auf der Stelle einen Heiratsantrag zu machen.

Geräusche vom Flur. Calle schließt die Haustür auf und betritt die Wohnung, die immer noch sein Zuhause ist. Eine Sekunde später steht er in seinem warmen Parka in der Tür zum Wohnzimmer.

Er hat rosige Wangen, wahrscheinlich ist er in der Kälte lang zu Fuß gegangen. Er reibt sich die Hände, um sie zu wärmen.

»Das ist vielleicht kalt draußen. Richtig dreckskalt. Was meinst du, wollen wir uns ein Feuer im Kamin machen? Vielleicht was aus unserer DVD-Box gucken?«

Sie antwortet nicht. Sie steht nur auf, geht an ihm vorbei und geht ins Schlafzimmer, um ihren Koffer zu packen. Den sie früher alle drei Wochen gepackt hat.

»Was machst du da?«, fragt Calle.

Er folgt ihr, während er den Reißverschluss seiner Jacke aufzieht.

»Du hast doch heute Morgen gemeint, wir sollten reden.«

Sie steht mit dem Koffer in der Hand da und sieht ihn an.

»Du brauchst mich nicht anzulügen«, sagt sie. »Ich weiß es schon. Die Kinder haben es mir erzählt. Sie waren wach, als du in der Nacht von Johanna zurückgekommen bist.«

Seine Hand am Reißverschluss erstarrt auf halbem Wege.

»Ach so. Ja … ich hätte es dir auch sagen wollen«, murmelt er, und sie sieht, wie er sich anstrengt, noch eine von seinen weißen Lügen aus dem Hut zu zaubern. »Aber ich wollte es nicht aufs Tapet bringen, so kurz bevor ich aus dem Haus musste.«

»Hattet ihr Sex?«

Ihre Frage bringt ihn restlos aus dem Tritt. Sein Blick flackert nervös, bis er wieder an ihr hängen bleibt.

»Wir sind auf jeden Fall bloß Freunde«, sagt er.

Kein Nein. Also ein lahmes Ja. Hätte er nicht wenigstens versuchen können, das abgedroschenste Klischee des Jahrhunderts zu vermeiden? Und ihr nur ein einziges Mal eine klare Antwort zu geben?

»Du bist ein Schwein, Calle. Jetzt weiß ich es. Ich bin nur froh, dass ich es entdeckt habe, bevor ich mir die Spirale rausnehmen ließ und am Ende schwanger geworden wäre. Das macht die Dinge einfacher.«

Er stutzt ganz unmerklich. Dann wird er ernst.

»Fanny, du musst mir glauben, wenn ich dir das sage: Was gestern Nacht passiert ist, war ein Fehler. Der größte meines Lebens.«

»Ich will deine Phrasen nicht hören.«

Er stellt sich vor sie, fasst sie an den Oberarmen und sieht ihr in die Augen.

»Ich war so geknickt, dass du gegangen warst, und dann bin ich am Fahrstuhl zufällig Johanna über den Weg gelaufen. Ich war so verstört, weil du weg warst, und sie fühlte sich einsam, und da haben wir uns getröstet. Und dann lief einfach alles absolut schief.«

»Ich muss jetzt packen.«

Fanny will sich aus seinem Griff winden, aber er lässt sie nicht los.

»Gib mir noch eine Chance, es zu erklären. Eine einzige.«

Endlich kann sie sich losmachen und wirft den Koffer aufs Bett.

»Ich würde alles tun, um es wiedergutzumachen«, sagt er. »Wirklich alles.«

»Das glaube ich nicht.«

Sie betrachtet ihn. Den Mann, den sie gegen ihre Freunde verteidigt hat. Den Mann, für den sie selbst bereit war, alles zu tun. Hat sie ihn vielleicht irgendwie unterdrückt, ohne es zu merken? Hatte er das Bedürfnis, gegen sie als die Stärkere zu revoltieren, die, die alles umsonst kriegt, während er überhaupt nichts gekriegt hat? Musste er deswegen seine Macht demonstrieren, durch die effektivste aller Waffen?

»Wir können dieses Wochenende doch in Ruhe über alles reden«, bittet er. »Und alles klären.«

Er sieht sie flehend an, anscheinend meint er, was er sagt.

»Und es besteht auch keine Gefahr, dass du Johanna am Wochenende über den Weg läufst«, fügt er hinzu. »Sie ist in ihre alte Heimatstadt gefahren, um ihre Freundin zu besuchen, und kommt erst am Sonntagabend wieder.«

Fanny hält inne. Auf einmal sieht sie es ganz klar vor sich.

»Du sagst also, du würdest alles tun, um noch eine Chance zu bekommen?«

Calle nickt mit glänzenden Augen.

»Alles, was du verlangst.«

»Gut. Dann fahren wir«, sagt sie.

»Wohin?«

Er scheint wirklich nicht zu verstehen, wovon sie spricht.

»In deine Heimatstadt, wo du aufgewachsen bist.«

Erschrocken starrt er sie an.

»Wie meinst du das?«

»Damit meine ich, dass wir dort hinfahren und du mir alles zeigst. Wenn wir dabei Johanna begegnen, ist mir das scheißegal, ich muss mich für nichts schämen. Aber ich würde gerne deine Mutter und deinen Bruder kennenlernen.«

Die Worte treffen ihn wie Gewehrkugeln. Er ist so bleich, wie sie ihn noch nie gesehen hat.

»Wie du siehst«, meint sie, »wird nichts draus.«

Und sie packt weiter.

Johanna hat den Kopf an die Wand des Zugabteils gelegt und döst. Sie hat sich mit ihrer Jacke zugedeckt und ihren Schal als Kissen untergelegt, aber trotzdem spürt sie die Vibration an der Schläfe. Sie schläft nicht richtig ein, sondern schwebt in einem weichen Halbdämmer, während sie unter sich den Rhythmus des Zuges fühlt.

Bald ist sie dort.

Der Geruch von frischer Orange steigt ihr in die Nase, und sie macht die Augen auf. Eine ältere Frau auf der anderen Seite des Mittelgangs hat gerade eine Orange geschält und bietet ihren zwei Enkeln je einen Schnitz an. Dem kleineren rinnt der Saft übers Kinn. Der ältere nimmt eine Serviette und trocknet ihn ab, dann knüllt er sie zusammen und wirft sie in den jetzt schon überquellenden Abfalleimer an der Wand.

Johanna schließt die Augen wieder. Und zum ersten Mal seit langer Zeit denkt sie an Kalles Mutter, Elisabet, die sich jahrelang geweigert hat, Kontakt mit ihren Enkeln zu haben. Nicht ein einziges Mal hat sie sich bei Agnes und Sara gemeldet. Auch gut. So eine Großmutter hätte das Leben der Mädchen in keinster Weise besser gemacht. Im Gegenteil.

Als Johanna noch zur Schule ging, wusste bereits jeder, wer Elisabet war. Sie wirkte befremdlich mit ihrer schrillen Stimme, geistesabwesend, irgendwie verrückt. Später wurde einem klar, dass sie psychisch ein wenig gestört war. Kalle war immer dreckig und hatte nie einen Haarschnitt, und in der Schule hielt er sich grundsätzlich abseits. Er hat Johanna einmal erzählt, dass er nicht mal eine Zahnbürste besaß, bis er alt genug war, um sich selbst eine zu kaufen. Seine Mutter schminkte sich jeden Tag, ging aber selten aus dem Haus. Und wenn, dann sah man sie im Zentrum herumlaufen, wo sie die Papierkörbe nach Pfandflaschen und -dosen durchwühlte.

Nachdem Kalle nach Stockholm abgehauen war, musste Jocke sich um Elisabet kümmern. Früher war er ständig mit seiner Gang unterwegs und war in der ganzen Stadt berüchtigt. Ein großer Typ, ein Übeltäter mit Stiernacken und fettigem Haar, der ständig in Streitereien verwickelt war. Zu Hause übernahm er überhaupt keine Verantwortung, obwohl er der Älteste war. Kalle musste sich um alles kümmern.

Im Laufe der Jahre begannen sich Elisabet und Jocke für Kalle zu schämen, den Sohn und kleinen Bruder, der ein Luxusleben in der Großstadt führte, ohne sich jemals bei ihnen zu melden. In ihren Augen war ausschließlich Johanna schuld an seinem Entschluss. Sie weigerten sich einzusehen, dass es auch mit dem Brand zu tun haben könnte.

Trotzdem tun Elisabet und Jocke ihr leid. Wenn sie ihnen hätte helfen dürfen, was sie mehrmals versucht hat, dann wäre es ihnen vielleicht besser ergangen. Doch die beiden lehnten es rundheraus ab und schlossen sich in ihrer eigenen Welt ein.

Elisabet schrieb aber weiterhin ihre Briefe, die Jocke nachts heimlich in den Briefkasten im Glücksweg 3 steckte. Manchmal machte Johanna einen davon auf, und jedes Mal waren es lange, detailreiche und zusammenhanglose Tiraden, durchsetzt mit Beschimpfungen. Elisabet war außer sich vor Wut, weil Kalle sich nie meldete, nicht zurückkam und sich um sie kümmerte und ihr überhaupt nie Geld geschickt hatte.

Ohrenbetäubender Lärm von den Zugbremsen. Johanna setzt sich auf. Der Zug verlangsamt das Tempo neben einem kleinen Bahnsteig, sie sieht das Schild vorbeigleiten. Die nächste Station ist ihre.

Wälder und Felder ziehen vor dem Zugfenster vorbei, seidenweiche Flächen von unberührtem weißem Schnee. Langsam beginnt ihr die Nervosität zuzusetzen. Sie sehnt sich nach ihren Freundinnen. Am meisten nach Mika.

Johanna geht durch die Fußgängerzone. Sie setzt die Füße auf die Pflastersteine des ländlichen Ortes, in dem sie aufgewachsen ist, wo sie eine Familie gegründet hat und ihre besten Freunde heute noch wohnen.

Sie hört keine Sirenen. Und wird auch nicht alle paar Minuten von gekünstelt lächelnden Menschen belästigt, die einem ihre Ordner unter die Nase halten und bitten, dass man auf einer Liste unterschreiben soll oder Geld in eine Sammelbüchse stecken oder eine Gratiszeitung mitnehmen. Hier hat man einfach seine Ruhe.

Sie trottet an den altvertrauten Geschäften vorbei, winkt Stickan in der Würstchenbude zu und Janne und Carlos, den beiden Streifenpolizisten des Viertels, die gerade mit ihren ewigen Hotdogs in der Hand vom Kiosk kommen, und Anna-Karin in der Reinigung. Alle winken überrascht zurück. Sie merkt, dass man ihr lange nachblickt. Aber sie mag nicht stehen bleiben, im Moment will sie sich mit keinem von ihnen unterhalten. Sie will einfach hier durch die Fußgängerzone gehen, stolz und keck und hocherhobenen Hauptes.

Am Fenster der Maklerfirma bleibt sie stehen, etwas, was sie früher niemals getan hat. Mit einem flirrenden Gefühl in der Magengegend mustert sie die Bilder der Häuser, die im Ort zum Verkauf stehen. Die schönsten haben eine tolle Aussicht über den See, ein paar haben mehrere hundert Quadratmeter und ein eigenes Strandgrundstück. Sie stellt fest, dass sie jedes Objekt morgen kaufen könnte, wenn sie wollte, ohne das geringste Problem. Ohne dass sie auch nur ihre Dachgeschosswohnung zuerst verkaufen müsste. Verglichen mit den Verhältnissen in Stockholm sind die Immobilienpreise hier der reinste Witz.

Stimmen hinter ihr. Leises Plaudern, dessen Inhalt sie nicht erfassen kann, aber der Tonfall kommt ihr bekannt vor, und sie dreht sich um. Ein Stück entfernt in der Fußgängerzone, vor einem Kaufhaus, stehen ein paar Leute, die sie erkennt. Es ist die Schuldirektorin Louise Carlén, die Klassenlehrerin von Saras alter Klasse und Simones Mutter.

Drei von den Personen, denen sie bei der letzten Begegnung mitteilte, sie könnten ihretwegen zur Hölle fahren.

Sie sehen, dass sie sie bemerkt hat, und kommen zu ihr herüber.

»Na, sind Sie wieder zurück?« Louise Carlén blinzelt, wie immer.

Die Lehrerin streicht über ihre mageren Arme in der Daunenjacke. Simonas Mutter ringt sich ein säuerliches Lächeln ab.

»Sind Sie wieder nach Hause gezogen?«, fragt sie.

»Nein. Ich besuche hier nur jemanden.«

Sie stehen wortlos vor Johanna und erwarten, dass sie das Gespräch in Gang hält, vielleicht etwas von ihrem neuen Leben erzählt.

Aber da sie das nicht tut, räuspert sich Louise Carlén und ergreift das Wort.

»Tja, die Stimmung war wohl ein bisschen ungut, als wir uns das letzte Mal gesehen haben … Aber rückblickend möchte ich immer noch behaupten, dass der Fehler da nicht bei der Schule lag. Ich glaube, im Nachhinein können Sie mir da zustimmen.«

»Nein. Da kann ich ihnen ganz sicher nicht zustimmen«, erwidert Johanna.

Die Direktorin verengt die Augen zu schmalen Schlitzen, und die Lehrerin befördert den Trageriemen ihrer Handtasche mit einem Ruck ihrer Schulter nach oben.

»Wie ist es denn so in der Großstadt?«, fragt sie.

Ihre Blicken brennen sich fest. Das flirrende Gefühl im Bauch, das sich vor dem Fenster des Immobilienmaklers gemeldet hat, ist immer noch nicht ganz verschwunden.

»Ich bin froh, dass wir umgezogen sind«, antwortet Johanna. »Sara und Agnes fühlen sich sehr wohl.«

Wieder tritt für ein paar Sekunden Schweigen ein, bis die anderen merken, dass keine Details mehr folgen.

»Sie haben sich also ans Leben in Stockholm gewöhnt?« Simones Mutter schürzt die Lippen. »Das gelingt ja nicht allen.«

Sie tut sich immer noch schwer, ihren Grimm zu verbergen. Anscheinend hat sie immer noch nicht verdaut, dass ihre Tochter des Mobbings beschuldigt wurde.

Johanna lächelt nachsichtig.

»Sie haben doch einfach alle keinen Schimmer. Von nichts und niemandem«, sagt sie. »Auf Wiedersehen und schönes Leben noch.«

Sie setzt ihren Weg fort. Ihre Schritte sind beschwingt, sie trabt fast Richtung Entzugsklinik. Sie wird ihre alten Kolleginnen in den Arm nehmen, mit ihnen plaudern und lachen, ihnen erzählen, wie es ihr so ergangen ist. Und vor allem natürlich vom Allerwichtigsten: dem Lottogewinn.

Es schneit. Winzige Flocken, wie ein kaltes Tuch auf dem Gesicht. Johanna legt noch einen Schritt zu und hofft auf eine Tasse heißen Kaffee.

Calle sitzt mit der Zeitung am Küchentisch, die er am Morgen noch nicht lesen konnte, weil er zur Arbeit musste. Aber er schlägt sie nicht mal auf. Er hört nur zu, wie Fanny im Schlafzimmer hin und her läuft und ihren Koffer packt. Bald wird sie verschwunden sein, und dann eben nicht nur kurzfristig, um über die Zukunft nachzudenken, wie gestern. Heute hat sie fertig nachgedacht.

Es gibt auch nichts mehr zu diskutieren. Die Schuld hat er sich selbst zuzuschreiben. Er hat alles zerstört, er und kein anderer. Das muss er akzeptieren.

Mit einem plötzlichen Energieschub steht er auf und wirft die Zeitung in die Papiertüte an der Wand, die randvoll mit noch mehr Zeitungen ist, da niemand sie in die Papiertonne im Hof gebracht hat. Eigentlich sollte er das Abo kündigen, aber er hat keine Lust, am Morgen vorm Computer zu frühstücken.

Alte Gewohnheiten wird man eben nur schwer los.

Er stellt sich in die Tür zu Saras Zimmer. Sara liegt auf ihrem Bett und starrt auf die Wand. Agnes sitzt auf der Bettkante daneben. Beide drehen den Kopf und sehen ihn an. Er weiß nicht, wo er anfangen soll. Was soll man da sagen?

»Tja, ihr habt vielleicht auch mitgekriegt, dass Fanny nicht gerade glücklich ist.«

Er verstummt und betrachtet sie, während er nach einem Weg sucht, den Satz fortzusetzen. Agnes hat ihre Falte zwischen den Augenbrauen. Sara setzt sich auf und legt sich die Arme um die Knie.

»Ich hab's ihr erzählt«, sagt sie. »Bist du jetzt sauer auf mich?«

Er versucht zu lächeln, merkt aber, dass es ihm nicht recht gelingen will.

»Nein, natürlich nicht. Überhaupt nicht. Ich bin bloß sauer auf mich selbst.«

Er geht zum Bett und setzt sich dazu. Agnes rückt ein Stück zur Seite, um ihm Platz zu machen.

»Kommt ihr jetzt wieder zusammen, Mama und du?«, fragt sie.

Ihre Augen hängen an seinen, ihre ganze Aufmerksamkeit ist auf ihn gerichtet. Vielleicht zum ersten Mal.

»Nein«, sagt er. »Bestimmt nicht.«

Schweigend denken sie über seine Antwort nach. Ihr Gesichtsausdruck ist schwer zu deuten. Er fügt hinzu:

»Aber es ist schwierig, als geschiedenes Paar zu leben. Auch wenn das alles schon lange zurückliegt, ist immer noch so einiges da. Was geklärt werden muss.«

»Und, habt ihr das jetzt geklärt?«

»Ja.«

Sorgfältig glättet er den faltigen Überwurf.

Dann streckt er die Arme aus und zieht sie beide an sich. Er hat zwei so tolle Töchter, und es gibt keine Worte, die beschreiben könnten, wie dankbar und glücklich er ist. Und wie froh, dass er sie richtig kennenlernen durfte, sie in sein Leben holen konnte, bevor es zu spät war.

Das ist einzig und allein Johannas Verdienst.

»Wir kriegen das schon alles hin hier«, meint er. »Irgendwie wird es schon gehen. Und selbst wenn Fanny und ich vielleicht in Zukunft nicht mehr zusammenwohnen, könnt ihr sie trotzdem noch sehen. Und Mama und ich sind gute Freunde.«

Er lässt sie los und mustert sie beide. Sie sehen ihn misstrauisch an. Anscheinend glauben sie nicht so recht, was er da sagt, es klingt alles gar zu gut. Er hört es ja selbst.

»Wollt ihr nach Hause fahren? Wie Fanny vorgeschlagen hat?«

Sara schielt ihn verstohlen an. Agnes ebenfalls.

»Na ja, *nach Hause* würde ich dazu jetzt nicht mehr sagen«, meint sie, »denn wohnen tun wir jetzt ja hier, aber …«

Es dauert ein paar Sekunden, bevor ihm aufgeht, was das bedeutet.

»Ihr habt also gehört, was sie gesagt hat?«

Die beiden nicken.

»Auch, dass es ihr scheißegal ist, ob Mama gerade da ist«, sagt Sara.

Er ist ein wenig betreten. Er wünschte, die Kinder hätten gar nichts von diesen komplizierten Dingen mitgekriegt, aber jetzt ist es nun mal so, wie es ist.

»Wirst du Fanny den Ort zeigen?«, fragt Agnes. »Wo wir gewohnt haben und so?«

Calle schüttelt den Kopf.

»Aber sie will es doch«, sagt Sara.

»Ja, aber ich will nicht«, gibt er zurück. »Deswegen bin ich ja nach Stockholm gezogen. Weil ich mit dieser Kleinstadt fertig war.«

Schweigen. Und nach einer Weile räuspert er sich ganz leicht. Dann fängt er an zu erzählen, ohne groß zu überlegen. Er erzählt von Dingen, die er niemals einer Menschenseele anvertrauen wollte, nicht mal seinen Kindern. Dinge, von denen nur Johanna weiß.

»Dort bin ich gemobbt worden«, sagt er, »von der ersten bis zur neunten Klasse.«

»Wirklich?«

Sara hebt den Kopf und schaut ihn an. Calle nickt.

»In den Pausen haben sie mich verdroschen, und auf dem Heimweg auch noch mal«, sagt er. »Sie haben mir die Fahrradreifen zerstochen, und manchmal kamen sie mit dem Mofa zu uns gefahren und bewarfen unser Haus mit Steinen.«

»Wer?«, fragt Agnes.

»Die Halbstarkenclique im Dorf. Die Härtesten aus meiner

Klasse, und noch ein paar Ältere. Sie sahen sich als die Guten, weil sie mit der Gang meines Bruders verfeindet waren. Mit seiner Gangsterbande.«

Sie hören ihm gespannt zu. Er fragt sich, ob es wirklich richtig ist, ihnen das alles zu erzählen, aber jetzt gibt es kein Zurück mehr.

»Konnte die Gang deines Bruders dich denn nicht verteidigen?«, will Sara wissen.

»Nein. Die hatten anderes zu tun. Mein Bruder war fast nie zu Hause.«

»Aber warum?«, fragt Agnes. »Warum haben sie dich gemobbt?«

Calle zögert kurz mit seiner Antwort.

»Wir waren die Ärmsten in der Stadt. Ausgestoßene, könnte man wohl sagen.«

Sie schweigen. Er sieht ihnen an, dass sie sehr gut verstehen, wovon er spricht. Dass sie eine Großmutter und einen Onkel haben, die an ihrem Leben nie teilhatten, wussten sie ja schon. Auch wenn sie vielleicht nicht genau wussten, warum der Kontakt in der Vergangenheit abgebrochen wurde.

»Meine Klassenkameraden haben mich gehänselt«, sagt er. »Sie haben mir alle möglichen Schimpfwörter an den Kopf geworfen. Trottel, Tunte, schwule Sau, Schwächling, Feigling. Lauter so Sachen. Am Ende hab ich wahrscheinlich selbst schon geglaubt, dass ich ein Trottel und ein Schwächling bin.«

Sara sieht ihn unverwandt an. Er fährt fort:

»Im Schulhof taten sie so, als wollten sie mich mit der Hand ins Gesicht schlagen, und wenn ich zurückzuckte, durften sie mir mit der Faust mit voller Wucht auf den Oberarm schlagen, so war die Regel. Oder wenn ich was für sie machen musste und es irgendwie nicht gut genug war, hatten sie das Recht, meine Knöchel gegen die Tischkante zu schlagen. Sie hatten sich alles Mögliche einfallen lassen. Oder sie zogen mir einen Radiergummi über die Haut, bis es blutete. Wenn ich aufhören wollte, war ich schwul oder feige. Ich hatte überall riesige Brandblasen von den Radiergummis.«

Er hält kurz inne und beobachtet ihre Reaktion. Sara sitzt immer noch mucksmäuschenstill da, aber Agnes nickt ihm aufmunternd zu. Er soll weitererzählen.

»Am meisten sah man es am Oberkörper. Sie schlugen und traten mich, dass mir oft die Luft wegblieb. Meine Knöchel und Arme waren total blutig. Ich sah übel aus. Die Erwachsenen fanden mich wohl auch abstoßend. Ich war ... ganz unten.«

Er verstummt und streicht den beiden mit der Hand übers Haar.

»Aber das ist alles schon lange her«, sagt er. »Jetzt bin ich erwachsen, und die anderen auch. Ich hoffe, sie laufen immer noch in diesem Kaff herum und führen ein scheißlangweiliges Leben.«

Agnes und Sara lächeln schwach. Calle umarmt sie und drückt sie noch einmal an sich. Ganz lange. Bis er aufblickt und Fanny in der Tür stehen sieht. Sie hat ihre Jacke an.

Jetzt ist es also so weit. Wie sieht ein Abschied aus? Unter diesen Umständen? Er weiß es nicht. Er versucht zu vermeiden, sie anzusehen, damit es nicht zu feierlich wird. Stattdessen schaut er seine Kinder an. Und bevor er groß überlegen kann, wendet er sich auf einmal an Fanny und sagt:

»Okay. Wir fahren.«

Sie wirkt überrascht. Calle steht auf und spürt plötzlich eine ganz neue Kraft in sich. Er wendet sich an Agnes und Sara:

»Wollt ihr mitkommen oder hierbleiben? Wir fahren bloß für einen Tag.«

Die beiden sitzen reglos auf dem Bett. Dann schüttelt Sara den Kopf.

»Ich will auch nicht«, schließt sich Agnes an. »Niemals im Leben. Wir wohnen jetzt in Stockholm.«

Er beugt sich vor und gibt jeder von ihnen einen leichten Kuss auf die Stirn. Er ist jetzt bereit, es zu tun.

»Dann bis heute Abend. Im Kühlschrank steht was zu essen.«

Auf dem Weg in den Flur wirft er Fanny einen Blick zu. Sie sieht ihm direkt in die Augen.

Sowie sie ein Stück aus der Stadt hinausgefahren sind, liegt viel mehr Schnee. Die Landschaft ist ganz weiß. Fanny wirft einen verstohlenen Blick zu Calle, der den Wagen über die Autobahn lenkt, einen Meter nach dem anderen zurücklegt. Jetzt ist er also mit vollem Tempo unterwegs zu dem Ort, den er so lange gemieden hat.

Sie bemerkt, dass er mit den Fingern aufs Lenkrad trommelt. Er wirkt überhaupt nicht mehr so fest und bestimmt wie bei ihrem Aufbruch. Was denkt er? Außer, dass sie nun sehen wird, wo er aufgewachsen ist, und endlich aufhören wird, ihm damit in den Ohren zu liegen?

Die Schilder fliegen an ihnen vorbei und zeigen ganz deutlich, dass sie in die falsche Richtung fahren. Sie weiß, dass er jahrelang nur den direkten Weg zu seiner alten Adresse gefahren ist, in den Glücksweg 3, die Kinder abgeholt hat und schnell wieder auf die Autobahn zurückgefahren ist. In die richtige Richtung. Richtung Stockholmer Innenstadt, wo er seiner Meinung nach hingehört. Was ja auch stimmt, genau wie bei allen anderen zugezogenen Landeiern, die sie kennt.

»Wie konntest du das bloß tun?«, fragt sie noch einmal. Eine Variation über dasselbe Thema, das sie schon in verschiedenen Variationen durchgespielt hat, seit sie ins Auto gestiegen sind. »Mit Johanna! Ich fass es nicht.«

Calle erhebt nicht die Stimme, wie er es sonst gemacht hätte. Stattdessen ist er geduldig, sachlich und korrekt.

»Ich hab dir doch schon gesagt, dass es nichts zu bedeuten hatte. Keinen feuchten Dreck. Weder für sie noch für mich. Es ist einfach passiert!«

»Aber für mich hat es etwas zu bedeuten!«

»Ich weiß. Und das tut mir leid.«

Schweigen. Bleischweres, sinnloses Schweigen. Was ist in sie gefahren, dass sie diesen Ausflug vorgeschlagen hat? Es wird ihnen nicht gelingen, den Schaden zu reparieren, sie haben sich nichts mehr zu sagen. Das Einzige, was ihnen noch zu tun bleibt, ist, dass sie sich um die praktischen Belange ihrer Trennung kümmern.

»Habt ihr euch deswegen scheiden lassen?«, fragt sie. »Warst du ihr auch untreu? Nur damit ich weiß, was für einer du bist.«

»Nein! *Ich* war *ihr* nie untreu.«

»Nur mir.«

Neuerliches Schweigen.

»Hast du das früher schon mal gemacht? Oder war das das erste Mal?«

»Ich hab es noch nie gemacht«, sagt er. »Und ich wünschte, es wäre nie passiert.«

Deswegen sitzen sie jetzt auch hier, denkt Fanny. Calle glaubt, dass ein Besuch in seinem Heimatort sie umstimmen wird. Aber es ist eher umgekehrt – mit jedem Kilometer, den sie zurücklegen, wird er ihr fremder. Er kommt aus einem Ort, der weit, weit von ihrer Heimat entfernt ist. In jeder Hinsicht.

Sie hat darüber nachgedacht, seit sie gehört hat, was er Agnes und Sara erzählt hat. Sie glaubt, immer besser zu verstehen. Wahrscheinlich hat Calle dasselbe getan wie viele Mobbingopfer, wenn sie die Schule verlassen, nämlich seine alte Identität abgelegt. Und er hat sich eine neue geschaffen, eine, mit der er leben konnte. Eine Persönlichkeit, die sich jeder Situation sofort anzupassen wusste. Weil er während seiner Schulzeit nicht er selbst hatte sein dürfen.

Sie fängt von der Seite seinen Blick auf und sieht, dass er ansetzt, etwas zu sagen, aber dann wird doch nichts draus. Sie merkt, wie er es versucht, doch es ist, als müsste er gegen einen Krampf ankämpfen.

Stattdessen drückt er noch mehr aufs Gaspedal und fährt schneller als sonst. Offenbar will er diese Reise rasch hinter sich bringen, so dass er schnellstmöglich wieder nach Hause fahren und zu seinem Alltag zurückkehren kann.

Die weißen Striche auf dem Asphalt rasen unters Auto. Es sieht aus, als würde er sich am Lenkrad festhalten. Als er ein lebensgefährliches Überholmanöver macht, hört Fanny ein paar andere Fahrer hupen.

»Halt an«, sagt sie.

Keine Sekunde zu früh. Calle keucht, als würde er keine Luft mehr bekommen, sein Atem geht stoßweise, und sie selbst merkt, wie ihr das Herz rast, als er endlich am Straßenrand hält. Ein Auto hinter ihnen hupt wild und überholt sie.

»Geht's noch?«

Er holt ein paarmal tief Luft, stützt den Kopf auf die Hände und versucht, sich zu beruhigen.

»Reiß dich mal zusammen.«

Ihr Ton ist so resolut, dass er sich wieder aufsetzt. Er wirkt benebelt und benommen. Fanny macht die Beifahrertür auf.

»Pfeif auf die ganze Sache«, sagt sie. »Lass uns umkehren. Ich fahre.«

»Nein. Wir fahren weiter. Kein Problem.«

Sie sieht ihn immer noch forschend an. Er setzt sich kerzengerade hin, legt die Hände wieder ans Lenkrad und versucht, gefasst zu wirken.

»Wir fahren da hin«, sagt er. »Ich will dir den Glücksweg zeigen, wo wir gewohnt haben. Und wo ich die Kinder jedes dritte Wochenende abgeholt habe.«

»Bist du sicher, dass du das willst?«

Sie hat immer noch ihre Zweifel, doch Calle nickt.

»Ganz sicher.«

»Gut«, sagt Fanny und steigt aus. »Aber fahren werde trotzdem ich.«

Ihr erster Eindruck, als sie in das Städtchen fährt, ist der von Verlassenheit. Obwohl es auch hübsch aussieht mit den schneebedeckten Dächern und den kleinen Straßen. Doch es ist kaum ein Mensch zu sehen. Es wirkt fast wie eine Mondlandschaft oder eine entvölkerte Welt nach dem nächsten Weltkrieg. Aber sie würde den Teufel tun, darüber jetzt einen Witz zu machen. Sie wartet lieber ab.

Der Ort sieht aus wie alle anderen schwedischen Kleinstädte, in denen Fanny gewesen ist, auch wenn das nicht viele sind. Aber irgendwie wirken alle diese Ortschaften wie Kopien der anderen.

Ein paar Männer in Daunenjacken und Handwerkeroveralls stehen vor einem Imbiss und unterhalten sich. Und jetzt sieht sie plötzlich doch mehr Menschen. Eine alte Dame mit Pelzmütze führt ein kleines, dick eingepacktes Mädchen an der Hand, drei Teenager hängen an einem Kiosk herum, ein alter Mann führt seinen Hund aus. Offensichtlich hat der Ort doch ein paar Einwohner.

»Tja, willkommen«, sagt Calle.

»Sehr groß ist es ja nicht.«

»Nein. Was hattest du denn erwartet?«

Hat er ihr die Bemerkung übel genommen? Wie sehr er diesen Ort auch hassen mag, vielleicht haben ihn nun ja doch Heimatgefühle übermannt, jetzt wo er hier ist?

Sie antwortet nicht auf seine Frage, sondern biegt in eine Straße ein. Sie hat keine Ahnung, wo sie hinwollen, weder mit dem Auto noch in ihrem Leben.

Es fühlt sich seltsam an, in einem kleinen Kaff zu sein, wo sie noch nie gewesen ist und das sie auch nie im Leben besucht hätte, wenn es nicht für Calle wäre. Für den Mann, der sie mit seiner Ex betrogen hat und bei dem sie nicht mal mehr sicher weiß, ob sie ihn noch liebt.

»Woran denkst du?«

Calle hat sich zu ihr gewandt. Fanny kann ihm unmöglich die Wahrheit sagen, nämlich dass sie keine Ahnung hat, was sie hier tut, weil sie wahrscheinlich doch nicht mehr mit ihm zusammenleben will.

»An … meine Doktorarbeit«, sagt sie stattdessen. »Ich weiß nicht, ob ich sie zu Ende schreiben soll. Ehrlich gesagt, ich glaube es nicht.«

»Mach, was du willst. Aber ich finde, dass du sie unbedingt fertig schreiben solltest.«

Calle kann ihr keine Ratschläge auf ihrem Fachgebiet geben, so ist es und so ist es immer gewesen. Aber er war immer stolz auf sie. Tatsächlich wird sie mitten in dieser ganzen miesen Situation ganz milde, weil er sich in dieser Hinsicht nicht geändert hat.

»Meinst du?«

»Natürlich. Und sie wird dir super gelingen.«

»Na ja, mal sehen«, sagt sie.

Sie fährt weiter und sieht sich um. Bemerkt Wohnhäuser, auf deren Grundstücken selbst gebaute Schaukeln und Baumhäuser stehen, Arbeitsfahrzeuge und schrottreife Autos, Hundezwinger aus Hühnerdraht, riesige Brennholzstapel, schmutzige Traktoren und Lastenmopeds mit einer kleinen Ladefläche über dem Vorderrad.

Sie ist sehr weit weg von zu Hause.

Ein Auto fährt an ihnen vorbei, und Calle rutscht hastig ein Stück nach unten. Anscheinend will er nicht, dass ihn jemand sieht.

Und Fanny fasst einen Entschluss. Sie wird hier nicht eher wegfahren, bis sie herausgefunden hat, was er ihr so lange verbergen wollte.

Die erste Person, der Johanna im Sjöviksheim begegnet, ist eine Frau um die fünfzig, klein und gedrungen, mit gestreiftem Baumwollpulli und aschblonden, geflochtenen Zöpfen. Johanna hat sie noch nie gesehen, aber als sie sich vorstellt, hellt sich die Miene der Frau auf. Ihr Gesicht ist voller Sommersprossen, und sie hat ein schelmisches Lächeln, von dem sie Lachfältchen bekommt.

»Ach, du bist Johanna? Dann hab ich also deine Stelle übernommen.«

Die Frau hält ihr die Hand hin.

»Hallo! Ich bin Vicky.«

»Hallo. Ich wollte nur mal zu Besuch kommen.«

»Cool«, sagt Vicky. »Ich sag gleich mal Mika und den anderen Bescheid.«

Aber das ist gar nicht nötig, denn gerade kommt Mika in einem ihrer gemusterten Second-Hand-Kleider den Flur herunter. Ihre roten Locken fallen ihr nicht mehr so unfrisiert auf den Rücken wie früher. Sie hat sich einen schulterlangen Pagenkopf schneiden lassen, mit dem sie gleich viel erwachsener aussieht.

Mika bleibt stehen und mustert Johanna.

»Josen! Du bist also wirklich noch am Leben.«

»Du siehst aber hübsch aus mit deinen Haaren«, meint Johanna. »Das steht dir gut.«

»Danke.«

Sie umarmen sich. Dann dreht Mika sich um und ruft in den Flur:

»Sie ist da!«

Es dauert nur ein paar Sekunden, dann kommen Tove und Helga aus dem Speisesaal, und als sie Johanna entdecken, sehen sie zuerst fast ein bisschen nervös aus. Aber dann hellen sich die Mienen doch sichtlich auf, wie gehofft.

»So, da haben wir also richtig feinen Besuch heute, was?« Tove klingt wie immer. »Du hast dir eine neue Frisur zugelegt, oder? Und die Haare gefärbt.«

»Nur ein bisschen.«

Helga nimmt sie in Augenschein.

»Mann, richtig hübsch.«

Sie umarmen sie, wenn auch hastig und ein bisschen fremdelnd. Andererseits ist es ja auch ein paar Monate her, dass sie sich gesehen haben. Mika schaut Johanna immer noch an, als könnte sie nicht glauben, dass sie wirklich vor ihr steht.

Auf dem Weg in den Pausenraum kommen ein paar der altbekannten Bewohner auf sie zu, und am Ende hat sich ein ganzes Grüppchen gebildet, das Johanna umringt. Sie haben tausend Fragen: Wohin sie gegangen ist, was sie heute für einen Job macht, warum sie einfach von einem Tag auf den anderen gekündigt hat.

Bis Mika irgendwann Stopp ruft und energisch klarmacht, dass jetzt alle wieder zu ihren Beschäftigungstherapien und Sitzungen zurückgehen. Alle außer ihr, Tove und Helga, weil sie jetzt nämlich zusammen Kaffee trinken werden. Johanna schaut Mika an, die früher immer ganz leise und dezent war.

Nun sind sie also wieder alle vier versammelt und sitzen mit ihren Kaffeetassen am Tisch im Pausenraum. Da lässt Johanna die Bombe platzen.

»Zwanzig Millionen?!«

Mikas Stimme kippt fast ins Falsett. Dann verstummt sie, während auf ihrem Hals langsam rosarote Flecken erscheinen. Sie reißt die Augen auf und sieht sie fragend an.

Helga, die gerade noch mit einer umfangreichen Strickarbeit beschäftigt war, erstarrt und merkt gar nicht, wie ihr die Stricknadeln aus den Maschen gleiten.

Und Tove starrt Johanna einfach nur an, während von dem Löffel, mit dem sie eben noch in ihrer Tasse gerührt hat, der Kaffee auf den Tisch tropft.

»Ist doch irrwitzig, oder?«, sagt Johanna. »Manchmal vergesse ich es selbst. Wahrscheinlich hab ich es noch gar nicht richtig begriffen. Ich kann das nur so Stück für Stück verdauen.«

Während sie hier auf dem Sofa hockt, in dem alten, vertrauten Pausenraum, kommt es ihr selbst so unwirklich vor, wie es ihre Freundinnen wohl gerade empfinden.

»Zwanzig Millionen?«, wiederholt Mika noch einmal. »Wann war das denn?«

»An dem Abend, als ich nicht mit zu Tove kommen konnte. Der Abend, an dem Krister gestorben ist.«

Sie nicken. Der Abend. Sie haben sich die Ziehung der Lottozahlen angeguckt, und dann rief Lena an und erzählte, was passiert war. Es war grässlich, aber es gehörte zu ihrem Job. Und es war weiß Gott nicht der erste Todesfall.

Immer wieder wollen sie von ihrem Gewinn hören. Es dauert eine ganze Weile, bis sie wirklich fassen können, was Johanna ihnen hier weismachen will.

»Es stimmt also wirklich?«, sagt Tove. »Du veräppelst uns nicht?«

Johanna schüttelt lächelnd den Kopf. Ihre Überraschung ist nur zu verständlich. So oft saßen sie am Samstagabend zusammen und träumten vom Hauptgewinn. Sie erzählt noch einmal von vorne und versucht ihnen näherzubringen, wie ihr Leben im fernen Stockholm ausgesehen hat. Aber obwohl sie alles ebenso bescheiden wie witzig formuliert, fühlt es sich ein bisschen ungut an.

Und als ihren Freundinnen klar wird, dass sie drei Monate lang drei Stockwerke über Kalle und seiner neuen Freundin gewohnt hat, sieht sie, wie sie fast zurückzucken.

»Aber inzwischen mag ich sie tatsächlich«, sagt sie. »Alle beide.«

Schweigen legt sich über den Tisch wie eine wattierte Decke. Keine Fragen mehr.

Stattdessen gehen die anderen dazu über, zu erzählen, was in ihrem Leben passiert ist, seit Johanna weggezogen ist.

»Mika ist mit Basse zusammengezogen«, berichtet Tove.

»Mit Basse?«

Ihr Kollege, der Sozialpädagoge. Auf Mikas Wangen breitet sich erneut die Röte aus. Sie fummelt an ihrem Taschenbuchkrimi herum.

»Irgendwie ist es einfach … passiert. Wir sind uns an einem Samstagabend bei einer Feier im Gewerkschaftsheim über den Weg gelaufen.«

»Also echt, die beiden sind wirklich total süß zusammen«, sagt Helga.

Johanna fühlt sich seltsam steif. Sie merkt, wie schwer es ihr fällt, das echte, warme Lächeln zustande zu bringen, das sie Mika sonst immer schenkte. Und das Mika wirklich verdient hat.

»Du meinst den Basse von unserer Arbeit?« Sie will sich vergewissern, dass sie sich nicht verhört oder etwas missverstanden hat.

Mika nickt mit geheimnisvoller Miene.

»Er ist ein bisschen schüchtern, aber wenn man ihn erst mal näher kennenlernt, ist er wirklich der Beste!«

»Sie ist sogar in sein Reihenhaus eingezogen«, ergänzt Tove.

Mika und Basse. Das ist schwer zu verstehen. Mika wollte doch auch mal nach Stockholm, raus aus der Kleinstadt. Aus diesem Pärchensumpf, wie sie es immer nannte. In diesem Kaff konnte man einfach nicht Single sein.

Jetzt schaut Mika sie an und wirkt sehr verlegen.

»Ich weiß nicht, ob es so gut wäre, wenn du heute bei mir übernachtest«, meint sie. »Es ist ja quasi Basses Haus. Und es gibt kein Gästezimmer. Ich dachte, das lässt sich schon irgendwie lösen, aber …«

Man sieht ihr an, wie peinlich es ihr ist.

»Ach, ist doch egal«, meint Tove. »Johanna kann schließlich im Statt wohnen, verdammt! Die kann sich die größte Suite leisten. Sie kann das Statt *kaufen*.«

Irgendetwas an ihrer Stimme ist nicht besonders sympathisch. Johanna tut so, als würde sie es nicht hören. Sie wendet sich an Helga.

»Wie sieht's denn aus mit eurer Hochzeit? Sind die Vorbereitungen langsam abgeschlossen?«

Helga schaut Tove und Mika an, dann brechen sie alle in Gelächter aus.

»Oh Gott, nein, das ist alles abgesagt«, sagt sie.

»Abgesagt?«

»Jupp. Ihr zwei seid im selben Klub«, stellt Tove fest.

»Ich hab mich aus heiterem Himmel in einen anderen verliebt«, erklärt Helga. »Es hat einfach peng gemacht. Die ganz große Leidenschaft.«

Tove macht ein Siegeszeichen und stößt dazu einen Pfiff aus.

»Tobias Lundström«, sagt sie. »Tobbe.«

Tobbe? Der mit Johanna in dieselbe Grundschulklasse ging, immer ganz hinten saß und in der Nase bohrte? Und inzwischen Trainer der Mädchenfußballmannschaft ist?

»Wir haben so viele Pläne zusammen«, sagt Helga. »Tobbe weiß jede Menge übers Unternehmerische, er hatte ja jahrelang eine eigene Rohrfirma, wie du weißt. Jetzt will er mir helfen, ein eigenes Stricklädchen aufzumachen. Sein Kumpel hat schon das Logo für mich entworfen, das ist supercool geworden.«

»Sein Kumpel … also, das ist Richard«, fügt Mika hinzu und sieht Johanna an.

Klar. Tobbe und Richard waren jahrelang die besten Kumpels. Johanna nimmt einen Schluck Kaffee. Er ist inzwischen kalt geworden und schmeckt nur noch bitter.

»Du brauchst nicht so schockiert zu gucken«, sagt Tove.

»Man muss weitergehen können. Richard ist eigentlich ganz okay. Wir haben sogar eine ganze Menge miteinander zu tun, das hat sich in letzter Zeit so ergeben. Alle acht.«

»Acht?«

»Ja. Mika und Basse, Peter und ich, Helga und Tobbe, Richard und Anette. Gemeinsame Abendessen und so was.«

»Mann, Basse kann vielleicht gut kochen, das sag ich dir«, wirft Helga kichernd ein.

Tove legt den Arm um Mika.

»Du kannst dafür ja andere Dinge gut«, sagt sie. »Besser als Kochen. Wenn man Basse glauben darf.«

Mika lacht, und die Flecken auf ihrem Hals leuchten rot. Sie machen noch ein paar Scherze über ihre miesen Kochkünste, über die sie genauso viel lacht wie die anderen, und dann verlieren sie sich darin, was dieser und jener noch gesagt hat bei diesem oder jenem Abendessen.

Schritte auf dem Korridor. Das altvertraute Geräusch von schweren Boots. Und dann steht Lena in der Tür zum Personalzimmer, mit ihrem Punkschnitt und ihrem engen Top und den zerrissenen Jeans.

Johanna wird innerlich ganz kalt. In der Zeit nach Kristers Tod hatte sich Lena benommen, als würde Johanna gar nicht existieren. Sie blickte quasi durch sie hindurch.

Aber jetzt lächelt Lena breit und nimmt Johanna kumpelhaft in den Arm.

»Hallo«, sagt sie. »Lange nicht gesehen.«

»Stimmt.«

Lena lächelt wirklich, das sieht ganz ungewohnt aus und fällt auch ein bisschen säuerlich aus.

»Wie geht's denn so in Stockholm?«, fragt sie. »Gut, oder?«

»Ja, schon.«

Es folgt eine etwas zu lange Schweigepause.

»Du solltest auch hinziehen«, meint Johanna, in einem Versuch, die Stimmung etwas aufzulockern. »Du fährst doch sowieso immer zur Gay-Pride-Parade. Gründe doch deine eigene Entzugsklinik, so was wird sicher gebraucht.«

»Nach Stockholm ziehen? Und Stockholmer werden?«

Lena schüttelt den Kopf.

»Nee, du. Nie im Leben.«

Sie lächelt Johanna unergründlich an und geht hinaus. Die anderen drei plaudern weiter, über ihre Töchter, die am Wochenende ein Turnier hatten und gewonnen haben. Tolle Leistung sei das gewesen, aber die Torfrau müsse noch besser werden. Und dann besprechen sie, ob sie sich am Samstag bei Helga und Tobbe treffen wollen, denn samstags ist wie immer die Ziehung der Lottozahlen.

Es wird Zeit zu gehen. Johanna steht auf, und das Gespräch verstummt. Mika nimmt ihre Hand und drückt sie zwischen ihren beiden Händen.

»Gehst du schon?«

»Ich hab noch ein bisschen was zu erledigen.«

Es kommen keine Fragen.

»Aber wir hören uns doch, oder?«

Johanna streicht Mika mit der freien Hand übers Haar. Ein paar Zotteln sind doch noch übrig geblieben.

»Natürlich hören wir uns.«

Mika lächelt und nickt. Johanna sieht die Wehmut in ihren Augen, und in ihrem tiefsten Inneren spürt sie sie auch. Mika versteht sie, wie immer.

Mit einem Winken verlässt Johanna das Pausenzimmer. Auf dem Flur bleibt sie ein paar Sekunden stehen. Sie hört, wie die Unterhaltung wieder aufgenommen wird, ein leises Gemurmel, das vielleicht sie selbst zum Gegenstand hat, vielleicht aber auch nicht. Sie kann nicht verstehen, was sie sagen, aber es klingt genauso wie vorher, gemütlich und alltäglich.

Dann wird es lauter, und sie hört, wie das Gespräch abschweift, weil eine von ihnen einfach ihren Assoziationen folgt, eine andere steigt darauf ein, und eine dritte wird zu einem völlig neuen Gedankengang inspiriert, der wieder auf neue Abwege führt. Diese Art von lebhaftem Kaffeeklatsch, den sie selbst immer so geliebt hat.

»Jemand hat gesagt, dass man das Leben in drei Phasen unterteilen kann«, hört sie Helga sagen. »Erst dreht sich alles um Liebe und Romantik. Dann kommen die Kinder. Und zum Schluss … Kreuzworträtsel.«

Vereinzeltes Gekicher.

»Das glaub ich nicht«, meint Tove. »Wenn die Kinder ausziehen, kann man doch machen, was man will.«

»Genau«, sagt Helga und klingt gespielt düster. »Sudoku gibt es freilich auch noch.«

Ihr Gelächter explodiert in Johannas Rücken, während sie zur Eingangstür geht, sie öffnet und in die kalte, klare Winterluft hinaustritt.

Sie sind gerade in eine kleine Straße eingebogen, als Calle sein Handy in der Jackentasche hört. Während er es herauszieht, hofft er inständig, dass es nicht Johanna ist.

Fanny wirft ihm von der Seite einen Blick zu, sagt aber nichts. Möglich, dass sie denselben Gedanken hatte. Aber es ist nicht Johanna, sondern Fredrik von der Formel-1-Clique.

»Hallo«, sagt Fredrik mit seiner ruhigen, gemütlichen Stimme.

Der Tonfall eines Menschen, der in seinem Leben alles so geordnet hat, wie er es sich vorgestellt hat, und der das auch weiß. Der es schon immer wusste.

Fanny hält am Straßenrand. Calle bereut schon, dass er das Gespräch überhaupt angenommen hat.

»Wie wär's mit Tennis heute Nachmittag?«, fragt Fredrik.

Fredrik spielt jeden Samstag. Wahrscheinlich ist sein angestammter Tennispartner heute ausgefallen.

»Ich kann leider nicht, ich bin das ganze Wochenende beschäftigt.«

Musste er unbedingt behaupten, dass er das ganze Wochenende nicht kann? Heute hätte doch auch gereicht. Jetzt ist die Frage unausweichlich.

»Ach so?«

»Du, ich meld ich später noch mal bei dir«, sagt Calle. »Im Moment ist es ein bisschen ungünstig.«

»Okay.«

Calle will gerade auflegen, als Fredrik hinzufügt:

»Du, können wir nächstes Mal bei dir Formel 1 schauen? Clara hat ihre Cousinen zu Besuch, und mir fiel auf, dass wir eigentlich noch nie bei dir waren.«

Bei ihm, Calle. Wo er noch nicht mal weiß, ob er bis dahin nicht schon die Umzugskisten packt. Ob er mitten in einer Trennung steckt. Und sich auf seinem Bett einigelt.

»Hallo, bist du noch dran?«, sagt Fredrik.

Calle schaut zu Fanny. Sie schaut schweigend zurück. Sie hat diesen Blick, der ihm sagt, dass alles vorbei ist. Weil er ihrer doch nicht würdig ist.

»Ja, wir können bei mir schauen«, antwortet er. »Geht klar.«

»Gut«, sagt Fredrik. »Wir hören uns dann.«

Calle beendet das Gespräch, legt das Handy zwischen die Vordersitze und schluckt.

Fanny dreht noch eine langsame Runde durch die Straßen, und er sieht, wie sie die Menschen, die Häuser, die Grünflächen mustert. All das, was er nie wiedersehen wollte. Nichts sieht feindlich aus, er kann sich vorstellen, dass es auf Fanny wirken muss wie das reinste Idyll.

Er schaut aus dem Fenster und kann zwischen den Häusern vage die schneebedeckten Felder erkennen, die die Kleinstadt umgeben. Von hier aus konnte man nirgendwohin fliehen. Dieses Gefühl hat ihn immer beherrscht.

Fanny verlangsamt vor der Schule, einem niedrigen Klinkerbau mit hohen Fenstern. Der Pausenhof ist eine weite Fläche, wesentlich größer als die Schulhöfe, die sie aus Stockholm gewohnt ist, wie er weiß. Kleine Vierecke, deren umgebende Mauern ein Echo zurückwerfen.

Der Hof ist silbrigweiß vom Raureif. Er ist unterteilt in einen Rasen, einen Kiesplatz mit Fußballtor und einen Asphaltplatz mit Basketballkörben. Es gibt sogar ein kostspieliges Klettergerüst für die Jüngeren. Das Ganze ist mit einem Metallgitter umzäunt. Obwohl ein bisschen Schnee liegt und obendrein Samstag ist, wird gerade Fußball gespielt. Der Hof ist voller Kinder.

»Bist du hier zur Schule gegangen?«, will sie wissen.

Calle nickt.

»Sieht nicht besonders lustig aus.«

»Nein.«

Seine Stimme ist kaum zu hören. Fanny schaut ihn wieder an, und er ahnt, dass er bleicher ist als sonst. Er spürt die Kälte am Rücken.

»Hat dein Bruder eigentlich nie versucht, dir in der Schule zu helfen?«, fragt sie.

»Nein. Meinen Bruder hab ich so gut wie nie gesehen. Jocke war ständig mit seiner Gang unterwegs. Ich hatte nur einen Onkel, Kjell. Der war manchmal ganz nett. Aber auch bloß, wenn er nicht zu viel getrunken hatte. Ich musste mich als Teenager um beide kümmern, Mama und Onkel Kjell.«

Es entsteht eine Pause, als Calle überlegt. Dann fährt er fort:

»Später auch noch, als Johanna und ich schon Kinder hatten. Johanna hatte wohl irgendwann die Nase voll, dass ich immer zu meiner Mutter musste, um ihr zu helfen. Sie fand, dass ich die Sache nicht ernsthaft genug anging. Ihrer Meinung nach sollte ich dafür sorgen, dass die beiden Hilfe vom Sozialamt bekamen, Gesundheitsfürsorge und so was. Aber daraus wurde nichts.«

Sein Blick wandert über den Schulhof und ruht kurz auf den verschiedenen Gruppen. Er erkennt keines der Kinder.

»Willst du weiterfahren?«, fragt Fanny.

Calle schüttelt den Kopf.

»Noch nicht.«

Er schaut noch einmal zum Schulhof, weil er weiß, dass er ihn gerade zum letzten Mal in seinem Leben sieht.

Es regnet eine Kieskaskade, als ein Verteidiger sich in die Bresche schmeißt und einen Angriff abwehrt. Calle weiß, wie sich dieser Kies anfühlt, wenn man ihn im Pullover oder im Gesicht hat. Er muss an Sara denken und wie er vor ein paar Monaten die Ohren zuklappte, als Johanna ihm vom Mobbing in der Schule erzählen wollte.

Seine eigene kleine Tochter. Sein Kind. Es ist ihm unbegreiflich.

»Ganz schön großer Pausenhof«, bemerkt Fanny.

Ja. Über diese Flächen ist er oft gerannt, was die Beine hergaben. Sehr oft.

Calle beobachtet eine Gruppe, die vor einem Tor um den Ball kämpft. Die Horde drängt und knufft sich, und er spürt genau, wie es ist, sich irgendwo in der Mitte zu befinden und gekniffen und getreten und an den Haaren gerissen zu werden.

Dann schaut er weg. Er lässt sein Herz so heftig schlagen, wie es will, und versucht sich ein wenig zu beruhigen, indem er sich all das vor Augen hält, was er erreicht hat, all das, was ihn von diesem Ort entfernt und dafür gesorgt hat, dass er hier nicht mehr hergehört. Dass er einfach nur zu Besuch ist und sonst nichts.

»Jetzt fahren wir«, sagt er.

Fanny lässt den Motor an und lenkt das Auto auf die nächste Hauptstraße. Calle muss sich kurz schütteln, um aus seiner Stimmung herauszufinden. Er fixiert einen Punkt ein gutes Stück vor dem Kühler, damit er nicht sehen muss, wem sie unterwegs begegnen.

Gut, dass er heute den BMW genommen hat, und nicht den Audi. Die Leute sollen ruhig gaffen. Es gefällt ihm sogar, wenn sie gaffen. Die können gerne sehen, wie weit er es gebracht hat.

Aus eigener Kraft hat er sich aus der engen, heruntergekommenen Hütte am Rande der Kleinstadt, direkt am Wald, befreit. Dieser unheimliche Wald, den er hasst und sein Leben lang gehasst hat, solang er zurückdenken kann, weil er ihn in sich hineinziehen und schlucken wollte. Ihn in seiner Wildnis festhalten.

»Wer war dein Vater?«

Fanny hat sich zu ihm gewandt. Er sieht sie an und überlegt, was er sagen soll. Und wie er es sagen soll. Diese Frage hat ihm noch nie jemand gestellt.

»Er wohnte im Nachbarort«, beginnt er. »Sie lernten sich kennen, als sie achtzehn war, und waren eine Weile zusammen. Dann wurde sie schwanger und wollte das Kind nicht haben, aber er wollte. Also wurde das Kind geboren, nur damit er sie nicht verließ. Das war Jocke. Aber als das nächste Kind kam, hatte mein Vater schon genug, und er haute ab. Er meinte, er wolle per Anhalter durch Europa. Hat Mama zumindest behauptet.«

»Du bist ihm also nie begegnet?«

Fanny sieht mitleidig aus, und er würde gerne Stopp sagen. Er ist kein Opfer.

»Nein. Aber manchmal konnte er mir trotzdem fehlen. Ich hoffte, dass er eines Tages zurückkommen und mich holen würde. Doch er hat sich nie gemeldet. Ich weiß nicht mal, ob er noch lebt.«

»Und deine Mutter? Was ist mit der passiert?«

Calle windet sich auf seinem Sitz und schaut aus dem Fenster, denn so fällt ihm das Weitersprechen leichter.

»Sie blieb allein zurück. Vielleicht hat sie damit gerechnet, dass sie ihren Traumprinzen trifft, keine Ahnung. Sie hat sich jeden Tag fein gemacht, als wollte sie auf ein Fest gehen.«

Er merkt, dass Fanny jetzt planlos immer wieder durch dieselben Straßen fährt. Und er lässt sie, zumindest noch eine Weile.

»Hat sie gearbeitet?«

»Ja, in einem Restaurant. Allerdings trank sie zu viel, deswegen wurde sie irgendwann gefeuert. Dann isolierte sie sich immer mehr und ging fast gar nicht mehr raus. Außer wenn sie unterwegs war, um Sachen zu sammeln, die andere Menschen weggeworfen hatten.«

Er verstummt. Und denkt zurück an den Tag, als Kjell nach Jahren auf See zurückkam und sich um seine instabile Schwester kümmern, der alleinerziehenden Mutter und ihren zwei Söhnen eine Stütze sein wollte. Ihr Held sein. Doch schon bald war Kjell genauso dem Alkohol verfallen wie sie. Andererseits war er das vielleicht schon vorher gewesen. Calle baute ihm eine kleine Hütte, damit er seine eigenen vier Wände hatte. Statt in ihrer Küche zu sitzen und zu verlangen, dass Mama ihm beim Trinken Gesellschaft leistete. Aber natürlich lief es irgendwann trotzdem darauf hinaus.

Nach der Scheidung, als Calle in das Haus seiner Kindheit zurückgezogen war, um sich um seine Mutter und Kjell zu kümmern, hoffte er, dass sich irgendetwas geändert hätte. Fehlanzeige. Alles war wie immer, und er konnte nichts dagegen tun.

Kjell saß weiterhin auf der Bank vorm Schnapsladen und rief den Passanten in der Fußgängerzone Unflätigkeiten zu, wie schon all die Jahre zuvor. Manche hatten Angst vor ihm, aber die meisten lachten ihn nur aus. Ein paar Leute ließen sich die Gelegenheit nicht entgehen, ihn durch den Kakao zu ziehen, zu verspotten oder zu provozieren. Besonders lustig fanden sie es, wenn er den Rotwein neben seine Bank gekotzt hatte.

Calle wirft Fanny von der Seite einen Blick zu. Fanny, die er seit einem Jahr beim Schlafen beobachten darf. Ihre geschlossenen Lider, die dicken, dunklen Wimpern, die auf ihrer Haut ruhen. Er kennt nichts Schöneres, als sie behutsam zu wecken, zuzusehen, wie sie sich langsam bewegt und aufwacht. Um dann die Augen aufzuschlagen und ihn zu sehen und dieses ganz besondere Lächeln zu lächeln.

Und nun ist sie hier, in ihrer ganzen erlesenen Schönheit, in seinem kleinen Bauernkaff. Scheißwütend, verletzt und gekränkt.

»Noch ein Stück geradeaus, dann links abbiegen und den Hügel hoch«, erklärt Calle.

Fanny gehorcht und fährt langsam durch den kleinen Ort. Ganz kurz wirft sie Calle einen Blick zu. Seine Haut ist leichenblass und glänzt leicht vor Schweiß, fast sieht er ein wenig fiebrig aus. Er klammert sich fest an den Türgriff.

Sie hält an der Bordsteinkante und macht den Motor aus.

»Jetzt lassen wir das Auto hier stehen«, sagt sie. »Und dann gehen wir ein Stück spazieren. Du siehst echt so aus, als könntest du ein bisschen frische Luft vertragen.«

Er widerspricht nicht. Folgsam steigt er aus dem Auto und geht ihr nach, während sie auf eine Fußgängerzone zuhält, die von den üblichen einfallslosen Ladenketten gesäumt wird. Mittendrin ein kleines Café und die obligatorische Würstchenbude.

HIER WURDE DER LOTTOZETTEL MIT DEM HAUPTGEWINN VERKAUFT steht in großen, roten Filzstiftbuchstaben auf einem weißen Karton im Schaufenster eines Tabakladens. Er sieht allerdings schon ein bisschen schmuddelig aus.

Fanny bleibt stehen. Calle ebenfalls. Sie tauschen einen Blick. Eine Andeutung der gewohnten Vertrautheit zwischen ihnen, kurz aufblitzender Humor, aber nur für eine Sekunde. Ein schöner, weicher Augenblick, der gleich wieder verflogen ist. Und dann gehen sie weiter.

Sie weiß nicht, was in seinem Kopf vorgeht. Warum er solchen Widerstand gegen ihre Bitte geleistet hat, einmal hierher zu fahren. Die Mobbinggeschichte natürlich, und seine Familie. Aber ging es auch darum, dass er nicht daran erinnert werden wollte, was Johanna und er zusammen hatten?

Am besten, sie kennt die Antwort gar nicht.

Eiseskälte und heftiger Schneefall mit kleinen, bösen Flocken. Das Wetter auf diesem Ausflug hätte gern ein bisschen besser sein dürfen. Fanny zieht den Reißverschluss ihrer Jacke hoch, vergräbt das Kinn in ihrem Schal und zieht die Handschuhe bis an den Rand ihres Ärmelsaums, damit ja alles luftdicht abschließt. Sie versucht, ihre Körperwärme zu halten, fröstelt aber bei jedem Schritt. Sie gehen eine nichtssagende Straße entlang, die ein Stückchen außerhalb des Ortskerns verläuft, und sie hat keine Ahnung, wie weit sie noch gehen müssen. Sie folgt ihm einfach.

Nach einer Weile taucht eine kleine Siedlung mit niedrigen Häusern auf. Anscheinend sind sie in der kleinen Straße, von der sie so viel gehört hat.

Dem Glücksweg.

»Hier ist es«, sagt er.

Sie bleiben stehen und mustern die Umgebung, die grauen Häuser, voll gleichartiger Wohnungen neben- und übereinander.

»Da haben wir gewohnt. Nummer drei, im ersten Stock.«

Ein unansehnliches dreistöckiges Haus mit grauverputzter Fassade. Haustür mit Glasscheibe und Stahlklinke, darüber die Ziffer Drei.

»Wie war es, hier zu wohnen?«, fragt sie.

Er überlegt.

»Es ging uns gut. Zu Anfang jedenfalls.«

Zu Fannys Überraschung beginnt er zu erzählen.

»Ich war dreiundzwanzig, als wir einzogen. Ich fand, dass diese Adresse wirklich das absolute Glück bedeutete. Alles war so schön hier.«

Sie kann ihn vor ihrem inneren Auge sehen. Die Begeisterung über das Neue.

»Johanna hatte gerade einen Job in der Entzugsklinik bekommen«, fährt er fort. »Und ich hatte eine Vertretungsstelle als

Postbote. Das Leben gefiel mir ganz gut, obwohl vieles schon schwer war. Denn ich musste mich ja auch um meine Mutter und Kjell kümmern.«

Fanny hört zu. Sie wartet nur darauf, dass er verstummt, weil er meint, schon zu viel gesagt zu haben. Aber er redet weiter, und dabei gehen sie weiter durch die Wohnsiedlung.

»Agnes kam ein paar Jahre später zur Welt, und dann Sara. Ich war damals zwar arbeitslos, aber das passte mir ganz gut, denn so hatte ich viel Zeit für die Kinder.«

Sie betrachtet den Spielplatz des Viertels. Sie hört zu, wie Calle ungefragt erzählt, dass die alte Rutsche durch eine neue ausgetauscht wurde und das Klettergerüst renoviert worden ist. Aber die Schaukel und das Karussell sind immer noch dieselben.

»Dieses quietschende Karussell hab ich für Agnes und Sara so oft angestoßen«, sagt er. »Sie haben die ganze Zeit gelacht und wollten immer mehr.«

Sie sieht, wie ihm diese Erinnerung ein Lächeln aufs Gesicht zaubert. Jetzt will sie bald nichts mehr hören.

»Hier ist es wirklich ruhig und schön«, stellt sie fest, um den Besuch am Ende ein wenig abzurunden. »Perfekt für Kinder.«

Seine Miene hellt sich auf.

»Ich dachte schon, du würdest es ein bisschen trist finden.«

Es ist unsäglich trist. Aber wo ihm gerade sowieso alles so schwerfällt, will sie ihn nicht noch zusätzlich enttäuschen.

Auf dem Rückweg gehen sie am Marktplatz vorbei, an dem auch eine Kirche steht. Sie steht inmitten eines hübschen, kleinen Friedhofs, der von einer niedrigen Steinmauer umgeben ist. Fanny kann sich vorstellen, wie schön der Friedhof im Sommer sein muss, voller Grün und leicht verschlafen, aber mit gepflegten Gräbern und geharkten Kieswegen.

Es schneit immer noch, aber die Flocken sind inzwischen größer und segeln nur noch ganz sanft auf den frostigen Boden.

Calle bleibt stehen und zeigt auf ein halb offen stehendes Eisentor in einem Mauerbogen am Friedhof.

»Da drin ist der anonyme Friedhof«, sagt er. »Da wurde Kjells Asche verstreut. Wollen wir mal rübergehen und gucken? Auch wenn es um diese Jahreszeit wahrscheinlich nicht besonders viel zu sehen gibt.«

Fanny hofft, mehr von diesem Onkel zu hören, und wie er gestorben ist. Aber daraus wird nichts, denn als sie durch das Tor gegangen sind und ein paar verwelkte Kletterpflanzen hochgehoben haben, die ihnen die Sicht versperren, entdeckt sie jemanden, der auf einem kleinen gewundenen Pfad zwischen den Bäumen daherkommt. Eine Person, die sich Mühe geben muss, nicht auf dem gefrorenen Lehm auszurutschen und gleichzeitig die Sporttasche nicht fallen zu lassen, die sie in einer Hand hält.

Johanna. Natürlich. An einem Ort, der nicht viel größer ist als der Stureplan.

Fanny schaut zu Calle, der Johanna ebenfalls gesichtet hat.

Und jetzt sieht Johanna auch sie und bleibt wie angewurzelt stehen. Sie wirkt geradezu schockiert.

Ein einziger Blick, direkt zu Fanny. Dann wendet Johanna den Kopf ab.

»Ich geh zum Auto«, sagt Fanny. »Wir sehen uns dort. Ich finde schon hin.«

Calle kann nicht mal antworten. Sie dreht Johanna den Rücken zu und geht mit langen Schritten zurück zum Platz im Zentrum. Von dort ist es nicht mehr weit bis zur Straße, in der das Auto parkt.

Hinter sich hört sie Calle noch fragen:

»Was machst du denn hier?«

Und Johannas ruhige Antwort:

»Ich wollte mich nur von einem Patienten aus der Entzugsklinik verabschieden, der letzten Herbst gestorben ist. Er wurde eingeäschert und seine Asche hier verstreut.«

Der Rest ihrer Unterhaltung wird zu unhörbarem Gemurmel, denn Fanny ist mittlerweile auf dem Platz angekommen und geht so schnell sie kann weiter zum Auto, während ihre Augen sich mit jedem Meter mit warmen Tränen füllen. Sie hat gute Lust, das Auto zu nehmen und nach Stockholm zurückzufahren, dann können sie hierbleiben und zusammen in ihrem Kaff verrotten.

Aber dann hört sie, wie jemand ihr nachrennt, und als sie sich umdreht, sieht sie Calle, der sie eingeholt hat und jetzt ganz außer Atem ist.

»Ich verstehe, dass du ihr nicht begegnen willst«, sagt er. »Ich verstehe es wirklich.«

Fanny will gerade weitergehen, als sie wieder auf den anonymen Friedhof blickt. Johanna ist gerade aus dem Tor getreten und steht nun vor dem Mauerbogen mit ihrer Sporttasche in der Hand. Sie schaut in Calles und Fannys Richtung, geht wieder ein Stückchen auf den Friedhof und bleibt vor einem Grab stehen. Sie wischt ein bisschen Schnee von einem Grabstein, obenauf und auch auf der Vorderseite, auf der etwas eingraviert ist.

»Sind ihre Eltern auch hier begraben?«

Fanny sieht Calle an. Er nickt.

Johanna bleibt stehen und betrachtet den Grabstein, wobei sie ihnen halb den Rücken zuwendet. Der Schnee fällt rings um sie herum und auf sie. Auf ihren Schultern liegt schon eine dünne Schicht.

Calle und Johanna. Zusammen in Johannas Bett, drei Stockwerke über Fannys eigenem Zuhause. Nackt und beschäftigt, vollkommen absorbiert voneinander.

Und gleichzeitig findet sie den Gedanken gar nicht so grauenvoll, wie sie gedacht hatte. Immerhin waren die beiden einmal ein Paar. Fanny hat sie schon viele Male zusammen vor ihrem geistigen Auge gesehen, in den unterschiedlichsten Situationen. Schon bevor sie Johanna begegnet ist. Irgendwie hat sie sich tatsächlich an solche Gedanken gewöhnt.

»Komm«, sagt Calle.

Er fasst Fanny unter, um sie in die andere Richtung zu ziehen.

»Nein.«

Sie macht sich los und schaut weiter zu Johanna. Dann geht sie zurück zum Friedhof.

»Was hast du vor?«, fragt er.

Sie kann nicht so tun, als wäre überhaupt nichts passiert. Das geht einfach nicht.

»Fanny?«

Aber sie hört nicht auf Calle, so flehend er auch klingt. Sie hat genug von seiner bisherigen Taktik, alles zu vermeiden, was schwer und schmerzhaft ist, sich selbst und andere mit Schweigen zu quälen. Ihre Taktik ist es zumindest nicht.

»Fanny!«

Sie antwortet immer noch nicht. Sie geht einfach weiter in Johannas Richtung.

Die Stimme hinter Johanna ist nicht laut, aber trotzdem durchdringend.

»Hallo?«

Sie dreht sich um und sieht Fanny, die vorhin eigentlich weggegangen war. Jetzt kommt sie zurück, mit sicheren, ungezwungenen Schritten.

»Ich will mit dir reden. Ist es okay, wenn wir uns hier unterhalten?«

Fanny deutet mit einem Nicken auf den Grabstein von Johannas Eltern.

»Sonst können wir auch woanders hingehen.«

Fanny bleibt stehen und wartet schweigend. Sie mustert Johanna mit ihren sanften braunen Augen.

»Hattest du es von Anfang an vor?«, fragt sie. »Bist du deshalb nach Stockholm gezogen und in unser Haus? Um ihn dir zurückzuholen?«

Ihr Ton ist bestimmt, aber weder wütend noch höhnisch.

»Nein. Ich hab's für die Kinder gemacht.«

»Warum hast du das getan gestern Nacht?«

Sie sehen sich an. Sie stehen sich nahe, sind sich aber gleichzeitig so fremd.

Ja, warum? Johanna weicht ihrem Blick aus. Er bleibt an der Kirche hängen, in der Kalle und sie vor langer Zeit einmal geheiratet haben.

Die Treppe ist leer, bedeckt von einer unregelmäßigen Eisschicht und mit ein wenig Sand bestreut.

Sie kann sich noch an die kindische Fantasie erinnern, die sie vor ein paar Jahren hatte, nachdem sie die Anzeige in *Gesucht-*

Gefunden gesetzt hatte. Weichgezeichnete Bilder von Kalle und sich, wie sie wieder als Mann und Frau auf dieser Treppe stehen, sie in ihrem Brautkleid und mit einem Sommerstrauß im Arm. Kalle ist wieder zurück in der Kleinstadt und trägt einen eleganten Anzug. Noch nie hat jemand ein schöneres Paar gesehen. Alle ihre Freunde stehen auf der Treppe und jubeln, und es sind viele, denn niemand hat mehr etwas gegen Kalle. Im Gegenteil, man bewundert ihn. Er ist der verlorene Sohn, der im Triumph zurückkehrt. Alle freuen sich auf die neue private Zahnarztpraxis, die er demnächst in der Stadt aufmachen wird, in bester Lage an der Storgatan.

Sie sah vor ihrem inneren Auge, wie der Reis über sie herabregnete und auf die Treppe fiel. Wie Kalle und sie lachten und sich küssten, während die Freudenschreie ihrer Hochzeitsgäste immer lauter wurden.

Aber jetzt ist diese Fantasie falscher denn je. Johanna braucht niemandem zu beweisen, wer sie ist. Kalle und sie wissen, woran sie sind. Das reicht.

»Warst du verbittert, weil aus der Hochzeit mit dem anderen nichts geworden ist?«, fragt Fanny. »Weil Kalle jemand anderen gefunden hat und du nicht?«

Johanna sieht, wie Fanny blinzelt, um ihre aufsteigenden Tränen zurückzudrängen.

»Ich weiß es nicht«, antwortet sie.

Schweigen. Ein schwacher Wind lässt die schneeschweren Zweige des Baumes schwanken. Irgendwo in einem Gebüsch raschelt es, ein Vogel vielleicht.

»Aber ich bereue es. Und er auch.«

Das Thema ist erschöpft, es gibt nicht mehr viel hinzuzufügen. Nach ein paar Sekunden nimmt sie ihren Mut zusammen und fragt:

»Hat er dir erzählt, was du wissen wolltest? Ich meine … weil ihr jetzt hier seid.«

Fanny zuckt mit den Schultern. Schwer einzuschätzen, ob sie Johanna damit sagen will, dass sie sich nicht einmischen soll, oder ob das Problem neben anderen, noch größeren verblasst ist.

Sie können nichts mehr sagen, weil nun Kalle dazukommt. Er ist erst in einiger Entfernung stehen geblieben und hat auf sein Handy gestarrt, aber jetzt kann er sich anscheinend nicht mehr zurückhalten.

»Komm«, sagt er zu Fanny.

Johanna hält ihn mit einer Handbewegung zurück.

»Hast du es ihr erzählt?«, fragt sie.

Kalle nickt. Völlig zusammengesunken und mit hilfloser Miene steht er da.

»Ja.«

Fannys Blick geht zwischen den beiden hin und her. Aber sie sagt nichts.

Kalle dreht sich um und geht wieder Richtung Stadtplatz. Fanny zögert, dann folgt sie ihm langsam. Johanna sieht ihnen nach.

Die Dämmerung ist angebrochen. Der Friedhof liegt in tiefem Schatten. Neben dem Komposthaufen moderndes Laub, verwelkte Kränze und braunschwarze, verfaulende Blumenstängel, die vor der Holzkiste gelandet sind statt darin. Der Friedshofswärter ist über achtzig, der kann mittlerweile nicht mehr so gut Ordnung halten.

Was macht sie hier eigentlich?

Johanna holt tief Luft.

»Du hast es überhaupt nicht erzählt!«, ruft sie. »Du lügst schon wieder.«

Kalle fährt herum, und sie sieht seinem Gesicht deutlich an, dass sie richtig geraten hat.

Fanny bleibt stehen.

»Wovon redest du?«

Kalles Augen heften sich auf Johanna, aber sie hat keine Lust mehr zu schweigen.

»Kjell, sein Onkel, ist vor neun Jahren in seinem Haus verbrannt. Kurz nach unserer Scheidung.«

Nervös fährt sich Kalle mit der Hand durchs Haar. Er schaut Fanny an.

Mit einer Hand lockert er seinen Schal ein wenig. Sein Blick gleitet rastlos über den Marktplatz.

Fanny sieht ihn an. Auf ihren Wangen sieht man die Streifen von ihren Tränen, und sie trocknet sich das Gesicht mit dem Handrücken.

Er presst die Worte hervor. Zittrig und dumpf.

»Ich war schuld.«

Kalle verbirgt das Gesicht in den Händen. Er flüstert jetzt fast.

»Wenn ich zu Hause gewesen wäre, wäre das nie passiert. Wenn ich mich um ihn gekümmert hätte, wie ich es meiner Mutter versprochen hatte.«

»Kalle. Hör auf.«

Johanna legt ihm die Hand auf den Arm.

»Er hat im Bett geraucht, das wussten alle. Die Brandursache stand völlig außer Zweifel.«

Kalle blickt auf. Seine Lippen zittern.

»Ja. Aber ich fand es schön, dass er tot war! Ich war einfach nur froh, als ich dort stand und das Feuer sah. Ich war froh, dass er weg war. Endlich.«

Seine Augen suchen wieder Fannys Blick. Er räuspert sich.

»Ich konnte nichts sagen. Es ging nicht. Deine Familie und deine ganzen Freunde …«

Alle drei schweigen. Stehen einfach in der zunehmenden Dunkelheit.

Bis Johanna sich die Tasche auf die Schulter hebt und Anstalten macht zu gehen. Ihr Blick wandert zu Fanny, die ihn wortlos erwidert. Ihre Augen sind ganz ruhig.

»Wir sehen uns«, sagt sie. »In Stockholm.«

Fanny wendet sich an Calle.

»Komm, wir fahren nach Hause.«

Er sieht die Autoschlüssel in ihrer Hand.

»Nein«, sagt er. »Noch nicht.«

Johanna macht ein paar Schritte aufs Tor zu. Bevor sie sie verlässt, sieht sie noch, wie Kalle den Kopf senkt und sich sammelt, bevor er Fanny anschaut.

»Du wolltest doch meine Mutter und meinen Bruder treffen.«

Sie nähern sich dem Rand der Kleinstadt, wo schon fast der dichte Nadelwald beginnt. Calle fährt langsam und ist froh, dass es noch nicht ganz dunkel ist. Da sehen die Baumstämme immer so schwarz aus.

Dann bremst er noch weiter herunter und lenkt das Auto auf den kleinen Kiesweg, der Richtung Wald führt und jetzt von unberührtem Schnee bedeckt ist. Genau an dieser Stelle fühlte er sich immer am verlassensten, und jetzt geht es ihm genauso. Er bemerkt, dass die Büsche an der Steinmauer, die früher ganz niedrig waren, jetzt hoch und wild gewuchert sind. Die Zweige sind ineinander verwickelt und werden jetzt von unförmigen Schneegebilden heruntergedrückt. Der Baum am Wegrand, der früher nur ein mickriger Jungbaum war, ist auch höher und kräftiger geworden.

Keine Menschenseele weit und breit. Als er in den Rückspiegel schaut, sieht er nur ein paar Elstern, die herunterflattern und sich auf dem Grasstreifen in der Mitte des Weges niederlassen.

Calle späht aus dem Fenster zwischen die Baumstämme. Der Wald ist dunkelgrün und ragt von Minute zu Minute schwärzer zu beiden Seiten der Straße auf.

Er lächelt Fanny zu und versucht Sicherheit auszustrahlen. Als hätte er alles unter Kontrolle. Er schaltet das Radio ein, um sich abzulenken und auf andere Gedanken zu kommen. Aber trotz der heiteren Musik steigt der Schmerz an die Oberfläche, schlimmer als vorher. Er schaltet wieder ab und fährt weiter, direkt in die fortschreitende Dämmerung.

Die Flammen, die die ganze Hütte verschluckten, sich Stück für Stück hineinfraßen. Sie umschlossen seinen Bau mit einer wild lodernden Hülle aus Feuer. Obwohl er ziemlich weit entfernt stand und die Hände auf den Fahrradlenker stützte, spürte er, wie ihm die schreckliche Hitze von vorn entgegenschlug. Er war noch ganz atemlos, nachdem er vom Lebensmittelgeschäft nach Hause gerast war. Nun stand er einfach nur da und ließ seine Mutter aufgescheucht auf dem Grundstück hin und her laufen. Ihr unaufhörliches Heulen klang wie wildes Höllengeschrei. Er selbst bewegte sich nicht vom Fleck.

Als die Feuerwehr endlich eintraf, war schon alles vorbei.

Diese enorme Erleichterung. Ein einziges großes Aufjubeln.

Jetzt kann er schon das Haus am Ende der Straße erkennen. Die Reste der Hütte müssen schon seit langem verschwunden sein, bestimmt wird an der Stelle nichts mehr zu sehen sein. Aber er kann sie trotzdem vor seinem geistigen Auge sehen. Wie sie brennt und brennt. Es fehlt nicht viel, und er würde sogar noch den erstickenden Brandgeruch riechen. Aus verbranntem Holz und Stoff und Haar.

Wie lange sie wohl noch fahren müssen? Fanny fragt nicht. Sie schweigt und überlässt Calle die Regie. Er wird wohl kaum vergessen haben, wie man zu seinem alten Zuhause kommt. Aber der holprige Weg, dem sie folgen, wird zusehends schmaler, und an manchen Stellen kratzen schon die Zweige übers Autodach. Sie wundert sich, dass Calle kein Wort über eventuelle Lackschäden am BMW verliert. Er reagiert überhaupt nicht, er starrt einfach stur geradeaus.

Der Weg endet am Waldrand, bei einem kleinen, gelbgestrichenen Holzhaus. Calle fährt bis vors Haus, bleibt stehen und schaltet den Motor ab. Einen Moment bleiben sie schweigend sitzen. Er betrachtet das Haus, das Fanny eher als Bruchbude bezeichnen würde. Die Farbe auf der Fassade ist abgeblättert, so dass man das Gelb kaum noch sieht. Das nackte Holz darunter ist silbergrau und weist schwarze Punkte vom Schimmel auf, ebenso die blaugestrichene Haustür, an deren unterer Hälfte die Farbe schon komplett abgegangen ist. Stattdessen klebt dort getrockneter Lehm, als hätte jemand mehrmals dagegengetreten. Die Fensterrahmen sind einmal weiß gewesen, haben inzwischen jedoch einen schmutzig-grauen Ton angenommen. Dahinter sieht man schlaffe, ausgeblichene Vorhänge.

Auf der einen Seite des Hauses hat sich eine Regenrinne gelöst, sie hängt schief herunter und ist voller Schnee. Ein Kellerfenster ist zerbrochen. Die Dachziegel sind alt und kaputt, und wo die Schneedecke nicht ganz geschlossen ist, kann man erkennen, dass mehrere fehlen. Die Ziegel des Schornsteins sind auch schon an einer Seite weggebröckelt.

Alles an diesem Haus wirkt morsch und windgepeitscht, vernachlässigt und verlassen.

Das Grundstück ist in derselben Verfassung wie das Haus, hoffnungslos zugewuchert. Büsche und Gras und niedriges Gestrüpp haben sich erobert, was früher einmal ein Garten gewesen sein mag. Die Vortreppe und der Kies davor sind mit Haushaltsabfällen und aufgerissenen Verpackungen übersät. Es sieht fast aus, als hätte man den Müll einfach dort hingeworfen. Und überall zahllose Zigarettenkippen.

Calle sieht sie von der Seite an.

»Sag was«, flüstert er. »Bitte.«

»Und was bitte?«

Er grinst schief.

Dann löst er seinen Sicherheitsgurt, macht die Autotür auf und steigt aus. Sie tut es ihm nach.

Sie gehen die steinerne Vortreppe hoch. Eine der moosbewachsenen Stufen hat einen tiefen Sprung. Calle hebt den Türklopfer und schlägt ihn mehrmals gegen das Holz. Das Geräusch ist hart und stumpf und unerwartet laut.

Erst hört man drinnen gar nichts.

Dann schwere Schritte hinter der Tür. Ein Schlüssel wird im Schloss gedreht.

Er fühlt sein Herz wie eine kleine, tickende Uhr hinterm Brustbein.

Die Tür wird einen Spaltbreit geöffnet, dann aufgerissen. Ein bulliger Mann zwischen vierzig und fünfzig erscheint. Er ist unrasiert. Das halblange Haar ist ungewaschen und nachlässig nach hinten gestrichen, seine Haut ist grobporig und rotgefleckt. Er trägt eine Jogginghose und T-Shirt, an den Füßen hat er ausgetretene Badelatschen. Er starrt die Besucher an.

Fanny steigt ein strenger Schweißgeruch in die Nase. Gleichzeitig treten wohlbekannte Züge aus dem Gesicht des Unbekannten hervor. Das Kinn und die Wangen sind fast gleich, wie sie sieht. Und die Augen auch.

Ein Bruder.

»Hallo.«

Calles Stimme ist schwach, kaum mehr als ein Atemhauch.

Sein Bruder antwortet nicht. Er dreht sich nur um und ruft mit rauer Stimme:

»Mama!«

Ein paar Sekunden Pause. Dann kommt jemand aus der Küche. Eine magere, knochige Frau in einem viel zu großen Collegepulli, der nicht besonders sauber ist. Das lange graue Haar hat sie zu einem Pferdeschwanz auf dem Rücken zusammengebunden.

Ihre Augen sind von einem wässrigen Hellblau. Ihr runzliges Gesicht ist mit einer dicken Schicht Puder überzogen, mit grellroten Rougeflecken auf den Wangen. Ihren mit Lippenstift verkleisterten Mund versteckt sie hinter einer zitternden Hand mit perlmuttrosa lackierten Fingernägeln. Hinter dieser Hand kann Fanny ein paar Zähne sehen, aber auch die dunklen Zwischenräume, wo ein paar Zähne fehlen.

Fanny schaut Calle von der Seite an. Eine kleine Ader direkt unter der Haut an seiner Schläfe tritt hervor, seine Oberlippe glänzt. Sie sieht ihm an, was für eine Angst er hat.

Sie fasst nach seiner Hand und drückt sie fest. Sie ist ganz kalt, aber Fanny drückt einfach fester zu und wärmt sie mit ihrer eigenen.

»Das ist Fanny«, sagt er. »Meine Freundin.«

Johanna sitzt nun schon eine ganze Weile auf der abgestoßenen Bank neben der Sandkiste. Die oberste Latte der Rückenlehne ist noch immer kaputt. Sie blickt zu ihren alten Fenstern hoch, die schwarz und unbelebt aussehen, anscheinend ist niemand zu Hause.

Es sind aber auf jeden Fall neue Gardinen aufgehängt worden. Blaugeblümte in der Küche, mit einer Borte an den Bändern, die sie zur Seite halten. In den beiden Wohnzimmerfenstern hängen violette Vorhänge. Sie scheinen aus Samt zu sein, eingefasst mit einer Art Spitze. Genau in der Mitte jedes Fensters steht eine kleine hässliche Lampe. Im Toilettenfenster kann sie durch das Milchglas eine Blumenampel mit einer Hängepflanze erkennen.

Sie denkt an ihre ersten Nächte in Stockholm zurück. Als sie in ihrer eleganten Wohnung im Schlafzimmer unter der Dachschräge lag und mit sich selbst redete, um sich endlich aus ihren ewigen obsessiven Gedanken über Schicksal und Schuld zu befreien. Im Morgengrauen, gegen drei, vier Uhr, packte sie jedes Mal das Grauen. Die unbarmherzige Logik des Grauens, dass so ein Hauptgewinn sein natürliches Gegengewicht fordern muss, dass das Schicksal immer einen gerechten Ausgleich für Leute wie sie bereithält.

Der Glücksstein aus dem Glücksweg.

Was erwartete sie hinter der nächsten Ecke? Irgendetwas musste es ja sein. Welche schreckliche Strafe wird sie treffen? Einem Menschen können nicht einfach zwanzig Millionen in den Schoß fallen, ohne dass er etwas dafür getan hat.

So dachte sie, damals unter ihrer Dachschräge. Dass jetzt eine Schuld im Raum stand, die sie früher oder später bezahlen musste.

Und dass es das Allerschlimmste für sie wäre, wenn es ihre Kinder mittreffen würde.

Aber jetzt hat sie ihre Millionen schon seit ein paar Monaten, den ganzen Winter, und bis jetzt ist nichts Außergewöhnliches passiert. Niemand wurde von einem Unglück der übleren Sorte heimgesucht. Agnes und Sara scheint es großartig zu gehen.

Johanna versucht sich an dem neuen Gedanken, dass überhaupt nichts Schlimmes passieren wird. Weder ihr noch ihren Töchtern. Dass es ihnen einfach genau so gehen darf, wie es ihnen jetzt eben geht.

Mika wird ihr trotzdem bleiben. Auch wenn sich seit dem letzten Mal für beide furchtbar viel geändert hat. Aber Johanna kann sie ja ab und zu mal anrufen. Im Grunde jederzeit.

Zugegeben, vielleicht nicht ganz so oft wie früher.

In der Großstadt kann man auch leben. Sie wird in ein anderes Haus ziehen, in ein anderes Stadtviertel. Sie wird die Kinder spüren lassen, dass Stockholm ihre richtige neue Heimat ist. Wo ihre ganze Familie lebt.

Johanna reckt den Hals und sieht sich um. Sie mustert die Zweige der nackten Bäume und die Schneereste, die hie und da auf dem Hang neben der Rutsche liegen. Sobald der Frühling kommt, wird diese verharschte Schneeschicht einem einzigen großen Teppich aus Frühlingsblumen weichen.

Sie schaut auf die Uhr, die alte Armbanduhr mit dem kaputten Armband. In einer Stunde geht ein Zug zurück nach Stockholm. Sie hat reichlich Zeit, kann in aller Ruhe zum Bahnhof gehen und sich eine neue Fahrkarte kaufen. Die Rückfahrkarte für morgen kann sie ja wegschmeißen. Das kann sie sich leisten.

Und eine neue Uhr auch. Und eine Brille.

Sie steht auf und hängt sich ihre Handtasche über die Schulter, die sie vielleicht auch mal austauschen kann.

Sie geht langsam zum Bahnhof. Und lässt den Glücksweg hinter sich, ohne sich ein einziges Mal umzudrehen.

Zitate

S. 300: *Strindbergs Werke. Deutsche Gesamtausgabe. Abteilung: Novellen. 2. Band: Heiraten. 20 Geschichten* (Übersetzung: Emil Schering), München 1922, S. 89 (*Ersatz*)

S. 310: *Strindbergs Werke. Deutsche Gesamtausgabe. 7. Band: Ein drittes Blaubuch* (Übersetzung: Emil Schering), München 1921, S. 1109 (*Das Geheimste*)